Traição Mortal

J. D. ROBB

SÉRIE MORTAL

Nudez Mortal
Glória Mortal
Eternidade Mortal
Êxtase Mortal
Cerimônia Mortal
Vingança Mortal
Natal Mortal
Conspiração Mortal
Lealdade Mortal
Testemunha Mortal
Julgamento Mortal
Traição Mortal
Sedução Mortal
Reencontro Mortal
Pureza Mortal
Retrato Mortal
Imitação Mortal
Dilema Mortal
Visão Mortal
Sobrevivência Mortal

Origem Mortal
Recordação Mortal
Nascimento Mortal
Inocência Mortal
Criação Mortal
Estranheza Mortal
Salvação Mortal
Promessa Mortal
Ligação Mortal
Fantasia Mortal
Prazer Mortal
Origem Mortal
Recordação Mortal
Nascimento Mortal
Inocência Mortal
Celebridade Mortal
Corrupção Mortal
Viagem Mortal
Ilusão Mortal
Cálculo Mortal

Nora Roberts
escrevendo como
J. D. ROBB

Traição Mortal

3ª edição

Tradução
Renato Motta

Rio de Janeiro | 2023

Copyright © 2001 *by* Nora Roberts

Título original: *Betrayal in Death*

Capa: Leonardo Carvalho

Editoração: DFL

2023
Impresso no Brasil
Printed in Brazil

CIP-Brasil. Catalogação na fonte
Sindicato Nacional dos Editores de Livros, RJ.

R545t   Robb, J. D., 1950-
3ª ed.   Traição mortal/Nora Roberts escrevendo como J. D. Robb; tradução Renato Motta. – 3ª ed. – Rio de Janeiro: Bertrand Brasil, 2023.
420p.

Tradução de: Betrayal in death
ISBN 978-85-286-1391-9

1. Romance americano. I. Motta, Renato. II. Título.

09-2437

CDD – 813
CDU – 821.111(73)-3

Todos os direitos reservados pela:
EDITORA BERTRAND BRASIL LTDA.
Rua Argentina, 171 – 3º andar – São Cristóvão
20921-380 – Rio de Janeiro – RJ
Tel.: (021) 2585-2000

Não é permitida a reprodução total ou parcial desta obra, por quaisquer meios, sem a prévia autorização por escrito da Editora.

Atendimento e venda direta ao leitor
sac@record.com.br

As carcaças sangram diante do assassino.
— ROBERT BURTON

Às vezes se encontra honra entre ladrões.
— SIR WALTER SCOTT

Prólogo

Um assassinato estava em curso.
Do lado de fora das janelas protegidas por telas de privacidade, quarenta e seis andares abaixo da morte, a vida — barulhenta, distraída e irritante — prosseguia.

Nova York se apresentava em sua melhor forma nas noites de maio, quando as flores explodiam em cores nos decorativos canteiros ao longo das avenidas e transbordavam das carrocinhas de vendedores de rua. O aroma delas era tão forte que quase encobria o fedor dos escapamentos dos veículos que entupiam as vias terrestres e aéreas.

Pedestres agitavam-se como formigas a passos céleres ou entravam em passarelas elevadas e se deixavam levar, dependendo do seu estado de espírito. Muitos usavam as camisetas berrantes, sem mangas e em tons de néon, que eram a grande novidade da moda para a linda primavera de 2059.

Carrocinhas de lanches vendiam refrigerantes que vinham nas mesmas variações de violeta que se viam nas roupas, e o vapor das grelhas cheias de salsichas de soja subia alegremente em meio ao agradável ar da noite.

Aproveitando o restinho da luz do dia que ia sendo eliminado pelo crepúsculo, os jovens dançavam e pulavam nas quadras públicas para esportes, suando muito com suas bolas de basquete, aros de ginástica artística e barras para musculação. Em Times Square, o movimento nas salas de vídeo era pequeno, pois os clientes preferiam a rua para aproveitar a ação. Os sex shops, porém, se mantinham concorridos.

Em plena primavera, muita gente com ar elegante ainda buscava produtos pornôs.

Os ônibus aéreos levavam clientes para o Sky Mall, e dirigíveis de propaganda cruzavam o ar apregoando sem parar as ofertas do dia, tentando atrair mais ovelhas para juntá-las ao rebanho de consumidores que se dirigia ao templos de consumo.

Compre e seja mais feliz. E quando chegar amanhã? Compre mais.

Casais jantavam ao ar livre ou se reuniam em grupinhos para tomar drinques antes de ir para casa. Conversavam muito, faziam planos, falavam sobre o tempo maravilhoso que fazia ou contavam detalhes de sua vida pessoal.

A vida bombava, crescia e florescia em toda a cidade, mas uma delas estava sendo subtraída.

Ele não sabia o nome dela. Aliás, pouco lhe importava o nome que sua mãe lhe dera no instante em que a menina chegara a este mundo aos berros e espernenado, e menos ainda o nome que ela iria levar consigo quando ele a mandasse para o túmulo, também aos berros e espernenado.

A questão é que ela estava ali, no lugar certo e na hora marcada.

A jovem chegara para executar as tarefas de rotina da suíte 4.602. Ele tinha esperado por ela pacientemente, mas não precisou esperar muito.

Ela vestia o impecável uniforme preto e o lindo avental branco das camareiras do Palace Hotel. Seu cabelo era bem cuidado, como se esperava de qualquer funcionário do melhor hotel da cidade.

Tinha tons acastanhados, eram muito brilhantes e estavam unidos à altura da nuca por um prendedor preto simples.

Ela era jovem, linda, o que o deixou satisfeito. É claro que ele teria cumprido o planejado, mesmo que ela tivesse noventa anos e o rosto enrugado.

Mas o fato de ela ser jovem e muito atraente, o rosto empoado e os olhos escuros tornariam a sua tarefa um pouco mais agradável.

Tocou a campainha antes de entrar, é claro. Duas vezes, com um pequeno intervalo entre os toques, como ela aprendera no treinamento. Isso lhe deu tempo para se esconder no generoso closet da suíte.

Ela se fez anunciar em voz alta assim que abriu a porta com o seu cartão mestre. "Serviço de quarto!", gritou, com a voz suave e quase cantarolada que as pessoas da sua profissão usavam para se anunciarem ao entrar em quartos quase sempre vazios.

Atravessou a saleta de estar, entrou na suíte e foi direto ao banheiro, levando toalhas limpas para substituir as que o ocupante do quarto, registrado como James Priory, pudesse ter usado desde que chegara ao hotel, à tarde.

Ela se pôs a entoar uma canção alegre, enquanto arrumava o banheiro, para ajudá-la a não se sentir sozinha. *Aprenda a trabalhar*, do filme *Branca de Neve e os Sete Anões*, conforme ele identificou de dentro do closet. Ele já ouvira canções melhores.

Ele esperou até ela voltar para o quarto e jogar as toalhas usadas no chão, formando uma pilha que seria recolhida na saída. Esperou até ela seguir em direção à cama, trocar os lençóis e marcar com perfeição as dobras da colcha azul-rei.

Ela sentia orgulho pelo seu trabalho, reparou ele, ao vê-la formar com todo o cuidado um lindo triângulo com as pontas do lençol e dobrá-lo no canto esquerdo, dando-lhe ar convidativo.

Bem, ele também tinha orgulho da sua profissão.

Ele se moveu muito rápido. A jovem percebeu apenas um borrão com o canto dos olhos antes de sentir o peso do corpo dele sobre o seu. Ela gritou, forte e por muito tempo, mas as paredes do Palace Hotel eram à prova de som.

Ele queria que ela gritasse. Isso o ajudaria a entrar no clima para o trabalho que estava prestes a realizar. Ela se debatia sem parar e tentou pegar o bipe no bolso do avental. Ele simplesmente torceu o braço dela com força, até que seus gritos se transformaram em gemidos de agonia.

— Não podemos permitir que você aperte esse botão, não é verdade? — Ele arrancou o bipe da mão dela e o atirou longe. — Você não vai gostar disso — ele avisou —, mas eu vou, e é isso o que importa.

Ele enlaçou a garganta dela com o braço, levantando-a do chão. Ela era leve como uma pluma — pesava não mais de cinquenta quilos — e a manteve erguida do solo até que a falta de oxigênio a deixou com o corpo frouxo.

Ele levara uma seringa de pressão com um tranquilizador potente, por precaução, mas ele não seria necessário para uma mulher tão pequena.

Quando ela foi solta e deixou-se cair de joelhos, ele esfregou as mãos de contentamento e sorriu com vontade.

— Ligar música! — ordenou ele, e o envolvente som de uma ária da ópera *Carmen*, que ele já programara no sistema de som, tomou conta do quarto.

Maravilhoso, pensou, inspirando fundo como se pudesse respirar o próprio som.

— Muito bem. Agora, vamos trabalhar.

Ele assobiou ao ritmo da melodia enquanto a espancava. Ele cantarolou com os lábios fechados no momento em que a estuprava. No instante em que a estrangulou, ele cantava a plenos pulmões.

Capítulo Um

A morte sempre surge em várias camadas. Quando ela é violenta, mais camadas são acrescentadas. O trabalho dela era peneirar os elementos de cada camada, a fim de descobrir a causa da morte. E, consequentemente, buscar justiça.

Entretanto, quando um assassinato era cometido, fosse a sangue-frio ou não, ela procurava a raiz de tudo, pois assim jurara proceder quando se tornara policial. Era assim que ela servia aos mortos.

Naquela noite, a tenente Eve Dallas, do Departamento de Polícia de Nova York, não usava o seu distintivo. Ele estava guardado, junto com a arma pessoal e um pequeno comunicador, dentro de uma elegante bolsa de mão revestida de seda, acessório, por sinal, que ela considerava embaraçosamente frívolo.

Ela não se vestia como uma policial. Em vez disso, trajava um vestido longo cintilante em tom de damasco que lhe descia pelo corpo alto e magro e era arrematado nas costas por um dramático decote em V. Uma fina gargantilha de diamantes brilhava no seu pescoço. Outros brilhantes também cintilavam em suas orelhas, que ela, semanas antes e em um momento de fraqueza, se deixara convencer a furar.

Outros pequenos diamantes vinham espalhados como gotas de orvalho sobre os cabelos castanhos muito curtos, e isso a deixava com uma leve sensação de ridículo.

Por mais que a seda e os diamantes a fizessem parecer sofisticada, seus olhos eram os de uma tira. Olhos castanhos dourados, muito frios, que observavam tudo no suntuoso salão de baile, fitavam cada rosto e cada corpo, analisando com atenção os aparatos de segurança do local.

As câmeras instaladas no sofisticado teto trabalhado em gesso funcionavam de forma discreta, mas eram poderosas e ofereciam visão total do salão. Scanners especiais tinham sido preparados para detectar qualquer convidado ou funcionário que tivesse uma arma escondida. Vários dos garçons que circulavam por entre os animados convidados oferecendo drinques eram, na verdade, seguranças altamente treinados.

O evento era particular, fechado ao público, com acesso apenas a seletos convidados, e cada um dos valiosos convites trazia um selo holográfico que era analisado na entrada.

O motivo para tantas precauções era um conjunto cujo valor estimado alcançava quinhentos e setenta e oito milhões de dólares, composto de joias, obras de arte e itens de colecionador exibidos em cintilantes vitrines, balcões e pequenos púlpitos espalhados por todo o salão.

Cada vitrine e cada balcão foram habilidosamente preparados para causar impacto, e eram protegido por sensores com campo de ação individuais que identificavam movimentos, calor, luz e peso. Se algum dos convidados ou dos empregados tivesse dedos leves e tentasse subtrair um único brinco que fosse, todas as saídas seriam imediatamente fechadas e trancadas, alarmes soariam e uma segunda equipe de guardas rigorosamente selecionados entre a elite do Departamento de Polícia de Nova York surgiria no local para se juntar aos seguranças particulares.

Na cética opinião de Eve, tudo isso não passava de uma tentação gigantesca, uma tentação demasiadamente elaborada, em um espaço muito amplo e num local público demais para o seu gosto. Mas era difícil não reconhecer que o esquema de proteção montado ali era muito sofisticado.

Além do mais, sofisticação exacerbada era exatamente o que se esperava de Roarke.

— E então, tenente? — A pergunta, feita com um ar divertido e uma voz que exibia um leve sotaque irlandês, fez Eve olhar com atenção para o homem ao seu lado.

A verdade é que tudo em Roarke atraía a atenção de qualquer mulher.

Seus olhos pecaminosamente azuis se destacavam em um rosto esculpido em um momento de grande inspiração divina. Enquanto ele olhava para ela, aquela boca de poeta que a fazia ter vontade de se inclinar só para mordê-la de leve se abriu devagar, enquanto uma das sobrancelhas se ergueu e seus dedos compridos lhe alisaram, de forma possessiva, a lateral dos braços.

Eles estavam casados há quase um ano, mas esse tipo de intimidade casual ainda fazia o pulso dela disparar.

— Uma tremenda festa! — exclamou Eve, e isso fez o sorriso suave dele se abrir por completo, de forma devastadoramente sedutora.

— Tremenda mesmo, não é? — Com a mão pousada de leve sobre o braço dela, Roarke vistoriou o salão com os olhos.

Seu cabelo era preto como petróleo e lhe descia quase à altura dos ombros em um estilo que Eve achava parecido com o de um guerreiro irlandês. Tudo isso somado a um corpo alto com porte atlético dentro de um smoking elegante resultava em um pedaço de mau caminho. Obviamente, muitas mulheres no salão também concordavam com isso. Se Eve fosse ciumenta, sentiria ímpetos de dar uns tabefes em um monte de mulheres à sua volta, só pelos olhares ardentes e gulosos que lançavam para o seu marido.

— Está satisfeita com o esquema de segurança? — perguntou ele.

— Continuo achando que organizar um evento desses no salão de baile de um hotel, mesmo o lugar pertencendo a você, é arriscado. Temos centenas de milhões de dólares em lixo cintilante espalhados à nossa volta.

Roarke franziu o cenho.

— "Lixo" não foi exatamente a palavra que usamos para divulgar o evento. O leilão da coleção de arte, joias e itens para colecionadores de Magda Lane é, sem dúvida, um dos maiores de que se tem notícia.

— Sim, e ela vai embolsar uma grana preta com essa mina de ouro.

— Espero que sim, pois como organizadoras do leilão e do esquema de segurança, além da instalação das vitrines especiais, as Indústrias Roarke vão conseguir uma bela fatia do bolo.

Roarke olhava para tudo em volta e, embora não fosse um tira, analisava e observava cada detalhe do mesmo modo e com a mesma atenção que a sua esposa.

— O nome dela é famoso o bastante para levar os lances a um nível muito acima do valor real dos objetos — continuou ele. — Creio que alcançaremos duas vezes o valor verdadeiro do conjunto das peças quando chegar o fim do leilão.

Espantoso, pensou Eve. *Absolutamente espantoso*.

— Você acha realmente que esse povo vai desembolsar mais de meio bilhão de dólares só para comprar tralhas de outra pessoa?

— Estou calculando por baixo, sem contar o valor sentimental dos objetos.

— Minha nossa! — Eve simplesmente abanou a cabeça. — São só tralhas. Espere! — Ela ergueu a mão. — Esqueci que estava conversando com o rei das tralhas.

— Obrigado, querida. — Roarke resolveu não mencionar que estava de olho em algumas peças daquela tralha para si mesmo e também para oferecer de presente a Eve.

Ele levantou a mão discretamente e, um décimo de segundo depois, um garçom trazendo uma bandeja com champanhe em taças de cristal se materializou ao seu lado. Roarke pegou duas e entregou uma delas a Eve.

— Querida, agora que você já acabou de examinar detalhadamente as providências tomadas com relação à segurança do local, talvez consiga curtir um pouco a festa.

— Mas quem disse que eu já não estava curtindo? — Apesar disso, Eve sabia que não estava ali no papel de policial e sim como esposa de Roarke. Isso exigia ter de interagir com as pessoas e distribuir amigáveis tapinhas nas costas. Sem falar na pior das torturas, em sua opinião: conversar abobrinhas.

Como ele a conhecia por dentro tão bem quanto a si mesmo, ergueu a mão dela e a beijou.

— Você é tão boa para mim, querida.

— Sou mesmo, nunca se esqueça disso. Vamos lá... — aceitou ela, preparando-se com um gole de champanhe. — Com quem eu preciso conversar?

— Creio que devemos começar pela mulher mais importante da noite. Quero apresentar você a Magda Lane. Acho que você vai gostar muito dela.

— Atrizes — murmurou Eve.

— Preconceito não é bonito, querida. De qualquer modo — começou ele, enquanto atravessava a sala com ela —, Magda Lane é muito mais que uma atriz. É uma lenda viva. Esta noite marca o quinquagésimo aniversário de sua carreira, e estamos falando de uma profissão que muitas vezes mastiga e cospe longe os que sonham com ela. Magda sobreviveu a todas as tendências, todos os estilos e todas as mudanças da indústria do cinema. É preciso mais que talento para isso. É preciso muita fibra.

Eve nunca vira Roarke tão empolgado com alguém, e isso a fez sorrir.

— Você é louco por ela, não é?

— Irremediavelmente. Quando garoto, em Dublin, eu me lembro de uma noite em que tive que efetuar uma fuga muito apressada da polícia, pois tinha batido várias carteiras, afanado alguns objetos pessoais, e os guardas estavam nos meus calcanhares.

A boca de lábios carnudos que Eve se esquecera de pintar para a noite se abriu em um sorriso zombeteiro.

— Os meninos são assim mesmo.

— Bem, seja lá como for, o caso é que eu consegui me esgueirar e entrei num cinema. Tinha uns oito anos e percebi que teria de aturar um filme de época que estavam passando. Sabia que ia morrer de tédio. Sentado ali no escurinho, porém, tive a primeira visão de Magda Lane no papel de Pamela em *Outono do Orgulho*.

Ele apontou na direção de uma vitrine onde era exibido um vestido de noite branco coberto por uma camada de diamantes refulgentes, trajado por uma réplica robótica da atriz que se movia em círculos graciosos e fazia delicadas reverências para cumprimentar o público enquanto se abanava com um cintilante leque branco.

— Como é que ela conseguia andar com um vestido desses? — quis saber Eve, intrigada. — Deve pesar uma tonelada.

Roarke riu da reação dela. Reparar no incômodo em vez de curtir o glamour era a cara de Eve.

— Dizem que a roupa pesa quase quinze quilos. Ela realmente tem muita fibra. Como eu dizia, Magda usava esse mesmo vestido na primeira vez em que a vi na tela. Durante uma hora inteira ela me fez esquecer a fome que eu sentia, o lugar onde eu morava, quem eu era e até dos socos na cara que meu pai provavelmente me daria se eu chegasse em casa com poucas carteiras roubadas. Ela me fez viajar para outra dimensão. Foi uma coisa poderosa.

Roarke não interrompeu nem por um instante o relato para atender às pessoas que o chamavam. Simplesmente acenava para elas e sorria.

— Assisti ao *Outono do Orgulho* quatro vezes naquele verão, e até paguei pelos outros ingressos. Bem, pelo menos uma das vezes. Depois daquele dia, sempre que eu queria ser levado para outra dimensão, ia ao cinema.

Eve segurou a mão dele e conseguiu visualizar o menino que ele fora, sentadinho no escuro e transportado pelas imagens que piscavam na tela.

Aos oito anos, ele descobriu um mundo diferente da miséria e da violência em que vivia.

E aos oito anos, ela lembrou, *Eve Dallas se tornara o novo nome de uma garotinha despedaçada demais para lembrar de tudo o que já lhe acontecera.*

Não era quase a mesma coisa?

Eve reconheceu a atriz. Roarke quase não frequentava os cinemas agora — a não ser a sala de cinema particular de sua casa —, mas tinha milhares de filmes em mídia digital. Eve assistira a mais filmes nos últimos doze meses do que nos outros trinta da sua vida.

Magda Lane estava de vermelho. Um tom berrante que parecia pintar um corpo estonteante e voluptuoso como se ele fosse uma obra de arte. Aos sessenta e três anos, Magda parecia estar entrando na meia-idade. Pelo que Eve notou, ela tirava sua idade de letra e parecia muito longe da imagem de uma "senhora".

Seus cabelos tinham a cor de trigo e tombavam-lhe sobre os ombros como serpentes espiraladas. Seus lábios, tão cheios e exuberantes quanto o corpo, estavam pintados no mesmo vermelho selvagem do vestido. Sua pele branca como leite não tinha rugas, e uma pinta ao lado de uma das sobrancelhas finas dava ao rosto um charme adicional.

Por baixo das sobrancelhas castanhas havia olhos em um tom feroz e brilhante de verde. Eles pousaram em Eve de forma fria, no típico confronto de uma mulher diante de outra, mas logo se desviaram para Roarke e se acenderam como sóis.

Ela estava rodeada de pessoas, mas simplesmente lhes lançou um sorriso descuidado e saiu do círculo com as mãos estendidas.

— Meu Deus, como você é lindo!

Roarke tomou-lhe as mãos e beijou-as.

— Ia dizer o mesmo. Você está deslumbrante, Magda. Como sempre.

— Pode ser, mas isso é a minha obrigação. Você nasceu desse jeito, seu sortudo. E essa deve ser a sua esposa.

— Sim. Magda, esta é Eve.

— Tenente Eve Dallas, não é? — A voz de Magda era como uma bruma baixa e cheia de segredos. — Estava louca para conhecê-la. Fiquei arrasada por não poder comparecer ao casamento.

— Mesmo assim ele parece que está dando certo.

As sobrancelhas de Magda se ergueram, mas logo seus olhos começaram a brilhar de aprovação.

— Sim, parece que sim. Suma daqui, Roarke. Quero conhecer melhor a sua linda e fascinante esposa. Com você por perto eu vou acabar me distraindo.

Magda o enxotou balançando a mão de leve. Raios de luz refulgiram do diamante em seu anel como a cauda de um cometa quando ela enfiou o braço por baixo do de Eve, de forma amigável.

— Agora nós precisamos achar um cantinho onde não haja um monte de gente para puxar assunto. Não existe nada mais chato do que conversa fiada, você não concorda? É claro que você deve achar que é exatamente para uma cilada dessas que eu vou arrastá-la, mas vou logo avisando que não pretendo ficar de papo furado com você. Devo começar confessando que uma das minhas maiores tristezas é o fato de o seu marido absurdamente atraente ter idade para ser meu filho.

Eve se viu sentada a uma mesa no fundo do salão.

— Não vejo em que isso seria empecilho para qualquer um dos dois.

Magda riu, deliciada com a reação de Eve. Pegou duas taças de champanhe e dispensou o garçom.

— A culpa é minha. Tenho por norma nunca arrumar um amante mais novo do que eu vinte anos ou mais. Nem vinte anos mais velho, por falar nisso. E sigo essa regra autoimposta. Uma pena. Mas... — Ela fez uma pausa para provar a bebida e analisou Eve com mais calma. — Não é a respeito de Roarke que eu quero conversar e sim sobre você. Vejo que você é *exatamente* o tipo de mulher pela qual eu imaginei que ele fosse se apaixonar, quando chegasse o momento certo.

Eve quase engasgou com o champanhe e piscou duas vezes.

— Você é a primeira pessoa que me diz *isso*. — Ela relutou por um instante, mas por fim cedeu e quis saber: — Por que tem essa impressão?

— Você é muito atraente, mas ele não se sentiria ofuscado pela sua aparência. Estou vendo que você acha isso divertido — continuou Magda, balançando a cabeça em sinal de aprovação. — Ótimo. Um bom senso de humor é essencial para lidar com qualquer homem, em especial com alguém como Roarke.

Magda decidiu que Eve possuía feições marcantes. Não era glamorosa, nem deslumbrante, mas seu rosto exibia ossos proeminentes e fortes, olhos luminosos e uma encantadora covinha no queixo forte.

— Sua aparência certamente atraiu a atenção de Roarke, mas não foi isso o que o seduziu. Eu me perguntei o que o fez escolher você em especial, pois sei que Roarke se interessa basicamente por beleza. Eu também sou assim e, considerando o interesse e afeto pessoal que nutro por ele, sempre acompanho o seu desempenho através da mídia.

— E eu passei na sua avaliação? — perguntou Eve, virando a cabeça de lado, como em sinal de desafio.

Divertindo-se com isso, Magda passou uma das unhas pintadas de escarlate pela borda da taça de champanhe, ergueu-a até os lábios igualmente rubros e tomou mais um gole.

— Você é uma mulher inteligente e decidida que não só se mantém com firmeza sobre os próprios pés como também os usa para chutar o traseiro de quem merece. É uma mulher fisicamente vigorosa, mas que tem cérebro e um ar de quem olha para um evento desses e pensa: "Que coisa sem sentido. Será que essas pessoas não têm nada de útil para fazer com o seu tempo?"

Intrigada, foi a vez de Eve analisar Magda. Havia mais ali, percebeu, do que uma mulher fútil que brincava de faz de conta.

— Você é atriz ou psicóloga?

— Essas duas profissões exigem firmeza e poder de observação. — Esperou um segundo e tomou mais um gole. — Meu palpite é que você nunca deu e continua não dando a mínima para o dinheiro de Roarke. Isso deve ter aguçado o seu interesse. Também não a imagino atirada aos pés dele, pois do contrário ele a teria curtido por algum tempo, mas não ficaria de vez em sua companhia.

— Não sou um dos brinquedos dele.

— Não, claro que não. — Dessa vez, Magda levantou a taça e fez um brinde. — Ele está loucamente apaixonado por você, e é adorável ver isso. Agora eu quero saber como é ser uma policial. Nunca fiz um papel desses, nem no teatro, nem no cinema. Já representei mulheres que saem da lei para proteger o que lhes pertence, mas nunca alguém que trabalha do lado da justiça, a fim de defender os outros. É empolgante?

— É um trabalho como outro qualquer, com seus altos e baixos.

— Não creio que seja igual a qualquer outro. Você resolve casos de assassinato. Nós, os... civis, imagino que seja o termo que você use, sempre achamos todo o processo fascinante, a começar pelo assassinato em si.

— Quem pensa assim é porque não está no lugar de quem morreu.

— Exato. — Magda lançou a cabeça para trás e deu uma gostosa gargalhada. — Puxa, estou gostando de você! Fico muito feliz por isso. Já vi que você não quer falar de assuntos profissionais e eu a compreendo. As pessoas de fora também acham que o meu trabalho é excitante e glamoroso quando não passa de um... trabalho como outro qualquer, com seus altos e baixos.

— Já vi muito do seu talento. Acho que Roarke tem todos os seus filmes. Gosto muito de um em que você faz o papel de uma mulher trambiqueira que se apaixona pelo seu alvo. Achei divertido.

— Você deve estar falando de *É Só Fisgar e Puxar*. Sim, foi um filme realmente muito divertido. Chase Conner foi o meu par romântico, e acabei me apaixonando por ele na vida real. Também foi muito divertido enquanto durou. Estou leiloando o vestido que usei na cena do coquetel.

Magda olhou em torno do salão, vagando com o olhar por entre os seus objetos, tantas coisas que um dia tinham sido vitais para ela, e exibiu um ar de divertimento.

— Isso tudo deve alcançar uma boa soma, e será muito útil para fazer a Fundação Magda Lane para Artes Cinematográficas decolar — explicou. — Todos esses pedaços e detalhes de uma carreira vão desaparecer em breve sob a batida de um martelo de leiloeiro.

Ela se virou, avaliando um pequeno palco elevado que fora decorado como a alcova de uma mulher sedutora. Ali estavam expostos uma camisola cintilante e um estojo de joias de onde correntes e pedrarias transbordavam de forma gloriosa sobre uma penteadeira laqueada.

— Isso tudo tem muito a ver com o universo feminino, não acha? — perguntou a Eve.

— Sim, e você curte isso.

— Curto com todo o coração. Houve um tempo em que eu precisava desesperadamente de todas essas coisas — confirmou Magda, sorrindo para Eve. — Só que uma mulher inteligente não sobrevive a uma carreira instável como a de atriz sem se reinventar constantemente.

— E que papel você está desempenhando neste momento?

— Sim, sim — murmurou Magda. — Estou gostando de você de verdade. As pessoas me perguntam por que estou tomando essa atitude, por que estou me desfazendo das minhas coisas. Sabe o que eu respondo?

— Não, o quê?

— Digo que eu pretendo viver e trabalhar por muitos anos ainda. Terei tempo bastante para juntar mais coisas. — Lançando novamente a mesma gargalhada gostosa, ela se virou para Eve. — Essa afirmação é verdadeira, mas existe mais por trás do leilão. Essa fundação é uma velha ideia, um sonho há muito acalentado. Atuar como atriz tem sido maravilhoso para mim. Quero passar essa alegria para outras pessoas enquanto ainda estou em atividade e jovem o bastante para ver os resultados. Doações, bolsas de estudo, instalações modernas onde gente de sangue novo possa atuar. Ficarei feliz por saber que um jovem ator ou diretor poderá dar início à sua carreira a partir de uma ajuda oferecida em meu nome. Pura vaidade.

— Não vejo assim. Considero sabedoria.

— Uau! Agora gostei de você ainda mais. Olhe, aquele rapaz ali chama-se Vince. Ele está me lançando um olhar especial. É meu filho — explicou Magda. — É ele quem está lidando com a mídia e dando assistência ao pessoal da segurança durante a nossa espetacular apresentação desta noite. Meu filho é muito exigente — acrescentou, fazendo sinal para o homem do outro lado da sala. — Só Deus sabe de quem ele herdou essa característica. Essa é a minha deixa para voltar ao trabalho. — Ela se levantou. — Vou ficar em Nova York durante as próximas semanas. Espero que voltemos a nos encontrar.

— Sim, seria ótimo.

— Ah, Roarke, você calculou o momento exato para reaparecer. — Magda sorriu na direção dele, que se aproximava da mesa. — Sou obrigada a abandonar a sua adorável esposa, pois o dever me chama. Espero que me convidem em breve para ir à sua casa, pois assim terei a chance de passar mais tempo com vocês e me deliciar com um daqueles jantares espetaculares que o seu mordomo organiza. Qual é mesmo o nome dele?

— Summerset — disse Eve, torcendo ligeiramente os lábios.

— Sim, isso mesmo. Summerset. Nos veremos em breve — despediu-se ela, beijando Roarke nos dois lados do rosto antes de sair deslizando com elegância pelo salão.

— Você estava certo. Gostei dela.

— Tinha certeza de que gostaria. — Enquanto falava, ele foi guiando Eve suavemente em direção à saída. — Sinto interromper a sua noite de folga, querida, mas temos um problema.

— Um problema de segurança? Alguém tentou sair daqui com o bolso cheio de badulaques?

— Não. O caso não tem nada a ver com roubo e sim com assassinato.

O olhar suave e feminino dela se modificou na mesma hora, e Eve se transformou em tira.

— Quem morreu?

— Uma das camareiras, pelo que me disseram. — Ele continuou guiando Eve pelo braço e a levou até o saguão dos elevadores. — Ela está na torre sul, no quadragésimo sexto andar. Não sei mais detalhes — disse ele, falando depressa antes que ela o interrompesse. — O chefe da segurança do hotel acaba de me informar do ocorrido.

— A polícia já foi avisada?

— Acabei de avisar a você, não avisei? — Com olhar sombrio, ele se manteve calado enquanto o elevador os levava até a torre sul. — O pessoal da segurança sabia que eu estava no salão de festas e que você estava comigo. Foi por isso que resolveram informar a mim, e a você, antes de mais nada.

— Tudo bem, não precisa ficar irritado. Nem sabemos se é realmente um assassinato. As pessoas falam logo em homicídio quando alguém morre sozinho. Geralmente são acidentes ou causas naturais.

No instante em que colocou os pés fora do elevador, Eve estreitou os olhos. Tinha gente demais no corredor e, entre as muitas pessoas, havia uma camareira uniformizada absolutamente histérica, além de um monte de sujeitos de terno e várias pessoas que deviam ser hóspedes, pois espiavam com a cabeça fora das portas, tentando descobrir o motivo de tanta agitação.

Eve pegou sua bolsinha ridiculamente pequena, pescou o distintivo lá dentro e seguiu em frente, exibindo-o diante do corpo.

— Polícia de Nova York! Limpem essa área. Quero todo mundo de volta aos seus quartos. Quem fizer parte da equipe da segurança permaneça por perto. Alguém pode cuidar dessa mulher, por favor? Quem é o chefe da segurança?

— Sou eu. — Um homem magro com a pele cor de café, a cabeça raspada e muito brilhante se adiantou. Meu nome é John Brigham.

— Brigham, venha comigo. — Como ela não estava com o seu cartão mestre, apontou para a porta.

Quando ele a abriu, Eve entrou e olhou em torno da sala de estar.

Era um lugar suntuoso, cheio de móveis caros, inclusive um bar equipado. A sala estava tão arrumada quanto uma igreja. As telas de privacidade que cobriam as generosas janelas haviam sido ativadas e as luzes estavam todas acesas.

— Onde ela está? — Eve perguntou a Brigham.

— No quarto, à esquerda.

— A porta estava aberta ou fechada quando você entrou no local?

— Fechada. Mas não sei como estava antes, pois foi outra camareira, a sra. Hilo, que a encontrou.

— A mulher agitada do corredor?

— Essa mesmo.

— Muito bem, vamos ver o que temos aqui. — Eve foi até a porta e a abriu.

Música explodiu lá de dentro. As luzes também estavam todas acesas e brilhavam de forma pungente sobre o corpo na cama, que parecia uma boneca quebrada e atirada ali de qualquer jeito por uma criança mimada.

Um dos braços estava torto, em um ângulo impossível. O rosto da jovem estava roxo, inchado por ação de um cruel espancamento, e a saia do uniforme estava levantada até a cintura. O arame fino usado para estrangulá-la deixara uma marca profunda na pele, como uma gargantilha fina e mortal.

— Acho que podemos descartar as causas naturais — murmurou Roarke.

— É. Brigham! Quem entrou nesta suíte além de você e da outra camareira desde que o corpo foi encontrado?

— Ninguém, tenente.

— E você se aproximou do corpo, tocou em algo além da porta por algum motivo?

— Conheço o meu trabalho, tenente. Já fui tira, junto à Divisão Antiviolência da Polícia de Chicago. Fui policial lá por doze anos. A sra. Hilo me deu ciência do fato, aos gritos, pelo comunicador. Cheguei aqui em menos de dois minutos. Ela foi encaminhada de volta à sua sala, no quadragésimo andar. Ao entrar na suíte, eu determinei visualmente que a vítima estava morta. Sabendo que Roarke estava no prédio, acompanhado pela senhora, tenente, liguei para ele de imediato. Em seguida eu protegi a suíte para preservar a cena do crime, mandei alguém controlar a sra. Hilo e esperei a sua chegada.

— Muito obrigada, Brigham. Já que você trabalhou na polícia, sabe muito bem quantas vezes a integridade da cena do crime é prejudicada por gente que tenta ajudar. Você conhecia a vítima?

— Não. A sra. Hilo disse que seu nome era Darlene. A pequena Darlene, foi como ela se referiu à jovem. Isso foi tudo o que consegui descobrir a respeito até agora.

Eve analisava a cena, mantendo-se a distância e tentando visualizar o crime, passo a passo.

— Brigham, você me faria um grande favor se acompanhasse a sra. Hilo a algum local calmo e isolado onde ela possa ficar sozinha e sem ver ninguém até eu conversar com ela. Vou comunicar à Central. Não quero entrar no quarto até estar com as mãos e os pés devidamente isolados.

Brigham colocou a mão no bolso e pegou uma lata pequena de Seal-It, o spray selante.

— Pedi a um dos meus homens que me trouxesse isso e também um equipamento de gravação, tenente — acrescentou ele, entregando a Eve uma câmera de lapela. — Imaginei que a senhora estivesse sem o seu kit de serviço.

— Bem pensado. Você se importa de ficar com a sra. Hilo por algum tempo?

— Claro que não, pode deixar que cuido disso. Por favor, me avise assim que quiser falar com ela, tenente. Nesse meio-tempo eu darei ordens para que dois guardas fiquem na porta até a equipe de peritos chegar.

— Obrigada. — Eve pegou a câmera e perguntou, com ar distraído: — Por que você saiu da polícia?

Pela primeira vez Brigham sorriu.

— Meu atual patrão me fez uma oferta irrecusável.

— Aposto que sim — resmungou ela, na direção de Roarke, quando Brigham saiu. — Ele tem cabeça fria e um olho bom. — Começou a passar o spray nos sapatos, mas decidiu que seria muito mais fácil tirá-los. Depois de descalçá-los, passou o spray nos pés, nas mãos e entregou a lata e a câmera para Roarke.

— Preciso que você grave a cena. — Pegando o comunicador, ela ligou para a emergência.

— O nome dela é Darlene French — anunciou Roarke, lendo os dados da funcionária em seu computador de mão. — Trabalhava aqui há pouco mais de um ano. Tinha vinte e dois anos.

— Sinto muito por tudo isso. — Eve tocou o braço dele e esperou até ele desviar os olhos sombrios e zangados em sua direção. — Vou cuidar dela a partir de agora. Grave tudo para mim, OK?

— Certo, pode deixar comigo. — Ele tornou a guardar o computador de mão no bolso e ligou o gravador.

— A vítima foi identificada como Darlene French, sexo feminino, vinte e dois anos, camareira do Roarke Palace Hotel. Aparentemente, trata-se de um homicídio levado a cabo neste local, suíte 4.602. Presente ao local e atuando como investigadora primária a tenente Eve Dallas. Também presente e atuando como auxiliar temporário para o registro dessa cena do crime o civil Roarke. O setor de emergência já foi acionado.

Só então Eve se aproximou do corpo.

— A cena mostra poucos sinais de luta, mas o corpo está muito roxo e cheio de arranhões, todos consistentes com espancamento brutal, em especial na região do rosto. O ângulo dos respingos de sangue indica que o espancamento ocorreu com a vítima sobre a cama.

Ela olhou em torno do quarto mais uma vez e reparou no bipe eletrônico largado no chão, junto do banheiro.

— O braço direito está quebrado — continuou ela. — Outros ferimentos nas coxas e na área genital da vítima indicam estupro ocorrido antes da morte.

Com muita gentileza, Eve ergueu uma das mãos sem energia. Desejando estar com seus micro-óculos, ela examinou as mãos com todo o cuidado.

— Tem um pedaço de pele aqui — murmurou. — Você conseguiu reagir e atacá-lo de volta, não foi, Darlene? Muito bem. Temos pele, possivelmente pelos e fibras por baixo das unhas da vítima.

Meticulosa, Eve moveu o corpo. O uniforme ainda estava abotoado no busto.

— Ele não se preocupou muito com as preliminares. Não rasgou as roupas dela nem se preocupou em despi-la. Lançou-se logo ao ataque, fraturou seu braço e a estuprou. Um arame fino, prateado, foi usado como garrote para estrangulá-la. As pontas do arame estão cruzadas na frente do corpo e curvadas nas pontas, o que indica que o assassino a estrangulou face a face, montado em cima dela, depois de ela já estar desacordada. Você conseguiu gravar de todos os ângulos? — perguntou a Roarke.

— Sim.

Concordando com um gesto, Eve ergueu a cabeça da vítima e se inclinou ligeiramente para ver a parte de trás do fio, junto da nuca.

— Grave aqui — ordenou ela —, porque, quando a virarmos, pode ser que o fio de metal se desloque. Ele está inteiro na parte de trás e o sangramento é mínimo. Ele não usou o arame até terminar de espancá-la e acabar o estupro. Ele montou nela — afirmou Eve, estreitando os olhos como se quisesse focá-los melhor —, colocando um joelho para cada lado. Ela já não estava reagindo muito a essa altura, se é que esboçou alguma reação. Ele simplesmente passou o fio sobre a cabeça dela, cruzou as pontas na frente do peito e puxou, apertando com força. Não deve ter levado muito tempo para matá-la.

Mas ela corcoveou e lutou instintivamente para se livrar do peso que a sufocava, a pele em volta da garganta ardendo por causa do arame que também lhe abafava os gritos de dor e pavor. Seu coração martelou-lhe o peito com força e o rugido de tempestade no mar deve ter explodido em seus ouvidos devido à falta de oxigênio.

Calcanhares agitando-se em vão, mãos curvadas no desespero da busca pelo ar. Até que o sangue começou a explodir nas artérias do cérebro e por trás dos olhos, obrigando o coração, frenético, a se render.

Eve deu um passo para trás. Havia pouco mais a fazer ali sem o kit de serviço.

— Preciso saber o nome da pessoa que se registrou nessa suíte e qual é a rotina das camareiras. Tenho que conversar com a sra. Hilo — acrescentou, ao entrar no closet para dar uma olhada. — Também quero conversar com alguém da equipe que a conhecesse bem — completou ela, enquanto verificava o armário.

— Nenhuma roupa, nem mesmo um fiapo. Temos só duas toalhas que ela provavelmente estava recolhendo e ia substituir. *Alguém se registrou nessa suíte?*

— Vou descobrir. Você vai precisar do nome do parente mais próximo.

— Sim — confirmou Eve, com um suspiro. — Marido, se ela tiver, e também os namorados, ex-namorados e amantes. Em noventa por cento das vezes são esses os culpados em homicídios sexuais. Só que estou achando que esse caso aqui faz parte dos outros dez por cento. Não vejo nada de pessoal, nenhum detalhe que indique intimidade ou paixão. Ele não estava revoltado com ela, nem pessoalmente envolvido.

— Não existe intimidade no estupro.

— Mas pode existir — corrigiu Eve. Ela sabia disso melhor do que ninguém. — Quando o estuprador e a vítima se conhecem ou existe alguma ligação entre eles, mesmo que seja apenas uma fantasia por parte do agressor, isso leva à intimidade. Não foi o caso. Aqui nós temos frieza. Simplesmente ataque e caia fora. Aposto que ele levou mais tempo espancando a vítima do que a estuprando. Existem homens que curtem espancar mulheres. Para eles, bater nelas são as preliminares da transa.

Roarke desligou o gravador.

— Eve... Entregue o caso a outro investigador — sugeriu.

— O quê?... — Ela piscou algumas vezes e sua mente voltou ao presente. — Por que eu faria tal coisa?

— Não se obrigue a passar por isso. — Ele tocou o rosto dela. — Esse caso poderá machucar você.

Eve notou que Roarke teve o cuidado de não citar o pai dela. Não falou dos espancamentos, dos estupros, nem do terror que ela vivera antes de completar oito anos de idade.

— Toda morte machuca, se você permitir que isso aconteça — disse ela, simplesmente. Virou-se e olhou mais uma vez para Darlene French. — Não vou entregar esse caso para outra pessoa, Roarke. Não posso fazer isso. Ela já é minha.

Capítulo Dois

A suíte fora registrada em nome de James Priory, de Milwaukee. Ele chegara às três e vinte daquela tarde e avisou que ficaria hospedado durante duas noites na suíte que já havia reservado três semanas antes.

O pagamento do quarto e um adicional para despesas extras eventuais foram feitos pelo seu cartão de débito, conforme registro da recepção.

Na sala de estar da suíte, enquanto os peritos e investigadores cuidavam da cena do crime, Eve assistia às das câmeras de segurança, providenciadas por Brigham.

A gravação do *check-in* mostrava que Priory era um mulato forte de quarenta e poucos anos, trajando um terno conservador, típico dos homens de negócios bem-sucedidos que podiam pagar duas noites na suíte caríssima de um dos hotéis mais sofisticados da cidade. Tinha jeito de quem gastava muito, observou Eve.

Sob o terno caro e os cabelos bem cuidados, porém, Eve percebeu um ar agressivo.

O sujeito era musculoso, com peito largo. Pesava pelo menos duas vezes mais que a sua vítima. Suas mãos eram abrutalhadas, com dedos compridos e grossos. Seus olhos tinham o tom opaco das poças de lama que se formam após as nevascas de janeiro em Nova York. Um tom de cinza frio e sujo.

Seu rosto também era quadrado, com um nariz de boxeador sobre a boca fina. Os cabelos castanho-escuros, cuidadosamente cortados e já grisalhos nas têmporas, pareceram falsos a Eve. Talvez fossem um disfarce.

Ele não fez questão nenhuma de esconder o rosto e chegou mesmo a lançar um sorriso curto para o atendente do balcão, antes de seguir com o carregador até o elevador mais próximo.

Trazia uma única mala.

No disco de segurança, que analisou em seguida, Eve viu o carregador abrir a porta da suíte e dar um passo atrás gentilmente, a fim de permitir a Priory entrar primeiro. De acordo com as gravações a partir dessa hora, ele não tornou a sair da suíte até a hora do assassinato.

Dentro da suíte, ele utilizou o AutoChef da pequena cozinha para fazer uma refeição — um bife malpassado com purê de batatas e acompanhado por um pão, uma xícara de café e cheesecake como sobremesa — em vez de pedir ao serviço de quarto.

O frigobar quase não fora usado. Apenas macadâmias e um refrigerante haviam sido consumidos.

Nada de álcool, reparou Eve. Ele estava de cabeça limpa.

O disco seguinte mostrava Darlene French empurrando o carrinho de serviço até a porta da suíte 4.602.

Ela era uma linda jovem que vestia um uniforme bonito, sapatos macios e exibia um ar sonhador nos olhos grandes e castanhos. Tinha compleição delicada. Suas mãos pequenas brincavam com o lindo coração de ouro pendurado ao pescoço, que ela tirara por entre os botões da blusa.

Ela tocou a campainha, coçou a base das costas com toda a calma do mundo e tornou a tocar. Em seguida, recolocou com cuidado o pequeno coração atrás da blusa. Só nesse momento pegou o cartão mestre e o passou pela ranhura junto da porta, pressionando o polegar no identificador eletrônico. Abriu a porta, avisou de sua chegada com voz alegre e voltou ao corredor para pegar toalhas limpas no carrinho.

Fechou a porta às 8:26 da noite.

Às 8:58, Priory apareceu no corredor saindo do quarto com a mala na mão e algumas toalhas. Fechou a porta e teve o cuidado de jogar as toalhas no fundo do carrinho, rodeando-o logo depois e seguindo, com ar totalmente despreocupado, rumo à porta que dava para as escadas.

Levou apenas trinta e dois minutos para espancar, estuprar e assassinar Darlene French.

— Com a cara limpa — disse Eve, em voz alta. — Sem ingerir álcool.

— Tenente?

Eve balançou a cabeça para os lados e ergueu a mão para manter sua assistente calada por mais um instante.

Peabody fechou a boca e esperou. Ela já trabalhava com Eve na Divisão de Homicídios havia quase um ano e tentava manter o mesmo pique da tenente em questões de trabalho.

Seus olhos, quase tão escuros quanto os cabelos retos que lhe desciam à altura do queixo, se desviaram para a tela que Eve continuava a analisar, onde viu a imagem fria de um assassino.

Que aparência cruel, pensou Peabody, mas não disse nada.

— O que conseguiu para mim? — perguntou-lhe Eve, depois de algum tempo.

— James Priory era vendedor de apólices da Seguradora Aliança, que fica em Milwaukee. Faleceu em 5 de janeiro deste ano. Desastre de carro.

— Pois ele me pareceu vivo, e muito. Houve algo estranho no acidente em Milwaukee?

— Creio que não, tenente. O relatório da ocorrência afirma que um caminhão a jato perdeu a direção e pegou Priory e outro motorista de frente. Havia um monte de Priorys em Milwaukee, mas só um James.

— Pode parar a pesquisa. Esse cara tem ficha em algum lugar, tenho certeza. Entre em contato com Feeney. Envie as imagens do disco e peça para ele fazer uma busca no Centro de Pesquisa Internacional de Atividades Criminais (CPIAC). Isso é trabalho da Divisão de Detecção Eletrônica, e o CPIAC é a menina dos olhos de Feeney. Ele conseguirá descobrir quem é esse cara mais depressa que qualquer uma de nós. — Ela olhou as horas. — Vou conversar com a sra. Hilo. Ela já deve estar falando coisa com coisa a essa altura. Onde está Roarke? — perguntou, olhando em volta.

Peabody se empertigou toda e olhou diretamente para a parede oposta.

— Não sei, tenente.

— Droga! — Eve saiu a passos largos em direção ao guarda da porta. — Onde está a sra. Hilo? — quis saber.

— Ela se encontra na suíte 4.020, tenente.

— Ninguém pode entrar nessa suíte sem exibir um distintivo. Ninguém. — Seguindo rumo ao elevador, Eve apertou o botão com força. Roarke ter abandonado a cena do crime só podia significar uma coisa: ele estava aprontando alguma.

O bom é que a sra. Hilo parecia realmente estar mais calma. Muito pálida, os olhos vermelhos, estava sentadinha na sala de estar de uma das suítes menores do hotel. Havia um bule de chá sobre a mesinha de centro e ela segurava uma xícara, que colocou na bandeja assim que Eve entrou.

— Sra. Hilo. Sou a tenente Dallas, da polícia de Nova York.

— Sim, já sei. Roarke me explicou que a senhora pediu para eu esperá-la aqui, em companhia do sr. Brigham.

Eve lançou um olhar firme para Brigham, que permaneceu de pé, olhando, com aparente fascínio, para um quadro na parede oposta.

— Roarke explicou? — repetiu Eve.

— Sim. Ele desceu e me fez companhia durante algum tempo. Foi ele que mandou me servirem chá. Isso é típico dele. Roarke é um homem adorável.

— Ah, sim, ele é um amor! Sra. Hilo, a senhora conversou com mais alguém além do sr. Brigham e Roarke, desde que veio para cá?

— Oh, não. Roarke me avisou para não fazer isso. — Ela olhou para Eve com ar confiável, mas seus olhos castanhos estavam inchados. — Sra. Roarke...

— Dallas, por favor. — Eve não rangeu os dentes, mas bem que teve vontade.

— Oh, sim, claro. Desculpe, tenente Dallas. Gostaria de lhe pedir desculpas pela minha reação histérica quando eu... ainda há pouco — completou respirando fundo, ainda trêmula. — Não conseguia parar de gritar. Quando encontrei a coitadinha da Darlene, eu... não consegui me controlar.

— Não se preocupe, está tudo bem.

— Não, não está. — Hilo ergueu as mãos. Era uma mulher miúda, mas forte. O tipo de mulher que seguia marchando com firmeza mesmo depois que os corredores de longa distância ficavam para trás, com câimbras. — Eu saí correndo. Deixei a pobrezinha lá daquele jeito. Sou a supervisora das camareiras no turno de seis à uma da manhã. Sou responsável pelo serviço e fugi correndo, deixando-a lá. Nem mesmo a toquei, nem a cobri.

— Sra. Hilo...

— Apenas Hilo, por favor, tenente. — Ela conseguiu exibir um sorriso que só serviu para acentuar a expressão triste. — Meu nome é Natalie Hilo, mas todos me chamam de Hilo.

— Está bem, Hilo. — Eve se sentou e adiou por alguns segundos o instante de ligar o gravador. — Você fez exatamente o que era correto. Se a tivesse tocado ou coberto, teria alterado a cena do crime. Isso tornaria mais difícil descobrir quem cometeu tamanha maldade. Não só descobrir, como também fazer o assassino pagar pelo seu ato.

— Foi exatamente o que Roarke me disse. — Seus olhos se encheram de lágrimas novamente, mas ela pegou o lenço no bolso e enxugou-as com rapidez. — Ele também me disse que *vão* encontrar a pessoa cruel que fez isso com a menina e me garantiu que a senhora não vai descansar enquanto não pegá-lo.

— Isso mesmo. Você poderá me ajudar, e também ajudar Darlene. Brigham, será que eu e Hilo poderíamos ficar a sós por alguns momentos?

— Claro. A senhora poderá me achar no ramal 90, é só ligar pelo *tele-link* interno.

— Vou gravar a nossa conversa — informou Eve, quando elas ficaram a sós. — Tudo bem para você?

— Claro. — Ela fungou uma vez e aprumou o corpo. — Estou pronta.

Eve colocou o gravador sobre a mesa e recitou as informações a respeito do caso.

— Hilo, quero que me conte o que houve. Por que você foi à suíte 4.602?

— Darlene estava atrasada. Quando a rotina de limpeza termina em cada quarto ou suíte, a camareira aperta a tecla 5 do bipe. Isso me ajuda a acompanhar o trabalho da equipe e marcar as suítes que já estão prontas. Além de ser mais eficiente, é também um esquema que visa proteger os hóspedes e funcionários.

Ela soltou um suspiro profundo e pegou a xícara de chá.

— A rotina geralmente leva de dez a vinte minutos, dependendo do tamanho da suíte e do ritmo da camareira. Toleramos alguns minutos a mais, é claro. Muitas vezes a suíte que acaba de ser desocupada fica num tal estado que levamos até muito mais tempo para limpá-la. A senhora ficaria espantada, tenente, espantada de verdade, se visse a forma com que algumas pessoas tratam um quarto de hotel. Fico imaginando como será a casa delas.

Ela balançou a cabeça.

— Mas tem gente que é assim mesmo — continuou. — No momento nós temos uma taxa de ocupação de quase cem por cento e estamos trabalhando em ritmo acelerado. Não percebi que Darlene não me bipou para liberar a suíte 4.602. Estava lá fazia uns quarenta minutos, mais ou menos. Isso é muito tempo, mas trata-se de uma suíte grande e Darlene era lenta. Não que ela não trabalhasse bem, tenente. Até que era uma boa camareira, mas não tinha muita pressa.

Hilo começou a torcer as mãos, aflita.

— Não devia ter dito que ela era lenta. Não devia ter me referido a Darlene dessa forma. Eu quis dizer meticulosa, tenente. Era uma menina ótima, um doce de pessoa. Todos gostavam dela. Ela simplesmente levava mais tempo do que a média para arrumar os quartos. Gostava de trabalhar nas suítes grandes e adorava cuidar das coisas bonitas com carinho.

— Está tudo bem, Hilo, eu compreendo. Darlene tinha orgulho de seu trabalho e queria desempenhá-lo bem.

— Sim. — Hilo apertou os lábios com as pontas dos dedos e concordou com a cabeça. — Isso mesmo, tenente.

— O que você fez ao perceber que ela ainda não acabara o serviço?

— Oh. — Hilo sacudiu o corpo, obrigando-se a voltar ao presente. — Eu a bipei. O procedimento padrão é a camareira bipar de volta ou entrar em contato com a base pelo *tele-link* interno. De vez em quando um hóspede fica de papo ou atrasa o trabalho da camareira, pedindo mais toalhas, sabonetes ou algo assim. A política do Palace Hotel é atender aos hóspedes, mesmo que seja só para bater papo, porque muitos estão longe de casa e sentem-se solitários. Isso atrasa o cronograma, mas nós somos um hotel de primeira linha.

Ela tornou a colocar a xícara sobre a bandeja antes de continuar.

— Dei cinco minutos a Darlene e tornei a acionar o bipe. Quando ela continuou sem dar retorno, eu me irritei. Puxa, tenente, fiquei chateada com ela, e agora...

— Hilo. — Eve já perdera a conta das vezes que assistira a essa rotina de culpa em um sobrevivente. — Sua reação foi muito natural,

Darlene jamais a culparia por isso. Você não conseguiu ajudá-la na hora, mas pode ajudá-la agora. Conte-me tudo do que se lembra.

— Sim, está certo. Tudo bem. — Hilo inspirou fundo e expirou lentamente. — Como eu falei, estávamos todos muito atarefados. Fui pessoalmente até a suíte para apressá-la. Tinha esperança de o bipe estar com defeito. Isso não é comum, mas já aconteceu. Ao ver o carrinho de serviço parado no corredor, fiquei aborrecida de verdade.

Ela se obrigou a interromper o relato enquanto se lembrava de como planejara passar uma boa descompostura em Darlene.

— Apertei a campainha e usei o meu cartão mestre para entrar na suíte. Vi que a sala de estar estava impecável. Fui direto até o quarto e abri a porta.

— Quer dizer que a porta estava fechada?

— Sim, tenho certeza disso porque me lembro de ter chamado por ela no instante em que abri a porta. Foi quando vi a pobrezinha largada sobre a cama. Seu rosto estava muito inchado devido ao espancamento e havia sangue no colarinho do seu uniforme, além de vários respingos na roupa de cama que ela havia trocado. Ela estava fazendo o seu trabalho quando foi atacada e...

— Ela já havia arrumado a cama — Eve a interrompeu. — Essa é a primeira coisa que uma camareira faz ao entrar em uma suíte?

— Depende. Cada uma tem a sua rotina mais ou menos pessoal. Darlene gostava de cuidar do banheiro antes. Recolhia as toalhas usadas e colocava outras limpas. Só então ia arrumar a cama. Alguns hóspedes exigem que as roupas de cama sejam trocadas mesmo que tenham simplesmente tirado um cochilo ou... enfim, usado a cama para alguma outra coisa. Nesse caso, ela tirava os lençóis usados, levava-os para o carrinho e trazia roupa limpa. Anotava tudo em sua pranchcta eletrônica. Uma questão de eficiência, como eu já disse. Além de evitar pequenos furtos feitos por funcionários, entende?

— Sim. Pelo que eu pude observar, ela acabara de trocar os lençóis da cama. O sistema de som ambiente estava ligado. Será que foi ela quem colocou música para tocar enquanto trabalhava?

— Sim, talvez. Mas nunca a todo volume. Quando o hóspede não está na suíte durante a troca da roupa de cama, a camareira pode ligar o som, mas o mantém na estação programada pelo hóspede ou coloca música clássica quando não há programação prévia. E sempre em volume baixo.

— Talvez ela fosse diminuir o volume ao sair.

— Darlene gostava de som contemporâneo. — Hilo conseguiu abrir um sorriso. — Quase todos os jovens da equipe preferem música moderna. Ela nunca teria programado ópera para se distrair enquanto trabalhava.

— Muito bem. — *Quer dizer que o assassino curte ópera*, pensou Eve. *Para se distrair*. — E então, Hilo, o que houve em seguida?

— Eu congelei, literalmente. Lembro que fugi correndo do quarto, batendo a porta ao sair. Ouvi a batida em meio aos meus gritos. Corri pela sala da frente e bati a porta de fora também. Só que não consegui fazer com que minhas pernas me obedecessem e me encostei à porta. Fiquei ali no corredor, aos berros, enquanto ligava para a segurança.

Ela se mostrou mais abalada e colocou as mãos no rosto.

— As pessoas começaram a sair dos quartos e correr em minha direção. Todos pareciam muito agitados. O sr. Brigham apareceu e entrou na suíte. Tudo então ficou confuso em minha mente, até que ele me trouxe aqui para baixo e disse para eu me deitar, mas não consegui. Fiquei só sentada aqui, chorando, até Roarke aparecer trazendo chá. Quem teria coragem de machucar aquela menina doce? E por quê?

Eve não disse nada, pois essa pergunta nunca seria respondida por completo. Hilo continuou balançando o corpo para a frente e para trás, até que se aprumou novamente.

— Darlene era a responsável pela limpeza e pelas trocas daquela suíte? — quis saber Eve, por fim.

— Não especificamente, mas quase sempre era ela quem fazia o serviço. Geralmente cada camareira trabalha em dois andares fixos e fica neles a não ser que haja alguma troca extra. Darlene cuidava do quadragésimo quinto e do quadragésimo sexto desde que terminara o treinamento.

— Sabe me dizer se ela tinha envolvimento com alguém? Um namorado, talvez?

— Sim, acho que sim. Há muita gente jovem na equipe e eles estão sempre de namoro. Não sei se me lembro do nome do rapaz... É Barry! — Expirando aliviada, Hilo quase sorriu. — Sim, acho que o nome do rapaz é esse, Barry. Ele é um dos carregadores de bagagem. Lembro bem porque Darlene ficava com ar sonhador sempre que ele conseguia trocar o seu turno pelo da noite. Assim, eles tinham mais chance de ficar juntos.

— Sabe o sobrenome dele?

— Não sei, sinto muito. Só sei que o rostinho dela sempre se iluminava ao falar dele.

— Houve alguma briga recente entre eles?

— Não, tenente, e pode crer que eu saberia se tivesse havido. Quando alguém da equipe briga com um namorado ou namorada, *todos* ficam sabendo. Tenho certeza que... Oh. Oh! — A pouca cor que conseguira voltar ao seu rosto tornou a desaparecer. — A senhora acha que ele... Tenente, pelo que Darlene contava, ele me parecia ser um bom rapaz.

— Foi uma pergunta de rotina, Hilo. De qualquer modo, vou ter de conversar com ele, para ver se faz ideia de alguém que pudesse atacá-la.

— Sim, tenente. É claro.

As duas mulheres olharam para a porta que se abriu, revelando Roarke.

— Desculpem. Estou interrompendo?

— Não. Já acabamos, por ora. Talvez eu precise conversar com você novamente, Hilo — avisou Eve, ao levantar —, mas está liberada para ir embora. Posso pedir a alguém para levá-la até sua casa.

— Já cuidei disso. — Roarke atravessou a sala e tomou Hilo pela mão. — Mandei o motorista esperá-la na porta. Ele vai levá-la.

Seu marido a espera. Quero que vá direto para casa, Hilo, tome um tranquilizante e vá para a cama. Descanse o tempo de que precisar. Não quero que se preocupe com o trabalho até que se sinta melhor.

— Obrigada. De verdade. Acho que o próprio trabalho vai me ajudar a superar tudo.

— Faça o que achar melhor — aconselhou Roarke ao levá-la até a porta.

Hilo concordou com a cabeça e olhou mais uma vez para Eve.

— Tenente, ela era uma menina delicada e inofensiva. Totalmente inofensiva. Quem fez isso precisa ser punido. O castigo não vai trazê-la de volta, mas ele precisa ser punido. Isso é tudo o que podemos fazer.

Tudo, pensou Eve, *mas nunca era o suficiente.*

Ela esperou um pouco. Roarke trocou algumas palavras sussurradas com um sujeito que Eve imaginou ser o motorista e, em seguida, fechou a porta.

— Para onde você foi depois que sumiu de lá?

— Tinha um monte de coisas para resolver e providenciar. — Ele virou a cabeça meio de lado. — Que eu saiba, você não gosta de civis em cenas de crimes e havia pouca coisa a fazer lá.

— E muito a fazer em outro lugar?

— Quer uma descrição detalhada das minhas atividades e destinos, tenente? — Deixando a pergunta no ar, ele foi até o frigobar, abriu a porta e pegou uma garrafa pequena de vinho branco.

Ao vê-lo se servir de um cálice, Eve percebeu que a sua pergunta não tinha sido exatamente amigável.

— Puxa, Roarke, eu estava apenas me perguntando por onde você andava.

— E o que eu estava aprontando — completou ele. — Este hotel me pertence, tenente.

— Certo, você tem razão, vamos começar de novo. — Ela passou a mão pelos cabelos enquanto ele tomava um gole de vinho com gestos frios. — Foi a segunda vez em poucas semanas que você teve um empregado morto.* Isso não é fácil. É claro que, se considerarmos que você é dono de metade da cidade de Nova York...

— Só metade? — interrompeu ele, com um sorrizinho. — Preciso consultar meu contador.

— Pois é... Eu poderia ficar aqui e dizer que isso não tem nada a ver com você e também que você não deve levar o que houve para o lado pessoal, mas é claro que tudo isso é conversa fiada e você vai encarar esse crime como ofensa pessoal. Sei disso e sinto muito.

— Eu também. Não só pelo que aconteceu aqui, mas também por quase descontar tudo em você. Agora que resolvemos esse problema, deixe-me repetir que eu tinha um monte de coisas para resolver, Eve. O evento que está acontecendo no salão de baile era apenas um deles.

Ele ofereceu uma taça de vinho a Eve, mas, como ele imaginava, ela balançou a cabeça em recusa.

— O Palace Hotel e o leilão vão sofrer nas mãos da mídia — continuou ele. — Os repórteres ficam com água na boca quando um assassinato acontece dentro de um hotel famoso, e se acrescentarmos as estrelas que estão lá embaixo teremos uma tremenda reportagem. Precisamos ter jogo de cintura o mais depressa possível para lidar com essa situação. Eu também fui providenciar cuidados para Hilo.

— Isso foi muito bom — disse Eve, baixinho. — As coisas vão ser mais fáceis para ela graças a você.

— Hilo trabalha para mim há dez anos. — Em se tratando de Roarke, nada mais precisava ser acrescentado. — A notícia já se espalhou entre os funcionários e é preciso evitar o pânico antes que ele se instale. Há um rapaz da equipe de carregadores de malas. Barry Collins.

— Namorado da vítima.

---

* Ver *Julgamento Mortal*. (N. T.)

— Sim. A notícia foi um choque. Mandei que o levassem para casa. E antes que você reclame disso — continuou, assim que a viu se armando para o ataque — devo acrescentar que ele estava junto de dois outros carregadores no momento do crime. Eles organizavam a bagagem dos participantes de um congresso médico que acontecerá aqui.

— E como é que você sabe a hora do crime?

— Brigham me informou sobre o conteúdo dos discos de segurança. Você imaginou que ele não o fizesse?

— Não, claro que não, mas preciso conversar com o namorado.

— Você não conseguiria nenhuma informação dele hoje. — A voz de Roarke tornou-se mais suave, de um jeito quase musical. — Ele tem vinte e dois anos, Eve, e estava apaixonado por ela. Ficou completamente arrasado. Por Deus — murmurou Roarke, sentindo o pesar crescer —, ele pediu para ver a mãe. Foi para a casa dela que eu o enviei.

— Tudo bem. — Ela não podia reclamar disso. — Provavelmente eu teria feito a mesma coisa. Converso com ele depois.

— Suponho que você já tenha pesquisado tudo sobre James Priory.

— Claro, e eu suponho que você já saiba de todos os resultados. Então vou lhe informar só que estou passando os dados dele pelo CPIAC. Ele deve estar no sistema. Aposto que este não foi o seu primeiro crime.

— Posso conseguir resultados para você em menos tempo.

Ele podia mesmo, lembrou Eve, na sala secreta onde ele mantinha os seus avançadíssimos computadores sem registro.

— Vamos fazer as coisas do meu modo, por enquanto. O assassino saiu daqui com toda a calma do mundo, como se tivesse um lugar seguro onde se entocar. Vou descobrir seu esconderijo em breve. A pergunta que não quer calar é: "Qual o motivo do crime?" Ele veio até aqui com uma finalidade. A identidade falsa, a suíte reservada com antecedência para duas noites, com folga para o caso de algo dar errado na primeira tentativa. Ele se instalou no quarto e esperou por ela. Darlene, especificamente? Se foi esse o caso, qual o motivo? Será que qualquer camareira serviria? Novamente eu pergunto: por quê? Talvez eu consiga descobrir algo em função do seu passado.

Mas isso a preocupava.

— Ele não se importou de ser gravado. Isso me intriga. A não ser que eu esteja totalmente enganada e não encontremos uma ficha criminal, não faz sentido o fato de ele não ter tomado mais cuidado para não ser visto.

— E acabar se entregando de bandeja.

— Pois é, mas às vezes a coisa é simples assim mesmo. Preciso ir a Nova Jersey para dar a notícia ao parente mais próximo da vítima e depois vou à Central apresentar meu relatório inicial. Que tal me oferecer uma carona?

— Você sempre me surpreende, tenente — disse ele, atônito.

— Talvez eu esteja só querendo ficar de olho em você.

— Por mim, tudo bem. — Ele pousou o cálice de vinho, foi até ela, segurou-lhe o rosto com carinho e deu um beijo em sua testa. — Esse caso vai ser difícil para nós dois. É melhor eu ir logo me desculpando com você pelas palavras duras que eu possa lhe dizer antes de tudo ser resolvido.

— Tudo bem. — Casamento, pensou Eve, era um troço complicado. Ela tocou o rosto dele, devolvendo o carinho, e o beijou longamente na boca. — Estou fazendo isso porque provavelmente vou falar coisas ainda mais pesadas para você, Roarke.

Os braços dele deslizaram suavemente em torno dela.

— Então me diga alguma coisa pesada, agora mesmo. Bem pesada. Em seguida, já que estamos num quarto de hotel, podemos aproveitar a oportunidade e fazer algo interessante.

— Tarado! — reagiu Eve, rindo e empurrando-o de leve.

— Ai! Essa doeu! — Ele a seguiu porta afora. — Vou lhe cobrar por isso, mais tarde.

* * *

Comunicar oficialmente ao parente mais próximo a morte de alguém era a pior parte de ser um policial da Divisão de Homicídios. Com poucas palavras, vidas inteiras eram retalhadas. Não importa que elas fossem reconstruídas com o tempo, as coisas nunca mais seriam as mesmas. Depois de as peças serem arrancadas do quadro, o padrão se alterava para sempre.

Eve tentou tirar isso da cabeça ao voltar de Nova Jersey, onde deixara a mãe de Darlene French e sua irmã mais nova totalmente devastadas. Em vez de remoer isso, Eve seguiu em frente na busca pela justiça, já que consolo não era possível.

— Se houvesse outros crimes desse tipo na cidade ou na periferia, eu já teria ouvido a respeito — garantiu ela, pensando alto. — Mesmo assim, usou o computador do painel do carro de Roarke, um pequeno e sofisticado 6000XXX, para fazer uma varredura nos dados. — Aqui estão os estrangulamentos, aqui a seção de estupros e temos ainda uma variedade de espancamentos — comentou ela.

— Eu amo Nova York.

— É, eu também. Somos doentes. Pelo que vejo, temos casos isolados com cada um desses elementos básicos aqui e ali nos últimos seis meses, mas nada com os três ao mesmo tempo, e em nenhum deles um fio de prata foi usado como garrote. Nada em um quarto de hotel também. Mas o fato de ele ter usado um fio desses pode indicar que já atacou em outras cidades, países ou até mesmo fora do planeta. Vou ampliar o raio de busca para...

Ela parou de falar quando o comunicador de sua bolsa tocou.

— Aqui é Dallas falando.

— Não dá para você tirar pelo menos uma noitinha de folga não, Dallas?

Eve observou o olhar tristonho de Feeney.

— Bem que eu tentei fazer isso.

— Pois então tente com mais vontade. Se você tirar folga, talvez alguns dos seus colegas consigam descansar também. Eu estava curtindo uma cervejinha com uma tigela de batatas fritas sabor queijo enquanto assistia ao jogo dos Yankees no telão quando Peabody ligou e acabou com a minha alegria.

— Desculpe.

— Tudo bem, os panacas perderam o jogo mesmo, ainda por cima para um time ridículo, os Tijuana Tacos. Isso me deixou pau da vida. — Ele expirou com força e coçou os ralos cabelos ruivos alourados, já meio grisalhos. — Um sinal de alerta soou na minha cabeça quando Peabody me enviou o material. Logo de cara eu não o associei com nenhum caso em especial, mas passei a imagem dele pelo banco de dados do CPIAC. Não havia impressões digitais, e os peritos acham que ele deve ter passado spray selante nas mãos. Pelo menos vai dar para pegar o seu DNA pelo sangue, a pele sob as unhas da vítima e o sêmen, já que o cara não usou camisinha.

— Pois é. Vocês, rapazes, detestam agasalhar o seu melhor amigo.

Ele lançou um sorriso amargo.

— Não creio que ele esteja preocupado com o DNA. Provavelmente só protegeu as digitais para ganhar tempo, antes de se esconder. O DNA leva muitas horas para ser identificado.

— E você chegou a alguma conclusão em sua pesquisa no CPIAC?

— Já respondo isso. Como já expliquei, passei só a imagem pelo sistema. Rodei alguns programas de comparação de dados faciais. Brinquei um pouco com transmutação de imagens e consegui uma foto linda. Acrescentei a arma do crime e bingo! O nome do cara é Sylvester Yost ou Sly Yost. Descobri um monte de codinomes, mas o nome verdadeiro é esse.

— Priory é um dos codinomes que ele usa?

— Até hoje não era. De qualquer maneira, eu o coloquei no sistema. Faz uns quinze anos, trabalhei em um caso de estrangulamento em série com fio de prata. Cinco vítimas em vários países, uma delas aqui em Nova York. Era uma mulher, acompanhante licenciada com autorização de segunda linha, porém com ligações no mercado negro. O mesmo com as outras quatro vítimas. Não pertenciam à mesma organização, mas todas elas eram figuras-chave em algo sujo. Suspeitamos de Yost, mas nunca conseguimos agarrá-lo. As mortes pararam e o caso ficou em aberto, meio esquecido.

— Um assassino de aluguel?

— Pode ser, mas quem contratou o safado? Ele prejudicou todos os grandes cartéis do crime sem ligação direta com nenhum. Calculo que tenha envolvimento em outros vinte estrangulamentos antes e depois dessa época. E cumpriu pena por volta de 2030 por assalto à mão armada.

— Ah, eu sabia que ele já conhecia uma cela por dentro. Só uma prisão?

— Sim, só essa. Pelos registros, ele tinha uns vinte e poucos anos quando os tiras de Miami o enjaularam. Pelo visto, foi se aprimorando ao longo dos tempos.

— Estou indo para a Central. Mande tudo que você tiver sobre ele para lá.

— Já fiz isso. Vou pesquisar mais um pouco e amanhã de manhã eu lhe dou tudo atualizado. Quero dar mais uma vasculhada nesse cara.

— Ótimo.

— Até amanhã, então. Mais uma coisinha, Dallas...

— Que foi?

— Que troço é esse preso no seu cabelo?

— Troço?... — Ela passou a mão nos cabelos e sentiu os pequenos diamantes em forma de gota. — Ah, isso aqui é... Bem, é que eu estava... — Muito embaraçada, ela pigarreou. — Deixa isso pra lá, Feeney. — E desligou na mesma hora.

O homem que recebera ao nascer o nome de Sylvester Yost estrangulara uma jovem camareira sob o nome de James Priory e atualmente usava uma identidade onde se lia Giorgio Masini bebia a segunda dose de um uísque puro e assistia à reprise do jogo dos Yankees nessa noite.

Se ele fosse o tipo de assassino que mata por questões pessoais, teria caçado o arremessador dos Yankees, a fim de estripá-lo como um peixe. Porém, como matar pessoas era um negócio, ele ficou sentado ali, xingando o jogador com uma voz surpreendentemente fina.

Ao longo da sua vida, muita gente havia zombado do tom muito agudo e afeminado da sua voz. Quando ele estava trabalhando, ignorava as piadas. Quando estava de folga, espancava o gozador sem dó nem piedade.

Mesmo assim, fazia isso puramente por questão de princípios. Não era um homem passional, pelo menos em relação a pessoas ou convicções. Foi essa falta de paixão que o transformara em uma excelente máquina de matar.

O dinheiro pelo trabalho daquela noite já tinha sido depositado em uma conta com outro nome. Ele não tinha idéia da razão de a menina — afinal, ela era pouco mais que uma menina — ter sido escolhida como alvo. Simplesmente aceitou o contrato, cumpriu o prometido e recebeu a grana.

Esse trabalho em especial estava apenas começando, mas prometia lhe garantir um bom dinheiro. Como ele andava pensando seriamente em se aposentar, aquela bolada lhe serviria como uma deliciosa reserva estratégica.

Ao longo dos anos os seus honorários lhe tinham permitido desenvolver um gosto cultural refinado, ao qual ele se entregava com satisfação. E como podia comprar do bom e do melhor, avaliara e experimentara de tudo, até descobrir o que mais apreciava.

Comida, bebida, arte, música e moda. Já viajara pelo mundo todo e também para fora do planeta. Aos cinquenta e seis anos sabia falar três línguas fluentemente, e isso se mostrara uma boa ferramenta de trabalho. Além disso, ele sabia, quando batia a vontade, preparar uma refeição deliciosa, à altura de um gourmet. Por fim, sabia tocar piano como um anjo.

Ele não tinha nascido em berço de ouro, mas o fio de prata fora um bom substituto.

Aos vinte anos ele tinha sido o marginal rude que Eve percebera por baixo da aparência fina. Matava porque podia fazê-lo e ganhava bem.

Agora ele se tornara um virtuoso do assassinato, um artista por excelência que nunca desapontava os clientes e deixava a sua marca registrada em cada alvo.

Dor — através dos espancamentos. Humilhação — através dos estupros. O fio de prata. Assassinato com classe. Para Sly, tudo não passava de uma peça em três atos onde apenas o cenário e o colega de cena mudavam.

Ele era sempre o astro principal do show.

Sly adorava viajar e tinha vários álbuns de recortes cheios de cartões-postais de suas viagens. De vez em quando ele os folheava, bebendo um drinque e sorrindo ao lembrar os lugares onde estivera e as lembrancinhas que trouxera de cada cidade.

O maravilhoso jantar que apreciara em Paris naquele verão, antes de despachar o fabricante de eletrônicos, a vista de seu hotel em Praga, antes de estrangular um diplomata americano.

Boas lembranças.

Ele tinha certeza de que o seu novo contratante o manteria em Nova York durante toda a temporada do show, e isso lhe forneceria ainda mais lembranças agradáveis.

Capítulo Três

Pela manhã, Eve se sentou à sua mesa na Central de Polícia e reviu todos os dados que Feeney lhe enviara. Depois de algumas horas de sono, de uma avaliação feita com olhar descansado e de uma terceira xícara de café, ela percebeu a imagem de Sylvester Yost se formando em sua mente.

Um criminoso de carreira. Um assassino louco treinado por um inexpressivo contrabandista de armas que desaparecera, dado como morto durante as Guerras Urbanas. Filho de um deficiente mental que tinha um fraco por explodir carros e retalhar os desafortunados donos dos veículos com um canivete. Seu pai morrera de overdose em uma enfermaria para drogados quando Sly tinha treze anos.

Sly, pelo visto, decidira dar continuidade a essa tradição familiar, acrescentando um toque de estilo à destruição que provocava.

Eve estava diante de sua ficha criminal do tempo de adolescente. Ele começara a carreira com facas. Tinha decepado a orelha da sua assistente social duas semanas depois de ter sido recolhido pelo sistema. Em seguida ele experimentou o estupro, atacando uma das jovens de seu pavilhão, abandonando-a depois de espancá-la.

Por fim, encontrou sua verdadeira vocação no estrangulamento, tendo praticado em cães pequenos e gatos grandes antes de se graduar no ataque a seres humanos.

Aos quinze anos ele fugira da casa de correção. Tinha atualmente cinquenta e seis anos. Nos quarenta e um anos que haviam transcorrido desde então, ele passou preso apenas um deles, e era suspeito de quarenta e três assassinatos.

As informações a respeito dele eram vagas, apesar dos vários arquivos abertos pelo FBI, pela Interpol e pelo CPIAC, sem falar na Agência Global para Crimes Interplanetários (AGCI).

Todos suspeitavam de que ele era um assassino de aluguel sem família, nenhum amigo, nem sócio, nem endereço certo. Sua arma de escolha era um fio de prata de lei, quase pura. Mas algumas das vítimas com morte atribuída a ele tinham sido estranguladas manualmente, com echarpes de seda ou cordões de ouro.

Só no início da carreira, observou Eve, enquanto continuava a ler. *Antes de ele escolher a sua marca de assinatura.*

As vítimas eram homens e mulheres de todas as idades, raças e grupos sociais. Violência física, incluindo tortura ou estupro, era frequentemente empregada.

— Você é muito bom em seu trabalho, não é, Sly? E aposto que não cobra barato. — Ela se recostou, analisando a imagem congelada de Sly Yost na recepção do Roarke Palace Hotel. — Quem contrataria você para matar uma jovem camareira que morava com a mãe e a irmã em Hoboken?

Ela se levantou da cadeira e começou a andar de um lado para outro no apertado espaço de sua sala, pensando. Havia uma possibilidade de ele ter cometido um erro, mas muito remota.

Ninguém consegue se manter mais de quarenta anos no mercado de assassinato por aluguel eliminando alvos errados.

Logicamente Yost fizera exatamente o que fora pago para fazer.

Seguindo essa linha, quem era Darlene French e com quem ela teria ligações?

Havia a ligação óbvia com Roarke, mas, apesar de uma morte como essa lhe causar, certamente, pesar pessoal e algumas inconveniências no hotel, tal dor de cabeça era uma marola na superfície do oceano das suas empresas.

Era melhor voltar o foco para a vítima. Será que Darlene ouvira ou testemunhara alguma coisa, talvez sem ter noção do que vira ou ouvira? Hotéis eram locais movimentados onde grandes negócios eram discutidos.

Mas, se a garota tivesse descoberto algo que não devia, por que matá-la de forma tão espalhafatosa e dramática? Era mais fácil acabar com ela de forma discreta e resolver o problema.

Um acidente, um assalto que acaba mal, deixando todos chocados e pesarosos. Os tiras dão uma olhada, oferecem condolências e a coisa não vai adiante.

Embora a teoria não lhe parecesse ter muita consistência, Eve decidiu que voltaria ao hotel para dar uma olhada mais de perto nas pessoas que tinham se hospedado nas suítes sob a responsabilidade de Darlene nas últimas semanas.

Parou junto de sua janela minúscula e olhou para a insanidade matinal da cidade. O tráfego no ar e nas ruas estava terrível. Um ônibus aéreo passou, arrastando-se, lotado de passageiros que não tinham a mordomia ou a oportunidade de trabalhar a partir de suas casas. Um pequeno helicóptero de uma rede de notícias sobrevoou a área, rasgando o ar com o som agudo de suas hélices, analisando, relatando e oferecendo opções aos que sofriam nos meios de transporte.

A mídia precisava encher o horário de programação com alguma coisa, imaginou Eve. Ela já ignorara várias ligações de repórteres em busca de comentários ou furos sobre o assassinato. Até ela ser intimada pelo comandante a dar alguma declaração, Eve ia deixar o carrossel da mídia por conta de Roarke.

Ninguém fazia isso melhor que ele.

De repente ela ouviu o inconfundível som de sapatos de tira estalando sobre o velho linóleo do corredor. Peabody. Eve continuou a olhar pela janela.

— Senhora?

— Tem uma mulher dentro de um bonde aéreo com uma braçada de flores maior que ela. Para onde será que ela está indo com tantas flores?

— O Dia das Mães é amanhã, tenente. Talvez ela vá visitar a mãe um dia antes.

— Hummm. Quero que você pesquise o namorado da vítima, Peabody. Seu nome é Barry Collins. Se vamos partir do princípio de que foi um serviço contratado, alguém está pagando a conta. Não creio que um carregador de malas tenha bala na agulha para contratar Sly Yost, mas talvez conheça alguém que tenha.

— Quem é Sly Yost?

— Ah, desculpe, esqueci de atualizar você sobre o caso. — Eve relatou tudo à sua auxiliar, mas continuou de costas para a sala, olhando o céu.

— Quer dizer que o capitão Feeney entrou na investigação? A senhora também vai convocar McNab?

Eve olhou por sobre o ombro. Peabody bem que tentou manter o olhar casual, mas seu rosto quadrado e honesto não fora feito para blefar.

— Pouco tempo atrás, se eu insinuasse que iria chamar McNab para participar de uma investigação você resmungaria e reclamaria.

— Não, senhora. Provavelmente eu iria *tentar* resmungar e reclamar, mas a senhora me daria uma bronca. Desde então eu só resmungo e reclamo mentalmente. — Ela exibiu um sorriso. — De qualquer modo, as coisas mudaram. McNab e eu estamos nos dando muito bem agora, ainda mais pelo fato de estarmos transando. Se bem que...

— Não comece! Não me conte nada a respeito disso.

— Eu ia só comentar que ele anda se comportando de modo esquisito.

— Se você procurar pela palavra "McNab" no dicionário, "esquisito" é a definição que vai aparecer.

— Mas ele está esquisito de um jeito diferente — explicou Peabody, mas guardou a piadinha para usar com ele na primeira oportunidade. — Ele está assim, tipo... simpático. Muito doce e atencioso. Traz flores. Acho que ele as rouba do parque, mas, de qualquer modo, é gentil. O pior é que há alguns dias ele me levou ao cinema para assistir a uma comédia romântica que eu comentei que queria ver. Ele odiou o filme e fez questão de me comunicar isso, mas enfrentou fila para comprar os ingressos e tudo.

— Caramba!

— Pois é. É por isso que eu acho que... — Peabody parou de falar e teve de prender o riso ao ver a tenente de olhos frios e muito corajosa emitir um gritinho de indignação e tapar os ouvidos com as mãos.

— Não consigo ouvir nada do que você está falando. Nem quero. *Não vou* ouvir nenhuma baboseira. Vá pesquisar os dados sobre Barry Collins. Agora! Isso é uma ordem!

Peabody moveu a boca, fazendo mímica das palavras sem pronunciá-las.

— O quê? — fez Eve.

— Eu disse "sim, senhora" — explicou Peabody quando Eve destapou os ouvidos. Indo em direção à porta, resolveu terminar a frase: — Acho que ele está preparando alguma coisa para mim — disse ela, e saiu correndo.

— *Eu* vou preparar uma para você — murmurou Eve, deixando-se cair na cadeira atrás da mesa. — Aliás, adoraria preparar algo para ambos e em seguida dar um chute no traseiro de cada um. — Como estava no clima de esculhambar alguém, Eve ligou para o laboratório e pressionou o chefe dos técnicos para liberar mais depressa o resultado dos testes de DNA.

* * *

Quando se encontrou com Feeney, ela já dispunha de provas concretas de que o homem que estuprara e assassinara Darlene French realmente era Sylvester Yost.

Ao ouvir isso, o capitão concordou com a cabeça, sentou-se na ponta da mesa de Eve e pegou o seu habitual saquinho de amêndoas açucaradas no bolso do seu casaco muito gasto.

— Não duvidei disso nem por um segundo. Rodei um programa para pesquisar crimes semelhantes. Não pintou nada nos últimos sete ou oito meses. Nosso rapaz tirou férias.

— Ou então alguém não queria que os corpos fossem achados. Há alguma indicação de que ele atue por conta própria? Ou por motivos pessoais?

— Nada. — Feeney mastigou uma amêndoa. — O padrão dele é trabalhar por dinheiro. Mandei McNab fazer uma pesquisa nos crimes ocorridos fora do planeta; talvez ele ache algo por aí.

— Você vai convocar McNab para este caso?

O tom de Eve o fez erguer as sobrancelhas.

— Vou. Você tem alguma objeção?

— Não, eu não. McNab trabalha muito bem. — Enquanto falava, Eve começou a tamborilar sobre a mesa. — O lance é o que anda rolando entre ele e Peabody.

Feeney encolheu os ombros.

— Não quero nem pensar no assunto, Dallas.

— Nem eu. — Mas se ela tinha que sofrer ia fazê-lo sofrer junto.

— Ele a levou para assistir a uma comédia romântica.

— O quê? — Feeney empalideceu, e a amêndoa que acabara de atirar na boca quase escorregou da língua. — Ele foi assistir a um filme romântico? E a levou junto?

— Foi isso mesmo que você ouviu.

— Ah, por Deus! — Ele se levantou, deu uma voltinha pela sala e pareceu capengar. — Pronto, agora sim! Já era. O garoto está ferrado. Só falta começar a colher flores para ela.

— Ele já fez isso.

— Não me conte uma coisa dessas, Dallas. — Ele se virou com o olhar pidão de um cão bassê. — Não coloque essas coisas na minha cabeça. Já não é o bastante eu saber que eles andam de sacanagem entre os lençóis?

— Pois é, e ninguém me dá ouvidos a respeito disso — assentiu Eve, satisfeita por encontrar alguém que pensava como ela. — Roarke acha tudo lindo.

— É porque ele não trabalha com eles — disparou Feeney, indignado. — Ele não precisa aturar piscadelas, olhares sensuais e sabe Deus mais o que no meio de um caso importante. Eu achei que ela estivesse com Charles Monroe, aquele acompanhante licenciado metido a gostosão.

— Ela está com os dois.

Feeney mordeu o lábio inferior, tornou a sentar e ofereceu o saco de amêndoas a Eve.

— Mulheres! — lamentou-se.

— É. Qual o problema delas? — perguntou Eve. Sentindo-se muito melhor, comeu um punhado de amêndoas. — Como eu dizia, mandei Peabody pesquisar o namorado da vítima. Não creio que ela vá encontrar algo, mas depois que tivermos os dados vou dar uma passada lá para entrevistá-lo. No momento estou tentando escapar dos repórteres. Roarke é quem está cuidando deles. Vou voltar à cena do crime para dar mais uma xeretada pelo hotel. Espero o relatório toxicológico de Darlene French para daqui a uma hora. Imagino que não surja nada, mas, quando lidamos com pessoas aparentemente comuns, nunca se sabe.

— Especialmente no caso de mulheres — murmurou Feeney, ainda de cenho franzido.

— Pois é. Os pais de Darlene se divorciaram há oito anos. O nome do pai é Harry D. French, e atualmente vive com a segunda esposa no Bronx. Você tem tempo para pegar essa ponta solta e dar uma espiada nos dados dele, Feeney? Se o crime foi executado por um profissional, pode ser que seja vingança contra o pai, por algo do passado.

— Pode deixar comigo. E a mãe?

— Sherry Tides French. Eu a investiguei na noite passada. Ela é gerente de uma loja de doces na rodoviária de Newark. Ficha limpa. Não consigo imaginá-la envolvida nessa história.

Eve devolveu o saquinho de amêndoas a Feeney, levantou-se da cadeira e pegou a jaqueta do cabide.

— Já que você está com McNab, que tal mandá-lo investigar o fio de prata? Quem sabe descobrimos o lugar onde ele o compra? A análise do laboratório deve chegar antes do meio-dia.

— Sim, vou mandá-lo atrás disso para mantê-lo ocupado. Pelo menos assim ele não vai ter tempo para pensar em sacanagem.

— Boa ideia. — Eve vestiu a jaqueta e saiu.

A primeira parada de Eve foi na gerência do hotel. Ela solicitou a relação dos hóspedes, registros de todos os funcionários e de qualquer empregado morto ou demitido desde o ano anterior.

Antes de começar a preleção de sempre sobre a importância de todos colaborarem em uma investigação de homicídio e a possibilidade de conseguir os dados por meio de mandados, recebeu um arquivo em disco, lacrado, contendo tudo o que pedira.

Contaram-lhe que toda a equipe recebera instruções diretas de Roarke para que lhe fossem fornecidos os dados que ela pedisse ou de que precisasse.

— Dessa vez foi fácil — comentou Peabody quando elas entraram no elevador que as levaria ao quadragésimo sexto andar.

— É, Roarke anda muito ocupado mexendo seus pauzinhos. — Eve deu um tapinha no disco e o passou para Peabody.

Decodificou o lacre de segurança que fora colocado na porta da suíte e entrou.

— O que um homem faz para matar o tempo durante algumas horas, dentro de um quarto de hotel, enquanto espera o momento de matar alguém? Aprecia a vista, assiste a alguma coisa no telão, janta. Ele não fez nem atendeu nenhuma ligação pelo *tele-link* do quarto, não recebeu mensagens de computador, nem nada chegou pelo fax. Talvez tenha ligado para alguém pelo seu *tele-link* pessoal — refletiu ela, vagando pela sala. — Registrou-se no hotel e confirmou sua chegada.

Ela foi para a cozinha e observou a bancada, fosca devido ao pó usado pelos peritos. Dentro da pia, uma pilha de pratos sujos.

— Ele usa o AutoChef às seis da tarde. Há tempo de sobra antes da troca de toalhas e lençóis pela camareira. Mais de uma hora antes da limpeza. Provavelmente ele conhece a rotina do lugar e sabe que essa suíte é sempre arrumada por volta das oito horas da noite. Verificou a lista de eventos do hotel e sabe que rola uma grande festa no salão de baile, além de um congresso acontecendo em outra ala. O hotel está praticamente com taxa máxima de ocupação. Tudo bem, que tal um bom bife?

Eve foi até a pia.

— Provavelmente ele fez sua refeição diante do telão, sentado no sofá ou à mesa. É claro que não ia perder uma noite em um hotel sofisticado desse tipo comendo sanduíche de pé na cozinha. Depois curtiu a sobremesa, o café e deu uns tapinhas na barriga, satisfeito. Trouxe os pratos para a cozinha e os colocou dentro da pia, com todo o cuidado. Está habituado a cuidar de si mesmo e de suas coisas. Não gosta de pratos sujos espalhados pela casa.

Ela observou o jeito com que a faca e o garfo estavam alinhados ao lado do prato da refeição e como o prato de sobremesa, o copo e o potinho de molho haviam sido empilhados em ordem, formando uma pequena pirâmide.

— Provavelmente ele mora sozinho. Talvez não tenha nem mesmo um andróide para serviços domésticos. Não mora em hotéis, pelo menos não o tempo todo. Quem está acostumado a ter empregados por perto não tira os pratos da mesa depois de comer.

Peabody assentiu com a cabeça.

— Tenente, eu reparei em um detalhe ontem à noite, mas me esqueci de mencioná-lo.

— O que foi?

— Sabe aqueles brindes que os hotéis dessa categoria oferecem aos hóspedes? Produtos de uso pessoal, sabonetinhos cheirosos, cremes, sais e espuma para banho? Ele carregou tudo. — Peabody sorriu diante do olhar espantado de Eve. — Muita gente faz isso, mas geralmente as pessoas não estão esperando pelo momento de matar alguém, nem acabaram de fazê-lo.

— Bom olho o seu, Peabody. Então ele é um sujeito fútil ou gosta de lembrancinhas. E quanto às toalhas, os roupões e os chinelinhos que ficam ao lado da cama para usar à noite?

— Quer dizer que eles colocam chinelinhos junto da cama? Poxa, eu nunca me hospedei num lugar desses e... Os roupões estão no lugar, tenente — completou ela, antes que Eve a repreendesse. — Dois deles estão no closet do banheiro, intocados. Não sei quantas toalhas a gente normalmente encontra em um lugar desses, mas há muitas, em número suficiente para uma família de seis pessoas. Também não foram usadas.

— Ele deve tê-las usado antes de serem trocadas. Tomou um banho ao chegar de viagem, talvez. — Eve foi em direção ao banheiro enquanto falava. — Além do mais, um bom menino que recolhe os pratos certamente também lava as mãos depois de fazer xixi. E certamente ele não segurou a vontade de urinar durante mais de cinco horas.

Ela parou diante do banheiro da sala de estar da suíte, uma versão menor do banheiro principal, com um boxe protegido por uma porta em vidro azul-claro, toalhas impecavelmente brancas e um vaso sanitário limpíssimo, oculto discretamente por duas portas de vidro, também azuis.

— Os produtos de uso pessoal também desapareceram daqui — observou Eve.

— Eu não cheguei a perceber. Ele limpou o local mesmo.

— Por que gastar dinheiro com xampu e sabonete quando se pode conseguir isso de graça? E produtos de alta qualidade ainda por cima. — Ela foi para o quarto e analisou tudo com atenção antes de entrar no banheiro principal.

Um aposento imenso, dotado de uma banheira grande como um lago e um boxe individual com seis jatos d'água ajustáveis a alturas e velocidades específicas, além de um tubo secador de corpo. Eve já passara dias em vários hotéis de Roarke e sabia que a bancada muito comprida estaria cheia de frascos sofisticados, cremes e loções diversas. Aquela ali, porém, estava vazia.

Franzindo o cenho, foi até o suporte de bronze onde estavam penduradas três toalhas de rosto felpudas com monogramas bordados.

— Ele usou esta aqui. Pegue um saco de guardar provas.

— Como é que a senhora sabe que ele usou justamente esta?

— O monograma não está voltado para a parte da frente, como as outras duas. Ele a usou. Lavou as mãos depois de ter acabado com a vítima, secou-as aqui e então, como é um rapaz organizado, pendurou-a de volta. Darlene deve ter entrado no banheiro, veio direto até aqui para recolher as toalhas usadas e trocá-las por novas. Ele devia estar em algum lugar, de tocaia. Deu uma boa olhada nela e observou-a com calma.

"Talvez de dentro do closet. Ela continua o seu trabalho, sai do quarto com as toalhas usadas e provavelmente as joga no chão para recolhê-las antes de ir embora. Em seguida troca as roupas de cama, fazendo o seu trabalho com calma e capricho para agradar aos hóspedes. De repente, ele está em cima dela. Consegue agarrar o bipe antes que ela consiga apertar o botão de alarme e o atira longe, no lugar em que o encontramos."

O resto aconteceu na cama, refletiu Eve.

— Ele não lhe deu tempo nem de tentar correr. Não há sinais de luta, embora ela não conseguisse muita coisa diante de um sujeito daquele tamanho, mesmo que tentasse. Os lençóis da cama ficaram manchados e amarrotados, nada mais. Todo o resto do cômodo está em ordem. Então ele a pegou aqui e fez tudo na cama. Ao som de ópera.

— Isso é o mais horripilante — murmurou Peabody. — Todo o resto é asqueroso, mas essa história de ópera é horripilante.

— Ao acabar tudo, ele verifica o horário. Puxa, até que não levou muito tempo. Lava as mãos, talvez balance a cabeça para os lados, lamentando os pequenos arranhões que ela conseguiu fazer ao enterrar as unhas nele, troca de roupa, guarda tudo, tomando o cuidado de guardar as lembrancinhas na mala. Depois o filho da mãe pega as toalhas que a camareira deixou jogadas no chão e as leva para fora, a fim de colocá-las dentro do carrinho de serviço. É claro que não pretende trocar os lençóis sujos, mas também não quer deixar o lugar mais bagunçado que o necessário.

— Que frieza!

— Ah, sim, ele é muito frio. E foi um serviço fácil. Foi só entrar e sair de um hotel de alto luxo em poucas horas, com uma boa refeição incluída no pacote e uma nova remessa de produtos de higiene pessoal, além do gordo pagamento. Eu consigo imaginá-lo, Peabody. Dá para formar uma imagem precisa dele na minha cabeça, só não consigo imaginar quem o enviou aqui, nem com que finalidade.

Eve permaneceu calada por um momento, trazendo a imagem de Darlene French à mente. Ao fazê-lo, ouviu o som da porta da sala. Alguém tinha entrado na suíte. Com uma das mãos na arma, ela fez sinal com a outra para que Peabody saísse de lado. Foi em frente silenciosamente, com rapidez, e apareceu de súbito na sala, com a arma em punho.

— Droga, Roarke! Droga! — Irritada, recolocou a arma no coldre enquanto fechava a porta. — O que está fazendo aqui?

— Vim à sua procura.

— Este local está lacrado. É a cena de um crime e está *lacrado*.

O lacre, ela supunha, levara menos tempo para ser decodificado pelos dedos ágeis dele do que ela gastara para desarmar com o cartão mestre.

— Foi for isso que eu vim procurá-la direto aqui, assim que fui informado de que você estava no prédio. Como vai, Peabody?

— O que você quer comigo? — insistiu Eve, sem dar chance à sua auxiliar de responder ao cumprimento. — Estou trabalhando.

— Sim, sei disso. Suponho que você queira começar a fazer as entrevistas que mencionou ontem à noite. Barry Collins está em casa, mas o supervisor dele está à sua disposição, bem como outra camareira, Sheila Walker, amiga íntima da vítima. Ela veio até aqui para limpar o armário pessoal de Darlene e levar tudo para a família dela.

— Mas ela não pode tocar...

— Foi o que eu disse a ela. Ela não vai mexer em nada até você liberar. Pedi que Sheila esperasse um pouco para você poder conversar com ela.

Eve chiou, resmungou, mas acabou se acalmando, embora ainda parecesse soltar fumaça pelas orelhas.

— Você sabia que eu não preciso de ninguém para marcar minhas entrevistas?

— Sim, sabia — concordou ele, com uma cara tão simpática que Eve já não sabia se devia fazer cara feia ou rir.

— Tudo bem, você me poupou tempo, obrigada. Mas não quero você nem mais ninguém nesta suíte, até eu liberá-la.

— Entendi. Quando acabar, você poderá me encontrar no ramal 001, ligando de qualquer *tele-link*.

— Já acabamos, por ora. Vamos conversar com Sheila Walker.

— Montei uma sala especialmente para você conduzir as entrevistas.

— Não, quero conversar com ela e com os outros no local de trabalho deles. Quero deixá-los mais confortáveis e manter tudo em nível informal.

— Como quiser. Ela está na ala dos empregados domésticos. Vou levá-la até lá.

— Ótimo. É melhor você ficar por perto também — sugeriu Eve, ao passar pela porta que ele abriu. — Isso fará com que ela se sinta mais protegida.

* * *

Em menos de três minutos de entrevista, Eve percebeu que tinha razão. Sheila era uma mulher negra, magra, com olhos enormes. Por várias vezes ela olhou para Roarke em busca de tranquilidade, rumo e conforto.

Tinha um lindo sotaque, que parecia música caribenha, mas, por causa dele e das lágrimas entrecortadas e abafadas, Eve começou a sentir uma dor de cabeça se formando.

— Ela era tão boazinha. Uma garota doce. Nunca se ouviu uma palavra má sair daquela boca a respeito de ninguém. Estava sempre animada. Normalmente, quando um hóspede a via ou conversava com Darlene enquanto ela fazia a limpeza da suíte, acabava lhe dando uma boa gorjeta, porque ela levantava o astral de qualquer um. Agora, eu nunca mais a verei.

— Sei que é muito difícil perder uma amiga, Sheila. Você saberia me dizer se ela andava com algum problema?

— Não, nada disso, ela era feliz. Tínhamos combinado de sair no dia da nossa folga, daqui a dois dias, para comprar sapatos. Nossa, ela adorava comprar sapatos. Ontem mesmo, antes de sairmos para cuidar dos quartos, comentamos uma com a outra que íamos sair bem cedo, no dia da folga, para agitarmos uma transformação total no visual em um daqueles quiosques de demonstração de produtos para cabelo e maquiagem no salão de beleza que fica no Sky Mall.

Seu rostinho magro e de beleza exótica se enrugou todo, exclamando:

— Puxa, sr. Roarke, por Deus!

Diante do novo ataque de choro, ele simplesmente a tomou pela mão para confortá-la.

Eve insistiu por mais meia hora e arrancou fragmentos de informação que formaram a imagem de uma jovem alegre e descontraída que gostava de fazer compras, dançar e estava se apaixonando pela primeira vez.

Ela tomava o café da manhã todos os dias em companhia do seu namorado, depois do turno deles no hotel. Sempre faziam essa refeição no refeitório dos empregados, exceto no dia do pagamento, quando, em um momento de extravagância, iam comer em uma cafeteria a poucos quarteirões dali. Depois do café ele sempre a acompanhava até a estação de metrô mais próxima, onde se despediam.

Andavam fazendo planos de alugar um apartamento para os dois, quem sabe no outono.

Darlene não comentara nada com Sheila, a sua melhor amiga, como ela própria se considerava, a respeito de ter visto, ouvido ou descoberto algo estranho ou preocupante. E saíra para limpar as suítes na noite anterior com um sorriso nos lábios enquanto empurrava o carrinho.

O chefe dos carregadores de malas que Eve entrevistou em sua sala de trabalho ofereceu uma imagem igualmente cor-de-rosa ao falar de Barry. Jovem, interessado no trabalho, comunicativo e apaixonado por uma camareira de cabelos pretos que se chamava Darlene.

Ele recebera um aumento no mês anterior e exibira a todos que encontrou o pequeno coração de ouro que colocara como pingente em um cordão que comprara para sua namorada, comemorando seis meses de namoro.

Eve lembrou que Darlene usava esse pingente e brincava com ele enquanto esperava alguém abrir a porta da suíte 4.602.

— Peabody, vou lhe fazer uma perguntinha básica, bem feminina — disse ela, enquanto caminhava entre a sua assistente e Roarke, ao longo do saguão.

— Pode perguntar, tenente. Sou muito feminina.

— Certo. Quando uma mulher briga com o namorado, está pensando em desmanchar o namoro ou algo assim, ela usa um presente que ganhou dele?

— De jeito nenhum. Se a briga for feia, ela joga o presente na cara dele. Se ela está pensando em dispensá-lo, chora um pouco e enfia o presente no fundo de uma gaveta até decidir se rompe com ele ou não. Se for uma briguinha tola, ela esconde o mimo até ver como as coisas vão se ajeitar. Ela só usa algo dado por ele assim, à vista de todos, se quiser mostrar a ele e a todo mundo em volta que ele é o namorado dela.

— Como é que você consegue guardar essas regras todas na cabeça? Isso é um espanto! De qualquer modo, foi mais ou menos o que eu imaginei. Ei, tire a mão daí! — reagiu ela, dando um tapa na mão de Roarke quando ele pegou a corrente em volta do pescoço de Eve e fez surgir por baixo da blusa o diamante em forma de lágrima que ele um dia lhe dera de presente.

— Estou só conferindo — explicou ele. — Pelo visto, eu ainda sou o seu namorado.

— O pingente não estava à vista — disse ela, com inegável satisfação.

— Quase à vista.

Ao perceber o brilho nos olhos dele, ela estreitou os dela e anunciou:

— Se tentar me beijar em público, eu vou nocautear você. Vamos conversar com Barry, Peabody — disse ela, enfiando o pingente novamente sob a blusa. — Precisamos enterrar essa possibilidade. Quanto a você — continuou ela, cutucando o peito de Roarke com o dedo —, precisamos conversar sobre como informaremos tudo para a mídia.

— Estarei à sua disposição, tenente. Não há nada que me agrade mais.

O sorriso que ele lançou a Eve se desfez rapidamente, e seu olhar se aguçou ao ouvir uma voz com sotaque tão suave que parecia entoar uma velha balada irlandesa.

Antes de Roarke ter a chance de se virar, um braço envolveu-lhe o pescoço como uma serpente, prendendo-o. Ele teria reagido e já balançava o corpo para fazê-lo quando a risada que o seu atacante soltou ecoou-lhe no ouvido, mandando-o de volta, na mesma hora, para os velhos becos de Dublin.

De repente, sentiu-se ser lançado contra uma parede e se viu frente a frente com os olhos sorridentes de um homem morto.

— Você já não é tão rápido quanto antigamente, hein, amigão?

— Talvez não, mas eu sou. — Rápida como um relâmpago, Eve já estava com a arma colada na garganta do desconhecido. — Para trás, devagar, seu babaca, ou você morre agora.

— Tarde demais para matá-lo, querida — murmurou Roarke.

— Ele já está morto. Mick Connelly, por que diabos você não está no inferno guardando o meu lugar?

Ignorando alegremente a pistola a laser encostada em sua garganta, Mick sorriu abertamente e explicou:

— Não se pode matar o próprio diabo antes da hora, não sabia? Você é mesmo uma figuraça, seu canalha.

Enquanto Eve observava a cena, atônita, os dois homens caíram na gargalhada ao mesmo tempo, como dois idiotas.

— Calma, querida. — Roarke ergueu a mão, empurrou a arma e em seguida Eve, fazendo-a guardar a pistola no coldre. — Esse filho da mãe medonho é nada mais, nada menos que um velho amigo.

— Sou mesmo. Sabia que essa idéia de contratar uma mulher como guarda-costas é a sua cara?

— Ela é tira. — O sorriso de Roarke se ampliou.

— Uau, ca-ra-ca! — Quase se dobrando de rir, Mick deu um passo atrás e um tapinha brincalhão na bochecha de Roarke. — Você não costumava ser tão amigável a ponto de contratar alguém com distintivo.

— Mas sou muito amigável com esta tira em especial. Ela é minha esposa.

Com os olhos arregalados, Mick apertou o peito com força, afirmando:

— Ela não precisa se dar ao trabalho de me derrubar, porque eu vou morrer pelo choque dessa notícia. Bem que ouvi uns boatos, mas a gente escuta toda espécie de coisas a respeito de você, Roarke. Nunca acreditei nisso.

Ele fez uma mesura, de um jeito charmoso, enquanto Eve fechava o coldre. Em seguida, tomou-a pelo braço e beijou-lhe a mão antes que ela tivesse a chance de evitar.

— Eu não poderia me sentir mais feliz e honrado em conhecê-la, minha senhora. Michael Connelly é o meu nome, mas meus amigos me tratam de Mick, e é por esse nome que eu espero que a senhora me chame. Seu marido e eu fomos amicíssimos, muitos anos atrás. Éramos terríveis também.

— Dallas. Tenente Dallas. — Eve se sentiu derreter um pouco, pois os olhos dele, verdes como folhas novas de primavera, brilhavam de satisfação. — Eve Dallas.

— Por favor, senhora, perdoe o meu... exagero na forma de cumprimentar o meu velho camarada, mas confesso que me deixei levar pela empolgação ao revê-lo.

— O pescoço é dele. Preciso ir agora — disse ela a Roarke, e estendeu a mão para o recém-chegado de um jeito que exigia um cumprimento formal, em vez de um beijo galante. — Foi um prazer conhecê-lo.

— De minha parte também. Espero que nos reencontremos.

— Claro. Até mais... — disse ela a Roarke, para em seguida acenar rapidamente para Peabody, apontando a porta.

Mick observou-a saindo.

— Ela ficou meio de pé atrás comigo, não é, garoto? É de esperar. Nossa, mas é muito bom colocar os olhos em você, Roarke.

— Digo o mesmo. O que faz em Nova York e no meu hotel?

— Negócios. Estou aqui a negócios. Para ser franco, planejava me encontrar com você para conversar a respeito. Ando sempre ciscando aqui e ali, atrás de uma boa oportunidade. — Piscou com ar maroto. — Você tem um tempinho para um velho amigo?

Capítulo Quatro

Ele parecia em ótima forma para quem estava morto. Mick Connelly usava um terno verde-claro. Roarke lembrou que ele sempre gostara de cores berrantes. O feitio e o corte da roupa disfarçavam a barriguinha de chope que ele adquirira nos últimos anos.

Peso demais nunca fora um problema no tempo em que os dois eram jovens, pois a vida difícil de quem quase passava fome os mantinha esqueléticos.

O cabelo de Mick fora cortado muito curto, e os fios se eriçavam em torno de um rosto que, como o resto do corpo, se arredondara com a passagem dos anos. Os dentes da frente, protuberantes como os de um coelho, tinham sido consertados em algum momento. Ele desistira do bigodinho ridículo que gostava de ostentar e que nunca passara de uma penugem sobre a boca.

Mas mantinha o nariz tipicamente irlandês, ligeiramente arrebitado, e o sorriso rápido, meio torto, além dos olhos agitados e marotos em um tom forte de verde.

Nunca ninguém o descreveria como bonito quando jovem. Ele era baixinho e magricela, coberto dos pés à cabeça com sardas da cor de ferrugem. Mas tinha mãos leves e língua afiada. Sua voz ainda mantinha o sotaque puro da região sul de Dublin, com um tom musical apropriado para coreografar punhos voando pelo ar sobre os desafetos.

Ao entrar no escritório de Roarke, na ala mais antiga e elegante do hotel, ele colocou as mãos nos quadris e soltou a gargalhada de uma gárgula gótica, exclamando:

— Puxa, cara, você se arrumou mesmo na vida, hein? Claro que eu já sabia disso, mas constatar ao vivo e em cores é como levar um chute no saco.

— Ver você depois de tanto tempo causa o mesmo efeito — devolveu Roarke com a voz mais calma, já recuperado do momento de surpresa e satisfação. Uma parte dele se mantinha à espreita, imaginando o que esse fantasma do passado poderia querer dele. — Sente-se, Mick, e me conte as novidades.

— É pra já.

A sala de Roarke no hotel fora decorada com classe para se manter acima das funções às quais se destinava. Como tudo que Roarke projetava, o ambiente buscava oferecer tanto conforto, quanto eficiência. O centro de comunicação topo de linha que fora instalado na sala se misturava suavemente com a mobília de formas graciosas e as estilosas paredes revestidas de madeira. A atmosfera era a de um apartamento de solteiro, uma espécie de refúgio sofisticado para executivos de passagem.

Mick sentou-se em uma das poltronas fundas e confortáveis, esticou as pernas e avaliou o espaço em volta. Analisou Roarke também e imaginou o preço de tudo isso. Em seguida deu um suspiro e observou a vista por trás das portas de vidro, além do pequeno balcão revestido de pedra.

— É... Vejo que você se arrumou na vida. — Seus olhos voltaram para Roarke com um jeito risonho impossível de resistir. — Se eu lhe der a minha palavra de que não vou surrupiar nenhum objeto de decoração do seu hotel, você oferece uma cerveja para um velho amigo?

Roarke seguiu até um painel na parede que se abriu e ordenou duas canecas de Guinness para o AutoChef que surgiu diante dele.

— Programei para que a cerveja seja servida lentamente, como deve ser. Levará quase um minuto.

— Já faz um bom tempo desde que fizemos brindes com canecas de cerveja. Quantos anos? Uns quinze?

— Por aí. — *E nos quinze anos anteriores a isso*, lembrou Roarke, *eles eram unha e carne, como acontece com companheiros ladrões.* Ele se recostou diante da mesinha, esperando as canecas de Guinness que estavam sendo enchidas, mas não baixou a guarda por completo. — Fui informado de que você bateu as botas em um pub de Liverpool. Briga de faca. Como minhas fontes são muito confiáveis, Mick, me explique: como é que você não está agenciando apostas no inferno?

— Tudo bem, eu vou contar. Você lembra como a minha mãe, que Deus cuide do seu coração escuro e frio, vivia dizendo que o meu destino era morrer com uma faca enfiada na barriga, e que isso não ia demorar muito?

— Ela ainda vive?

— Sim, pelo menos até a última vez em que nos falamos. Fui embora de Dublin um pouco antes de você, lembra? Viajei daqui para ali, tentando fazer fortuna onde pintasse uma chance. Trabalhei em alguns negócios, geralmente esfriando mercadorias quentes de vários tipos, antes de passá-las adiante, o que, por sinal, era exatamente o que eu fazia em Liverpool na fatídica noite da minha morte.

Com ar descontraído, Mick abriu a fina cigarreira de madeira entalhada que estava sobre a mesa e ergueu as sobrancelhas ao ver os cigarros franceses. Além de caríssimos, estavam quase banidos. Acender um deles era proibido em quase todos os lugares do planeta.

— Posso pegar um?

— À vontade.

Em nome da amizade, Mick pegou apenas um cigarro, em vez de encher a mão, como sentiu vontade de fazer.

— Onde é que eu estava mesmo...? — perguntou ao acendê-lo com um fino isqueiro de ouro que pegou no bolso. — Ah, sim! Pois é, eu já embolsara metade da grana e fui lá para encontrar o meu... cliente e pegar o resto do dinheiro. Só que algo saiu errado. As autoridades portuárias tinham sido avisadas e deram uma batida no depósito. Saíram à cata desse seu amigo aqui, e o cliente quis me pegar também, pois encasquetou que fui eu quem tinha dedurado a operação.

Diante do olhar desconfiado de Roarke, Mick riu e balançou a cabeça para os lados.

— Não, eu não dedurei não. Pegara só metade da minha parte. Por que faria isso? De qualquer modo, eu me escondi num pub até arrumar um meio de fugir dali sem ser notado. Dar o fora era o mais importante naquele momento, já que tanto os tiras quanto os bandidos queriam me ver morto. De repente, você não vai acreditar, mas enquanto eu estava sentado no meu canto, remoendo a tristeza de ter perdido metade da grana e bolando um jeito de cair fora, estourou uma briga.

— Uma briga em um pub no cais de Liverpool? — perguntou Roarke com voz suave, enquanto pegava no AutoChef as canecas de Guinness com colarinho caprichado. — Quem poderia imaginar?

— E foi porradaria das boas. — Mick pegou a cerveja e fez uma pausa na história para propor um brinde: — Aos velhos amigos, Roarke. *Slainté*.

— *Slainté*. — Roarke voltou a sentar e provou o primeiro gole do líquido denso e espumoso.

— Pois eu lhe garanto, Roarke, socos e palavrões voavam pra todo lado, bem no momento em que eu tentava passar despercebido. O barman pegou um taco de beisebol e começou a bater no balcão para colocar ordem na casa, mas os clientes já se separavam em dois grupos. Foi nesse momento que os dois que tinham dado início à briga, cujo motivo nunca descobri, sacaram seus canivetes. Tentei sair de fininho, mas não havia como passar por eles sem me arriscar a perder algum pedaço ou ser retalhado, coisa que eu não estava disposto a deixar acontecer. Era mais sábio me misturar à multidão, que já formava um círculo e fazia apostas. De repente, alguns dos espectadores entraram no clima e começaram a se socar, só por diversão.

A cena era fácil de imaginar, e Roarke se lembrou das muitas noites em que ele e Mick tinham dado início a uma briga daquelas só pela diversão e pela chance de faturar algum.

— Quantas carteiras você bateu enquanto rolava a briga, Mick?

— Perdi a conta — respondeu Mick, com um risinho curto —, mas deu para recuperar boa parte da grana perdida. As cadeiras voavam pela sala, e as pessoas também. Não dava para escapar sem passar pelo meio do tumulto. O pior é que os caras que haviam começado tudo esfaquearam um ao outro. Que manés! Os dois se mataram, dá pra acreditar? Saquei logo de cara, pela cor escura do sangue deles e pelo cheiro também. Dá para reconhecer a morte só pelo cheiro, lembra?

— É verdade.

— Pois é, o povo começou a pular fora dali rapidinho, debandando como ratos fugindo de um navio que afunda. O barman chamou os tiras. De repente me ocorreu uma ideia luminosa. Um dos caras mortos tinha a minha cor, meus cabelos e meu porte. Isso é coisa do destino, certo? Mick Connelly precisava sumir do mapa, e morrer com o bucho espetado no chão de um pub em Liverpool era a opção perfeita para ele. Troquei a identidade do cara morto pela minha e fugi.

"Foi assim que Michael Joseph Connelly sangrou até a morte ali, como sua mãe profetizara, enquanto Bobby Pike tomou o primeiro trem para Londres. Eis a minha história. — Ele tomou um gole comprido e expirou em seguida, com um ar feliz no rosto. — Puxa vida, é bom olhar para a sua cara frente a frente. Curtimos dias memoráveis, não foi, Roarke? Eu, você, Brian e o resto da galera."

— É verdade.

— Tomei conhecimento do que aconteceu a Jenny, Tommy e Shawn. Meu coração ficou em pedaços quando soube que eles morreram daquele jeito. Da velha gangue de Dublin sobramos só nós dois e Brian.

— Brian continua em Dublin. Tornou-se dono do Porquinho Rico e fica pessoalmente à frente do bar quase o tempo todo.*

— Sim, já me contaram essa história. Qualquer dia baixo em Dublin só para ver isso com meus próprios olhos. Você costuma ir sempre lá?

— Não.

— Nem todas aquelas lembranças são boas — concordou Mick, balançando a cabeça. — De qualquer modo, você se deu bem na vida. Eu sempre disse que você conseguiria. — Ele se ergueu e caminhou lentamente até as portas de vidro do aposento, com a cerveja ainda pela metade. — Veja só isso... Você é dono deste lugar e só Deus sabe mais de quantos outros como este. Nos últimos anos eu circulei um bocado pelo mundo, e até fora dele, e em todo lugar onde estive ouvi as pessoas falando do meu velho companheiro de juventude como se entoassem um mantra. — Ele se virou e sorriu. — Caraca, Roarke, tenho o maior orgulho de você.

Nesse instante ocorreu a Roarke que Mick era a primeira pessoa que conhecera o rapaz que ele fora e dizia isso para o homem no qual ele se tornara.

— E você, o que anda fazendo da vida, Mick?

— Ah, transações e assuntos aqui e ali. Negócios de todo tipo. E sempre que algum desses negócios me obrigava a vir a Nova York eu dizia para mim mesmo: "Mick, você tem que se hospedar em um dos quartos daquele hotel espetacular de Roarke. E precisa procurá-lo, também." Agora eu voltei a viajar com o meu nome verdadeiro. Muito tempo se passou desde Liverpool, e faz ainda mais

---

* Ver *Vingança Mortal.* (N. T.)

tempo desde a última vez em que tomei uma cerveja em companhia de velhos amigos.

— Muito bem, então. Você me procurou e estamos tomando uma cerveja. Agora, por que não me conta o que está por trás de tudo isso?

Mick se encostou na porta, tomou mais um gole e observou Roarke com olhos espertos e ágeis.

— Você nunca se deixou enrolar, não é? Sempre teve o poder nato de detectar cascatas e mentiras. Mas o fato é que o que eu acabei de dizer é uma verdade verdadeira. Simplesmente tive a impressão de que talvez você estivesse interessado em participar dos negócios que vim agitar aqui na cidade. Trata-se de pedras preciosas. Um monte de lindas gemas coloridas esquecidas em uma caixa escura.

— Não faço mais esse tipo de trabalho.

Mick esboçou um sorriso que acabou se transformando em gargalhada, e então piscou depressa enquanto Roarke simplesmente olhava para ele.

— Qual é, Roarke, sou o Mick, meu velho! Vai querer me convencer de que você aposentou esses dedos mágicos?

— Digamos que os estou usando para outras coisas, todas legais. Há muito tempo não tenho necessidade de enfiar a mão nos bolsos nem nos cofres de ninguém.

— Necessidade? Mas quem é que está falando de necessidade aqui? — perguntou Mick, de forma passional. — Você tem um dom divino, meu caro. Não só nas mãos, mas também no cérebro. Nunca em minha vida conheci outro cara tão astuto e inteligente quanto você. Sua cabeça foi criada para planejar roubos, meu velho. — Sorrindo novamente, ele voltou a sentar. — Você vai querer me convencer de que controla todo o seu tremendo império sem sair dos trilhos?

— Exatamente. — *Pelo menos agora*, pensou Roarke. — Aliás, isso em si já é um desafio e tanto.

— Ai, meu pobre coração! — Gemendo com ar dramático, Mick apertou o peito. — Não sou mais tão jovem e não posso levar um susto desses.

— Você vai sobreviver ao choque e tenho certeza de que encontrará outro cara para sócio nesse seu negócio das pedras.

— Que pena. Lamentável. Acho mesmo um pecado, mas, se você quer assim, que seja — suspirou Mick. — Você virou um cidadão exemplar, então? Pois eu tenho um outro negócio legítimo que estou agitando, pois gosto de misturar tudo para não perder o toque. Trata-se de uma pequena empresa que abri com dois amigos. Café pequeno comparado aos cafezais que você possui. Fragrâncias. Perfumes e coisas do tipo, só que embalados em frascos em estilo antigo. Um toque romântico, entende? Você gostaria de investir nesse ramo?

— Pode ser.

— Então vamos falar disso qualquer hora dessas, enquanto eu estiver aqui em Nova York. — Mick se levantou. — Agora eu quero ver a qualidade das acomodações que consegui aqui. Vou deixar você livre para cuidar dos seus compromissos, Roarke.

— Este hotel não é o lugar certo para você — disse Roarke, levantando-se da cadeira. — A minha casa é que é.

— É muita gentileza sua, meu amigo, mas não quero incomodar vocês.

— Eu pensei que você estivesse morto, Mick. Jenny e todos os outros, com exceção de Brian, já morreram e eu nunca tive a chance de recebê-los em minha casa. Vou mandar pegar sua bagagem.

Sylvester Yost já tinha perfis psiquiátricos, de personalidade e também padrões de comportamento montados por vários agentes da lei ao redor do planeta. Mesmo assim, Eve decidiu mandar todos os dados que havia sobre ele, junto com as anotações que fizera, para a dra. Mira, a psiquiatra mais importante da Polícia de Nova York, a fim de que ela tentasse uma nova abordagem.

Apesar de tudo isso, um assassino profissional era, em essência, apenas uma ferramenta. Por mais que Eve quisesse colocar as mãos nele, queria mais era pegar o mandante de seus crimes.

— O FBI estima que a média que Yost cobra para eliminar alguém está na faixa dos dois milhões de dólares. Isso não inclui as despesas da operação e pode aumentar conforme o alvo e as dificuldades do serviço.

Eve inclinou a cabeça meio de lado, olhando para o telão da sala de conferências na Central de Polícia, onde a imagem de Darlene French sorria para ela.

— O que faz uma camareira com vinte e dois anos de idade valer mais de dois milhões de dólares?

— Informações — sugeriu McNab. Muito empolgado por ter sido convocado na Divisão de Detecção Eletrônica para trabalhar como consultor no caso, ali estava ele com seus cabelos louros muito compridos presos com três argolas vermelhas, e exibia uma expressão séria no rosto muito bonito.

— É possível — concordou Eve. — Nessa linha, podemos imaginar que a vítima tinha, ou alguém acreditava que tivesse, informações que lhe seriam prejudiciais. Se esse era o caso, por que não contratar, por muito menos, um assalto com morte? Ela seguia uma rotina regular, ia e vinha do trabalho à mesma hora, usava transporte público e caminhava, quase sempre sozinha, do ponto de ônibus até o hotel, e também do ponto até a sua casa, na volta. Bastava alguém cercá-la na rua, agarrar sua bolsa e deixá-la caída como mais uma vítima de assalto seguido de morte. Nada de especial no caso.

— É. — Embora concordasse com o raciocínio de Eve, McNab sentiu que precisava justificar sua participação na equipe e resolveu bancar o advogado do diabo. — O problema, tenente, é que há riscos inesperados em operações de rua. De repente ela podia ter sorte e escapar da morte ou algum bom samaritano poderia surgir para ajudá-la. Eliminando-a no trabalho, dentro de um quarto vazio, não há erro. Ela morre.

— Mas o crime recebe prioridade máxima da polícia, uma equipe investigativa é montada, sem falar em Roarke — acrescentou. — Se alguém tem recursos para bancar um crime dessa monta, sabe do risco que corre só pelo fato de colocar uma vítima como essa no colo de Roarke.

— Talvez ele seja burro — tentou McNab, com a sombra de um sorriso.

— Acho que você é que é burro — reagiu Peabody. — Quem contratou Yost queria badalação. Muita mídia, uma investigação movimentada. Trata-se de alguém que quer aparecer. Então corre atrás dos holofotes, mesmo pagando caro por isso.

— Tudo bem, pode ser — concordou McNab, ofendido, ao se virar para Peabody. — Mas para quê? O assassino e a vítima é que recebem toda a atenção e não ele. Sendo assim, de que adianta o esquema? Não temos nenhum motivo concreto para a eliminação de Darlene French. Na verdade, nem sabemos ao certo se ela era um alvo específico ou apenas uma inocente útil que estava lá na hora errada.

— Mas morreu do mesmo jeito! — rebateu Peabody.

— E se tivesse trocado de quartos com outra camareira do mesmo turno estaria viva, e a outra, morta.

— McNab, você me surpreende — elogiou Eve, com a voz suave e levemente sarcástica. — Está pensando quase como um detetive de verdade. De acordo com os dados do hotel, James Priory, que também atende pelo nome de Sylvester Yost, não exigiu o quarto 4.602 em particular, nem mesmo escolheu algum andar específico ao se registrar. O programa de probabilidades que rodei antes desta reunião, um hábito da rotina investigativa que adotamos aqui na Divisão de Homicídios, também confirmou isso, o que significa que Darlene French — afirmou Eve, olhando fixamente para McNab e Peabody, que franziam o cenho diante da bronca que chegava — não era um alvo específico. Isso tudo, por sua vez, mostra que é pouco provável que ela tivesse algum propósito ou significado especial para o crime, com exceção do fato de estar viva e dentro da suíte.

— Mas, tenente, por que alguém pagaria dois milhões para um assassino matar simplesmente por matar?

— Vamos complicar a questão — disse Eve, voltando-se para McNab. — Por que alguém contrataria um assassino profissional que todos os policiais dentro e fora do planeta identificariam em poucas horas para fazer o serviço? Por que tudo seria planejado para acontecer em um hotel que é um marco de nossa cidade, algo que certamente faria a mídia sentir o cheiro longe e vir correndo, babando diante do material suculento?

Depois que um longo silêncio caiu, Feeney suspirou.

— Dallas, por que você não tenta aprimorar esses dois — disse ele, olhando para Peabody e McNab — e lhes oferece logo os benefícios da sua experiência, em vez de deixá-los petrificados com essa cara idiota? Roarke! — afirmou ele. — Roarke é o alvo.

O *porquê* da operação era o que preocupava Eve. Qual o motivo de alguém se dar a todo aquele trabalho e despesa unicamente para afrontar Roarke? Viu só o que eu consigo fazer? Viu só o que eu posso deixar bem na soleira da sua porta?

Para que tudo isso?

A mídia iria trombetear a notícia em toda parte como mel, atraindo um enxame de abelhas interessadas. O hotel teria algumas reservas canceladas, mas receberia o dobro de novas reservas, devido a curiosidades mórbidas e a outros fatores empolgantes.

Talvez até alguns empregados pedissem demissão, mas muitos outros iriam brigar na porta para preencher os cargos vagos.

No fim, Roarke não gastaria um centavo e obteria o tipo de publicidade que ele sabia como ninguém administrar a seu favor.

Ou talvez a pessoa que contratara Yost conhecesse o estilo de Roarke trabalhar. Talvez o conhecesse de perto. Talvez soubesse que ver uma jovem inocente assassinada em um local de sua propriedade, ainda mais empregada dele, o afetaria profundamente.

O preço que Roarke ia pagar era pessoal. E se o motivo de tudo isso também fosse pessoal? Sim, isso a preocupava.

Sua motivação para colocar Sylvester Yost diante de um tribunal seria duplicada. Ela conseguiria justiça para Darlene French. E respostas para Roarke.

Diante da mesa, ela analisava mais uma vez os arquivos de Yost. Ele não tinha família, nem parceiros. Nenhum endereço conhecido. *Não havia nada*, pensou, revoltada. Pela primeira vez em sua carreira ela conhecia a identidade de um assassino, tinha um caso sólido e resolvido, com provas físicas irrefutáveis, tudo encaixado no lugar menos de vinte e quatro horas depois do crime.

E não tinha um único anzol por onde fisgá-lo.

Nenhuma pista. Nenhuma linha de investigação.

— Onde você dorme, seu filho-da-mãe? Onde faz suas refeições? Como se distrai quando não está em missão?

Ela se afastou um pouco da mesa, jogou a cabeça para trás e fechou os olhos.

Você é um cara reservado, refletiu, deixando que a imagem do rosto dele, de seus olhos e de sua boca se formasse em sua cabeça. *Não quer nada que chame a atenção sobre você. É um cara solitário. Passa as noites em uma casa calma em um bairro tranquilo. Deve ter mais de uma residência, pois é um homem que viaja muito. Carro particular? Talvez, talvez, mas nada muito chamativo. Algo discreto, sóbrio, confiável. Clássico. Como a música que você usa na hora de assassinar alguém.*

E se você veio dirigindo até Nova York, certamente não usou a garagem do hotel.

Carne com batatas, avaliou ela, pensando na única refeição que ele fizera no hotel. Comida básica e cara. As roupas que ele usara para entrar e sair do prédio seguiam o mesmo critério, bem como sua bagagem.

Bagagem.

Ela endireitou o corpo na cadeira e ordenou ao sistema que lhe mostrasse as imagens de sua chegada à recepção.

— Sim, isso mesmo, uma pasta comum, típica de executivos. Básica, cara. E nova. Nova demais para o meu gosto. Computador, enquadre os setores que vão do 12 ao 28 e amplie a imagem em vinte por cento.

Processando...

A parte que mostrava a pasta pousada ao lado de Yost chamou a atenção de Eve. Ela não conseguiu ver nenhum sinal de desgaste no couro preto de boa qualidade, nem os arranhões que surgem mesmo depois de viagens curtas, devido aos rigores do manuseio e das verificações de segurança.

Processando...

Quando a imagem se ampliou, ela conseguiu ler com clareza a plaquinha com a marca da pasta.

— Cachet. Muito bem, o que isso nos diz? Computador, identifique o modelo da pasta marca Cachet que está na tela.

Processando... A unidade solicitada é do modelo 345/92-C, comercializada como Business Elite, e está disponível em couro e em tweed. A pasta mede trinta e seis centímetros de comprimento, vinte centímetros de altura e doze centímetros de profundidade. Suas medidas passam em todos os requisitos para transporte terrestre, aéreo e interplanetário. A 345/92-C é um modelo novo, lançado em janeiro deste ano. Cachet é marca de uma das divisões da Solar Lights, pertencente às Empresas Roarke.

— Quem não sabe disso? — murmurou Eve. — Foi lançada em janeiro? Já faz alguns meses. Computador... Não, não, deixe pra lá. — Ela se voltou para o *tele-link* interno e ligou para McNab.

— Pasta da marca Cachet, modelo 345/92-C, conhecida comercialmente como Business Elite. Consiga-me uma lista dos locais em que esse modelo foi vendido desde janeiro, data do seu lançamento, até hoje. Quero só as de couro preto, com locais de venda e nomes dos compradores. Quero uma lista de todo mundo que comprou essa pasta.

— Mas eu vou levar muito...

— Tempo — ela completou. — Você está com falta de tempo para trabalhar, detetive?

— Claro que não, senhora. Já vou cair dentro.

— Eu também — ela murmurou e então se levantou. Pegou a jaqueta, os arquivos e seguiu em passadas largas até o cubículo de Peabody na sala de ocorrências.

— Vou para casa rodar alguns programas de dados. Quero que você verifique o cabelo.

— O cabelo, senhora?

— O cabelo de Yost. Aposto que não é dele. Não combina com o seu rosto e é chamativo demais. É peruca, e aposto que de boa qualidade. Ele deve ter uma coleção delas. Comece pela que ele estava usando nas gravações da segurança e pesquise nos salões de cabeleireiros e fornecedores de produtos de beleza sofisticados nas maiores cidades do país. Ele não usa produtos de segunda linha. Comece pelas perucas de fios em fibra natural, antialérgicos ou sei lá como eles chamam. Ele gosta de coisas finas. Usa uma pasta de couro, em vez da outra mais leve, de tweed.

Peabody abriu a boca para falar alguma coisa, mas Eve já estava de saída e não lhe deu a chance de perguntar o que pastas de couro têm a ver com perucas.

* * *

Eve entrou em casa pela porta da frente no momento exato em que Roarke descia pela escadaria do saguão. Ela soprou as pontas de franja que lhe caíam sobre os olhos e franziu o cenho para ele.

— O que faz em casa?

— Eu moro aqui.

— Você me entendeu.

— Sim, e lhe pergunto a mesma coisa. O horário do seu turno ainda não acabou.

— Tenho coisas para pesquisar e prefiro fazer isso no computador de casa.

— Ah.

— Pois é... Ah... Aliás, já que está em casa, talvez você me ajude a poupar tempo. Tenho alguns pontos que você poderia me ajudar a... — Ela começou a subir as escadas enquanto dizia isso, mas parou ao ver que ele lhe apertou o braço.

— Eu estava lá em cima instalando Mick em um dos quartos de hóspedes.

— Mick? Oh. — Ela fez uma pausa. — Oh.

— Há algum problema em tê-lo como hóspede por alguns dias?

— Não. — *O momento era péssimo*, pensou ela. *Não podia ser pior*. — Como disse, você mora aqui.

— E você também. Sei que ele representa uma época da minha vida com a qual você não se sente muito à vontade. — Ele passou o dedo de leve pela alça do coldre que Eve carregava junto do peito.

— Tenente, aquela foi uma fase da minha vida, e eu não posso fazer nada a respeito.

— Mas já conheci alguns dos seus antigos amigos de Dublin. Gosto de Brian.

— Eu sei. — Ele colocou as mãos nos ombros de Eve e as deixou deslizar por suas costas, aproximando-se lentamente até suas testas se tocarem. — Mick foi um amigo importante, Eve. Tão chegado e íntimo quanto um irmão que eu pudesse ter. Enfrentamos tempos muito difíceis e tivemos pouquíssimos momentos bons. Achei que ele estava morto e já tinha me conformado com isso.

— E agora descobriu que ele está vivo. — Eve compreendia as amizades, seus contrastes e mistérios. — Será que você poderia pedir a ele que não faça nada que me obrigue a prendê-lo enquanto estiver hospedado aqui?

Ele se afastou um pouco, o suficiente para pressionar os lábios contra os dela.

— Acho que você vai gostar dele, querida.

— Sei. — Ambos perceberam que ele não concordara com o pedido dela. — Vocês, irlandeses, são muito simpáticos. Olhe, saiba apenas que você não precisa de mais nenhum problema no momento, pelo rumo que essa investigação está tomando.

— O alvo não era ela, estou certo? — perguntou ele, assentindo com a cabeça. — A pobre camareira não tinha nada a ver com a história.

— Acho que não. Precisamos sentar para tentar descobrir quem seria capaz de vir atrás de você desse jeito e por quê.

— Tudo bem, assim que eu tiver chance. Preciso providenciar algumas coisas agora. Vamos receber algumas pessoas para jantar.

— Hoje? Mas Roarke...

— Posso inventar uma desculpa para o caso de você não aparecer, caso não esteja a fim. Magda, seu filho e mais algumas pessoas virão aqui. É importante amenizar os danos causados pelo incidente de ontem à noite, a fim de tranquilizar todos os envolvidos na rodada de leilões quanto ao controle do nosso esquema de segurança e da publicidade do evento.

—Nem adianta eu pedir a você para adiar esses planos, certo?

—Realmente, não adianta — repetiu ele, alegremente. — Aliás, não posso colocar o hotel nem nenhum dos meus projetos em compasso de espera só porque alguém pretende me deixar preocupado.

— O próximo ataque pode ser contra você.

O sorriso dele não esmoreceu. Na verdade, acentuou-se.

— Eu prefiro assim. Não quero a vida de outro inocente na consciência. De qualquer modo, tenho a mais competente e confiável das guarda-costas bem do meu lado.

Eve pretendia colar nele mais do que nunca.

— A que hora é esse jantar? — ela quis saber.

— Às oito.

— Então vou ter que agitar algumas coisas antes. E imagino que vou ter que usar alguma roupa metida a besta.

— Deixe essa parte comigo. — Ele tomou a mão dela e a beijou. — Obrigado.

— Tá bom, tá legal, guarde seus agradecimentos para depois. Vou precisar de um pouco do seu tempo antes do amanhecer — informou ela, subindo depressa as escadas.

— Querida Eve, vou querer muito mais do seu tempo.

Ela riu com ar de debocheie manteve o ritmo, mas, ao alcançar o último degrau, parou de repente, pois viu Mick saindo de um dos inúmeros quartos de hóspedes. Ele tinha tirado o paletó e parecia, aos olhos dela, muito à vontade.

Ao vê-la, ele exibiu um sorriso torto e rápido.

— Puxa, tenente, não há nada mais desagradável do que um hóspede inesperado, não é? Ainda mais quando esse intruso é um velho amigo de seu marido que você nunca viu e lhe provoca desconfiança. Espero que a minha presença não a incomode muito.

— Tudo bem, a casa é grande — disse ela, percebendo logo em seguida que essa observação não fora um primor no quesito cortesia. Mas ele recebeu a observação ácida com uma gargalhada tão sonora que ela se viu obrigada a sorrir de volta.

— Desculpe a indelicadeza — pediu Eve —, eu falei sem pensar. Roarke quer que você fique conosco, e isso está ótimo para mim.

— Obrigado. Vou tentar não deixá-la entediada com histórias das nossas travessuras de juventude.

— Puxa, para ser franca, eu adoraria saber dessas travessuras.

— Mas isso seria o mesmo que mexer em vespeiro. — Ele piscou para ela. — Que casa a de vocês, hein? — comentou ele, deixando o olhar vagar pelo saguão imenso e a escadaria generosa. — Aliás, casa não é bem a palavra que se aplica, pois não expressa o tamanho deste palácio. Como é que você não se perde aqui dentro?

— Eu me perco, às vezes. — Eve notou que o olhar dele se desviou e pousou com ar de contemplação no coldre que ela trazia preso ao ombro. — Há algum problema? — perguntou ela, com um tom frio.

— Não, claro que não, embora eu não me envergonhe de dizer que não gosto muito desse tipo de arma.

— Ah, não? — Com ar distraído, ela pousou a mão sobre a pistola. — E que tipo de arma você prefere?

Ele ergueu o braço, segurou o cotovelo com a outra mão e cerrou o punho.

— Essa arma aqui sempre funcionou melhor comigo. Se bem que, em seu ramo de atividade, bem... Por falar nisso, acaba de me ocorrer que esta é uma das raras conversas agradáveis que eu tive com alguém da sua profissão, tenente. Roarke ao lado de uma tira. Perdoe-me, tenente, mas isso faz minha cabeça girar. Talvez um dia desses você possa sentar e me contar como isso aconteceu. Deus sabe o quanto eu adoraria ouvir.

— Pergunte a Roarke. Ele é melhor que eu para contar histórias.

— Mesmo assim, eu gostaria de ouvir a sua versão. — Ele hesitou por um segundo e, por fim, pareceu decidir e se aproximou mais dela. — Roarke não aceitaria uma mulher que não fosse muito inteligente. Então eu já saquei que você é uma tira muito esperta, tenente. Sendo assim, conhece tipos como eu só de olhar. Talvez não saiba, porém, que Roarke é o meu amigo mais antigo. Espero conseguir uma trégua, na melhor das hipóteses, com a mulher com quem o meu amigo se casou.

Ao vê-lo estender a mão, Eve teve de tomar uma decisão rápida.

— Pois também aceitarei uma trégua com o amigo do homem com quem me casei. — Ela apertou-lhe a mão com força. — Mantenha a sua barra limpa enquanto estiver em Nova York, Mick. Não quero problemas para o lado dele.

— Nem eu. — Ele apertou a mão dela com vontade. — Aliás, nem para o meu lado, para ser franco. Você trabalha na Divisão de Homicídios, não é?

— Isso mesmo.

— Pois posso lhe assegurar, olhando-a nos olhos, tenente, que eu nunca matei ninguém nem tenho planos de começar a fazê-lo. Talvez isso ajude em nosso relacionamento.

— Mal não vai fazer.

Capítulo Cinco

Deixando os detalhes da acomodação do hóspede por conta de Roarke e Summerset, Eve foi para seu escritório doméstico e mergulhou de cabeça na longa lista de assassinatos que exibiam Sylvester Yost como principal suspeito.

Ela desmembrou tudo, tornou a juntar as pontas soltas, procurou furos nas investigações, além de peças avulsas, colocadas fora do lugar ou ignoradas.

Sempre que topava com algo, ela separava e colocava no que denominou Arquivo dos Furos. Um monte de moscas havia sido comido nos processos, pela ótica de Eve. Testemunhas que não foram interrogadas de forma meticulosa ou indevidamente forçadas a falar. Provas que tinham sido catalogadas sem pesquisas cuidadosas sobre sua fonte.

Em alguns dos casos que ela encontrou havia itens pessoais que tinham sido arrancados do corpo da vítima. Um anel, uma fita de cabelo, um relógio. Sempre objetos baratos que mantinham a consistência com a teoria de roubo sem motivações materiais.

Mas isso, por si só, não caracterizava um padrão, pela intuição de Eve.

— Se ele levasse alguma coisa de uma das vítimas como *modus operandi*, faria isso com todas — murmurou para si mesma.

Ele era rígido, organizado, uma criatura de hábitos fixos.

Lembrancinhas, pensou Eve. *Ele leva uma recordação. O que levou de Darlene French?*

Ela pegou o vídeo da câmera de segurança, foi até a parte em que Darlene apareceu com o carrinho de serviço, na porta da suíte 4.602, congelou a imagem e mandou ampliar.

— Brincos. — Na imagem, Darlene usava argolinhas de ouro nas orelhas, quase ocultas pelos seus cabelos escuros e encaracolados. Embora Eve tivesse certeza de que não havia brincos no corpo, verificou os registros e dividiu a tela do monitor em duas, a fim de poder examinar Darlene, espancada e morta sobre a cama. — Ele levou os seus brinquinhos.

Um colecionador, decidiu, recostando-se. *Talvez porque curta o seu trabalho?*, questionou-se. *Será que ele gosta de lembrar suas missões, reviver tudo e revisitá-las?*

Se for assim, o motivo não era só a grana. Não, certamente não era apenas dinheiro. Será que as mortes lhe traziam alguma satisfação pessoal?

O *tele-link* tocou, e Eve, ainda observando atentamente as duas imagens de Darlene, atendeu.

— Dallas falando.

— Achei uma pista sobre o fio de prata — disse McNab, logo de cara. — O material é vendido a metro ou por peso. Basicamente para quem fabrica joias por passatempo, é joalheiro profissional ou artista. Dá para comprar no varejo, mas é muito mais caro do que comprar direto do fornecedor, por atacado. A maioria dos vendedores avulsos negocia poucos metros, geralmente para gente que faz apliques para cabelo ou quer montar pulseiras artesanais para o pulso ou o tornozelo. São compras por capricho.

— Atacadistas — disse Eve. — Ele não compra esse material por capricho nem por impulso, mas não gosta de pagar mais do que as coisas valem — acrescentou, lembrando-se das coisinhas que ele carregara do hotel.

— Já pesquisei. Temos mais de cem atacadistas de fios de prata no mundo e mais uns vinte fora do planeta. É necessário um registro de artesão ou uma identidade de comerciante para comprar por atacado. Quem tem um desses documentos pode comprar direto na fonte ou por meios eletrônicos.

— Muito bem, pesquise em todos eles. — Eve pegou a lista de provas enquanto falava e confirmou o comprimento do fio encontrado na cena do crime. — Ele usou um fio de sessenta centímetros em Darlene French. Sessenta centímetros exatos. — Ela deu uma olhada rápida nos outros casos em aberto e confirmou: — Sim, ele gosta de trabalhar com fios desse comprimento. Pesquise compras de fios com sessenta centímetros ou múltiplos disso. — Ela fechou os olhos por um segundo. — Prata fica manchada, não fica? Pega pontinhos e manchas, com o tempo.

— Acho que é preciso mantê-la sempre polida, a não ser que seja banhada em outro material. O laboratório informou que o fio era de prata pura. Estou com o relatório bem aqui e não há menção de nenhum elemento químico nem polimento. Mesmo assim, talvez ele tenha limpado o fio antes de usá-lo, mas não faço idéia do quanto do produto ficaria grudado na prata, nem de como isso afetaria o metal.

— Dê prioridade às compras de fios de sessenta centímetros — decidiu Eve. — Faça uma lista cronológica, da data do crime para trás. Meu palpite é que ele gosta de uma ferramenta nova e brilhante para cada trabalho.

Eve desligou, pesquisou um pouco a respeito das propriedades da prata e vasculhou mais uma vez os arquivos antigos em busca de possíveis menções ao fio.

Outros detetives também haviam seguido essa linha de investigação no passado, mas em menos da metade dos casos eles pesquisaram comprimentos específicos. Mesmo nesses, mais da metade dos investigadores principais do caso haviam focado apenas os fornecedores da cidade e dos arredores do crime.

Trabalho malfeito, e muito.

Ela levantou a cabeça, ainda com o cenho franzido, quando Roarke entrou.

— O que acontece com a prata quando você dá um bom polimento nela? — perguntou Eve.

— Fica brilhante.

— Rá-rá! Quero saber se o polimento deixa uma camada especial do polidor na superfície da prata ou algo assim.

Ele se sentou na beira da mesa dela e sorriu.

— Querida, por que você imagina que eu saberia responder a uma pergunta dessas?

— Porque você sempre sabe de tudo.

— Sinto-me lisonjeado, tenente, mas atividades domésticas, tais como polir a prataria, estão ligeiramente fora da minha área de atuação. Pergunte a Summerset.

— Não quero perguntar a ele. Isso exigiria que eu lhe dirigisse a palavra por livre e espontânea vontade. Prefiro pedir a alguém do laboratório.

Porém, antes mesmo de ela conseguir pegar o comunicador, Roarke a enxotou dali e entrou em contato com seu mordomo sargentão pelo *tele-link* interno da mansão.

— Summerset, o ato de polir a prata deixa algum resíduo químico sobre o material?

Aquele rosto comprido muito pálido e os olhos sombrios de Summerset preencheram a tela do *tele-link*, e ele respondeu, de imediato:

— Pelo contrário. Quando o polimento é bem-feito, não deixa resíduo algum sobre o objeto, pois de outra forma ele ficaria fosco. Devo acrescentar que o polimento vigoroso também remove uma camada microscópica do metal.

— Obrigado. Está satisfeita com a resposta? — Roarke perguntou a Eve, ao desligar.

— Estou só colhendo informações. Você vende fio de prata?

— Bem, imagino que venda.

— Pois é, eu também imaginei que sim.

— Se você quiser que eu a ajude a rastrear a arma do crime...

— McNab já está correndo atrás disso. Vamos ver o quanto conseguimos avançar sem a sua ajuda.

— Tudo bem. Mas você queria conversar outra coisa comigo.

— Sim. Onde está o seu amigo?

— Mick está curtindo um pouco a piscina. Ainda temos umas duas horas antes da chegada dos convidados.

— Certo. — Eve se levantou, atravessou o escritório, foi até a porta e a fechou. Então, virando-se para o homem que amava e com quem se casara e vivia, disse: — Esse ataque, partindo da teoria de que foi um crime encomendado, custou dois milhões de dólares mais as despesas, por baixo. Quem gastaria tanta grana só para dificultar a sua vida ou deixar você preocupado?

— Não sei dizer. Certamente eu tenho muitos competidores, rivais comerciais e oponentes diversos, gente que não gosta de mim e teria recursos financeiros para usar essa quantidade de dinheiro só para atrapalhar a minha vida.

— Quantos desses iriam tão longe a ponto de contratar um assassino?

— Entre os adversários de negócios? — Ele ergueu as mãos. — Fiz um monte de inimigos ao longo do caminho, mas meu campo de batalha são as salas de reunião e os livros contábeis. Apesar de não ser impossível um desses oponentes imaginar que a minha eliminação física seria um lance lucrativo em termos comerciais, não consigo pensar em um motivo lógico para alguém lograr isso matando uma camareira em um dos meus hotéis.

— Só que nem todas as suas batalhas antigas foram travadas em salas de reunião ou livros contábeis.

— Não, mas mesmo naquela época o confronto era direto. Se estamos lidando com um antigo desafeto meu, eu é que seria o alvo mais lógico. Eu nem sequer conhecia a garota que morreu.

— Pois é. — Ela deu um passo à frente, olhando para ele com intensidade. — É a esse ponto que eu volto a toda hora. Isso machuca você diretamente, é um ataque à sua mente e deixa você revoltado.

— Mas existem outros meios de conseguir alcançar esse objetivo sem precisar matar uma jovem inocente.

— Quem não se importaria em fazer isso? — insistiu Eve. — No passado ou no presente? Que grandes esquemas empresariais estão em desenvolvimento agora e que seriam prejudicados se você não estiver focado, bem de olho nos detalhes? O Olympus Resort? Quando passamos aqueles dias lá, na semana passada, você gastou um tempão consertando coisas erradas.

— Eram problemas típicos e esperados em um projeto com aquelas dimensões, mas ficou tudo sob controle.

— Ficaria se você não estivesse lá, à frente de tudo?

Ele pensou, antes de responder.

— Talvez acontecessem alguns atrasos, aumento de custos e outras complicações, mas a verdade é que eu tenho boas equipes para cada etapa do projeto. Como, aliás, acontece em todas as grandes empresas. Eu não sou indispensável, Eve.

— Papo furado! — reagiu ela, com tanta determinação que ele se espantou. — Você coloca seu dedinho em todos os botões importantes, não importa o quanto as coisas estejam bem organizadas. A máquina como um todo poderia funcionar sem você, tudo bem, porém, as engrenagens não estariam tão lubrificadas. Só existe um Roarke. Com quem você bateu de frente e talvez não queira jogar pelas suas regras?

— Ninguém em particular. De qualquer modo, se quisessem desviar a minha atenção de um projeto ou fazer com que eu o negligenciasse, a melhor maneira de conseguir isso seria atacando você.

— Para depois serem caçados, terem o couro arrancado e virarem farelo? Não creio nisso.

Ele passou o dedo pela covinha do queixo dela e concordou.

— Nesse ponto você tem razão.

— Se não for nada recente, talvez você tenha que procurar lá atrás. O passado sempre volta para nos assombrar, não importa quantas muralhas construamos à nossa volta. Nós dois sabemos disso. Parte do seu passado está neste exato momento se esbaldando na piscina aqui de casa.

— É verdade.

— Roarke. — Ela hesitou, mas de repente deu um pulo. — Você não o vê há muito tempo. Não sabe quem ele é agora ou o que fez durante todos esses anos. De repente ele aparece do nada, em pleno saguão do hotel no qual, horas antes, um crime ocorreu.

— Você está desconfiada de Mick? — Ele conseguiu abrir um sorriso largo e balançou a cabeça para os lados. — Ele é um ladrão, trambiqueiro e mentiroso, e sem dúvida eu tenho vontade de lhe dar algumas porradas por isso, mas assassinato não é a dele. A frieza para um assassinato desse tipo — continuou Roarke, antes que ela tivesse tempo de argumentar — existe na alma de um homem ou não existe. Nós dois sabemos disso.

— Pode ser, mas as pessoas mudam. Receber uma grana alta dessas para matar alguém garante um bom pé-de-meia.

— Para alguns homens, mas não para Mick. — Com relação a isso, pelo menos, ele tinha certeza. — Você está certa ao dizer que talvez ele tenha mudado, mas nunca em um nível tão básico. Ele enganaria a própria avó para raspar sua poupança, mas não mataria um cão sarnento nem por um punhado de rubis. Sempre foi o mais fraco de nós quando o caso envolvia derramamento de sangue.

— Então tá. — Mas ela ia ficar de olho em Mick Connelly mesmo assim. — E quanto a alguma outra pessoa do passado? Você precisa pensar nessa possibilidade, seus contatos de muitos anos atrás ou os mais recentes. Me dê algo para investigar.

— Tudo bem, prometo que vou pensar no assunto.

— Ótimo. E quero que você reforce a sua segurança pessoal.

— Você vai fazer o mesmo?

Ela queria se esquivar disso e não contava com a reação dele.

— O alvo não sou eu. Talvez Darlene French fosse apenas um ataque de advertência, como quem diz "veja o quanto eu consigo chegar perto sem muito esforço". O próximo passo pode ser atingir você diretamente.

— Ou você — rebateu ele. — Vai reforçar a sua segurança pessoal?

— Eu não tenho segurança pessoal.

— Viu só?

— Sou uma policial.

— E eu durmo com uma. — Ele enlaçou-lhe a cintura com o braço. — Viu como eu sou sortudo?

— Corta essa, isso não é piada!

— Não, claro que não, mas vou considerar a ideia de reforçar minha segurança como brincadeira, para não ficar aborrecido com minha mulher bem na hora de recebermos convidados para jantar. Cale a boca — sugeriu ele ao vê-la se preparar para falar, e então se assegurou de que ela permaneceria calada.

O beijo foi longo, ardente e nem um pouco brincalhão. Quando ela voltou à superfície, seus olhos se estreitaram.

— Posso espalhar tiras à sua volta.

— Pode — concordou ele —, mas eu os colocaria para correr em poucos minutos, como você bem sabe. Você é a única tira que eu quero à minha volta, tenente. Por falar nisso... — Seus dedos ágeis já tinham conseguido desabotoar metade da blusa dela antes de ela ter chance de lhe dar um tapa na mão.

— Corta essa, estou sem tempo para brincadeiras.

— Então vou ser rápido. — Ele sorriu.

— Já disse... — Mas os dentes dele já mordiscavam a garganta dela, lançando uma fisgada de prazer que foi da boca do estômago até os dedos dos pés. Ela ficou quase vesga, mas conseguiu lhe dar uma boa cotovelada. — Pode parar!

— Não consigo. Temos que correr. — Ele sorriu ao desafivelar o cinto dela e riu ainda mais ao cobrir-lhe a boca com um beijo intenso.

Ela bem que podia ter dado um chute nele se as pernas dos dois não tivessem se entrelaçado inesperadamente, e a verdade é que ela não queria fazê-lo. Nem mesmo o grito que deu quando ele a levantou do chão e a colocou sobre a mesa foi um sinal de protesto.

Seminua e já sem fôlego, ela tentou apoiar o corpo nos cotovelos.

— Tudo bem — cedeu. — Vamos esfriar logo esse tesão.

Ele se debruçou sobre ela e mordeu-lhe o queixo.

— Você está prendendo o riso, querida.

— Engano seu, esse som é de deboche.

— Ah, é? — Divertindo-se com isso e já excitado, ele se distraiu mordiscando o lábio inferior dela. — Eu nunca consigo perceber a diferença. E agora, que som é esse?

— Que som?

Ele a penetrou com força, em uma estocada firme e poderosa que lhe arrancou um grito de choque do fundo da garganta.

— *Esse* som. — Ele baixou a cabeça e saboreou o calor que se elevou da pele dela ao mesmo tempo que seus quadris se abriam para recebê-lo. — E *esse* som também — completou, lançando-se mais fundo.

Eve tentava recuperar o fôlego.

— Estou apenas sendo tolerante — ela conseguiu dizer.

— Puxa, se isso é o máximo que vamos conseguir... — ele começou a sair de dentro dela, mas ela lançou o corpo para cima e se apertou com mais força em torno dele.

— Tudo bem, eu preciso mesmo aprender a ser mais tolerante — disse ela, afastando com os dedos os cabelos que tinham caído sobre o rosto para em seguida cerrar os punhos. Seus lábios se curvaram em um sorriso e receberam os dele.

Quando o *tele-link* interno tocou, ele simplesmente esticou a mão e o colocou em modo de espera.

* * *

No fim ele não foi tão rápido quanto disse que seria e se mostrou muito calmo e meticuloso. Quando teve quase certeza de que as próprias pernas iam conseguir mantê-la em pé, Eve saiu de cima da mesa e colocou os pés no chão, ainda de botas e com a blusa aberta, mas com o coldre afivelado.

Absurdamente sexy essa minha tira, pensou Roarke.

— Você esperaria imóvel um instantinho só para eu pegar a câmera?

Ainda instável, ela olhou para baixo, obteve uma imagem razoavelmente clara de si mesma e riu de leve, avisando:

— A hora do recreio acabou. — Ela se agachou para puxar as calças para cima, mas teve que permanecer com a cabeça baixa por mais um instante. — Puxa, você me deixa tonta.

— Obrigado, querida. Não foi o meu melhor momento, mas lembre que eu estava com um prazo muito apertado.

Com as mãos nos joelhos, ela levantou a cabeça. Os cabelos dele estavam embaraçados, por obra dos dedos dela, e seus olhos profundamente azuis pareciam sonolentos e satisfeitos.

— Talvez eu deixe você tentar algo melhor mais tarde — prometeu ela.

— Você é tão boa para mim, querida — reconheceu ele, ao lhe dar um tapinha afetuoso na bunda. — Agora nós precisamos vestir nossas becas para jantar.

O problema dos jantares de gala, conforme Eve já descobrira, era que não dava para simplesmente sentar à mesa e pedir para o vizinho do lado passar as batatas. Havia todo um ritual a ser observado, que incluía vestimentas apropriadas e enfeites pelo corpo, além de trocas de amabilidades, mesmo que a pessoa não estivesse se sentindo nem um pouco amável. Sem falar no consumo de álcool que sempre precedia a refeição e os minúsculos pedaços de comida que eram servidos em uma sala diferente daquela onde ocorreria a comilança propriamente dita.

Tudo isso, pelas estimativas de Eve, acrescentava mais uma hora ao evento, pelo menos, sem contar o interlúdio que havia entre o fim da refeição e as despedidas.

Eve, em sua opinião, já estava razoavelmente acostumada a lidar com toda essa cerimônia, é claro que não de forma tão elegante quanto Roarke, mas quem conseguiria isso? De qualquer modo, não era necessário um quociente de inteligência muito elevado para atuar como anfitriã de um monte de gente em sua própria casa, muito embora a sua mente tivesse a desagradável tendência de vagar solta rumo a outros pensamentos, em vez de ficar ali, envolta pelos convidados.

Se ela tivesse alguma pista sólida sobre a bagagem e o fio de prata, daria para começar a pensar em criar um padrão geográfico para Yost. Onde ele fazia suas compras. E como. O que, por sua vez, poderia levá-la à região onde ele morava e ao seu estilo de vida.

Ele era um sujeito que gostava de bife ao ponto. Carne de primeira não era nada barato. Será que ele adquiria a própria carne ou só comia em restaurantes?

Se fossem restaurantes, seriam topo de linha, onde quer que ele estivesse.

Será que ele oferecia a si mesmo do bom e do melhor apenas quando estava desempenhando alguma missão ou também no cotidiano?

Onde mais ele gastava a sua grana, já que tinha tanta? Como ele acessava seus fundos de investimento? Se ao menos ela conseguisse...

— Você parece estar muito longe daqui.

— O quê? — Eve focou os olhos em Magda e fez um grande esforço para clarear a mente. — Desculpe.

— Não, não peça desculpas. — Elas estavam recostadas sobre almofadões de seda num dos conjuntos estofados em estilo antigo que ficavam na sala de estar principal. Diamantes brilhantes e redondos como planetas cintilavam nas orelhas de Magda e em seu colo, junto do pescoço. Ela sorvia com elegância um líquido rosa-claro que fora servido em uma pequena taça. — O que vai pela sua cabeça é, estou certa disso, muito mais importante do que as futilidades que habitam as nossas nesse momento. Você estava pensando naquela pobre jovem que foi morta. Você sabia que a minha suíte fica exatamente abaixo daquela onde ocorreu o crime?

— Não. — Eve deixou essa informação brincar um pouco em sua mente. — Não sabia disso.

— Foi horrível. Era pouco mais que uma criança a pobrezinha. Acho que eu a vi na véspera de sua morte, no corredor, ao sair de minha suíte. Ela me cumprimentou, dirigindo-se a mim pelo nome. Eu lhe respondi com nada mais que um sorriso distraído, pois estava com muita pressa. Nossos pequenos arrependimentos — murmurou Magda — nunca fazem diferença alguma.

— Ela estava sozinha? Você viu alguém com ela? Lembra que horas eram? — Ao ver Magda piscar depressa, Eve balançou a cabeça. — Desculpe, desculpe. Vício profissional.

— Está tudo bem. Não reparei em ninguém, mas sei que eram quinze para as oito da noite, porque eu ia me encontrar com pessoas no bar às sete e meia e me sentia chateada comigo mesma por me atrasar e bancar a diva. Tinha estado ao *tele-link* com o meu agente, falando a respeito de um novo projeto que estamos avaliando.

Tire isso da cabeça, ordenou Eve a si mesma.

— Um novo filme? — perguntou.

— Que gentileza a sua me perguntar isso, mesmo sem estar nem remotamente interessada na resposta. Sim, trata-se de um papel muito forte, mas não posso oferecer a atenção que o assunto merece até depois do leilão. Agora eu queria lhe falar a respeito dos seus convidados desta noite ou será que Roarke já lhe deu todas as dicas?

— Não tivemos muito tempo para isso — disse Eve, pensando na sessão de sexo impulsivo e rápido que ocorrera em cima de sua mesa de trabalho. Quase sorriu.

— Que bom, isso vai me dar a chance de fofocar um pouco. Aquele ali é meu filho. — Ela olhou com muita afeição para o homem de cabelos louros em pé ao lado da lareira, com o rosto muito bonito e sério. — Meu primeiro e único filho. Está se tornando um homem de negócios severo e firme — acrescentou ela, transbordando de orgulho. — Não sei o que faria da vida sem ele. Ainda não chegou a hora de ele montar uma vida estável e me dar os netos pelos quais começo a ansiar, mas tenho esperanças. Não que eu veja Liza Trent no papel de minha nora — acrescentou ela, com certo sarcasmo —, embora ela seja linda, é claro.

Magda se recostou ligeiramente e se pôs a estudar a loura curvilínea que estava ao lado de Vince com a mão sobre um dos braços dele, parecendo agarrar-se a cada palavra que saía de sua boca.

— Ela é ambiciosa e uma atriz razoavelmente boa — continuou Magda —, mas não serve para Vince, em termos de compromisso longo. Não é inteligente o bastante, em suma, mas é ótima para o ego dele. Observe como ela olha para o meu filho como se as palavras que saem da boca dele fossem moedas de ouro.

— Você não gosta dela — percebeu Eve.

— Não gosto nem desgosto. Talvez essa seja a sogra dentro de mim, impaciente para ver Vince descartá-la e ir em frente.

Isso, pelo visto, não aconteceria tão cedo, refletiu Eve. Vince Lane podia ser o queridinho da mamãe, mas parecia ter pouca determinação.

Muito elegante, devia apreciar coisas caras e descoladas, mas Eve achou que ele se vestira de forma elaborada demais para um simples jantar, ainda mais quando comparado a Roarke.

Por outro lado, o que ela entendia de moda?

— Aquele ali é Carlton Mince — continuou Magda. — Tem um perfil de águia, você não acha? Deus o abençoe. Ele cuida das minhas finanças há tantos anos que eu nem me lembro mais de quanto tempo faz ao certo. Aliás, ele me ajudou tremendamente com os altos e baixos da fundação. É firme como uma rocha o velho

Carlton, e temo que desperte o interesse profissional da maioria das pessoas que o conhecem. A mulher com o vestido medonho e inadequado é Minnie. Minnie Mince, veja só que nome! Ela é a prova viva de que uma mulher pode ser magra demais e também esticada demais.

Eve sentiu vontade de rir e mal conseguiu se controlar. O fato é que a mulher descrita parecia realmente uma estaca de madeira reta coberta de roupas chamativas e sobre a qual alguém colocara uma escandalosa peruca ruiva.

— Há vinte anos Minnie era a contadora dele — continuou Magda. — Era muito espevitada, mas mantinha os olhos cravados nos objetivos. Há doze anos eles se casaram e ela alcançou seus objetivos, mas continua espevitada.

Eve riu e exclamou:

— Isso é maldade.

— Ah, provavelmente sim, mas qual é a graça em falar só coisas boas das pessoas? Basta olhar para Minnie para se ter a prova de que dinheiro não compra classe, mas a verdade é que ela combina perfeitamente com Carlton. Ela o mantém muito feliz, e, como eu gosto imensamente dele, apenas isso já faz com que eu goste dela também. Por último, temos o charmoso amigo irlandês de Roarke. O que você tem a me dizer a seu respeito?

— Pouca coisa. Eles foram amigos em Dublin, quando eram rapazinhos, mas ficaram muitos anos sem se ver.

— E você o observa com olhos calculistas, Eve.

— É mesmo? — Eve flexionou os ombros, obrigando-se a lembrar que pessoas que atuavam em um palco geralmente eram muito observadoras. Pelo menos os bons profissionais eram assim. — Provavelmente eu observo todas as pessoas desse jeito. Outro vício da minha profissão.

— Mas você não olha para Roarke com olhos de tira — comentou Magda, ao ver Roarke atravessando a sala e vindo na direção delas.

— Minhas caras damas. — Em um gesto ao mesmo tempo casual e íntimo, ele passou os dedos de leve ao longo do ombro de Eve. Como se isso fosse combinado, Summerset se materializou na porta para anunciar o jantar.

Durante a refeição, Eve confirmou que Magda era, comprovadamente, uma precisa observadora da natureza humana. Liza Trent ficava o tempo todo dando risinhos ou franzindo o cenho em profunda concentração sempre que Vince abria a boca para falar. O fato de ela conseguir transmitir tanta fascinação diante de suas observações tediosas a fez ganhar alguns pontos como atriz, na avaliação de Eve.

Carlton Mince era tão calado quanto a águia com a qual fora comparado. Só dava a sua opinião, sempre em tons educados e ar reflexivo, quando alguém pedia por ela. Manteve o rosto sério e respeitoso durante todo o jantar. Quanto à sua esposa, Eve a pegou examinando disfarçadamente a prataria para descobrir-lhe a procedência.

A conversa continuou rumo ao assunto do leilão e, pelo menos nesse momento, Vince pareceu dominar o tópico.

— A coleção de objetos dos antigos trabalhos de Magda Lane, especialmente as peças de vestuário, é inigualável. — Ele cortou com cuidado um pedaço da fatia do pato recheado que saboreava. — Para ser franco, tentei persuadi-la a fazer o leilão apenas com essas peças.

— Uma tentativa frustrada — atalhou Magda, rindo. — Nunca faço nada pela metade.

— Disso ninguém duvida — concordou seu filho com um olhar caloroso, embora ligeiramente exasperado. — De qualquer modo, a determinação de oferecer o vestido de baile usado no filme *Outono do Orgulho* como lote final será a chave de ouro para o evento.

— Ah, eu me lembro muito bem desse vestido — comentou Mick, dando um suspiro, pensativo e sonhador. — A mimada Pamela, cabeça-dura como sempre, adentra o salão de baile do

Carlyle Hall em seu deslumbrante vestido longo de deusa do gelo e desafia todos os homens da festa a lhe resistir aos encantos. Ah, os sonhos que eu tive naquela noite, depois de vê-la naquele vestido, srta. Lane. Creio que eles a deixariam ruborizada.

Obviamente deliciada com a observação, Magda se inclinou na direção de Mick.

— Eu não fico ruborizada com facilidade, sr. Connelly.

— Pois eu fico. — Ele riu com gosto. — Você não se sente nem um pouco pesarosa de se separar de tantas recordações?

— Na verdade eu só vou me separar delas fisicamente. Além do mais, o dinheiro que a fundação vai arrecadar com os lances vai me manter alegre e aquecida à noite.

— Custa uma nota manter todas aquelas roupas protegidas e catalogadas — informou Minnie, o que lhe valeu um leve sorriso de desdém oferecido por Magda.

— Na qualidade de contadora, querida, certamente você reconhece que esse investimento se mostrou lucrativo.

— Sem dúvida que sim. — Embora mantivesse o olhar focado no pato que saboreava, Carlton concordou com a cabeça. — Só a isenção de impostos já faria valer a pena...

— Ah, não falemos de impostos, Carlton — reagiu Magda, erguendo as mãos em sinal de rendição. — Só pensar nisso já me causa indigestão. Roarke, este vinho está pecaminoso de tão bom. É de um de seus vinhedos?

— Sim. Montcart 49. Elegante — disse ele, levantando o cálice para apreciá-lo contra a luz. — Encorpado e com traços de acidez no ponto certo. Achei que combinaria com você.

Magda só faltou arrulhar de satisfação.

— Eve, vou ser obrigada a confessar que estou desesperadamente apaixonada pelo seu marido. Espero que você não me leve para a cadeia por esse delito.

— Se isso fosse crime neste Estado, eu estaria com três quartos da população feminina de Nova York atrás das grades.

— Querida. — Roarke a olhou com carinho do outro lado da mesa. — Isso me envaidece.

— Não foi um elogio.

Liza deu uma risadinha, como se não soubesse o que mais poderia fazer.

— É muito difícil não ser ciumenta quando se está ao lado de um homem lindo e poderoso. — Apertou o braço de Vince, de leve. — Eu sinto a maior vontade de arrancar-lhes os olhos fora quando elas dão em cima do meu Vinnie.

— Ah, é? — Eve tomou um gole do elegante Montcart 49 e apreciou o sabor levemente ácido. — Pois eu soco a cara delas.

Enquanto Liza decidia se devia exibir uma cara de chocada ou de impressionada, Mick mal disfarçou a gargalhada por trás do guardanapo.

— Pois pelo que eu observei e soube, Roarke parou de colecionar mulheres. Dizem que encontrou a joia mais rara de todas, um diamante multifacetado que brilha no pedestal que ele lhe preparou. No entanto, eu lhes asseguro que, quando nós éramos jovens, ele mal conseguia caminhar de tantas garotas que se atiravam aos seus pés.

— O senhor deve conhecer muitas histórias sobre isso, sr. Connelly. — Magda dançou com os dedos de leve sobre as costas da mão de Mick. — Histórias fascinantes. Roarke é sempre muito misterioso a respeito das suas antigas proezas. Isso só faz aguçar ainda mais a nossa curiosidade.

— Pois eu conheço um monte dessas histórias — assegurou Mick. — Como a da linda ruiva filha de um milionário parisiense que foi a Dublin. Ou a moreninha de formas graciosas que preparava broas de milho duas vezes por semana só para lhe agradar. Acho que o nome dela era Bridgett. É isso mesmo, Roarke?

— Sim, esse era o seu nome. Por falar nisso, ela se casou com o filho do padeiro, o que me parece ter sido a melhor solução para todos. — Roarke se lembrou dela de forma vívida e também da ruiva parisiense, cujo nome lhe escapou, mas que ele sabia ter ido embora para casa com a bolsa vazia, depois de seduzida.

Por sinal, ela não pareceu insatisfeita com o desfecho da noite.

— Bons tempos aqueles — suspirou Mick. — Como sou amigo do anfitrião deste jantar, e também um cavalheiro, não vou mais contar histórias do meu velho companheiro. Roarke deixou para trás essa fase de colecionar mulheres, embora continue sendo um grande colecionador de outros itens. Dizem por aí que a sua coleção de armas é impressionante.

— Sim, consegui um ou outro exemplar delas, ao longo dos anos — confirmou Roarke.

— Armas de fogo? — Os olhos de Vince brilharam com interesse, e sua mãe girou os olhos de impaciência.

— Vince sempre foi fascinado por armas, desde menino — informou ela. — Deixava os contrarregras loucos sempre que eu encenava uma peça de época e ele vinha me visitar.

— Tenho várias armas de fogo em minha coleção. Talvez você queira apreciá-las.

— Eu adoraria.

Aquela era uma sala que ecoava violência, cheia de ferramentas criadas pelos homens para serem empunhadas contra outros homens ao longo das eras. Espadas e lanças, mosquetes, as velhas pistolas Colt que outrora haviam sido chamadas de "pacificadoras", além das pistolas a laser automáticas que haviam se proliferado devido ao preço baixo durante as Guerras Urbanas.

O ambiente finamente decorado por grandes painéis de vidro e tetos elevados não conseguia disfarçar o sombrio propósito de cada vitrine. Nem a fascinação sombria e basicamente humana pela arte da autodestruição.

— Minha nossa! — exclamou Vince, dando uma volta pela sala. — Eu nunca vi nada parecido fora do museu do Instituto

Smithsonian. Você deve ter levado muitos anos para montar uma coleção dessa magnitude.

— Sim, alguns anos. — Roarke reparou no olhar muito interessado que Vince lançou na direção de suas pistolas do século XIX, próprias para duelo. Demonstrando cortesia, Roarke colocou a palma da mão em um painel eletrônico, digitou uma senha e abriu a tranca da vitrine em vidro blindado. Pegando uma das pistolas da ranhura, ele a entregou ao filho de Magda.

— É linda.

— Ahn... — Liza sentiu um leve tremor, mas Eve captou um brilho de desejo nos olhos dela. — Isso não é perigoso?

— Não assim, sem munição. — Roarke lançou-lhe um sorriso e mostrou outra pequena vitrine. — Temos também aquela outra ali, com diamantes no cabo. Foi projetada para ser empunhada por mulheres e cabe dentro de uma bolsa de mão. Pertenceu a uma abastada viúva que, nos dias agitados do princípio do século XXI, carregava-a sempre que saía para dar uma volta com a sua pequena cadelinha lulu. Dizem que ela atirou em um batedor de carteiras com pouca sorte, dois assaltantes armados, um porteiro descortês e um lhasa apso que demonstrou intenções carnais com relação à sua cachorrinha.

— Por Deus! — O brilho aumentou nos olhos violeta de Liza. — Ela atirou em um cão?

— É o que dizem.

— Era uma época muito diferente da de hoje em dia — afirmou Mick, analisando uma pistola semiautomática cromada. — Espantoso, não acha? — perguntou, olhando para Eve. — Qualquer um com um pouco de grana no bolso e más intenções podia comprar uma dessas com facilidade, antes da lei que baniu as armas em nossa sociedade.

— Eu sempre achei isso estúpido e não espantoso.

— A senhora não aprova o direito ao porte de armas, tenente? — quis saber Vince, girando na mão a pistola para duelos. Parecia se imaginar muito vistoso com a arma em punho.

Eve olhou para a pequena pistola automática na vitrine e afirmou:

— Isso não foi feito para a defesa de ninguém. Foi feito para matar.

— De qualquer modo — argumentou Vince, recolocando a arma no lugar com certa relutância e olhando vagamente para onde Eve estava, ao lado de Mick —, as pessoas continuam descobrindo novos meios de matar, tenente. Se isso não acontecesse, a senhora ficaria sem emprego.

— Vincent, não seja grosseiro.

— Não é grosseria — assentiu Eve. — Você tem razão, as pessoas sempre encontram um meio. Mas já faz muitos anos desde que uma criança mentalmente perturbada matou colegas em plena sala de aula e que uma esposa semiadormecida atirou no marido que chegava de mansinho sem acender a luz. Já faz muito tempo desde que bairros inteiros eram sitiados por gangues que atingiam passantes com balas perdidas ao lutar com grupos rivais. Acho que o antigo slogan a favor das armas era: "As armas não matam, são as pessoas que se matam." Isso é a pura verdade, mas certamente uma arma de fogo ajuda muito.

— Não há como negar — concordou Mick. — Eu nunca usei nenhuma dessas armas feias e barulhentas. Sempre preferi um bom canivete. — Ele se dirigiu até um pequeno armário cheio de facas e adagas. — Pelo menos um homem tem que chegar perto a ponto de encarar o oponente olho no olho, antes de usar uma dessas. É preciso muito mais coragem para ficar cara a cara e esfaquear um homem do que atingi-lo a distância. Eu, por mim, confio mais nos meus punhos.

Ele se virou para todos e sorriu.

— Uma boa troca de sopapos resolve a maioria das disputas, e todo mundo depois sai para tomar um chope junto, mesmo capengando. Quebramos alguns narizes na nossa época, não foi, Roarke?

— Provavelmente mais do que devíamos — confirmou ele, trancando novamente a vitrine. — Alguém quer café? — perguntou, com voz afável.

Capítulo Seis

Eve prendeu o coldre e olhou para o marido. Ele tomava um café da manhã leve na saleta de estar da suíte. As notícias da manhã enchiam o telão de entretenimento e uma outra tela menor com as cotações da bolsa em todo o mundo se movia, entre códigos e números, no computador da mesinha.

Galahad, o gato, mantinha o corpo recostado ao lado de Roarke, e seus olhos bicolores olhavam com muita atenção para uma fatia de bacon irlandês esquecida no prato de Roarke.

— Como é que você consegue acordar com essa cara de quem acabou de voltar de uma semana em um spa metido a besta? — quis saber ela.

— Sigo um estilo de vida saudável.

— Uma ova! Sei que você ficou acordado até depois das três da manhã, bebendo uísque e contando mentiras com seu amigo. Ouvi a risada de retardado dele, quando os dois vieram subindo as escadas aos trancos e barrancos.

— É, acho que ele ficou meio alto no final. — Ele olhou para ela com os olhos azuis muito claros e descansados. — Dois dedinhos de uísque nunca me derrubaram, você sabe disso. Desculpe por termos acordado você.

— Voltei a dormir logo e não vi quando você veio deitar.

— Precisei colocar Mick na cama antes.

— Quais os planos do seu amigo para hoje?

— Ele tem negócios a tratar e vai se virar sozinho numa boa. Summerset saberá informar a ele onde estou, caso precise de mim.

— Mas eu achei que você fosse trabalhar daqui de casa hoje.

— Não, hoje não. — Ele a observou pela borda da xícara de café. — Pare de se preocupar comigo, tenente. Você já está com um prato cheio de problemas.

— Mas você é a minha refeição principal.

Ele riu da piada e se levantou para beijá-la.

— Estou comovido com essa declaração.

— Pois não fique. — Ela apertou-lhe o braço com força, para reforçar o que ia dizer. — Em vez disso, tome cuidado.

— Farei as duas coisas.

— Pelo menos você vai sair com um motorista? Use a limusine.

— Eve sabia que a limusine era blindada e conseguiria aguentar rajadas de laser e até bombas.

— Tudo bem, se isso a deixar mais tranquila.

— Obrigada. Agora eu preciso ir andando.

— Tenente?

— O quê?

Ele emoldurou o queixo dela com a mão em concha, beijou-a de leve na testa e depois nas faces e na boca.

— Eu amo você.

— É? — Tudo dentro dela pareceu se agitar, tremer e, por fim, se acalmar. — Mesmo eu não sendo uma ruiva francesa com pai rico? Quanto você roubou dela?

— Eu não roubei nada, foi ela que me deu.

Eve riu e balançou a cabeça.

— Deixa pra lá — disse, por fim. — Ao chegar à porta ela parou, deu meia-volta e olhou para ele. — Eu amo você também. Ah, e Galahad acabou de roubar seu bacon.

Ela seguiu pelo corredor, mas ouviu o tom irritado na voz de Roarke quando ele se dirigiu ao gato.

— Já não conversamos sobre esse tipo de comportamento? — disse ele ao animal, com firmeza.

Eve sorriu com isso enquanto descia quase aos pulos pela escadaria principal.

Junto ao último degrau, observando-a com ar sorrateiro, estava Summerset. Ele segurava a jaqueta de couro de Eve com o braço esticado, entre o polegar comprido e o indicador ossudo.

— Suponho que, caso a senhora não venha jantar, terá a gentileza de mandar me avisar

— Pode supor o que bem quiser. — Ela agarrou a jaqueta, mas olhou para o alto das escadas enquanto a vestia. — Preciso de um minuto seu.

— Como disse? — perguntou o mordomo, estupefato.

— Engula essa pose e baixe esse nariz pontudo — sugeriu ela, mas manteve a voz em sussurros. Apontou para a porta da rua e, abrindo-a com cuidado, pediu: — Venha comigo aqui fora um instantinho.

— Tenho vários afazeres agendados para esta manhã, tenente — começou ele.

— Calado! — Ela fechou a porta, deixando os dois de fora, e respirou fundo o ar doce de primavera. — Você está com ele há muitos anos e sabe tudo o que é importante. Conte-me a sua opinião sobre Mick Connelly.

— Não tenho o hábito de fazer fofocas a respeito de nossos hóspedes.

— Droga! — Eve o empurrou com força, colocando o punho em seu peito em um gesto de impaciência que fez Summerset arreganhar os dentes. — Eu tenho cara de quem gosta de fofocas, por acaso? Alguém quer deixar Roarke abalado. Não sei o porquê disso nem quem poderia ser, mas sei que tem gente a fim de lhe causar problemas. Quais as suas impressões sobre Connelly?

Os olhos de Summerset, que haviam ficado pretos como ônix devido ao empurrão de Eve, se estreitaram e a avaliaram sem pressa.

— Ele era um garoto revoltado, como todos os outros. Aqueles eram tempos de revolta. Creio que ele tinha muitos problemas em casa, mas isso também acontecia com todos, alguns mais que outros. Ele se aproximou de nós assim que Roarke veio morar comigo. Era muito educado, embora um pouco estourado. Vivia insatisfeito, mas todos eram assim.

— Alguma vez ele bateu de frente com Roarke?

— Havia trocas de desaforos acompanhadas por socos vez por outra entre todos os rapazes do grupo, mas Mick seria capaz de cortar os dedos da mão por Roarke. Todos seriam. Mick o admirava. Roarke foi surrado por policiais no lugar dele certa vez — contou Summerset, com um ar de desdém —, quando Mick pisou na bola ao passar a grana, depois de bater uma carteira.

— Tudo bem. Certo. — Eve pareceu relaxar um pouco.

— Trata-se da camareira, não é?

— Sim. Quero que você use esse nariz pontudo para outra coisa além de bancar o superior. Fareje tudo o que puder, do passado e do presente. Se você sentir algum cheiro estranho, *qualquer coisa* esquisita, me avise. Você pode monitorar Roarke sem levantar suspeita. Ele não vai estranhar, pois você sempre procura saber por onde ele anda. Fique na cola dele.

Summerset colocou a mão no braço dela, impedindo-a de ir embora.

— Tenente, ele está sob alguma ameaça física?

— Se eu achasse que sim, não o deixaria sair de casa, nem que tivesse de dopá-lo e algemá-lo.

Obrigando-se a aceitar isso como algo bom, Summerset a observou descer as escadas e caminhar até a viatura que lhe parecia, a cada dia, mais dilapidada.

*   *   *

Eve se imaginou com as orelhas quentes, quase soltando fumaça, enquanto marchava pela sala de ocorrências, em meio aos policiais, até alcançar a sua. Seu *tele-link* piscava freneticamente, avisando que havia mensagens não recebidas, e seu computador apitava sem parar, cheio de dados atualizados.

Ela ignorou ambos e começou a remexer as gavetas.

— Senhora. McNab foi...

— Quero o meu laser antitumulto — avisou Eve, olhando com raiva para Peabody. — Quero também o meu colete à prova de balas. Proteção completa. — Ela pegou sua faca de combate, com quinze centímetros, puxou-a da bainha e observou com satisfação os reflexos da luz da janela na lâmina serrilhada.

— O que aconteceu? — Peabody arregalou os olhos.

— Ainda vai acontecer. Vou lá embaixo, no setor de manutenção, armada até os dentes. Vou acabar com cada um daqueles filhos da mãe com cérebro de minhoca, um por um. Depois, vou empilhar o que sobrou deles dentro da minha viatura e tacar fogo.

— Caraca, Dallas, eu pensei que tivéssemos entrado em estado de alerta.

— *Eu* estou em estado de alerta. Alerta máximo. — Seus olhos se fixaram em Peabody. — Rodei menos de oitenta quilômetros desde que aqueles incompetentes, boçais, cabeças de merda, liberaram o meu carro, garantindo que estava tudo cem por cento. Cem por cento? Quer que eu conte o quanto ele está cem por cento enguiçado?

— Sim, tenente, gostaria muito de ouvir, mas recoloque a faca na bainha antes.

Com um último urro de raiva, Eve guardou a faca.

— Primeiro ele começou a corcovear quando eu estava parada em um sinal vermelho. Eu estava bem ali e o carro começou a escoicear feito uma... feito uma...

— Mula?

— Provavelmente. Rodei o programa de diagnóstico para ver qual era o problema e sabe o que houve? Apareceu no painel o mapa mostrando todo o caminho de onde eu estava até o necrotério. Só pode ser piada de mau gosto, você não acha?

Peabody ficou com vontade de rir e seus lábios estremeceram. Ela precisou morder as bochechas com força, antes de responder:

— Talvez, senhora.

— Depois o motor começou a engasgar, travar e estourar de novo. Andei dois quarteirões e ele continuava se arrastando pesadamente, parecendo um... parecendo um...

— Monstro em filme de Frankenstein?

— Eu sou uma tenente. — Desanimada, Eve se deixou cair sobre a cadeira. — Sou uma oficial graduada, por que não consigo uma viatura decente?

— É uma situação realmente triste. Se aceita uma sugestão, em vez de descer com um laser antitumulto, a senhora devia tentar agradar-lhes levando uma caixa de cervejas. Faça amizade com dois ou três deles. Seja gentil.

— Seja... *gentil*? Prefiro engolir uma cobra viva. Ligue lá pra baixo. Diga que eu preciso do meu carro consertado em menos de uma hora.

— Ligar lá pra baixo? Eu? — Os olhos de Peabody brilharam como se ela estivesse prestes a chorar. — Puxa... Antes de passar por essa humilhação, devo contar que descobrimos algumas coisas sobre o fio de prata e a bagagem.

— Mas por que você não me disse logo? — Na mesma hora, Eve virou para o computador.

— Não sei o que deu em mim, tenente, para eu ficar aqui matraqueando. — Ao ver que não ia levar uma bronca, Peabody respirou aliviada e voltou correndo para seu cubículo, a fim de barganhar com o pessoal da manutenção.

— Muito bem, muito bem, vamos ver o que descobrimos. — Eve ordenou que os dados aparecessem na tela. Havia numerosos registros de compras de fios de prata que combinavam com a arma do crime. Quando, porém, o sistema filtrava apenas os que tinham sessenta centímetros de comprimento ou múltiplos disso, o número de ocorrências baixava para dezoito em todo o planeta e seis dentro do país, sendo que havia apenas uma compra de quatro peças de sessenta centímetros, pagas em dinheiro a um atacadista de Manhattan.

— Bem aqui. E aposto que foi você quem fez essa compra, a vinte quarteirões da cena do crime.

Ao ler os dados sobre a bagagem, um sorriso sombrio fez seus lábios se retraírem. Haviam sido vendidas milhares de pastas de trabalho como aquela, em couro preto, desde janeiro, mas, ao filtrar as compras efetuadas nas últimas quatro semanas, sobraram menos de cem. E das poucas efetuadas em Nova York só duas aconteceram no dia do crime e só uma foi feita em dinheiro vivo.

— Coincidências não existem — murmurou Eve. — Você adquire seu material de trabalho bem aqui. — Só queria saber por que um homem compraria uma pasta nova se ele já tinha completado a viagem? Resposta: não houve viagem nenhuma, você já estava aqui.

Perucas, pensou em seguida, e procurou a pesquisa feita por Peabody.

— Minha nossa! Por que as pessoas simplesmente não deixam o cabelo crescer? — Literalmente milhões de perucas, apliques, extensões e itens para dar mais volume ou afofar os cabelos tinham sido vendidos por salões de beleza, lojas especializadas e fornecedores só nos últimos seis meses.

Esse número triplicava se fossem computados os acessórios alugados.

Com a paciência de um gato diante da toca do rato, Eve pegou a foto de Sylvester Yost, obtida na porta da suíte, mandou o programa destacar a sua cabeça, os ombros e apagar os traços fisionômicos. Em seguida, fez o computador criar uma imagem tridimensional da cabeça e a colocou em um banco de dados.

— Computador, pesquisar todas as compras de perucas confeccionadas com cabelo humano que se encaixem no modelo em tela. Listar as que foram pagas em dinheiro.

Processando... quinhentas e vinte e seis compras com as especificações solicitadas foram feitas no período determinado. Listando...

Enquanto o computador exibia os endereços dos fornecedores e das compras, Eve acompanhava tudo.

Salão Paradise, Quinta Avenida, Nova York, 3 de maio...

— Pare! Temos um ganhador. Nosso rapaz esteve muito ocupado nesse dia, fazendo compras por toda a cidade. Computador, discriminar todos os itens adquiridos nessa nota fiscal.

Processando...
Além da peruca de cabelos humanos modelo masculino sênior, a nota inclui a compra de uma peruca de cabelos humanos modelo masculino com topete em estilo Capitão Stud, dois frascos de 200ml de loção para perucas da marca Sampson, um frasco de 100ml de colágeno para pele da marca Juventude, frascos de rímel da marca Wink nas cores azul-viking, névoa marinha e caramelo, um produto dietético para homens da marca Fat-Zap e duas velas aromáticas de quatorze centímetros de altura com perfume de sândalo. Total da compra: oito mil, quatrocentos e vinte e seis dólares e cinquenta e oito cents, incluindo taxas.

— Muita grana — refletiu Eve —, mas para que deixar uma trilha clara, mesmo falsa, se não houver necessidade? Computador, adicionar uma imagem da peruca em estilo Capitão Stud a este arquivo. Copiar os endereços da loja que vendeu a bagagem, do salão de beleza e do fornecedor do cordão de prata e enviar tudo para o meu computador pessoal.

Enquanto o computador obedecia às ordens, Eve se virou para o seu *tele-link*. Havia vinte e duas ligações desde a véspera. Provavelmente a maioria delas era de repórteres à cata de uma declaração formal ou de um furo jornalístico.

Eve sentiu uma tentação quase irresistível de apagar tudo, mas, como Peabody lhe comunicara que o seu carro já estava sendo consertado, ela podia se dar ao luxo de ficar ali mais um pouco.

Começou a ler as mensagens, transferindo automaticamente as solicitações de informação ao serviço de relações com a mídia da Polícia de Nova York. Até ordem em contrário do próprio comandante, Eve não ia falar com ninguém da imprensa.

Ela parou diante da transmissão de Nadine Furst, estrela do noticiário do Canal 75 e sua amiga pessoal.

— Ainda não, garota — murmurou ela, mas resolveu responder à mensagem solicitando ao sistema o envio para dali a uma hora. Desse modo, ela já estaria fazendo investigações de rua quando Nadine recebesse o recado.

— Não adianta me perturbar — disse Eve para a imagem. — Não tenho nada que você possa usar neste momento. A investigação está em processo, todas as pistas estão sendo seguidas com determinação e blablablá. Você sabe como a banda toca, Nadine. Ficar entulhando meu *tele-link* com mensagens não vai me deixar muito amigável.

Satisfeita com isso, Eve programou o sistema para enviar o recado dali a sessenta minutos. Em seguida, gastou vinte deles para preparar um relatório atualizado e o transmitiu para o comandante.

Ela se afastou da mesa e já se preparava para levantar quando chegou a convocação do comandante Whitney para ela comparecer à sua sala.

Por força do hábito, Eve chamou Peabody para acompanhá-la a caminho de lá.

— E quanto ao setor de manutenção?

— Bem, eles vieram com o velho papo do "estamos atolados até o pescoço" e a enrolação de sempre.

Eve saiu da passarela rolante e fechou a cara.

— Você mencionou as armas a laser antitumulto?

— Achei melhor deixar esse argumento reservado, senhora. — Do mesmo modo, Peabody não mencionou os comentários desabonadores que ouviu a respeito do histórico de acidentes e destruição total de viaturas na ficha de uma certa tenente. — Entretanto, senhora, deixei bem claro a importância da investigação atual e dei a entender que o comandante Whitney não gostou nem um pouco de saber que uma das suas oficiais graduadas está em campo a bordo de um monte de lixo.

— Bem pensado.

— Tomara que alguém lá embaixo não ligue para ele a fim de confirmar essa história. Sabe de uma coisa, Dallas, você bem que podia pedir ao comandante para dar uma dura neles ou então você mesma virar a mesa.

— Não sou de ficar fazendo queixinhas a superiores nem de cagar ordens.

— Exceto com relação a mim — murmurou Peabody.

— Isso mesmo. — Um pouco mais alegre, Eve seguiu em direção ao elevador. — Você vai saber das atualizações do caso quando eu apresentar o meu relatório pessoalmente a Whitney. Acho que o nosso homem tem um esconderijo aconchegante bem aqui em Nova York.

— Aqui?

— É. — Sentindo-se a mil por hora, Eve saltou do elevador no andar do gabinete de Whitney.

Já que ninguém da recepção a impediu de ir em frente, Eve bateu de leve na porta e entrou, acompanhada de Peabody.

Ele estava sentado atrás da sua mesa e não se levantou para recebê-las. Era um homem corpulento, de rosto moreno e largo, pescoço e ombros musculosos, cabelos que ficavam mais grisalhos a cada dia e olhos que se mantinham alertas como os de um policial de patrulha.

Havia mais dois visitantes na sala, um homem e uma mulher. Nenhum dos dois se levantou, mas ambos avaliaram Eve de cima a baixo. Ela fez o mesmo.

Os dois ternos pretos de ombros retos e gravatas escuras com nós impecáveis, além dos sapatos de boa qualidade, do brilho de espelho e do olhar frio, entregaram a origem das pessoas.

Agentes federais. Merda.

— Tenente. — Whitney inclinou a cabeça de leve, mantendo as mãos grandes cruzadas sobre a mesa. — Estes são os agentes especiais James Jacoby e Karen Stowe, do FBI. A tenente Dallas é a investigadora principal do caso de Darlene French. A policial Peabody é a sua auxiliar. O FBI demonstrou interesse no seu caso, tenente.

Eve não disse nada e permaneceu de pé.

— O FBI, em colaboração com outras agências mantenedoras da lei, vem perseguindo Sylvester Yost há muitos anos, pois ele tem ligação com diversos crimes, inclusive assassinatos — anunciou Jacoby.

— Já soube disso através das minhas pesquisas. — Eve manteve os olhos fixos nele.

— Esperamos a colaboração total da Polícia de Nova York nessa caçada. A agente Stowe e eu vamos acompanhar o caso a partir dos escritórios do FBI aqui em Nova York.

— A agente Stowe e o senhor podem acompanhar seus casos de onde melhor lhes aprouver, mas o *meu caso* não acompanharão de lugar nenhum.

Jacoby tinha olhos castanhos, escuros e presunçosos.

— O Governo Federal tem jurisdição sobre as investigações a respeito de Sylvester Yost.

— Sylvester Yost não é propriedade exclusiva do FBI, agente Jacoby. Nem da Global, nem da Interpol, nem da Polícia de Nova York, é claro. Porém, a investigação sobre o assassinato de Darlene French é minha e assim continuará assim.

— Se deseja permanecer ligada a este caso, tenente, é melhor mudar de atitude.

— E se quiser permanecer nesta sala, agente Jacoby — interpôs Whitney —, é aconselhável mudar a sua também. A Polícia de Nova York está disposta a cooperar com o FBI em tudo que tiver relação com o suspeito Sylvester Yost, mas não está disposta a remover nem substituir a tenente Dallas como investigadora principal do caso Darlene French. Sua jurisdição tem limites. Seja esperto e lembre-se de quais são eles.

Jacoby se virou para Whitney com postura agressiva e olhos flamejantes.

— Comandante, a ligação da sua investigadora principal com o indivíduo conhecido simplesmente como Roarke, o qual pode ou não ter ligações com este homicídio, visto que está há muito tempo sob a mira da Polícia Federal como suspeito de várias atividades ilegais, faz da tenente Dallas uma escolha inadequada para chefiar esta investigação.

— Se pretende fazer acusações formais, Jacoby, aconselho-o a vir bem documentado. — Eve teve de fazer um esforço grande para manter a voz sob controle. — Pretende apresentar a ficha criminal de Roarke neste momento ou mais tarde?

— A senhora sabe muito bem que o seu marido não possui ficha criminal, tenente. — Ele se levantou de repente. — Se não a incomoda dormir com um homem que já infringiu todas as leis conhecidas, mesmo sendo uma policial, isso é problema seu, tenente, mas se...

— Jacoby! — Stowe também se levantou e praticamente se posicionou entre seu parceiro e Eve. — Pelo amor de Deus, vamos deixar as disputas pessoais fora disso.

— Excelente sugestão. — Whitney se afastou da mesa e se pôs de pé. — Agente Jacoby, vou ignorar este ataque inapropriado à minha tenente, mas só desta vez. Se isso se repetir, sob qualquer pretexto ou forma, relatarei a sua conduta aos seus superiores.

A requisição de cooperação e inclusão de todos os dados obtidos pela tenente Dallas durante a investigação da morte de Darlene French serão consideradas, desde que tal requisição seja feita formalmente pelas vias normais, submetida a mim por escrito e assinada pelo seu comandante. Esta reunião está encerrada.

— O FBI tem autoridade para assumir este caso.

— Isso é questionável — rebateu Whitney —, mas sinta-se à vontade para dar início aos trâmites burocráticos que forem necessários para essa finalidade. Até que esse momento chegue, agente Jacoby, devo sugerir que se abstenha de vir ao meu território para insultar este gabinete e meus oficiais.

— Peço desculpas, comandante Whitney. — Stowe lançou um olhar fulminante para Jacoby à guisa de aviso para ele ficar quieto. — Agradecemos o seu tempo e a sua consideração em nos receber. — Em seguida, deu uma cotovelada não muito sutil no colega, quase o empurrando para fora da sala.

— Espere um instante, tenente — aconselhou Whitney assim que a porta se fechou —, antes de dizer algo do qual possa se arrepender.

— Garanto, comandante, que eu não me arrependeria de nada que dissesse neste momento. — Mas ela respirou fundo. — Obrigada pelo apoio.

— Jacoby passou dos limites. Já estava assim quando entrou aqui, achando que podia esfregar seu distintivo de agente federal na minha cara. Se tivesse me pedido ajuda de forma apropriada, certamente a teria. Ele não vai assumir o caso, tenente. Pode apenas acontecer de você trabalhar em conjunto com Jacoby e Stowe. Isso chega a ser um problema?

— É um problema, sim, mas ele não será meu. Senhor.

Um sorriso dançou em torno da boca de Whitney antes de ele assentir com a cabeça e tornar a sentar.

— Ponha-me a par de tudo, tenente.

Foi o que Eve fez, de forma tão completa e precisa quanto no relatório escrito. Ao relatar tudo, reparou que os lábios de Whitney se contraíam e suas sobrancelhas se erguiam. Essas foram suas únicas reações.

— Ao longo de todos esses anos os federais não conseguiram identificar Nova York como a base das operações de Yost?

— Pode ser que sim, senhor, mas não há indicação disso em nenhum dos dados aos quais tive acesso. Eles seguiram a pista do fio de prata, mas não chegaram a descobrir, pelo que está nos relatos oficiais, o comprimento específico da arma dos crimes nem chegaram aos fornecedores. Não consigo compreender como uma coisa básica assim pode ter sido negligenciada. A bagagem e o aplique no cabelo são detalhes que se aplicam especificamente ao caso de Darlene French, mas é provável que ele tenha repetido esse padrão, com poucas variações, outras vezes. O perfil do suspeito que foi montado pelo FBI é intrincado e cheio de detalhes, e foi por isso que ainda não solicitei um novo à dra. Mira. Pretendo fazer isso para corroborar o trabalho dos federais, utilizando os dados extras que consegui.

— Cubra todos os ângulos, então, e certifique-se de estar bem documentada e com toda a papelada preenchida, a cada passo. Jacoby me pareceu o tipo de agente que cria problemas por causa de detalhes técnicos. Quanto à mídia, quero que mantenha a discrição, tenente. As sombras deste caso cobrem Roarke, e isso vai refletir em você. Não quero que dê nenhuma declaração até ser liberada por mim para isso.

— Sim, senhor.

— Mas não se empolgue muito. Você será lançada aos lobos da mídia antes do fim deste caso. Não há nenhuma pista até agora sobre quem possa ser o mandante desse crime ou o porquê?

— Não, senhor.

— Então mantenha o foco em Yost e tente fazê-lo sair da toca. Dispensada.

— Sim, senhor. — Eve se virou na direção da porta, um passo atrás de Peabody.

— Dallas?

— Sim, comandante?

— Avise a Roarke que talvez ele sofra algum tipo de pressão do FBI.

— Certo. — Ela seguiu com firmeza rumo ao elevador e resistiu à tentação de chutar a parede. — Darlene French não passa de um nome para Jacoby — murmurou Eve. — Nem um pouco mais humana, para ele, do que era para Yost. Filho da mãe.

— Essa vítima comoveu você de verdade, Dallas — percebeu Peabody.

— Com certeza, e isso vai me manter no rumo certo. — Eve entrava no elevador quando viu a agente Karen Stowe ali dentro. — Fiquem longe de mim! — reagiu.

Stowe ergueu a mão em sinal de paz.

— Jacoby já voltou para a central de operações e eu queria um minuto para conversarmos. Vamos descer juntas.

— Seu parceiro é um babaca.

— Só metade do tempo. — Stowe tentou dar um sorriso. Era uma mulher elegante, de trinta e poucos anos, que tentava quebrar a rigidez das roupas impostas pela agência federal usando soltos os cabelos castanho-alourados. Seus olhos eram escuros e muito diretos. — Ouça, tenente, quero pedir desculpas pelas observações de Jacoby e pela sua atitude. — Ela expirou com força. — Embora eu saiba que meu pedido de desculpas não signifique nada, mesmo sendo sincero.

— Talvez signifique algo mesmo assim.

— Parece justo. Escute, tirando a burocracia, todos nós somos tiras e estamos em busca do mesmo resultado.

— Estamos?

— Yost. Vocês o querem, nós o queremos. Qual a importância de quem vai trancar a porta da sua cela?

— Não sei. Vocês, federais, tiveram muitos anos para trancar essa cela. Quase tantos anos quanto Darlene French teve de vida.

— É verdade. Quanto a mim, estou nesse caso há três meses e, pelo menos, um eu gastei só para analisar os dados sobre Sylvester Yost. Mesmo assim, se isso resultar em impedi-lo de uma vez por todas, estou disposta a lhe entregar a chave da cela.

Quando as portas se abriram no nível do estacionamento, Stowe olhou para fora sem expressão. Ela teria que tornar a subir até o saguão da Central de Polícia.

— Tenente, só lhe peço que não deixe o gênio estourado de Jacoby impedi-la de alcançar o objetivo. Acho que podemos ajudar uns aos outros.

Eve saltou, mas se virou e colocou a mão na porta do elevador, impedindo-a de fechar.

— Controle o seu parceiro com rédea curta e consideraremos o seu pedido.

Quando as portas se fecharam, ela caminhou até uma das vagas. Seu carro já estava liberado. Era verde-ervilha, estava amassado, arranhado e exibia uma carinha sorridente amarela que algum engraçadinho da manutenção pintara na janela traseira.

Provavelmente foi muito bom Eve não estar portando o laser antitumulto.

Capítulo Sete

O primeiro lugar que Eve visitou foi o salão de beleza, e ela se sentiu agradavelmente surpresa ao ver que seu carro a levou em segurança, sem aprontar nada que a deixasse embaraçada.

Eve já visitara os luxuosos ambientes do Salão Paradise, atrás de outro assassino e também investigando um caso de homicídio de cunho sexual. Outro caso que, por sinal, também envolvia Roarke. *O caso*, lembrou ela, *que fez com que nos conhecêssemos.**

Já fazia mais de um ano, mas a suntuosa decoração do salão não mudara. Música suave e relaxante tocava em algum lugar, em harmonia com as murmurantes cascatas, parecendo flutuar pelo ar delicadamente perfumado por canteiros e arranjos de flores frescas com caules longos.

Os clientes aguardavam a sua vez espalhados pelo esplendor da sala de espera, sorvendo café de verdade servido em diminutas xícaras ou refrescando-se com copos coloridos de sucos de frutas ou

---

* Ver *Nudez Mortal*. (N. T.)

refrigerantes. A atendente era a mesma que recebera Eve da outra vez, uma mulher com seios fartos vestindo um colante vermelho.

Seus cabelos pareciam diferentes, Eve percebeu. Dessa vez eles tinham um lindo tom de rosa-bebê, em um penteado que transbordava de cachos que desciam em cascata a partir de um cone no alto da cabeça.

Ela não pareceu reconhecer Eve, e tudo o que demonstrou foi desânimo e irritação ao avistar a jaqueta surrada de Eve, suas botas arranhadas e seu cabelo cheio de pontas eriçadas.

— Desculpe, senhora, mas aqui no Paradise nós só recebemos clientes com hora marcada e receio que todas as nossas atendentes estejam com os horários ocupados para os próximos oito meses. Se a senhora desejar, eu posso lhe indicar outro salão.

Eve encostou-se ao balcão alto e cruzou as botas na altura dos tornozelos.

— Não se lembra de mim, Denise? Puxa, agora eu fiquei magoada. Ei, espere um minuto! Aposto que você reconhece isto. — Sorrindo alegremente, Eve pegou o distintivo e o exibiu bem debaixo do nariz cuidadosamente esculpido da recepcionista.

— Ah, não! Outra vez? — No instante em que tais palavras lhe saíram da boca, Denise lembrou quem era o marido que a tira à sua frente conseguira fisgar desde a última vez em que haviam se encontrado. — Isto é, sinto muito, senhorita... senhorita...

— Pode me chamar de senhora tenente.

— Ahn... Claro. — Denise deu um risinho cantarolante. — Acho que eu estava distraída, estamos tão cheios hoje. Mas não cheios demais para atendê-la. Em que posso ajudá-la?

— Onde fica a seção de vendas de produtos?

— Ficarei encantada em lhe mostrar. Há algum produto em particular que a senhora tenha em mente ou vai só dar uma olhadinha? Nossas consultoras de vendas terão prazer em...

— Simplesmente me mostre o lugar, Denise, e chame o responsável pelo setor.

— Agora mesmo. Acompanhe-me, por favor. Poderia oferecer alguma bebida para refrescar a sua acompanhante?

Peabody respondeu depressa, sabendo que Eve cortaria a sua empolgação se tivesse chance:

— Eu aceito uma daquelas borbulhantes bebidas cor-de-rosa. Sem álcool — acrescentou, ao sentir o olhar desaprovador de Eve.

— Vou lhe trazer um desses já, já.

O setor de vendas ficava no andar de cima, uma curta viagem por uma passarela rolante prateada, logo atrás de um oásis pequeno e completo, onde não faltavam laguinhos e palmeiras. Largas portas de vidro se abriram com o pequeno soar de um sino à sua aproximação. Do outro lado desse espaço, a área de vendas se abria em forma de leque e cada setor individual era dedicado a uma forma de culto à beleza.

Ali os funcionários usavam mantos vermelhos leves sobre colantes brancos e exibiam corpos perfeitos.

Cada setor tinha um telão individual onde demonstrações simultâneas sobre cuidados com a pele eram exibidos, bem como tratamentos para tonificação do corpo, técnicas de relaxamento e como preparar penteados de última hora.

Tudo isso através do uso abundante, é claro, dos produtos vendidos no local.

— Por favor, sinta-se em casa enquanto eu procuro Martin. Ele é o gerente do setor de vendas.

— Uau, olha só que troços fantásticos! — Peabody se aproximou de um dos balcões de cuidados para a pele onde havia uma série de deslumbrantes frascos em vidro fosco, latinhas douradas e potes com tampas vermelhas. — Lugares sofisticados como este oferecem sessões grátis para teste de produtos.

— Mantenha as mãos nos bolsos e a cabeça no trabalho.

— Mas se é tudo grátis...

— Eles vão convencer você a gastar seis meses de salário comprando uma gosma qualquer para complementar as amostras. —

Este lugar tem cheiro de floresta, foi o que Eve pensou naquele instante. Atmosfera quente, ar adocicado demais e assustadoramente sensual. — Esse deve ser o golpe mais antigo do mundo.

— Mas eu não vou comprar nada. — Ela viu as vitrines cheias de produtos de beleza em mil cores fascinantes. *Brinquedos femininos*, pensou, suspirando fundo e com olho comprido.

Só que todas aquelas cores e brilhos não eram nada quando comparados a Martin.

Denise vinha na frente, agitada, fazendo *clic-clic* com seus saltos vermelhos de altura média sobre o piso em porcelanato, como se fosse a súdita de um membro da realeza. Ela não se curvou em reverência, mas Eve percebeu que ela teve vontade de fazê-lo ao desaparecer pelas portas duplas.

Martin quase deslizava ao caminhar, de tanta leveza. As pontas de seu longo manto safira se arrastavam de leve pelo chão, e o colante prateado que usava por baixo brilhava ainda mais sobre seu corpo alto e musculoso. Seus músculos peitorais pareciam prestes a explodir, seus bíceps estavam retesados e suas partes íntimas se destacavam, volumosas.

O cabelo prateado como o colante estava preso no alto da cabeça, destacando um rosto de traços fortes, para em seguida se envolver em um complexo arranjo de cachos misturados a laços em tom de safira que lhe desciam, abundantes, pelas costas.

Ele sorriu e estendeu a mão coberta de anéis.

— Tenente Dallas. — Sua voz tinha um sedutor sotaque francês e, antes que Eve conseguisse impedir, ele agarrou-lhe a mão e beijou o ar que ficava a três centímetros de seus dedos. — É uma honra recebê-la no Paradise. Em que a senhora nos dará a honra de servi-la?

— Estou à procura de um homem.

— *Cherie*, todos nós estamos.

— Ahn... É este homem aqui em particular — disse ela, mal conseguindo disfarçar a vontade de rir enquanto pegava a foto de Yost em sua bolsa.

— Ora, ora... — Martin analisou a foto. — Muito bonito, com estilo rústico. O acessório que usa na cabeça, modelo sênior, não faz jus, na minha opinião, às suas feições nem ao seu estilo. Alguém devia tê-lo gentilmente dissuadido dessa compra.

— Você reconhece a peruca, então?

— Alternativa capilar é o nome que damos a este produto. Sim, eu reconheço. Não é muito popular, pois a maioria dos homens em busca de alternativas capilares tenta evitar o tom grisalho. Posso perguntar o motivo de a senhora ter vindo procurar este homem aqui no Paradise?

— Ele comprou essa alternativa capilar aqui, além de um monte de produtos. Foi no dia 3 de maio e o pagamento foi feito em dinheiro vivo. Quero conversar com a pessoa que o atendeu.

— Hummm, a senhora tem uma relação dos produtos que ele adquiriu conosco?

Eve pegou a lista e lhe entregou.

— Uma compra muito grande para pagamento em dinheiro. Quanto ao modelo Capitão Stud, que ele também levou, combina muito mais com o tipo de rosto dele, a senhora não acha? Espere um instantinho, por favor.

Ele deslizou para fora da sala e mostrou a lista de produtos e a foto para uma morena no setor ao lado, de cuidados para a pele. Ela franziu o cenho, leu a lista com atenção e então, assentindo com a cabeça, saiu dali correndo.

— Creio que sabemos qual a consultora de beleza que atendeu este cliente. A senhora não prefere se instalar em um local com mais privacidade?

— Não, aqui está ótimo. Você não o reconheceu?

— Não, mas a verdade é que eu não tenho contato com os clientes, a não ser quando surge algum problema. Ou quando a cliente é, como no seu caso, alguém VIP. Ah, Letta está vindo. Letta, *ma coeur*, espero que você possa ajudar a tenente Dallas.

— Claro. — O sotaque interiorano da moça fez Martin exibir um leve franzir de testa.

— Você já atendeu este homem? — perguntou Eve, dando um tapinha na foto que Letta segurava.

— Sim. Tenho quase certeza que sim. Nesta foto ele está com maquiagem pesada em volta dos olhos e da boca, mas dá para ver que é o homem que eu atendi pela estrutura do rosto e pela lista de produtos.

— Essa foi a primeira vez que você o viu?

— Bem... Acho que ele já esteve aqui antes, mas usava outra peruca, isto é, alternativa capilar — corrigiu depressa, olhando para Martin com ar de desculpas —, mas ele sempre varia o tom de pele e a cor dos olhos. Gosta de visuais diferentes. Muitos fregueses, isto é, clientes — emendou, balançando a cabeça —, são assim. Esse é um dos muitos serviços que oferecemos aqui no Paradise. Mudar de visual pode levantar o seu astral e melhorar a...

— Tudo bem, poupe-me do papo de vendedora, Letta, e fale sobre o dia em que ele comprou esses produtos.

— Tá legal... Isto é, certamente, madame. Acho que foi no início da tarde, porque ainda estávamos na correria da hora do almoço. Eu passei um monte de tempo atendendo uma cliente que quis ver todos os produtos destinados para louras. Tudo mesmo. No fim, veio com aquele papo de "vou pensar e depois eu volto".

Ela revirou os olhos violeta e levou um susto ao perceber que Martin a encarava, mas relaxou em seguida quando ele lhe exibiu um sorriso solidário.

— Quando esse cliente da foto chegou e pediu para ver a alternativa capilar modelo sênior em preto com fios grisalhos, eu me senti aliviada. Ele sabia exatamente o que queria, mesmo o produto não combinando com ele.

— E por que não combinava?

— Ele era um cara grandão e sarado, isto é, um cavalheiro corpulento e musculoso — consertou ela —, e tinha o rosto quadrado. Ao olhar para o seu tipo, achei na mesma hora que ele devia trabalhar com as mãos, tipo assim um operário. O modelo sênior era distinto e elegante demais, mas ele estava decidido. Experimentou na mesma hora e sabia prender o acessório direitinho.

— Como era o cabelo dele? O verdadeiro, não o alternativo

— Bem, ele era tão careca quanto um bumbum de bebê... Tinha a cabeça raspada. Totalmente. Bem raspada, por sinal, com um tom de pele agradável e muito brilhante. Não sei por que ele resolveu cobri-la. Quando viu o modelo Capitão Stud na vitrine, ele pediu uma. O visual dela era muito melhor. Quando ele a experimentou, ficou parecendo um general e se mostrou muito satisfeito quando eu lhe disse isso. Chegou a sorrir. Seu sorriso era muito bonito. Aliás, ele era educadíssimo e cortês também. Ele me chamou de srta. Letta, pediu por favor e agradeceu ao sair. Não são vistos muitos clientes assim na área de vendas diretas.

Ela parou de falar um instante e olhou para o teto.

— Em seguida, ele me disse que queria alguma coisa da maravilhosa marca Juventude. Riu um pouco por causa do jeito que pediu... "Quero um pouco de Juventude." Eu ri também e, logo depois, nós fomos para a seção de cuidados com a pele. Somos treinadas para dar assistência aos clientes na escolha dos produtos, a fim de tornar mais intensa a experiência deles com o Paradise. Eu o levei de departamento em departamento com essa finalidade. Ele me explicou exatamente o que queria e, de forma muito educada, rejeitou algumas das minhas sugestões de compras adicionais. Por fim, chegamos ao produto dietético, e eu lhe garanti que ele certamente não precisava daquilo, mas comentou que precisava sim, pois gostava de comer muito. Quando acabamos, ele me disse que ia levar tudo e dispensou o nosso serviço gratuito de entregas na residência do cliente. Eu lancei os produtos no sistema, tirei a nota fiscal e embrulhei tudo pessoalmente. Ele me entregou um maço de cédulas, e meus olhos quase saltaram de espanto.

— Não é comum os clientes pagarem em dinheiro vivo?

— Bem, na verdade nós efetuamos muitas vendas em dinheiro vivo, mas nunca fiz nenhuma superior a dois mil dólares, e aquela era quatro vezes maior. Acho que ele notou a minha cara de espanto, porque sorriu mais uma vez e comentou que sempre preferia comprar tudo à vista.

— Quer dizer que você passou muito tempo em companhia dele.

— Sim, mais de uma hora.

— Fale-me do seu tipo de voz. Ele tinha algum sotaque?

— Mais ou menos. Nenhum sotaque que eu pudesse identificar de imediato, mas o curioso é que a voz dele era muito aguda, bem feminina. Mas ele era muito educado, simpático e demonstrava bom nível cultural pelo que pareceu. Pensando bem, a sua voz combinava mais com o modelo sênior do que o contrário, entende?

— Ele disse qual era o seu nome ou comentou alguma coisa sobre onde morava ou trabalhava?

— Não. Mais cedo eu tentei descobrir o nome dele de forma indireta, falando algo como: "Eu posso lhe mostrar outros estilos, sr...", mas ele simplesmente sorriu e balançou a cabeça para os lados. A partir desse momento eu passei a tratá-lo de "senhor" o tempo todo. Acho que ele morava em Nova York, porque levou o pacote sozinho, em vez de mandar entregar, mas é o tipo de cliente que poderia ter vindo de qualquer lugar.

— Você disse que tinha a impressão de já tê-lo visto por estas bandas.

— Sim, tenho certeza disso. Foi pouco depois de eu começar a trabalhar aqui, no início da temporada de vendas para o Natal, em fins de outubro ou início de novembro. Ele também estava no balcão destinado a produtos para a pele. Vestia um casaco longo e estava de chapéu, mas tenho certeza de que era o mesmo homem.

— Foi você que o atendeu?

— Não, foi Nina. Sim, isso mesmo, agora eu me lembro bem, porque nós duas nos encontramos atrás do balcão na hora de pegar alguns produtos e ela comentou que estava atendendo um cara que queria comprar todos os produtos do catálogo da Artistry, a empresa que fabrica a linha Juventude. Foi uma venda de mais de dois mil dólares, uma comissão excelente, e eu morri de pena por não tê-lo atendido, em vez de Nina.

— Mas antes disso você não reparou nele, nem depois.

— Não, senhora.

Eve fez mais algumas perguntas e foi falar com Nina.

A memória dela não era tão boa quanto a de Letta, mas, ao procurar outras atendentes, Eve chegou à conclusão de que Yost fazia compras no Paradise uma ou duas vezes por ano.

— Ele deve frequentar outras lojas, em outras cidades — Eve disse a Peabody ao voltar para o carro —, mas são sempre locais de alto nível, pois ele não aceita menos que isso. Paga sempre em dinheiro vivo e já sabendo o que quer ao entrar na loja. Presta atenção às propagandas dos produtos e deve fazer pesquisas antes de comprá-los.

— Assiste muito tevê.

— Provavelmente, mas aposto que esse cara procura pelos produtos no computador. Gosta de saber informações sobre os ingredientes, a fama do fabricante e a avaliação dos consumidores. Vamos ver o que a Divisão de Detecção Eletrônica pode fazer para rastrear todas as pesquisas sobre essa linha de produtos desde outubro, época da compra. Ele adquiriu a linha completa, o que pode significar que viu os anúncios, fez algumas pesquisas e decidiu experimentar os produtos da Artistry. O site dessa empresa deve ter um link com informações e respostas para dúvidas de clientes.

Ela tentou algumas lojas de malas e pastas, em seguida, mas nenhum dos vendedores se lembrava de um homem com a descrição de Yost. Ao chegar ao centro da cidade, Eve encontrou ouro, por assim dizer, ao pesquisar sobre a prata.

* * *

O balconista tinha uma excelente memória visual. Ele descobriu isso no instante em que chegou junto do balcão cheio de pedras preciosas, correntes de prata e anéis de ouro já preparados para receber diamantes. Os olhos do vendedor se arregalaram e os seus lábios tremeram de emoção. Eve percebeu que sua respiração se tornou descompassada e receou estar diante de um homem prestes a enfartar.

— Sra. Roarke! Sra. Roarke!

Sua voz tinha um sotaque muito carregado, que lhe pareceu caribenho, mas Eve estava tão ocupada franzindo o cenho que não se preocupou com a origem do atendente.

— Meu nome é Dallas. — Ela colocou o distintivo sobre o balcão com um estalo. — Tenente Dallas.

— Estamos tão emocionados. Não merecemos esta honra. — Em seguida, ele começou a gritar ordens ininteligíveis para um dos empregados. — Por favor, a senhora pode escolher o que quiser do nosso humilde estabelecimento. É um presente. A senhora gosta de colares? Um bracelete, talvez? Quem sabe brincos?

— Informações, apenas informações.

— Posso tirar uma foto com a senhora, por favor? Eu a vejo o tempo todo em vários programas de tevê e sonhava com o dia em que a senhora iria adentrar pela porta da nossa humilde loja. — Ele falou mais alguma coisa com voz esganiçada para um rapaz que tentava, de forma desajeitada, usar uma minicâmera holográfica.

— Ei, espere um instante, segure a sua onda! — avisou Eve.

— O seu marido famoso não está em sua companhia hoje? Ah, sim... Vejo que a senhora está fazendo compras com a sua auxiliar. Podemos oferecer uma lembrancinha para ela também.

— Sério? — Deliciada ao ouvir isso, Peabody se aproximou mais.

— Cale a boca, Peabody. Escute, eu *não estou* fazendo compras. Vim aqui a trabalho. É um assunto de *polícia*.

— Ué, mas nós não chamamos a polícia, chamamos? — Ele se virou para o rapaz que batia várias fotos holográficas, uma atrás da outra, e perguntou algo com a mesma voz esganiçada. A resposta foi rápida, acompanhada de um vigoroso balançar de cabeça.

— Não, nós não chamamos a polícia. Não temos problema de nenhum tipo aqui. A senhora não aceitaria esta peça? — Ele pegou um lindo colar em uma gaveta funda atrás do balcão. — É um presente nosso. Nós mesmos desenhamos e fabricamos esta joia. A senhora nos deixará muito honrados só por usá-la.

Sob outras circunstâncias Eve se sentiria tentada a dar um soco nele só para fazê-lo calar a boca, mas, ao ver aqueles olhinhos pretos brilhando de expectativa e o seu ar tão sorridente e doce quanto o de um cocker spaniel, ela disse apenas:

— É muita gentileza sua, mas os policiais não têm permissão de aceitar presentes, e eu estou aqui em missão oficial. Se eu aceitasse o seu presente, isso me causaria problemas.

— Problemas para a senhora? Mas nós não queremos lhe criar nenhum problema, é apenas um presente.

— Obrigada. Outra hora, talvez. Mas você poderia me ajudar muito se olhasse para esta foto com atenção. Reconhece este homem?

Confusão e desapontamento surgiram em seus olhos. Ele continuou a segurar o colar na ponta dos dedos enquanto olhava para a foto.

— Reconheço, sim. É o sr. John Smith.

— John Smith?

— Isso mesmo, sr. Smith. Ele tem um hobby. Fabrica joias artesanais. Só que nunca compra as pedras que sugerimos para ele. Só trabalha com fios de prata, sempre com sessenta centímetros de comprimento. É muito específico com relação a isso.

— Com que frequência ele compra esses fios de prata?

— Ele já veio aqui duas vezes. Na primeira vez era inverno, o tempo estava muito frio lá fora. Foi antes do Natal. Depois voltou na semana passada, só que não estava com esse cabelo da foto. Eu o recebi com gentileza e perguntei se ele gostaria de dar uma olhada nas nossas pedras e brilhantes, mas ele insistiu em levar unicamente os fios de prata.

— E pagou em dinheiro?

— Sim, nas duas vezes. Dinheiro vivo.

— Como sabe o nome dele?

— Eu perguntei. Não apenas o nome dele, mas também como foi que ele ouvira falar da nossa humilde loja.

— O que ele respondeu?

— Disse que se chamava John Smith e que descobrira o nosso site na internet. Essas informações lhe foram úteis, sra. tenente Dallas Roarke?

— Apenas tenente, por favor. Sim, elas foram muito úteis sim. O que mais você teria a me contar a respeito desse cliente? Ele falou sobre o seu hobby?

— Ele não é de falar muito. Não ficou muito tempo em nossa humilde loja. — Ele sorriu. — Cheguei a comentar com meu irmão mais novo que eu não creio que o sr. Smith obtenha muito sucesso com o seu hobby, já que não demonstrou interesse em pedras, brilhantes ou outros metais preciosos. Não deu nem mesmo uma olhada nas peças variadas que temos em exposição e também não quis falar muito sobre o seu negócio.

— Entendo.

— Mas é um homem muito educado. Seu *tele-link* pessoal tocou várias vezes enquanto conversávamos, mas ele só atendeu quando acabou de fazer a compra. Eu perguntei se o fio de prata que ele comprou no ano passado lhe serviu bem e se ele ficara satisfeito. Ele me disse que o fio funcionou muito bem para o serviço. Em seguida sorriu, e espero que ele não seja amigo da senhora, porque eu não gostei muito do sorriso dele não. Vendi o fio que pediu e fiquei feliz quando ele foi embora. A senhora ficou ofendida com a minha sinceridade?

— Não, fiquei interessada. Peabody, temos algum cartão de visitas?

— Sim, senhora. — Peabody pegou um dos cartões pessoais de Eve no bolso da farda.

— Agradeceria muito se o senhor entrasse em contato comigo, caso ele torne a visitá-lo, mas não quero que ele fique alarmado. Não dê a perceber que alguém passou aqui para perguntar por ele. Se ele aparecer, o senhor ou o seu irmão deverá ir até o fundo da loja, bem longe dele, para entrar em contato comigo.

— Ele é um homem mau? — perguntou o atendente, concordando com a cabeça.

— Sim, muito mau.

— Foi o que pensei ao vê-lo sorrir. Comentei isso com o meu primo, e ele concordou comigo.

Eve olhou para o rapaz que continuava com a câmera na mão.

— Eu pensei que ele fosse seu irmão.

— Estou falando do meu primo de Londres, que também tem uma humilde loja de joias. Ele concordou comigo quando descobrimos, por acaso, que o sr. John Smith também comprara prata com ele.

— Em Londres? — Eve colocou a mão no quadril. — Como é que o seu primo sabe que se trata do mesmo homem?

— Fio de prata, três peças de sessenta centímetros cada. Só que o sr. Smith de lá não estava careca. Tinha cabelo louro, quase branco, e usava bigode, mas nós sabemos que era o mesmo cliente.

Eve pegou sua agenda eletrônica.

— Qual é o nome e o endereço de sua loja em Londres? E o nome do seu primo também. — Ela anotou tudo. — Vocês têm outras lojas humildes?

— Sim, temos dez lojas humildes, ao todo.

— Eu preciso de um favor seu.

— Isso seria uma honra inenarrável — reagiu ele, com olhos iluminados.

— Quero a localização de todas as suas lojas. Agradeceria muito se você entrasse em contato com seus parentes em cada um desses locais e lhes perguntasse se eles já venderam fios de prata com sessenta centímetros de comprimento para algum cliente. Vou mandar a foto deste homem para todos e quero ser avisada se ele aparecer em alguma das lojas.

— Podemos conseguir isso, sra. tenente Dallas Roarke. — Ele foi até o irmão e trocaram rápidas palavras. — Meu irmão vai conseguir os endereços para a senhora e eu vou ligar agora mesmo para meus primos.

— Peça-lhes para entrar em contato comigo ou com a minha auxiliar.

— Eles vão explodir de alegria por poder ajudá-la. — Pegando o disco com os dados solicitados que o irmão lhe trouxera, ele o entregou a Eve com um floreio de cerimônia.

— Será que a senhora poderia entregar alguns cartões ao seu famoso marido? Talvez ele resolva visitar nosso humilde estabelecimento.

— Claro. Obrigada pela ajuda.

Ele a encaminhou até a porta, abriu-a com gentileza, curvou-se e observou com os olhos brilhando enquanto Eve seguiu pela calçada em direção ao carro.

— Ligue para Feeney — ordenou Eve, assim que se sentou ao volante. — Peça para ele pesquisar crimes semelhantes cometidos em Londres.

— Será uma honra atendê-la, sra. tenente Dallas Roarke — disse Peabody, com uma leve mesura. Ao ver o olhar em estilo lança-chamas que Eve lhe lançou, ela sorriu. — Desculpe, brincadeirinha. Fiquei morrendo de vontade de falar isso pelo menos uma vez, mas já passou.

— Pois quando terminarmos a sessão de gargalhadas peça a Feeney para ele também dar uma olhada nas listas de pessoas desaparecidas, caso não encontre registros de crimes desse tipo. Estou começando a achar que nem todos os corpos apareceram. "O fio funcionou muito bem para o serviço" foram as suas palavras —

murmurou Eve, quase que para si mesma, enquanto Peabody ligava para a DDE. — Quando o cliente quer que alguém suma do mapa para sempre, é ele quem faz o serviço. O assassinato em si não segue um padrão, mas o assassino é uma criatura de hábitos rígidos. *Ele* segue um padrão.

— Feeney já vai cair dentro — anunciou Peabody. — Qual é o próximo passo?

— O seu é entrar em contato com os primos. Eu vou procurar Mira. Quero um perfil desse cara feito pela Polícia de Nova York. Os federais não são os únicos que conseguem gerar papelada.

— Você já fez quase todo o meu trabalho.

A dra. Mira afastou-se do monitor do computador e se virou para onde Eve estava, com as mãos nos bolsos e olhos lá fora, na vista da janela.

— Você parece conhecer este homem muito bem, quase com intimidade. E os perfis montados pelo FBI são muito completos.

— A senhora pode me oferecer mais.

— É um elogio pensar assim, Eve, obrigada. — Mira se levantou, programou o AutoChef para fazer chá e, em seguida, se afastou dele. Usava um vestido simples em tom de azul-noite e tinha os cabelos abundantes e muito ondulados penteados para trás, o que lhe favorecia o rosto belo e suave. Seus dedos brincavam com o cordão de ouro em volta do pescoço.

— Ele é um sociopata, Eve, provavelmente esperto e consciente disso. Talvez tudo seja uma questão de vaidade. Essa vaidade é um dos fatores que o impulsionam. Ele se considera um homem de negócios, o melhor da sua área de atuação. Essa profissão foi escolha dele. É um homem que aprecia coisas sofisticadas. Talvez nem perceba que o ato de estuprar e espancar aumente a satisfação que sente pelo serviço. Para ele, isso é só mais uma forma de anular sua vítima. Ser homem ou mulher não é o importante aqui. Não se trata de sexo e sim degradação.

Mira olhou para o relógio, em seguida para o *tele-link* e depois para o espaço vazio.

— O mais eficiente seria um simples estrangulamento, mas ele quase sempre estupra e espanca. Isso faz parte do todo. Ele é como um homem que testa a cor e sente o buquê de um bom vinho antes de bebê-lo.

— Ele gosta do seu trabalho.

— Ah, certamente — confirmou Mira. — Gosta muito. Na cabeça dele, tudo se resume a exatamente isso. É pouco provável que ele mate de forma indiscriminada ou por motivos pessoais. É um profissional que espera ser pago pelo que faz, e muito bem pago. O fio de prata é o seu cartão de visitas, uma propaganda, se você preferir, para outros contratantes em potencial.

— Ele não esconde nada, nem o fio nem o rosto. Não faz tentativa nenhuma de esconder o DNA. Mesmo assim usa pequenos disfarces, doutora.

— Creio que ele usa esses disfarces só por diversão. Só para acrescentar uma pitada de aventura. Em parte por vaidade, também. — A doutora vagou pela sala com movimentos tensos, de forma incomum para ela.

— Ele gosta de se aprontar com calma e de recordar seus sucessos antes de sair para fazer o serviço, do mesmo modo que outros homens escolhem com cuidado uma camisa nova para o dia de trabalho no escritório. Você, que representa a lei, não o preocupa em absoluto. Ele burlou o sistema jurídico durante anos. Eu diria que isso, no máximo, o diverte.

— Pois ele não vai rir por muito mais tempo.

Eve olhou para trás e notou que Mira olhava mais uma vez para o relógio e franzia o cenho de preocupação. Ela se esquecera de pegar o chá depois de pronto, e isso era novidade para Eve.

— Está tudo bem, doutora?

— Hummm. Ah, sim, está tudo ótimo.

— A senhora me parece meio distraída.

— Devo estar mesmo. Minha nora está em trabalho de parto neste momento. Estou esperando notícias dela. Os bebês, às vezes, têm essa tendência de chegar ao mundo com toda a calma que existe e nos deixam do lado de fora, torcendo as mãos.

— Acho que sim. — Ao ver que Mira lançava mais um olhar preocupado na direção do *tele-link*, Eve foi até o AutoChef e pegou o chá.

— Obrigada. Esta é a segunda vez em uma hora que eu me esqueço do chá pronto dentro da máquina. Vou redigir o seu perfil, Eve. Isso vai ajudar a me manter com a cabeça ocupada. Mas não acredito que ele vá acrescentar muita coisa ao que você já sabe.

— Por que atingir Roarke? A senhora sabe me dizer isso?

Suas preocupações pessoais, percebeu Mira, a haviam impedido de ver que Eve estava aflita com esse caso em nível pessoal. Na mesma hora, Mira se sentou e convidou Eve a fazer o mesmo.

— Não sei nada além do que você possa suspeitar por si mesma. Roarke é rico, poderoso, tem inimigos. Rivais em nível pessoal e profissional. Possui um passado com páginas oficialmente desconhecidas. Pode ser que existam pessoas que pertençam justamente a essas páginas desconhecidas e que tenham o desejo de lhe provocar dificuldades. Estou certa de que vocês já conversaram a respeito disso.

— Sim, mas não chegamos a conclusão nenhuma. Se alguém preparasse uma cilada, contratasse um assassino e fizesse Roarke parecer suspeito do crime, ou então armasse algo no qual ele tivesse envolvimento direto, eu conseguiria entender e iria atrás dos seus rivais nos negócios, talvez um oponente das altas rodas. Acabaria encontrando alguém que poderia lucrar ao ver Roarke sofrendo ou envolvido em problemas. Mas uma camareira em um dos seus hotéis? Qual a finalidade de matar alguém assim?

Mira colocou a mão sobre a de Eve.

— Esse crime deixou vocês dois preocupados e abalados. Talvez isso já seja finalidade suficiente.

— Mas tirar uma vida por isso? Para Yost, tudo bem, pois para ele isso é apenas um serviço. Mas deve haver algo além para o cliente. Yost comprou quatro fios. É muito para guardar como reserva para o assassinato de Darlene French, dra. Mira. Ele está seguindo um cronograma.

— Vou avaliar outros dados e rodar um programa de auxílio. Pode ser que apareçam mais coisas.

O *tele-link* da mesa da médica tocou e ela pulou da cadeira como que impulsionada por uma mola.

— Desculpe.

Eve se surpreendeu ao ver a médica, sempre controlada e com ar digno, se lançar sobre a mesa, desesperada.

— Sim? Oh, Anthony, está tudo...

— É um menino — informou uma voz. — Três quilos e seiscentos, com cinquenta e três centímetros e perfeito!

— Oh. Oh. — Os olhos de Mira se encheram de lágrimas e ela se deixou cair sobre a cadeira. — E a Deborah?

— Está bem. Está ótima. Eles estão maravilhosos. Dê uma olhada.

Eve se afastou e virou a cabeça meio de lado para poder ver um rapaz de cabelos pretos segurando um bebê avermelhado aos berros, e se remexendo muito.

— Diga olá para Matthew James Mira, vovó.

— Olá, Matthew. Ele tem o seu nariz, Anthony. É lindo. Vou passar aí para vê-lo assim que puder. Mal posso esperar para pegá-lo no colo. Você já deu a notícia ao seu pai?

— Vou ligar para ele agora mesmo.

— Passaremos aí ainda hoje, à noite. — Ela passou um dedo sobre a tela, como se acariciasse a cabeça do bebê. — Diga a Deborah que nós a amamos e temos orgulho dela.

— Ora, e quanto a mim?

— De você também. — Ela beijou as pontas dos dedos e os colocou sobre a tela. — Estaremos aí mais tarde.

— Vou ligar para o papai. Agora pode chorar à vontade.

— Vou mesmo. — Ela pegou um lenço assim que desligou. — Desculpe. Meu neto nasceu.

— Parabéns. Ele me pareceu... — *Um peixe vermelho enrugado cheio de braços e pernas*, pensou Eve, mas imaginou que isso não era exatamente o que as pessoas esperavam ouvir em um momento assim. — Ele me pareceu muito saudável.

— Sim. — Mira suspirou e enxugou os olhos. — Nada como uma nova vida chegando para nos lembrar o porquê de estarmos neste mundo e das esperanças e possibilidades da nossa condição humana.

Três quilos e seiscentos. Foi só nisso que Eve conseguiu pensar. *Era como parir uma melancia com tentáculos.* Levantou-se na mesma hora.

— Vou embora, doutora. Eu queria apenas...

O comunicador tocou.

— Aqui é Dallas falando.

— Senhora. — O rosto de Peabody, austero e grave, encheu a tela. — Temos outro homicídio com o mesmo *modus operandi*. Aconteceu em uma residência do Upper East Side.

— Encontre-me na garagem. Estou a caminho.

— Sim, senhora. Eu já verifiquei o endereço. A casa pertence à Imobiliária Elite, uma divisão das Empresas Roarke.

Capítulo Oito

Era uma linda casa de tijolinhos aparentes em um bairro famoso pelo alto valor dos aluguéis, restaurantes badalados e mercadinhos sofisticados e exclusivos. Suntuosas flores brancas de hastes compridas e rosadas cintilavam em três vasos de pedra junto aos degraus de entrada.

Alguns quarteirões ao sul e aqueles vasos teriam sorte se vissem o dia seguinte amanhecer sem serem destruídos.

Ali, porém, as pessoas moravam com muito conforto, gozavam de privacidade e não costumavam vandalizar os jardins dos vizinhos. A segurança era reforçada pelo acréscimo, às custas dos moradores, de andróides de segurança particulares que patrulhavam a região a pé, envergando impecáveis uniformes azul-marinho. Essa precaução era suficiente para manter a ralé de fora, evitando que ela viesse xeretar e macular as calçadas.

Jonah Talbot desfrutara dessa segurança e conforto em uma casa de dois andares, onde morava sozinho. E ali tinha morrido, mas de um modo nada confortável.

Eve se debruçou sobre ele. Era um homem muito forte, com trinta e poucos anos. Fora espancado, como Darlene French, especialmente no rosto. Havia marcas de golpes adicionais à altura dos rins e nas costelas. Ele vestia apenas uma camiseta cinza. Os shorts do conjunto esportivo tinham sido atirados a um canto. Ele fora sodomizado.

O assassino o deixara de rosto virado para baixo com o fio de prata cruzado nas costas, levemente enrolado nas pontas.

— Pelo visto ele estava trabalhando em casa. Você já solicitou os seus dados?

— Sim, senhora, e já estão chegando.

Eve pegou um medidor em seu kit de serviço para estabelecer a hora da morte.

— Jonah Talbot — leu Peabody. — Sexo masculino, trinta e três anos. Vice-presidente e editor assistente da Editora Starline. Morava neste endereço desde novembro de 2057. Seus pais são divorciados, tem um irmão e um meio-irmão por parte de mãe. Sem filhos.

— Arquive o resto dos dados pessoais. O que a Editora Starline publica?

Peabody digitou a pergunta em busca de dados.

— Eles editam discos, livros, revistas eletrônicas, jornais holográficos e todo tipo de material escrito e em meios eletrônicos. — Peabody acabou de ler e abaixou o computador pessoal. — A empresa foi fundada em 2015 e adquirida pelas Indústrias Roarke em 2051.

— Ele está chegando mais perto — murmurou Eve, sentindo uma fisgada gelada na espinha. — Acaba de dar mais um passo e o derrubou aqui mesmo. Só que essa vítima não é uma garota de cinquenta quilos, e mesmo assim não ofereceu muita resistência.

Com cuidado, Eve ergueu uma das mãos de Talbot e viu traços de pele arranhada e arrancada nos nós dos dedos.

— Ele ainda conseguiu acertar uns socos no assassino. Por que não o derrubou? Não me parece tão grande quanto Yost, mas era bem forte e estava em boa forma. Só temos uma mesinha derrubada.

Com dois caras desse tamanho se atracando era para a sala estar toda quebrada.

Eve sabia do que falava, pois há poucas semanas tivera a oportunidade de observar dois homens corpulentos muito furiosos tentando quebrar a cara um do outro dentro do seu escritório doméstico.*

— Já gravamos muita coisa por esse ângulo. Vamos virá-lo de barriga para cima.

Eve ficou de cócoras enquanto Peabody se agachava para tentar ajudá-la a virar o morto. Ao fazer isso, Eve reparou nas pontas e nas regiões inchadas causadas pelas costelas fraturadas.

— Ele esperou um pouco antes de matá-lo — disse Eve ao levantar a camiseta e analisar as terríveis áreas descoloridas por todo o torso. — E ele joga sujo, o filho da puta. Pegue meus micro-óculos.

Peabody entregou o equipamento a Eve. Com auxílio das lentes poderosas, Eve analisou todo o corpo.

— Olhe! Bem aqui, embaixo da axila esquerda. Seringa de pressão. Ele lhe aplicou uma injeção ao sentir muita resistência. Quando Talbot apagou, ele deve ter reclamado um pouco. Será que esperou que ele acordasse, para só então estuprá-lo? Aposto que sim. Qual a graça em estuprar a vítima sem ela se sentir violada e humilhada?

Seu pai fazia exatamente assim, lembrou Eve. Se ele a espancava com força demais e ela apagava, ele esperava que ela voltasse a si. Sempre esperava até ela saber e sentir o que ia acontecer. Até ela se humilhar o bastante para implorar.

— Isso mesmo — murmurou ela. — Acorde! Como é que um cara pode curtir o lance se você ficar largadona aí, sua vadiazinha?

— Como disse, senhora?

— Ele esperou — ela afirmou, balançando a cabeça. — Ele o manteve vivo tempo bastante para o sangue das suas feridas estancar, o suficiente para ele lutar com o resto de forças que tinha. Então foi só colocar o fio de prata em volta do seu pescoço e terminar o serviço.

---
* Ver *Julgamento Mortal*. (N. T.)

Eve tirou os micro-óculos.

— Deixe que eu registro tudo a partir de agora. Vá procurar Feeney e McNab e veja o que eles conseguiram com as gravações da segurança.

— Sim, senhora.

— Você acertou alguns bons socos nele — murmurou Eve, encobrindo cuidadosamente, com um saco plástico, a mão machucada da vítima.

Darlene French também conseguira atingi-lo, lembrou. *E quanto aos outros? Será que aquele tipo de corte ou marca roxa que Sylvester Yost sofria em cada serviço também era uma espécie de suvenir? Uma ferida de guerra? Algo para admirar mais tarde?*

Que lembrancinha ele levara de Jonah Talbot?

Recolocando os micro-óculos, ela examinou o corpo em busca de algum sinal de piercings. Achou o que procurava junto do testículo esquerdo.

Estremeceu, lembrando a fisgada e a sensação de choque que sentira ao furar a orelha recentemente.

— Por Deus, o que vai pela cabeça desse povo? Registro que encontrei a marca de um piercing no saco escrotal da vítima, no lado esquerdo, indicando que o morto usava algum tipo de ornamento na região.

Ela tirou os micro-óculos, levantou-se e, diante do corpo, começou a procurar o piercing por toda a sala.

Ao ouvir passos, Eve falou, de costas para a porta:

— Peabody, avise os peritos para ficar de olho em um piercing pequeno, do tipo que os caras pregam no saco, por motivos que eu não estou interessada em descobrir. Nosso homem gosta de levar lembranças das pessoas que mata, e a vítima perdeu o seu enfeitinho genital.

— Não posso ajudá-la nisso, tenente.

Eve se virou e se viu de frente para Roarke. Por instinto ela deu um passo à frente, colocando-se entre seu marido e o morto.

— Não quero você aqui — avisou ela.

— Nem sempre dá para conseguir tudo o que se quer.

Ambos deram um passo à frente e ela colocou a mão no peito dele para impedi-lo de continuar.

— Está é a cena de um crime.

— Sei muito bem disso. Saia da frente e eu prometo não ir adiante.

O tom da voz dele respondeu à pergunta que ela ainda não fizera. Sentindo o coração pular, ela saiu de lado.

— Você o conhecia.

— Sim. — A raiva se misturou com o pesar enquanto ele olhava para o corpo. — Você já deve ter todos os seus dados, mas posso acrescentar que ele era um homem muito inteligente e ambicioso que construiu uma bela carreira no mercado editorial em pouquíssimo tempo. Gostava de livros. Livros de verdade, do tipo que você segura nas mãos e vira as páginas para ler.

Eve não disse nada, mas sabia que Roarke também gostava de livros de verdade. Só isso já era uma ligação importante entre ele e o morto. O gostinho de virar as páginas ao ler um livro.

— Ele devia estar trabalhando em casa — disse-lhe Roarke, sentindo um pouco de culpa se misturar com a raiva e a pena que sentia. — Ele sempre tirava um dia por semana para fazer trabalhos de copidesque em casa, embora fosse mais fácil entregar esse serviço ao seu assistente ou a vários outros editores. Pelo que eu me lembro, ele gostava de velejar e tinha um pequeno barco na marina de Long Island. Planejava comprar uma casa lá, para os fins de semana, e tinha uma nova namorada.

— Sim, foi ela quem encontrou o corpo. Levei-a para outro aposento, acompanhada de uma policial.

— Nada do que eu disse nem das coisas que lhe contei têm a ver com o motivo de ele estar morto. Ele morreu porque trabalhava para mim.

Os olhos de Roarke se desviaram, encontraram-se com os de Eve, e o fogo que ela viu neles era brutal.

— Sim, essa é a linha de investigação que eu pretendo seguir. — Fora do alcance da lente da câmera, ela colocou a mão sobre a dele. Sob os dedos de Roarke ela sentiu vibrações de violência, reprimidas com esforço.

— Quero que você espere lá fora. Preciso que me ajude a cuidar dele.

Houve um instante pesado em que ela receou que Roarke fizesse algo ou dissesse alguma coisa que ela teria de apagar da gravação. Mas então seus olhos se acalmaram, em uma mudança tão abrupta que causou arrepios. Ele deu um passo atrás.

— Vou esperar. — Foi tudo o que ele disse, ao se afastar dela.

Foi um alívio que Dana, a atual namorada de Talbot, já tivesse acabado de chorar tudo o que tinha direito quando Eve se sentou junto dela para pegar sua declaração. Seus olhos pareciam vermelhos demais e ela bebia água o tempo todo, como se a quantidade de lágrimas derramadas a tivesse desidratado. Mas estava focada e falava com clareza.

— Havíamos combinado de almoçar um pouco mais tarde hoje. Ele me disse que pretendia fazer um intervalo por volta das duas horas. Era a vez de Jonah pagar o almoço.

Sua boca estremeceu e ela mordeu o lábio inferior com força.

— Nós nos revezamos para pagar o almoço em um restaurante do qual gostamos muito. Chama-se Polo e fica logo depois da Rua 82. Eu moro perto daqui e costumamos tirar as quartas-feiras para trabalhar em casa. Sou agente literária e trabalho na Creative Outlet. Foi assim que ele me conheceu, em um congresso que aconteceu há alguns meses. Hoje eu me atrasei e só consegui chegar aqui vinte minutos depois das duas.

Ela fez uma pausa e fechou os olhos por um momento. Tinha um rosto forte, com mais determinação que beleza.

— Atendi uma ligação demorada de um cliente que precisava de uma massagem no ego. Jonah brincava muito com o fato de eu sempre chegar tarde aos lugares. Até tinha uma expressão para isso, "os atrasos de Dana". Foi por isso que quando cheguei lá e ele ainda não tinha aparecido fiquei satisfeita e resolvi que ia pegar no pé dele. Meu Deus, posso parar de falar um instantinho?

— Leve o tempo que desejar.

Dessa vez ela colocou o copo gelado sobre a testa e o rolou de um lado para outro.

— Quando deu duas e meia, pensei em ligar para ele e ver o que acontecera, mas ele não atendeu e eu esperei mais quinze minutos. Dá para ir daqui até lá em cinco minutos, a pé. Eu estava chateada e preocupada ao mesmo tempo, sabe como é?

— Sim, sei como é.

— Resolvi ir a pé até a casa dele. Fiquei pensando que certamente nos encontraríamos pelo caminho e talvez ele chegasse correndo e cheio de desculpas. Tentava decidir se ia me mostrar furiosa ou deixá-lo escapar ileso. Então cheguei aqui...

— Você tinha a chave da porta?

— Como? — Seus olhos inchados pareceram ficar vitrificados, mas em seguida entraram novamente em foco.

Isso é bom, pensou Eve. *Você está indo bem, vai conseguir superar.*

— Não, eu não tinha a chave da casa, nem o cartão com senha. Nosso namoro não era tão sério assim. Nós dois preferíamos deixar as coisas desse jeito, sem compromisso. Um casal americano moderno que sai junto, mas mantém o próprio espaço.

Uma lágrima começou a escorrer lentamente, mas Dana a ignorou, deixando-a seguir rosto abaixo.

— A porta não estava fechada, só encostada. Foi nesse momento que eu me senti mais preocupada que chateada. Eu entrei e chamei por ele. Continuava me convencendo de que ele devia ter se envolvido com o livro no qual trabalhava e perdera a noção do tempo, mas comecei a sentir receio. Quase dei as costas e tornei a sair, mas não consegui. Continuei chamando por ele e indo para os fundos da casa, onde fica o escritório. Assim que cheguei na porta, eu o

vi. Jonah... Ele estava caído, com o rosto para baixo, e eu reparei no sangue em volta de sua cabeça. Desculpe — pediu ela, baixando a cabeça e colocando-a entre os joelhos.

Quando a tonteira passou, ela percebeu um livro no chão. Com um som abafado, pegou a edição de bolso muito manuseada e tentou arrumar as folhas, desamassando-as.

— Jonah era louco por histórias, em qualquer formato. Livros, filmes, peças, não só impressas, mas também gravadas ou filmadas. Há livros e filmes de ficção espalhados por toda a casa e pelo escritório. Até no barco. Eu poderia... Poderia guardar este aqui como lembrança dele?

— Precisamos manter tudo nas dependências onde ocorreu o crime, por enquanto. Depois de acabarmos os exames, farei com que este livro seja entregue a você.

— Obrigada, obrigada mesmo. Vamos lá... — Respirando fundo, ela segurou o livro com mais força, como se isso servisse para estabilizá-la. — Depois de encontrá-lo, corri na direção da rua. Acho que ia continuar correndo sem parar, mas vi um dos andróides de patrulha e o chamei. Então, sentei nos degraus da entrada e comecei a chorar.

— Jonah sempre tirava as quartas-feiras para trabalhar em casa?

— Sim, a não ser quando viajava ou tinha uma reunião agendada à qual não pudesse faltar.

— Era essa a rotina de vocês, almoçar juntos toda quarta-feira?

— Nos últimos dois meses ou dois meses e meio, tentávamos acertar nossos horários para um almoço a dois no meio da tarde. Acho que era uma rotina, sim. Nós dois fingíamos que não era algo agendado, justamente para evitar a rotina. Tudo era sem compromisso — repetiu ela, apertando os olhos para reter as lágrimas.

— Vocês eram íntimos?

— Sim, levávamos uma vida sexual rotineira. — Ela quase conseguiu formar um sorriso. — Evitávamos palavras fortes, como *intimidade,* mas nenhum de nós saía com outra pessoa há muitas semanas.

— Sei que é um assunto pessoal, mas a senhorita poderia me dizer se o sr. Talbot usava algum piercing?

— Sim, uma argolinha de prata ao lado do testículo esquerdo. Era uma coisa tola, mas muito sexy.

Ao fim da conversa, Dana já consumira um segundo copo d'água. Quando se levantou, ficou tonta e Eve correu para ampará-la, segurando-a pelo braço.

— Por que não se senta um pouco até se sentir mais firme?

— Estou bem. Quero muito ir para casa. Tudo o que quero é ir para casa.

— Vou mandar uma policial levá-la.

— Prefiro ir a pé, se for possível. São só alguns quarteirões e eu... eu preciso caminhar.

— Tudo bem. Talvez precisemos conversar novamente.

— Só que não hoje, por favor. — Ela foi até a porta e parou. — Acho que eu estava começando a me apaixonar por ele. Nunca saberei. Agora então é que nunca mais saberei ao certo. Isso me deixa muito triste. Depois dessa tragédia com Jonah estou sentindo uma tristeza terrível.

Eve ficou ali sentada por mais um instante, simplesmente sentada. Muita coisa fervilhava em sua cabeça e ela precisava se organizar. Havia um corpo a caminho do necrotério, um assassino metódico em plena missão, dois agentes do FBI que queriam tirar o caso das mãos dela, um hóspede no qual ela não conseguia confiar por completo e o marido que talvez estivesse correndo um risco muito grande e que, certamente, ainda lhe causaria muitos problemas.

Quando Feeney entrou na sala, ela continuava ali parada, com os olhos semicerrados e a boca fechada, formando uma linha reta. Percebendo o seu estado de espírito, ele também apertou os lábios e caminhou lentamente até se sentar na mesinha diante dela. Pegou um saquinho de confeitos de amêndoas e lhe ofereceu.

— Dallas, o que você quer ouvir primeiro, a boa ou a má notícia?

— Comece com a má. Por que mudar o ritmo logo agora?

— A má é que ele entrou pela porta da frente, numa boa. O cara tem um cartão mestre, e isso não é nada bom.

— Um cartão mestre da polícia?

— Isso mesmo, ou uma cópia perfeita. Podemos ampliar essa parte da gravação lá na DDE e ver se dá para melhorar a definição o bastante para ter certeza. A questão, Dallas, é que ele chegou na maior calma, como se fosse o dono da casa. Enfiou o cartão mestre na ranhura e entrou. Não há dúvida que era Yost, mesmo sem o DNA do material recolhido pelos peritos. Ele usava roupas informais, peruca nova, cabelos pretos não muito compridos presos em um pequeno rabo de cavalo. Cara de artista ou intelectual. Acho que combina com o bairro.

— Ele sabe como passar despercebido.

— Chegou com uma pasta. Teve todo o cuidado de guardar o cartão mestre no bolsinho externo da pasta. Conhecia a casa muito bem e foi direto ao escritório.

Eve se inclinou.

— Feeney, você está me dizendo que as câmeras de segurança da casa estavam ligadas?

— Sim, essa é a boa notícia. — Ele deu um sorriso cruel. — Ou Yost não sabia disso, ou estava pouco se lixando, mas o fato é que as câmeras da casa estavam funcionando. Acho que a vítima se esqueceu de desativá-las quando levantou hoje de manhã. Temos um monte de imagens de Talbot circulando pela casa, fazendo coisas normais antes de se sentar para trabalhar. Temos som ambiente também. É um sistema de alto padrão.

Eve se levantou com um salto.

— Ele não percebeu. Ninguém mantém as câmeras internas ligadas quando está em casa. Quem quer todas as suas coceiras e peidos registrados por uma câmera de segurança? Yost comeu mosca aqui, Feeney.

— É, pode ser que sim. Temos todo o assassinato gravado, Dallas. Tudo o que aconteceu.

— Onde está o equipamento? Eu quero... — Ela parou de falar ao se lembrar de Roarke. Emitiu um grunhido de frustração ou pena, talvez uma mistura de ambos. — Vou assistir à gravação lá na Central. Dá para você montar tudo na sala de conferências? Preciso resolver um probleminha antes de ir para lá.

— É, ele está lá fora. — Feeney arrastou o pé de leve, balançou o pacotinho de amêndoas e o guardou no bolso. — Desculpe, eu não gosto de me meter.

— Eu sei. Gosto disso em você, Feeney.

— Pois é. Eu só queria lhe dizer que ele vai se sentir culpado. É natural. Você pode aconselhá-lo a não se sentir assim, mas não vai adiantar nada. Depois de um tempo ele vai ficar furioso. Provavelmente furioso demais, a princípio, mas ele é o tipo de homem que vai se acalmar logo em seguida. Acho que isso é bom. Talvez possamos conseguir algo de Roarke se ele estiver de cabeça fria.

— Hoje você está filosofando muito, Feeney.

— Estou só comentando. Talvez você ache melhor deixá-lo fora dessa história. — Balançou a cabeça, vendo que expressara exatamente o que Eve achava. — Isso seria raciocinar com o instinto e não com o cérebro. Se usar a cabeça, você vai perceber que às vezes o alvo é a melhor arma. Sei que vai tentar se colocar na frente deste alvo específico, Dallas, mas Roarke vai tirar você do caminho à força.

— Esse é o seu jeito não muito sutil de me sugerir que eu o coloque no caso? Oficialmente?

— O caso é seu. Acho que você deve contemplar a ideia de usar todos os recursos disponíveis. É o que eu acho.

Decidindo que a pressão já era suficiente, Feeney encolheu os ombros e a deixou sozinha.

Ela saiu e mandou alguns guardas vasculharem as redondezas e interrogarem os vizinhos. Com o canto dos olhos viu Roarke. Ele estava encostado ao para-lama traseiro de um sedã último tipo. *Está me observando*, pensou. *À espera*. Só que não havia nada de paciente na pose dele.

— Espere um minutinho aqui — murmurou ela para Peabody e foi na direção dele.

— Pensei que você ia usar a limusine com motorista.

— Eu ia. E usei. Só que resolvi não esperar pelo motorista quando soube sobre Jonah.

— Quem o avisou?

— Tenho fontes. Por que pergunta? Vai me levar para interrogatório, tenente? — Ao ver que ela não disse nada, ele se xingou baixinho, com raiva. — Desculpe.

— Faça um favor a mim e a você mesmo. Vá dar algumas porradas no saco de areia da academia lá de casa.

— Esse é o *seu* jeito de resolver as coisas. — Ele quase sorriu.

— Geralmente funciona.

— Preciso ir para o escritório, tenho uma reunião. Você vai informar o parente mais próximo de Jonah?

— Vou.

Ele desviou o olhar para a linda casa de tijolinhos e pensou em tudo o que acontecera dentro dela.

— Eu também quero conversar pessoalmente com a família dele.

— Vou mandar avisarem você assim que fizermos o comunicado oficial.

Os olhos dele voltaram para Eve. Feeney tinha razão, ela pensou. Ele estava se sentindo culpado, e já começava a se sentir furioso. Dava para ver os dois sentimentos estampados em seus olhos.

— Conte-me tudo o que você sabe, Eve. Não me obrigue a descobrir as coisas por conta própria.

— Vou para a Central agora. Depois de notificar o parente mais próximo e fazer meu relatório preliminar, vou estudar e analisar todas as provas disponíveis, junto com minha equipe. Nesse ínterim, o legista e o laboratório vão fazer seu trabalho. A dra. Mira já está preparando um perfil do assassino. Há outras pistas sobre as quais não posso falar agora, ainda mais aqui, na cena do crime, e elas serão devidamente investigadas. Além de tudo isso, estou enfrentando uma tentativa do FBI de assumir o caso, e certamente serei obrigada a fazer uma declaração à imprensa.

— Você disse "outras pistas". Que outras pistas?

Ele ia ter que aguentar só aquelas informações, pensou Eve.

— Não estou autorizada a discuti-las neste momento. Por favor, me dê um espaço para trabalhar. Me dê um tempo para pensar. Não sou tão boa quanto você nessa história de equilibrar as preocupações com alguém que eu amo e o meu trabalho.

— Pois eu vou argumentar com uma afirmação que vai lhe soar muito familiar, pois vive saindo da sua boca. Eu sei cuidar de mim mesmo.

Ela esperava sentir raiva, ressentimento ou, no mínimo, impaciência. Em vez disso, sentiu-se apenas preocupada. Ele, um homem que raramente perdia o controle, parecia a ponto de estourar. E se enredara em puro pesar.

Eve fez uma coisa que nunca havia feito em público, muito menos durante o serviço e na frente de um monte de tiras. Colocou os braços em volta dele, puxou-o para perto dela e o segurou com força, encostando o rosto no dele.

— Sinto muito — murmurou ela, desejando saber mais da arte de confortar alguém. — Sinto de verdade.

A raiva que parecia arranhar a garganta dele e a ardência que parecia envolver-lhe o coração cedeu um pouco. Ele fechou os olhos e se deixou consolar.

Durante todas as aflições e dores da sua vida nunca houve ninguém que lhe oferecesse ao menos o conforto da compreensão. Aquilo o inundou, levou embora a maior parte do pesar e o deixou mais firme, por ora.

— Eu não consigo entender — disse ele, baixinho. — Não consigo ver através desse lodo para poder chegar a alguma resposta.

— Mas conseguirá. — Ela se afastou lentamente, acariciando-lhe os cabelos. — Tente se colocar de fora por algum tempo e você conseguirá.

— Preciso de você comigo esta noite.

— Estarei ao seu lado.

Ele tomou a mão dela e pressionou os lábios sobre as juntas dos dedos, antes de soltá-la.

— Obrigado.

Ela esperou até Roarke entrar no carro e fazer a curva na esquina. Teve vontade de mandar uma patrulhinha segui-lo de volta ao centro da cidade, mas ele perceberia a manobra e escaparia só por pirraça.

Em vez disso, ela preferiu deixá-lo em paz.

Ao se virar, reparou que muitos policiais tentaram parecer ocupados e desviaram os olhos dela ao mesmo tempo, mas se recusou a sentir embaraços e fez sinal para Peabody.

— Vamos cair dentro.

Ao chegar à sede das suas empresas, no centro, Roarke tomou o elevador privativo que o levava até seu conjunto de salas. Sentiu um novo acesso de raiva borbulhando em seu interior, mas não permitiria isso, pelo menos até achar alguma válvula de escape.

Ele sabia como se controlar. Essa fora uma habilidade conquistada a duras penas, mas ela o mantivera vivo durante os anos difíceis e, depois, enquanto ele se transformava. Fora uma habilidade que o ajudara a construir o que ele tinha e o homem que era.

E o que ele era agora?, especulou consigo mesmo. Mandou o elevador parar no meio do caminho e levou mais um instante tentando se segurar à sua maravilhosa habilidade de se recompor. Ele era um homem que poderia comprar o que bem quisesse e preencher seu mundo com todas as coisas pelas quais ansiara na juventude.

Beleza, respeitabilidade, conforto, estilo.

Um homem que poderia comandar quem bem quisesse para que ele nunca mais na vida, por Deus, se sentisse desprotegido. Um homem com poder. O poder de se divertir, de se desafiar e também de ser autoindulgente.

Alguém que comandava o que muitos chamavam de império. Alguém que tinha inúmeras pessoas que dependiam dele para construir suas vidas. Suas próprias vidas.

Agora, duas dessas pessoas haviam perdido as suas.

Não havia nada que ele pudesse fazer para modificar isso ou consertar esse fato. Nada, a não ser caçar o homem que fizera aquilo e o que pagara por isso para equilibrar a balança da justiça.

O ódio, pensou, *enevoava a mente*. Ele manteria a sua mente limpa de ódio para conseguir enxergar com clareza.

Ordenou ao elevador que continuasse a jornada para cima e, ao saltar, seus olhos estavam sombrios, porém frios. Sua recepcionista pulou do console onde trabalhava na mesma hora, mas não tão rápido a ponto de evitar que Mick saísse da sala de espera.

— Ora, ora, garoto, um tremendo lugar este aqui, sabia?

— Ele me serve. Dispense todas as pessoas que me ligarem — ordenou à recepcionista —, a não ser minha esposa. Vamos entrar, Mick.

— Vamos. Estava contando com um tour pelo prédio, mas, pelo tamanho do lugar, isso poderá levar semanas.

— Então vai ter que se contentar em conhecer o meu escritório, por ora. Estou entre duas reuniões.

— Um rapaz ocupado. — Ao seguir Roarke através de uma passarela de vidro que parecia flutuar sobre Manhattan e seguir por um corredor enfeitado com obras de arte famosas, Mick olhou em volta com os olhos brilhantes e arrebatados. — Caraca, meu chapa, essas obras são todas originais?

Roarke parou diante das portas pretas duplas que levavam ao seu domínio privado e exibiu um sorriso curto.

— Mick, você não está mais trabalhando como receptador de obras de arte roubadas, está?

— Trabalho com tudo o que pintar, mas pode deixar que não estou de olho em nada seu. Caraca, você se lembra daquela vez em que roubamos o Museu Nacional de Dublin?

— Perfeitamente, mas prefiro que os membros da minha equipe não fiquem sabendo dos detalhes dessa história. — Ele abriu a porta e deu um passo atrás, convidando Mick para entrar na frente.

— Pois é, esqueci que você se tornou um cidadão cumpridor das leis. Minha Nossa Senhora! — Ainda no portal, Mick parou.

Ele ouvira falar nisso, é claro, e já observara o bastante para confirmar que as notícias e boatos sobre o que Roarke conseguira na vida não eram exagerados. Mick se deslumbrara com a casa, mas não estava preparado, como acabara de descobrir, para a suntuosidade e a opulência daquele local de trabalho.

Era imenso, e a vista da janela que ocupava três das quatro paredes do aposento era tão grandiosa quanto as obras de arte escolhidas a dedo para criar um ambiente agradável. Só o equipamento eletrônico da sala valia uma fortuna, e Mick sabia disso, pois entendia do assunto. Tudo ali, dos oceanos de carpete e alqueires de madeira verdadeira aos cristais novos e antigos, além da eficiência e funcionalidade dos vários centros de comunicação e informação, pertencia ao amigo de infância com quem ele um dia vagabundeara pelos becos fedorentos de Dublin.

— Quer beber alguma coisa, Mick? Café?

— Café? Eu não acredito! — debochou Mick, bufando com desdém.

— É o que eu vou tomar, pois estou trabalhando, mas posso lhe servir uma dose de um bom uísque irlandês. — Roarke foi até um gabinete envernizado e o abriu, revelando um bar completo. Colocou um pouco de uísque em um copo e programou uma xícara de café puro, bem forte, no AutoChef.

— Brindemos à apropriação indébita — propôs Mick, erguendo o copo. — Pode ser que ela não seja mais a arte que você domina hoje em dia, Roarke, mas, por Deus, foi ela que o trouxe até aqui.

— Verdade verdadeira — concordou Roarke. — E quanto a você, quais são seus planos para hoje?

— Ah, uma coisa aqui, outra ali. Estou vendo um pouco da cidade. — Mick circulava pelo escritório enquanto falava, espiou do outro lado de um portal e assobiou bem alto ao ver um espetacular banheiro. — Uau! Só o que falta aqui é uma mulher nua. Quem sabe você não manda vir uma dessas para um velho amigo?

— Nunca negociei com sexo — informou Roarke, sentando-se para tomar um pouco de café. — Até mesmo uma pessoa como eu tem critérios básicos.

— E você realmente os tinha. A verdade, porém, é que você nunca precisou pagar por uma noite de afeto, como nós, pobres mortais, éramos obrigados a fazer de vez em quando. — Mick voltou e se sentou, parecendo muito à vontade, na cadeira em frente à mesa de Roarke.

De repente passou pela cabeça de Mick que entre ele e Roarke havia uma separação muito maior do que a medida dos anos e dos quilômetros. O homem que comandava tudo o que Roarke comandava estava muito longe do menino que armava pequenos golpes com Mick.

— Você não se importa de eu aparecer aqui assim, sem avisar?

— Não.

— É que acaba de me ocorrer que, para você, isso é mais ou menos como ter um parente pobre batendo na porta. Uma vergonha e um aborrecimento que um homem na sua posição deve ter vontade de varrer para fora na primeira oportunidade.

Roarke pensou ter percebido um leve traço de amargura no tom do visitante.

— Não tenho parentes, Mick, nem pobres nem de outro tipo qualquer. Estou satisfeito por reencontrar um velho amigo.

— Legal! — Mick assentiu. — Desculpe por ter pensado que talvez não fosse assim. Estou assombrado com tudo e até mesmo, confesso, com um pouquinho de inveja de tudo o que você conseguiu.

— Pois eu lhe garanto que tive uma boa parcela de sorte. Se quiser realmente dar uma volta pelo prédio, posso providenciar isso enquanto participo da reunião e depois lhe dou uma carona para casa.

— Eu aceito, mas acho que o que você precisa mesmo é de uma boa rodada de chope com um amigo em um pub. Percebi que está com problemas.

— Perdi um amigo. Ele foi assassinado hoje de manhã.

— Puxa, sinto muito. Esta é uma cidade violenta. É um mundo violento, por falar nisso. Por que não cancela essa reunião e vamos procurar um pub para prantear esse amigo de forma decente?

— Não posso, mas obrigado pelo convite.

Mick concordou com a cabeça e, sentindo que não era hora para velhas piadas, acabou de beber seu drinque.

— Sabe de uma coisa? Vou dar uma voltinha pelo prédio, então, se você não se importar. Depois eu vou cuidar de alguns casos que ando deixando de lado. Vou marcar um jantar de negócios para resolver meus assuntos, se você não tiver nada marcado para mais tarde, hoje à noite.

— Não, faça o que for melhor para você.

— Então eu vou nessa. Provavelmente só vou voltar para casa tarde da noite. Isso vai ser problema para o seu sistema de segurança?

— Summerset pode cuidar disso.

— Aquele homem é uma maravilha! — Mick se levantou. — Vou dar uma passada na Catedral de Saint Patrick, em minhas andanças de hoje, só para acender uma vela pelo seu amigo.

Capítulo Nove

Eve se sentou na sala de conferências e viu Jonah Talbot morrer. Ela assistiu à gravação, ouviu tudo e reviu todos os detalhes mais de uma vez.

Acompanhou a concentração de um rapaz atraente que trabalhava em sua mesa, lia um texto na tela e fazia anotações com os dedos ágeis em um sofisticado computador de mão, enquanto ouvia música clássica do som do escritório.

Ela assistiu à gravação mais uma vez para ver com mais atenção o instante em que Talbot sentiu alguém ou algo. Viu a rigidez instintiva do corpo, o girar súbito da cabeça. Seus olhos se arregalaram. Havia medo neles. Não pânico, mas um ar de alarme e choque.

No rosto de Yost não havia emoção alguma. Seus olhos estavam sem vida, como os de um boneco, e seus movimentos eram precisos como os de um andróide ao pousar a pasta de lado.

Quem diabos é você e o que quer aqui?

Essa era uma reação automática, pensou Eve ao ouvir as perguntas zangadas de Talbot. As pessoas quase sempre perguntavam o nome e o propósito de um atacante e, no entanto, a primeira coisa não importava e a segunda era sempre óbvia.

Yost nem se dera ao trabalho de responder, simplesmente caminhou com ar determinado até o outro lado do cômodo. Andava com leveza para um homem com o seu tamanho. *Como se*, pensou Eve, *ele já tivesse feito aulas de dança alguma vez na vida.*

Talbot circundara a mesa em uma reação rápida. Não para fugir, mas para lutar. E ali, naquele décimo de segundo, Eve notou um cintilar nos olhos sem vida do agressor. Um indício de prazer pelo trabalho que tinha início.

Ele deixou Talbot dar o primeiro soco e atingir-lhe a boca. Com os lábios escorrendo sangue em um dos cantos, Yost foi em frente.

Os grunhidos e o barulho de osso batendo em osso se sobressaíram à música ambiente, mas só por alguns instantes. Yost era eficiente demais para brincar com seu alvo ou se permitir perder mais tempo do que o necessário. Ele se deixou derrubar e caiu pesadamente sobre a mesinha, deixando Talbot pensar, apenas por um breve instante, que poderia vencer o confronto.

De repente a seringa de pressão já estava fora do bolso do assassino e logo depois a ponta foi pressionada sob a axila de Talbot.

Ele lutara e se defendera e, mesmo quando seus olhos já viravam para cima por ação da substância injetada, tentou se desviar de um golpe forte. Logo depois, porém, a droga embaçou sua visão, enevoou seu cérebro e acabou com seus reflexos até que ele ficou com o corpo mole, indefeso e, por fim, inconsciente.

Foi quando Yost começou a espancá-lo de forma lenta e metódica. Nada de movimentos inúteis, para não desperdiçar energia. Sua boca se movia um pouco enquanto ele trabalhava. Quando a música acabou, Eve percebeu que ele cantarolava baixinho, acompanhando a melodia.

Quando acabou com o rosto da vítima, Yost se levantou e começou a lhe chutar as costelas. O som era terrível.

— Ele nem está drogado — murmurou Eve —, mas parece excitado. Está curtindo o que faz. Gosta do seu trabalho.

Depois disso, abandonando Talbot no chão, arrasado e sangrando, o agressor circulou pelo cômodo e programou um copo de água mineral do AutoChef. Olhou para o relógio de pulso antes de se sentar e beber tudo, até o último gole. Viu as horas mais uma vez ao se levantar para ir até a pasta. Pegou o fio de prata e testou sua força, esticando-o entre os dedos com movimentos bruscos. Uma vez, depois outra.

Quando ele sorriu, como fez em seguida, Eve compreendeu o porquê de o atendente da joalheria ter estremecido. Ele enrolou o fio em volta do próprio pescoço como se ele fosse uma toalha comprida, cruzou as pontas e as segurou por um segundo com força. Eve percebeu que o fio não estava tão apertado a ponto de fazê-lo sangrar, mas parecia justo o bastante para diminuir o fluxo do oxigênio.

No chão, Talbot se movia de leve, gemendo.

Em pé, Yost tirou o paletó e o dobrou com capricho sobre uma cadeira. Em seguida, tirou os sapatos e calçou as meias. Tirou a calça e a dobrou devagar, alinhando os vincos com cuidado antes de colocá-la ao lado do paletó.

Foi até Talbot e arriou-lhe o short, balançando a cabeça em sinal de aprovação ao apertar-lhe as nádegas e ver que elas exibiam um bom tônus muscular.

Ele ainda não estava pronto de todo. Apertou o fio em torno do próprio pescoço um pouco mais, como uma forma de tornar o momento mais erótico, enquanto se excitava com força usando a outra mão.

Então ele se ajoelhou entre as pernas de Talbot, inclinou-se para a frente e lhe deu alguns tapinhas nas nádegas.

— Já acordou, Jonah? Você não pode perder isso. Acorde logo. Trouxe um lindo presente de despedida para você.

Os olhos de Talbot se abriram, muito vermelhos, expressando confusão mental e dor.

— Isso, muito bem! Você conhece a música que está tocando? É o *allegro assai* da Sinfonia 31 em ré maior de Mozart. Uma das minhas favoritas. Fico muito feliz por poder compartilhar este momento com você.

— Leve tudo o que quiser — balbuciou Talbot, por entre os dentes quebrados. — Apenas pegue o que quiser e vá embora.

— É muita gentileza sua, vou aceitar o convite, sim. Vamos lá! — Ele ergueu os quadris de Talbot com suas mãos imensas.

O estupro foi longo e brutal. Eve se obrigou a assistir, como sempre fazia todas as vezes, apesar do enjoo que sentia, apesar das queixas murmuradas que lhe subiam pela garganta.

Ela analisou o instante em que Yost se perdeu em uma espécie de êxtase, jogando a cabeça para trás em um ângulo que fez o fio em torno do seu pescoço cintilar. E então gritou. Um urro de triunfo que abafou a música e os gemidos indefesos de Talbot.

O orgasmo pareceu eletrocutá-lo. Seu rosto se acendeu e seus olhos brilharam. Ele estremeceu duas vezes e sugou o ar com força. Então se apoiou com uma das mãos entre as escápulas de Talbot até ele voltar a si.

Os olhos do assassino ficaram ainda mais brilhantes quando ele tirou o fio, puxando-o por uma das pontas, e o enrolou em volta do pescoço de Talbot. Seus olhos permaneceram brilhantes e escuros como os de um pássaro predador no instante em que ele cruzou as pontas do arame de prata e as puxou para trás com força. O corpo de Talbot corcoveou em espasmos enquanto seus dedos tentavam afastar o fio que lhe apertava o pescoço mais e mais. Seus pés batiam no chão de forma frenética.

Mas logo tudo acabou. Pelo menos foi rápido.

Ao final, os olhos do assassino pareciam tão mortos quanto os da vítima. Ele virou o corpo de Talbot de barriga para cima com toda a calma do mundo e então, quase com delicadeza, removeu o piercing de prata e o colocou na palma da mão. Em seguida, usou o pé para chutar o corpo, deixando-o de bruços novamente.

Nu, brilhando de suor, ele se virou, recolheu as roupas e a pasta.

Desapareceu de cena quando entrou no banheiro do segundo andar, onde não havia câmeras. Em oito minutos, precisamente, ele tornou a aparecer de banho tomado, vestido com elegância e com a pasta na mão. Foi embora sem olhar para trás.

— Pare a gravação! — ordenou Eve, levantando-se e ouvindo o suspiro que Peabody soltou, uma mistura de alívio e pena.

— Ele olhou para o relógio várias vezes — começou Eve. — Estava cumprindo um horário. A julgar pela sua desenvoltura no ambiente, ele já conhecia a casa, por ter entrado nela antes para analisá-la ou através de uma planta. Ele também devia saber do almoço de Talbot às quartas-feiras. De acordo com o relógio da gravação, ele entrou no recinto à uma da tarde, em ponto, e foi embora cinquenta minutos mais tarde. Dez minutos antes das duas, com folga para que a pessoa que iria almoçar com a vítima não se preocupasse muito com o atraso. Deixou a porta da frente destrancada para que o corpo de Talbot fosse encontrado logo em seguida. Não tinha razão para adiar a descoberta do crime. Quem o contratou queria que o corpo fosse achado o mais rápido possível.

Eve caminhou até o quadro usado para a investigação. As fotos de Darlene French e agora Jonah Talbot se destacavam.

— Yost tem mais de quarenta mortes e suspeitas de morte nas costas, mas Talbot nos deu a primeira gravação dele no ato. Essa mudança no padrão indica que Yost não sabia que as câmeras da casa estavam ligadas. De qualquer modo, nem mesmo se deu ao trabalho de verificar isso.

— Está ficando descuidado — afirmou McNab. — Cedo ou tarde, eles sempre se tornam descuidados.

— Sim, um descuido, talvez, mas que combina com o seu perfil. Arrogância. Ele não se preocupou em verificar nem colocou isso na sua lista de prioridades ao entrar na casa. Não está preocupado conosco. Ele nos esmaga como pulgas antes mesmo de termos a chance de lhe dar uma picada. Comprou quatro pedaços de fio de prata. Temos quatro vítimas em potencial. Essa é a maior encomenda avulsa que ele já aceitou de um único cliente em todo o seu histórico. Ele está flertando com a emoção de se expor, quase como se fosse um desafio. Eu diria que ele se sente protegido. Talvez invulnerável.

— Por essas mortes ele vai ganhar, no mínimo, dez ou doze milhões. — Feeney coçou o queixo. — Ele está indo de uma vítima para outra muito depressa. Nesse ritmo ele encerra o contrato em menos de uma semana e coloca a mão em um salário polpudo.

— Nenhum dos dados indica tantas mortes em sequência com essa velocidade — confirmou Eve.

— Talvez ele esteja planejando se aposentar depois desse trabalho ou, quem sabe, vai tirar longas férias. Pode conseguir um novo rosto e curtir uma vida boa onde bem quiser.

— Férias. — Eve avaliou a hipótese enquanto estudava a foto de Yost no quadro. — Ele nunca matou quatro pessoas em um mesmo local. Sempre atacou em áreas diferentes e em datas aleatórias.

Ela deixou essa informação assentar.

— Ele já faz isso há décadas e encara a sua atividade como um trabalho. Vinte e cinco ou trinta anos de trabalho e então ele se aposenta. Pode ser. Por outro lado, muitos executivos curtem um período de férias merecidas depois de um trabalho importante. Pode até ser que ele já tenha feito as reservas. Gosta de planejar tudo com antecedência.

— Onde Roarke passaria as férias?

Eve se virou e franziu o cenho.

— O que quer dizer, Peabody?

— Bem, o perfil do assassino mostra que ele se considera um homem de negócios bem-sucedido, com impecável bom gosto. Aprecia coisas refinadas e pode se dar ao luxo de ter do bom e do melhor. A única pessoa que eu conheço que se encaixa nessa situação é Roarke. Se ele resolvesse sair de férias depois de um grande e milionário sucesso, para onde iria?

— Bem pensado. — Eve assentiu com a cabeça e tentou se focar nos padrões do seu marido. — Ele possui hotéis e resorts em todos os locais possíveis. Tudo ia depender de ele querer ficar sozinho, talvez em um lugar isolado e acompanhado só de uns dois andróides para serviços domésticos. Não em uma cidade, porque ele deseja relaxar, antes de mais nada, e não quer estímulos. Pelo padrão e pelo perfil pessoal, Yost curte mais a solidão do que Roarke. Ele fez reservas ou comprou um lugar sossegado por aí, com uma boa adega e tudo o que tem direito. Encontrar esse lugar com os dados que temos seria como procurar uma agulha em um palheiro.

De repente o cenho franzido de Eve foi se transformando em um sorriso.

— Acho que essa é uma pista formidável para colocarmos no colo dos federais. Quanto a nós, temos a música. Ele conhecia a sinfonia de Mozart que tocava no som. Citou o nome da obra e cantarolou a melodia. Peabody, quero que você saia pesquisando todos os eventos importantes e caros da temporada. Concertos, balés, óperas, qualquer coisa que atraia gente culta. Verifique as vendas de ingressos únicos. Ele iria a um lugar desses sozinho. McNab, concentre-se nas lojas. Verifique compras de discos com esse tipo de música. Ele é um colecionador.

Ela andava pela sala de um lado para outro enquanto falava, porque os passos e os pensamentos começavam a se alinhar em sua cabeça.

— Precisamos dos resultados dos laboratórios. Vou cobrar isso do Cabeção. Quero ver o que os peritos tiraram do ralo da banheira. Ele tomou um banho, mas o sabonete da vítima estava seco. Nosso refinado sociopata provavelmente carrega consigo seu próprio sabonete, xampu e tudo o mais dentro daquela pasta, quando está em missão. Certamente serão produtos especiais e isso vai nos dar mais campos para pesquisar. Feeney, você pode voltar aos fios de prata e conversar com os primos joalheiros enquanto eu pego no pé do Cabeção?

— Claro. — No instante em que concordava, seu comunicador tocou. — Espere um instantinho. — Ele se levantou, atendeu o aparelho e saiu de lado.

— Tenente? — McNab levantou o dedo, pedindo atenção. — Eu estava pensando sobre o... Bem, não tem como falar dessas coisas com delicadeza. Eu pensei sobre a forma com que Yost usou o fio de prata, em volta do pescoço, para ajudá-lo a se excitar durante o estupro. O caso é que mesmo que o cara goste de Mozart e de vinhos finos, ele também deve ter muita experiência com filmes pornôs e acompanhantes licenciadas que topam qualquer aberração sexual. Se é um sujeito solitário, provavelmente se vira sozinho em casa com gravações ou vídeos holográficos. Deve ter programas ou discos. Dá para consegui-los de forma legal, é claro, mas as versões mais tenebrosas, tais como estupros reais, que ele deve curtir, só dá para comprar pelo mercado negro.

— Pelo jeito você conhece muita coisa a respeito disso — comentou Peabody.

— Trabalhei na Divisão de Combate aos Vícios e coisas desse tipo por algum tempo. — Mesmo assim ele se encolheu de leve ao sentir o olhar feroz de Peabody e se dirigiu a Eve: — Posso seguir essa linha de investigação, tenente. Como disse, estamos diante de um colecionador. Esses caras curtem até alguns filmes de arte que tendem para esse lado. Eu poderia começar por aí.

— McNab, às vezes você me surpreende. Caia dentro.

— Quer assistir a alguns filmes pornôs, coisinha linda? — McNab perguntou a Peabody, baixinho, e Eve fingiu não ouvir nada para não se aborrecer.

— Filho da puta! — reagiu Feeney, guardando o comunicador. — Temos uma pista. Andei pesquisando crimes desse tipo, mas não encontrei nada em Londres nem no resto da Inglaterra para o período que você pediu, Dallas. Mesmo assim eu coloquei um dos meus homens para pesquisar variações do padrão, só por segurança. Conseguimos achar um caso.

— Onde?

— Um lugar na Cornualha, na costa britânica. Os tiras acharam uns corpos jogados em um brejo. Estavam em péssimo estado devido à exposição ao tempo, além de ataques de animais selvagens que ainda existem por lá. O caso é que eles foram estrangulados, mas não havia fios nem cordas por perto, e então passei batido. Além do mais, a polícia local não colocou esses crimes na rede até dois meses depois do crime.

— E por que você acha que o assassino foi Yost?

— O período de tempo encaixa, ainda mais depois que os peritos de lá conseguiram determinar com precisão o dia da morte. O padrão do assassinato também combina. Ambas as vítimas foram cruelmente espancadas, basicamente no rosto. As duas foram dopadas. Ambas foram estupradas. O rapaz da minha equipe pegou fotos dos mortos e comparou as feridas do pescoço, pesquisou o que poderia tê-las provocado, e o resultado bateu com nossos dados. Um cara que fazia caminhadas pela região foi quem deu o alarme, mas não esperou pelos tiras. Pode ser que ele tenha roubado os fios.

— A polícia identificou as vítimas?

— Sim. Eram dois contrabandistas procurados que mantinham uma base de operações em um chalé ali perto. Posso conseguir a história completa, pegar todos os dados e conversar com o investigador principal do caso.

— Isso mesmo, e passe tudo o que conseguir para o meu computador de casa. Vou jogar esse caso para os federais também. Talvez isso faça com que eles saiam da minha cola e, o que é ainda melhor, caiam fora do meu território por algum tempo. Vamos nos encontrar às oito da manhã, na minha casa. Se alguém conseguir mais alguma coisa antes disso, entre em contato comigo.

Eve pressionou Cabeção, o chefe do laboratório, pressionou de verdade. Ele reclamou, mas só por força do hábito. Ela o ameaçou e, por fim, ofereceu, como propina, uma garrafa de rum jamaicano, pois isso sempre dava um dinamismo especial ao relacionamento deles. Por fim, ele concordou em dar prioridade máxima ao exame do material encontrado no ralo da banheira.

Logo depois ela falou com o comandante Whitney e conseguiu sinal verde para entregar aos agentes Jacoby e Stowe, de bandeja, os dados que haviam selecionado. Conforme o esperado, ele a convocou para uma entrevista coletiva que aconteceria às duas e meia da tarde, no dia seguinte.

Ela resmungou por causa disso durante todo o caminho até o escritório, onde se instalou e ligou para Stowe.

A agente apareceu na tela com cara de poucos amigos.

— Tenente, qual a razão de eu ser informada através da imprensa a respeito de um assassinato que, quase com toda a certeza, foi cometido por Sylvester Yost?

— Não posso fazer nada, as notícias voam, agente Stowe, e a verdade é que eu andei muito ocupada. Aliás, estou ligando justamente para colocá-la a par dos desdobramentos deste último incidente, e, se pretende ficar me insultando, saiba que vamos apenas perder mais tempo.

— Você deveria ter informado a mim e ao meu parceiro antes de deixar a cena do crime. Antes até de lacrá-la, por falar nisso.

— Não me lembro de ter lido essa instrução em manual nenhum. Resolvi ligar para vocês por pura cortesia, mas já estou me arrependendo disso.

— Tenente, a cooperação...

— Se quiser cooperação, cale a boca e me escute.

Eve não disse mais nada e viu Stowe ferver por dentro e, por fim, engolir a raiva.

— Levantei alguns dados que podem ajudar a sua investigação e a minha também — continuou Eve —, e o FBI poderá rastrear esses dados mais depressa do que a Polícia de Nova York. Se quiser fazer um acordo, eu topo. Estarei em um clube no centro em vinte minutos. O lugar se chama Boate Baixaria. Traga alguma coisa para trocar pelas minhas informações.

Eve desligou antes de Stowe ter chance de responder.

Ela saiu em seguida para dar tempo de chegar à Boate Baixaria em quinze minutos, só por garantia.

Um negro gigantesco cheio de tatuagens, roupas com plumas e cabeça raspada brilhante como uma bola de boliche sorriu de orelha a orelha ao ver Eve chegando.

— Qual é, branquela?

— E aí, pretinho?

Ainda era muito cedo para a maioria dos frequentadores de um clube de striptease como a Boate Baixaria. Mesmo assim, já havia alguns clientes curvados sobre algumas mesas e uma única dançarina com ar de tédio mal tinha energia para sacudir os seios ao ritmo de uma música gravada.

Crack, com mais de dois metros de altura, dirigia o clube e costumava dar uns tabefes nos clientes mais irritantes sempre que saía alguma briga. Ele ganhara o seu apelido devido ao som que as cabeças dos citados clientes faziam ao bater no piso da calçada.

Naquele momento ele fazia hora atrás do bar e se aproximou trazendo na mão uma xícara de café com aspecto horroroso.

Serviu o café a Eve.

— Não via o seu traseiro branquelo há muito tempo. Já estava até com saudades suas.

— Puxa, Crack, agora eu fiquei comovida. — Um gole do café acabou com a sua alegria. Eve torceu para que um dia o revestimento interno do seu estômago conseguisse se regenerar do trauma. — Dois agentes federais vêm se encontrar comigo aqui.

Crack ficou tão abalado ao ouvir isso que até o crânio sorridente tatuado em sua bochecha pareceu se entristecer.

— Por que vai fazer isso comigo, boquinha linda? Por que trazer federais para esquentar ainda mais a minha boate?

— Quero mostrar a eles um lugarzinho aconchegante da nossa maravilhosa cidade. — Ela riu. — Também quero mostrar a esses mauricinhos de Washington como é a vida no mundo real. A mulher da dupla até que é legalzinha, mas o cara é um chute de saco dado com bota.

— Você quer que eu ajude a tornar tudo mais desagradável para eles?

— Não, basta um daqueles fulminantes olhares de poucos amigos, do tipo que eles vão lembrar por muito tempo depois de voltar ao seu pequeno escritório. Ah, e não se esqueça de lhes servir um pouco deste café.

Os dentes dele brilharam como placas de mármore branco.

— Você tem uma língua comprida, hein, branquela?

— Um quilômetro de comprimento, garotão. Tá rolando alguma coisa aqui na boate que você não quer nenhum federal xeretando?

— Aqui está tudo limpeza... pelo menos no momento. — Os olhos dele se fixaram em um ponto atrás de Eve. — Hummm. Mais carne branca. Dois peitos de frango ambulantes. Será que eles contratam negros para trabalhar no FBI?

— Claro que sim, só que trabalhar lá provavelmente deixa todo mundo desbotado. Vá circular por aí, Crack — murmurou Eve, antes de se levantar do seu banco alto. — Olá, caros agentes.

— Já vi que você frequenta lugares maravilhosos, tenente — disse Jacoby, torcendo o nariz ao inspecionar um banco e sentar nele, meio receoso.

— Este recanto é o meu lar longe do lar. Quer café? É por minha conta.

— Café deve ser a única coisa segura para tomar em um lixão desses.

— Você está chamando o meu estabelecimento de lixão? — Crack se debruçou no balcão e colou o rosto imenso e furioso, nariz com nariz, no de Jacoby.

— Perdão, ele está apenas sendo idiota — justificou Karen Stowe, colocando-se rapidamente entre os dois. — Deve ser genético, ele não tem como evitar. Quanto a mim, adoraria provar um pouco do seu café.

— Então você é muito bem-vinda à minha boate. — Com surpreendente dignidade, Crack deu um passo atrás e foi pegar café atrás do balcão. Desviou os olhos brilhantes por um décimo de segundo e encontrou os de Eve. Ambos estavam curtindo muito tudo aquilo.

— O que vocês têm para me oferecer? — perguntou Eve.

— O FBI não tem o hábito de fazer escambo com tiras.

— Jacoby, pelo amor de Deus, entre no clima ou cale a boca.

— Stowe se virou para Eve. — Podemos nos sentar a uma mesa?

— Claro. — Eve pegou seu café, esperou até Stowe pegar o dela e foram todos para uma mesa de canto.

Stowe deu início ao papo:

— Eu pesquei algumas informações sobre um crime que segue o padrão de Yost. Um juiz da Suprema Corte foi morto há dois anos.

— Ora, ora... Um juiz da Suprema Corte estuprado e estrangulado faria a festa da mídia. Não me lembro de nenhum caso assim e não apareceu nada semelhante nas minhas pesquisas.

— Foi um caso político. Eles abafaram tudo porque o juiz não estava só, e mas acompanhado por uma menor de idade.

— Ela morreu?

— Não. Ainda estou montando o quebra-cabeça, mas o que sei até agora é que a menina foi drogada, amarrada e trancada em um quarto ao lado. Não sei o nome dela, não conseguiu passar pelos lacres que colocaram no arquivo, mas imagino que o governo a tenha afastado, provavelmente por meio do programa de proteção às testemunhas. E não vão querer falar do mau hábito de um juiz transar com menores. A versão oficial é que ele teve um infarto e não conseguiu ser ressuscitado pelos paramédicos que o atenderam.

— Nada má essa informação.

— Agora é a sua vez.

Eve concordou com a cabeça e conseguiu esconder um sorriso de satisfação ao ver Jacoby tomar um gole de café e ficar tão verde quanto a viatura que ela usava. Enquanto seus olhos se enchiam d'água e ele quase sufocava, Eve entregou os dados que levantara a Stowe.

— Posso conseguir os arquivos dos britânicos em uma hora — animou-se Stowe. — Talvez possamos localizar o sujeito que caminhava e encontrou os corpos. O refúgio para passar a aposentadoria ou longas férias é uma boa sacada. Meus dados batem com os seus. Ele nunca atacou mais de duas pessoas de uma vez só em um mesmo local. Se ele planeja quatro mortes, pode ser que queira mesmo sair de férias. Vou colocar alguns homens nisso, para começar, e vamos ver o que pinta. Vou ter que interrogar o seu marido.

— Eu já dei duas pistas e só recebi uma. Não force a barra.

Mais ou menos recuperado do ataque do café, Jacoby inclinou o corpo e se meteu na conversa:

— Podemos intimá-lo a comparecer para depor, Dallas. Não precisamos da sua permissão.

— Pois tentem. Ele vai devorar vocês dois no almoço. Escutem bem — disse Eve, virando-se para Stowe: — se Roarke tivesse alguma resposta ou palpite do que está impulsionando o assassino, ele me diria. Roarke conhecia Jonah Talbot, gostava dele e se sente responsável. Se vocês envolverem Roarke nisso, vão tornar as coisas piores para ele sem conseguirem nada de bom em troca. Eu tenho motivos pessoais para pegar esse cara. Roarke também. Ele vai colaborar comigo e com a Polícia de Nova York, mas não vai colaborar com vocês.

— Mas faria isso, se você pedisse.

— Talvez sim, mas não vou pedir nada a ele. Peguem o que eu lhes dei de bandeja e vejam aonde isso os leva. É mais do que tinham quando chegaram.

Ela empurrou a cadeira para trás e se levantou. Então, deu uma olhada longa e dura, de cima a baixo, nos dois agentes.

— Quero deixar uma coisa bem clara: se vocês fizerem algum movimento na direção dele, vão ter que me enfrentar primeiro. Se, por algum milagre, conseguirem me atropelar e continuarem inteiros, ele vai cortá-los ao meio sem se despentear e vocês vão passar o resto da vida tentando descobrir o que deu errado com a sua promissora carreira no FBI. Trabalhem comigo e nós podemos derrubar esse assassino filho da puta. Podem ficar com os louros e levar a fama, estou cagando e andando para isso. Mas, se tentarem me contornar para atingir Roarke, queimo os dois.

Ela saiu dali com passos firmes e colocou algumas fichas de crédito sobre o balcão para pagar o café.

— Tá botando pra quebrar, hein, branquela? — Sorriu Crack, com uma cúmplice piscada de olho.

— Ainda estou só esquentando os motores.

— Ora, ora... Isso não foi o máximo? — reagiu Karen Stowe, expirando com força ao ver Eve ir embora.

— A fodona do pedaço — disse Jacoby, com ar de nojo. — Quem ela está pensando que é para botar essa banca toda pra cima da gente?

— Uma boa policial — rebateu Stowe. Nossa, ela estava cansada de aturar Jacoby. O problema é que ele era fundamental para ela continuar no caso Yost. — Ela é o tipo de tira que protege o território pessoal, além do profissional.

— Boas policiais não se casam com criminosos.

Por um longo tempo, Stowe ficou simplesmente encarando Jacoby.

— Você é um completo idiota, mesmo! — reagiu ela. — Estou tentando ignorar essa afirmação ridícula e arrogante, pois quaisquer que sejam as suspeitas sobre as antigas atividades de Roarke, ninguém, *ninguém mesmo*, em qualquer órgão policial e jurídico dentro e fora do planeta, possui algum documento, prova ou sequer um indício que possa ser usado para pressioná-lo ou ligá-lo a algum crime. Além do mais, a questão aqui, Jacoby, é que nesse caso ele é uma vítima. Roarke sabe disso, a tenente sabe disso e nós também sabemos. Portanto, deixe de ser babaca.

Ele ficou tão revoltado ao ouvir isso que se esqueceu e tomou mais um gole de café. Fazendo uma careta, perguntou:

— De que lado você está?

— Estou tentando me lembrar, Jacoby. Tenho quase certeza de que estou do lado da lei e da ordem, não sei ao certo, mas aposto que a fodona do pedaço não está com dificuldade nenhuma de se lembrar de que lado está.

— Uma ova! Ela está escondendo o jogo. Tem mais do que nos trouxe.

— É?... Puxa, Jacoby, será?... — O sarcasmo lhe escorria pelos lábios como gotas geladas. — É claro que ela está escondendo o jogo. No lugar dela nós estaríamos fazendo a mesma coisa. A questão é que ela disse a verdade. Ela nos entregou de bandeja pistas reais, bem reais até. E quando disse que está cagando e andando para quem vai levar a fama pela prisão de Yost estava sendo sincera.

Ela colocou o café não bebido de lado e se levantou.

— Eu gostaria de poder dizer o mesmo, Jacoby. Gostaria de afirmar que não me importo com quem vai ficar com os louros e sentir isso de verdade.

Capítulo Dez

A intenção de Eve era ir direto para o escritório de casa, rodar mais dados, recolher o máximo das informações novas que conseguisse com o resto da equipe para então seguir o pedacinho de pista que os federais lhe haviam passado.

Seus planos mudaram no instante em que ela passou pela porta de entrada. Não se mostrou surpresa ao ver Summerset no saguão. No fundo, seu dia já não parecia completo se ela não trocasse pequenos insultos com ele toda noite ao chegar em casa.

Só que assim que ela abriu a boca para a primeira rodada de desaforos, ele a cortou:

— Roarke está lá em cima.

— E daí? Ele mora aqui.

— Ele me pareceu muito abalado.

Eve sentiu uma fisgada no estômago. Nenhum dos dois reparou que, no momento em que ela começou a despir a jaqueta, Summerset não apenas a ajudou na tarefa, como dobrou a peça com todo o cuidado e pendurou-a no braço.

— E Mick?

— Está na rua e vai voltar tarde.

— Tudo bem, nesse caso Mick não vai poder ajudar a distraí-lo. Há quanto tempo ele chegou em casa?

— Meia hora, mais ou menos. Fez algumas ligações, mas ainda não foi para o escritório. Está no quarto.

— Vou cuidar dele — disse ela, assentindo com a cabeça e já começando a subir as escadas.

— Sei que vai — murmurou Summerset.

Ela o viu diante da imensa janela do quarto. Roarke atendia a uma ligação pelo *headset*, em vez de usar o *tele-link*, e olhava os exuberantes jardins de primavera lá fora.

— Se houver alguma coisa que eu possa fazer para ajudar nos preparativos ou algo mais...

Enquanto ouvia a resposta da outra pessoa, abriu a janela e se debruçou no peitoril como se estivesse, pareceu a Eve, desesperado por um pouco de ar.

— Nós todos sentiremos muito a falta dele, sra. Talbot. Espero que seja algum conforto para a senhora saber o quanto Jonah era querido e respeitado. Não — disse ele, depois de um instante. — Não há respostas para o porquê de isso ter acontecido. Sim, tem toda a razão. A senhora me deixará fazer isso pela senhora e por sua família?

Roarke não disse nada por mais alguns instantes, e Eve já estivera do lado de cá de muitas ligações para parentes de mortos e sabia o quanto de perplexidade e de pesar transbordava naquele instante do coração da mãe de Talbot.

E atingiam Roarke.

— Sim, é claro — ele assentiu, depois de algum tempo. — Por favor, entre em contato comigo se houver mais alguma coisa que eu possa fazer por vocês. Não, em absoluto. Sim, muito obrigado. Adeus, sra. Talbot.

Ele tirou o *headset*, mas permaneceu na janela, de costas para o quarto. Sem dizer uma palavra, Eve foi até ele e passou os braços em volta da sua cintura, repousando o rosto em suas costas.

Sentiu o corpo dele, já tenso, retesar-se ainda mais.

— Era a mãe de Jonah — ele informou.

— Sim, eu imaginei — ela manteve o abraço.

— Ela está muito grata por meus oferecimentos de auxílio. Agradeceu muito por eu tirar alguns minutos do meu tempo para lhe oferecer condolências. — A voz dele estava baixa, quase um murmúrio, mas agressiva de tanto sarcasmo. — É claro que eu não mencionei que ele ainda estaria vivo se não trabalhasse para mim.

— Talvez você tenha razão, mas...

— Talvez porra nenhuma! — Ele quebrou o *headset* ao meio e o atirou pela janela. O movimento abrupto lançou Eve um passo para trás, mas ela já estava com os pés firmes no chão, pronta para enfrentá-lo, quando ele se virou.

— Ele não fez *nada*. Nada, a não ser trabalhar para mim. Exatamente como aquela pobre moça. E só por isso eles foram espancados, estuprados e perderam suas vidas. Sou responsável pelas pessoas que trabalham para mim. Quantas mais morrerão? Quantas mais vão ser traídas e levadas à morte simplesmente por trabalharem para mim?

— Isso é exatamente o que o assassino quer: que você questione o que houve e culpe a si mesmo.

A fúria que Feeney havia previsto estava ali, pronta para explodir.

— Pois muito bem, isso eu posso dar a ele. Vou colocar um cartaz de *mea culpa* na rua.

— Dê o que ele quer — continuou ela, mantendo o tom de voz. — Deixe-o saber que atingiu você e ele vai querer mais.

— Então, o que é que eu faço? — Ele ergueu as mãos, mas elas se tornaram punhos. — Eu sei lutar contra o que me ataca. De um jeito ou de outro eu consigo encarar um ataque frontal, mas como lutar contra isso? Você sabe quantas pessoas trabalham para mim?

— Não.

— Nem eu mesmo sabia, mas fiz um levantamento, hoje, pois sou fabuloso para lidar com números. Tenho milhões de empregados. Dei ao assassino milhões de alvos.

— Não. — Ela se moveu para a frente e apertou os dedos com firmeza em torno dos braços de Roarke. — Você sabe que não é assim. Você não deu nada, foi ele que tomou. Seu erro será oferecer uma parte de você e deixá-lo saber que ele ganhou o jogo.

— Se eu conseguir convencê-lo disso, talvez ele venha até mim.

— Pode ser. Já pensei nisso e eu me preocupo com essa possibilidade. — Ela passou as mãos pelos braços dele, em um esforço inconsciente para tranquilizá-lo. — Especialmente quando penso com o coração. Quando uso a cabeça, porém, a coisa não funciona. Ele não quer você morto, quer vê-lo ferido. Entende o que eu quero dizer? Ele deseja ver você inquieto, atormentado. Quer vê-lo exatamente como você está.

— Com que finalidade?

— Isso ainda falta descobrir, mas vamos chegar lá. Sente-se.

— Não quero sentar.

— Sente! — ela repetiu, usando um tom frio e implacável, como ele muitas vezes fazia. Os olhos de Roarke brilharam de raiva, mas Eve saiu dali e foi encher uma taça de conhaque.

Por um breve instante, Eve considerou a ideia de colocar um tranquilizante na bebida, mas ele descobriria tudo. Ela poderia tentar enfiar-lhe a bebida goela abaixo, como ele às vezes fazia com ela, mas chegou à conclusão de que não conseguiria dominá-lo.

E ainda os deixaria furiosos um com o outro.

— Você já comeu? — ela perguntou.

— Não. — Roarke parecia distraído demais para se divertir com a súbita troca de papéis e expirou com impaciência. — Por que não vai trabalhar no seu escritório?

— Por que não deixa de ser tão teimoso? — Ela colocou a taça de conhaque na mesinha de centro da saleta de estar e depois as mãos nos quadris dele. — Você pode se sentar um pouco ou eu posso derrubar você. Sair no braço comigo talvez faça você se sentir melhor, e eu topo encarar isso.

— Não estou a fim de briga. — Como queria manter a cara amarrada, ele foi até onde ela estava e se sentou. — Ligar telão! — ordenou ele ao equipamento.

— Desligar! — comandou ela, na mesma hora. — Nada de tevê.

— Ligar telão! — insistiu ele, com olhos furiosos. — Se não estiver a fim de assistir, caia fora.

— Desligar!

— Tenente, você está pisando em terreno perigoso. — A raiva dele se redirecionou para Eve, conforme ela planejara. — *Ele ainda não esfriara a cabeça, ainda não*, pensou, mas isso acabaria acontecendo.

— Eu me garanto, meu chapa.

— Então vá se garantir em outro lugar. Não quero seu conhaque, nem sua companhia, nem seus conselhos profissionais no momento.

— Ótimo, então eu bebo o conhaque. — Eve detestava conhaque. — Também posso guardar para mim os conselhos profissionais, mas daqui não saio — ela disse e se enroscou no peito dele. — Não vou a lugar algum.

Ele a levantou pelos ombros e a colocou de lado.

— Então saio eu.

Ela simplesmente enlaçou o pescoço dele com os braços.

— Não vai não senhor! Eu sou assim tão desagradável quando estou de mau humor?

Ele expirou com força e então, derrotado, baixou a testa até encostá-la na dela.

— Você é uma aporrinhação constante na minha vida. Não sei por que eu continuo ao seu lado.

— Nem eu. A não ser por... — ela esfregou os lábios de leve sobre os dele — ... a não ser por isso, talvez, que é muito bom. — Passando os dedos de leve pelos seus cabelos e lançando a cabeça dele para trás, ela o beijou de forma ardente, longa e profunda.

— Eve — ele murmurou, boca contra boca.

— Deixe-me ajudá-lo. — Os lábios dela passaram pelo rosto dele, bem de leve. — Por favor, deixe. Eu amo você.

E não consigo ver você magoado. Não aguento ver você exausto. Nós vamos trabalhar isso, mas juntos. Vamos lutar, mas lutar juntos. Por ora, quero apenas lhe trazer um pouco de paz.

Ele era muito forte e essa força a atraía e a desafiava. Agora os músculos dele estavam tensos e cheios de nós, e isso raramente acontecia. Ela o apertou, deixando as mãos o acalmarem enquanto sua boca o seduzia.

Ele parecia tão controlado, ela pensou, virando meio de lado para passar os dentes de leve sobre o seu maxilar. Achava o controle dele frustrante, mas isso também a deixava segura. Agora ele hesitava e ela poderia explorar as fraquezas dele e transformar a sua raiva em excitação.

As mãos ágeis de Eve agarraram a camisa dele e começaram a abrir-lhe os botões, lentamente. Seus lábios seguiram a trilha aberta na pele exposta pela camisa desabotoada até alcançar o peito dele, junto ao coração, que batia forte, mas ainda estava lento demais.

— Adoro o gosto que você tem. — Ela esfregou as mãos pelo peito dele acima e foi para os ombros, seguindo os dedos com a língua. — Gosto do sabor de todo o seu corpo.

Novamente ela moveu o corpo e se sentou sobre ele, uma perna para cada lado. Quando viu nos olhos dele a névoa escura de carência sobre o tom selvagem de azul, sentiu o próprio sangue acelerar.

Ela se enganara, percebeu. A raiva dele não estava a ponto de esfriar nem poderia ser saciada com carícias sensuais ou suspiros sussurrados. Esse tipo de calor só poderia ser sufocado com mais calor.

Olhando fixamente para ele, Eve abriu a fivela do coldre e o deixou escorregar para o chão atrás dela. Ainda com os olhos grudados nos dele, ela desabotoou a blusa e a despiu. Por baixo ela usava uma camiseta regata com decote baixo. Ao ver os olhos dele baixarem, sentiu os mamilos entumescerem como se a boca dele os tivesse acariciado.

Mas ele não a tocou. Sabia que, no momento que o fizesse, um dos elos da corrente que o mantinha preso se quebraria, fazendo com que ele a atacasse. E devorasse, pensou, furioso consigo mesmo, pois sabia que era conforto o que ela lhe oferecia. Ele se segurou e a tocou apenas de leve com a mão, acariciando-lhe o rosto.

— Deixe-me pegar você e levá-la para a cama.

Ela sorriu, mas não havia nada de confortador em seu sorriso.

— Vamos pegar um ao outro. — Ela se esticou, despindo a camiseta regata por sobre a cabeça e atirando-a longe. — Bem aqui.

Ela segurou os cabelos dele com força e curvou-se sobre ele, esfregando carne com carne.

— Coloque suas mãos em volta de mim — exigiu ela, esmagando a boca contra a dele.

O controle dele foi para o espaço. Com um único movimento rude ela se viu por baixo, grudada ao chão sob o peso dele. Ele se alimentou dela, preenchendo-se por completo, engolindo-lhe cada ofegar descompassado. Colocou as mãos sobre ela e tomou o que quis de forma insana, levando-a implacavelmente ao primeiro orgasmo frenético.

E quando ela gritou, ele quis mais.

Sua boca se fechou sobre um dos seus seios, e os dentes mordiscaram-lhe os mamilos, provocando-lhe microscópicas e deliciosas fisgadas de dor na pele sensível. A excitação foi aumentando até que ela arqueou o corpo, convidando-o para entrar, enterrando as unhas em suas costas. Ela se retorcia por baixo dele com as mãos errantes e a boca ávida. Suas carências se encontraram, desespero com desespero, e suas pernas se confundiram quando eles tentaram se livrar das roupas.

Suas peles brilhavam de suor.

Com o desejo primitivo à solta, tudo em que ele conseguia pensar era nela. Em se acasalar com ela na escorregadia agilidade com a qual ela se movia por baixo dele. Nas curvas e concavidades do corpo feminino que se encaixavam de forma milagrosa no dele. Na pele muito clara, suave e linda que cobria, muito lisa, seus músculos fortes. No sabor daquela mesma pele quando o calor da paixão lhe transbordou pelos poros e brotou, abrasador.

Mais. Eu quero tudo, era só o que ele conseguia pensar enquanto o sangue fervia.

Ela estava quente, muito quente e molhada quando os dedos dele a penetraram. Sua pele se manteve lisa e firme enquanto os quadris bombearam-na para cima. Ele queria, precisava vê-la gozar, tinha que sentir o momento e saber com certeza, no instante em que o corpo dela a fizesse explodir de prazer, que tudo o que era dela também era dele.

O corpo por baixo se retesou, arqueando-se para cima como uma ponte rígida de sensações. Sua respiração perdera todo o ritmo e ela sentiu seu prazer escorrer pela mão dele.

Mesmo então ele não conseguiu parar nem lhe deu a chance de se deixar recostar de leve. Em vez disso, continuou a excitá-la, sem piedade, trabalhando em todo o seu corpo, de baixo para cima, com a língua e os dentes.

Quando sua boca finalmente se encontrou com a dela e ele sentiu que ela estava a ponto de se desmontar de novo, ele se lançou com força dentro dela, deixando-a tonta com a primeira estocada rude.

E mesmo assim ele só pensava em uma coisa: *mais*.

Sentindo-a estremecer, ele a agarrou pela parte de trás das coxas, ergueu-lhe os joelhos e penetrou ainda mais fundo. A vista dele se embaçou, mas, em meio à névoa do desejo, ele viu os olhos dela. Fixos, escuros, tão vitrificados que refletiam os dele.

— Estou dentro de você — gemeu ele, ao se forçar um pouco mais fundo, levando ambos ao limiar da loucura. — Estou dentro de você com tudo o que eu sou: corpo, coração e mente.

Ela se debateu em meio às muitas camadas de prazer que a afogavam, tentando dizer as palavras que ele precisava ouvir. As mãos dela apertaram-lhe ainda mais a cintura, para sentir melhor o fluir do sangue dentro dele.

— Solte-se. Vou estar aqui com você.

Ele pressionou o rosto sobre os cabelos dela, esqueceu-se do coração e da mente e deixou o corpo governá-los.

Eve não sabia quanto tempo havia passado antes de seu cérebro espairecer o bastante para produzir um pensamento claro. Porém, assim que conseguiu lembrar o próprio nome, percebeu que Roarke ainda mantinha o peso todo em cima dela. O coração dele continuava a galopar solto em companhia do dela, mas seu corpo estava inerte.

Ela o acariciou com os braços, do pescoço até a cintura, e terminou dando-lhe uma palmada afetuosa na bunda.

— Acho que vou precisar respirar em algum momento dos próximos dez ou quinze minutos.

Ele levantou a cabeça, e então, em consideração a ela, ergueu-se para se apoiar sobre os cotovelos. O rosto dela estava afogueado, seus lábios levemente curvados em um sorriso e os olhos continuavam semicerrados.

— Você me parece muito satisfeita.

— Por que não deveria? Aliás, estou muito satisfeita com você também.

Ele se inclinou um pouco, o suficiente apenas para tocar-lhe de leve, com os lábios, a covinha do queixo.

— Obrigado, querida.

— Você não precisa me agradecer pelo sexo. Somos casados, lembra?

— Não agradeci pelo sexo, embora essa rodada mereça alguns aplausos. Agradeci por você me compreender. Por, digamos assim, cuidar de mim.

— Peguei prática fazendo o papel inverso. — Ela esticou o braço e afastou os cabelos que lhe haviam caído sobre a testa. — Está melhor?

— Estou. — Ele se mexeu e se sentou, mas carregou-a consigo. Deixe-me ficar assim agarrado em você por mais um minuto — murmurou, aconchegando-a mais junto ao peito.

— Se continuarmos assim, vamos acabar novamente na horizontal, cobertos de suor.

— Hummm... Ideia tentadora. — A raiva continuava dentro dele, mas esfriara um pouco. Era mais calculada. — Só que temos trabalho a fazer. Será que vou ter de brigar com você, tenente, e estragar o lindo momento que estamos curtindo só para poder entrar nessa investigação?

Eve não disse nada por um instante.

— Eu não queria você nessa história. Não, não comece, me deixe acabar de falar. — Ela baixou o rosto e ficou olhando para a pequena depressão abaixo da garganta dele. — A parte de mim que não quer você no caso é o meu lado pessoal. Ele teme por você e se preocupa com a sua segurança. O lado profissional sabe que quanto mais você estiver envolvido, mais útil será e mais depressa encerraremos o caso. Resultado: o lado pessoal não tem chance de lutar contra o lado tira, ainda mais com você forçando a barra ao mesmo tempo.

— Ajudaria se eu lhe garantisse que vou conseguir lidar melhor com tudo isso se estiver diretamente envolvido com o trabalho? Não vou ficar tão corroído por dentro, como agora.

— É. — Ela se deixou ficar aninhada ali por mais alguns instantes e, por fim, se afastou. — Sim, acho que eu sei disso sim. Vamos tomar um banho, comer alguma coisa e eu lhe explico as regras do jogo.

— Nunca gostei dessa expressão — disse ele, quando ela se levantou —, "regras do jogo".

Ela deu uma risada curta.

— Sim, essa é mais uma das coisinhas que eu sei sobre você.

* * *

Depois de se vestirem para dividir um prato de macarrão com molho de frutos do mar, Eve colocou as cartas na mesa e fez algumas estipulações.

— Se o comandante Whitney aprovar, você vai se juntar à equipe da investigação em caráter oficial, como consultor civil. Esse arranjo lhe trará alguns privilégios e outras tantas limitações, além de um pequeno pagamento.

— Muito pequeno?

Eve espetou uma vieira com o garfo e a colocou na boca.

— Menos do que o preço de qualquer um dos seus seiscentos pares de sapatos. Você receberá uma identificação especial...

— Um distintivo?

Ela lançou-lhe um olhar contundente.

— Não seja ridículo, é um crachá de estagiário com uma foto pequena. E *não vai* ganhar uma arma.

— Tudo bem, já tenho um monte delas.

— Calado! Você tomará ciência de dados confidenciais relacionados com esta investigação, ao critério da investigadora principal do caso, a qual, por acaso, sou eu.

— Mas isso vem bem a calhar.

— Você deverá obedecer às ordens ou este arranjo será desfeito, também a critério da investigadora principal. Dessa vez vamos seguir o manual.

— Eu sempre quis saber quantas páginas existem nesse manual que você sempre cita.

— Piadinhas poderão ser punidas com ação disciplinar.

— Querida... Você sabe o quanto isso me excita.

Ela fez cara de desdém, embora, no fundo, quisesse celebrar o fato de ele ter voltado ao normal.

— Durante o curso da investigação, a equipe e a investigadora principal deverão ter acesso a alguns dos seus arquivos.

— Combinado.

— Muito bem. — Ela deu uma última garfada no macarrão. — Vamos trabalhar.

— As regras do jogo são só essas?

— Analisaremos as outras conforme aparecerem. Vamos para o meu escritório que eu quero colocar você a par das atualizações.

A vantagem de trabalhar com Roarke é que ele compreendia o mundo dos tiras. Eve desconfiava que isso acontecia mais por ele ter passado quase toda a vida enganando a lei do que por estar casado com uma policial, mas isso era irrelevante.

O fato é que ela não precisava explicar tudo tintim por tintim, e isso economizava tempo.

— Você não entregou tudo o que sabia ao FBI e eles vão sacar.

— Vão sim, mas terão que aturar.

— Também vão constatar, e certamente desconfiar, que você conseguiu reunir mais dados importantes sobre Yost em menos de uma semana do que o FBI em muitos anos. Não vai pegar bem para eles.

— Não vai não, estou morrendo de pena.

— Suas tendências competitivas estão aparecendo, tenente.

— Pode ser. No fim, os federais podem ficar com a glória. Yost vai saber que fui eu quem o pegou. Isso me basta. Os federais não deram muita importância ao fio de prata, à precisão quanto à espessura e o comprimento do instrumento do crime. Os perfis que criaram mostram uma construção irretocável do padrão dos atos e fala da obsessão do assassino por detalhes, mas deixaram passar as sutilezas.

— Você não acha que eles, sendo uma agência federal, tendem a se concentrar mais na visão panorâmica das coisas e dependem em demasia dos dados tangíveis, em vez de levarem em conta o instinto e outras possibilidades? — Ele sorriu com descontração quando ela franziu o cenho para ele. — Não que eu conheça tanto deles a ponto de roubar o seu tempo para discutir esse assunto.

— É mesmo? Bem, vamos ter que arranjar um tempinho, mais tarde.

— Humm... A questão é que você, mesmo usando os dados e tendo uma visão panorâmica e clara das coisas, confia no seu instinto e nunca deixa de lado as possibilidades.

— Talvez. A verdade é que nenhum agente federal que eu conheço tem ligações com um cara capaz de comprar uma caixa de frascos de um xampu metido a besta por cinco mil dólares. Então eles nem pensam em analisar as coisas por esse lado, o ângulo do cara rico e autoindulgente.

— Eu nunca comprei xampu em caixas fechadas para uso pessoal, mas mesmo assim você iria pesquisar isso, porque não perde detalhes. Mesmo assim, certamente conheço mais produtos topo de linha do que você, e esse é o motivo de eu estar aqui servindo de consultor.

— Consultor civil — ressaltou ela. — Aliás, você nem está no caso oficialmente, pelo menos até amanhã, depois do sinal verde de Whitney.

— Para adiantar as coisas eu preciso ver a gravação da câmera de segurança que gravou o assassinato de Jonah.

— Não.

— Preciso ver o que Yost vestia e o seu jeito de andar. Assisti novamente ao vídeo do hotel. Ele prefere estilistas britânicos.

— Como é que você sabe quem fez a roupa só de olhar para o paletó de alguém em uma gravação?

— Querida Eve... — Exibindo um leve sorriso, ele passou o dedo sobre o ombro da camiseta velha e desbotada do Departamento de Polícia de Nova York que ela vestia. — Moda, para alguns de nós, é um assunto mais prioritário do que para outros.

— Você se acha muito esperto, mas isso não me engana, meu chapa. Mesmo assim eu devia ter lembrado que um cara esnobe que curte roupas caras reconhece outro de longe. — Ela pegou o disco na pasta do caso. — Dê uma boa olhada nele no instante em que entrou na casa. Isso deve bastar.

Isso, Eve pensou ao colocar o disco para rodar no computador, era o máximo que pretendia mostrar a Roarke.

— Computador, rodar o arquivo de vídeo do ponto zero ao ponto quinze. Jogar no telão.

Processando... Segmento definido sendo exibido.

Olhando para a tela, os dois viram Yost subir os degraus da casa de Talbot com toda a naturalidade do mundo. Nesse instante, Roarke congelou a imagem.

— Britânico, com toda a certeza — confirmou. — Os sapatos também. Preciso olhar a pasta mais de perto.

— Computador, ampliar em dez vezes do segmento 12 ao 22.

Processando...

A imagem mudou e apareceram a mão e a pasta em detalhes muito ampliados.

— Sim, ele só usa produtos britânicos. Essa é uma pasta Whitford, fabricada com exclusividade em Londres. A fábrica é minha.

— Ótimo. Vamos nos concentrar nas vendas efetuadas em Londres e nos estilistas britânicos.

— Só os conservadores — acrescentou Roarke.

Ela franziu o cenho.

— Mas eu achei que ele fazia mais o tipo artista, meio boêmio.

— Ele usou a peruca e o cachecol para parecer boêmio, só que, no fundo, é um cara superquadrado. O terno parece Marley, mas a

Smythe e a Wexville também fabricam paletós nesse estilo anguloso com costuras retas. Os calçados são Canterbury, quase com certeza.

Ela fez cara de estranheza, novamente. Aqueles lhe pareciam sapatos comuns, bem normais, pretos, nos quais basta enfiar os pés e sair andando.

— Tudo bem, Roarke, vamos seguir essas pistas. Ejetar disco!

— Desconsiderar a ordem, computador. Vou assistir ao resto.

— Não. Não há motivos para isso.

— Vou assistir ao resto — teimou ele. — Você prefere que eu abra esse arquivo e assista tudo do mesmo jeito em outra hora e lugar?

— Só estou argumentando que não há necessidade de você se obrigar a passar por isso.

— Eu conversei com a mãe dele. Ouvi seu pranto. Computador, continuar a gravação.

Eve xingou baixinho e saiu de perto. Fez o que pôde para manter a raiva sob controle e serviu dois cálices de vinho. Roarke nem tocara no conhaque que ela tinha servido antes.

Ela não precisava assistir de novo à gravação para reviver tudo. Conseguia fechar os olhos e ver cada movimento e todo o horror. Receava que ao se deitar naquela noite, para dormir, fosse assistir a tudo novamente. Pior ainda: veria a si mesma, uma menina violada, com o braço quebrado, sangrando em um quarto imundo onde uma luz lá fora, em néon vermelho, piscava, piscava, piscava sem parar.

Ela se resignou e, ao som de Mozart que enchia a sala, voltou para terminar a tarefa nojenta de assistir a tudo novamente ao lado do marido.

— Congelar a imagem! — ordenou Roarke, e sua voz era cortante como uma lasca de gelo. Ele olhava com atenção para a tela, onde Jonah Talbot jazia, inconsciente, e o homem que iria matá-lo estava em pé, desabotoando a camisa. — Ampliar a imagem do segmento 30 ao 42. — Quando o sistema cumpriu a ordem, Roarke assentiu. — Está vendo aquele detalhe no punho da camisa? Ela foi feita à mão na Bond Street, no centro de Londres, na Finwyck's. Continuar a reprodução, computador.

Roarke assistiu a tudo sem dizer nada, sem demonstrar nenhuma emoção. Se Eve fosse uma mulher dada a fantasias, diria que era possível sentir o calor pulsando a partir dele, acompanhado de ódio, para em seguida a raiva ceder, esfriar e congelar a ponto de a sala estalar com o frio.

Quando tudo acabou, ele foi até o computador, tirou o disco e o colocou sobre a mesa. Levou um momento, só mais um momento para se recompor.

— Sinto muito por fazer questão de assistir a tudo e obrigar você a rever a gravação. Jamais compreenderei como é que você aguenta isso e como lida com coisas assim dia após dia, morte após morte.

— Dizendo a mim mesma que vou impedi-lo, que vou conseguir enjaulá-lo em um lugar onde ele nunca mais poderá fazer isso.

— Isso não é o suficiente, não pode bastar. — Ele tomou o vinho, enterrando a dor e a pena profunda sob a fúria fria e controlada. — O relógio dele é suíço, o que já era de esperar. Um Rolex multitarefa. Eu tenho um igual, como milhares de outros homens que insistem em precisão e estilo nessas coisas. Também vou poder ajudá-la a pesquisar isso, pois...

— Você é o dono da fábrica.

— Possuo também a maioria das lojas autorizadas que vendem esse modelo — concluiu ele. — E também a pasta e os sapatos. O resto da roupa vai levar um pouco mais de tempo, imagino, porque eles vão insistir em obter toda a papelada e mandados diversos para divulgar qualquer dado de seus clientes. Além do mais, está tudo fechado em Londres a essa hora.

— Vou correr atrás de tudo amanhã de manhã. Fale-me de mais alguma coisa que você possa ter sacado. Vou ver o que consigo desencavar sobre o juiz da Suprema Corte.

Ele concordou com a cabeça, mas permaneceu onde estava, bebendo o vinho.

— Você colocou McNab para pesquisar a venda de entradas para concertos e coisas desse tipo. Se ele tiver algum problema nessa área, eu posso resolvê-los por meios aceitáveis. Basta me ligar.

— Tudo bem, eu aviso.

— Quanto ao mercado negro de filmes pornôs e os outros, com estupros e mortes reais, ainda tenho contatos nessa área nebulosa, isto é, conheço um cara que conhece outro cara e assim por diante.

— Não. Se você começar a remexer nesse lamaçal, vai deixar o fornecedor com o pé atrás.

— Dá para cobrir bem as pistas que levariam ao meu nome, mas vamos ver como McNab se sai, se você prefere assim. Meu equipamento secreto poderia nos levar através de atalhos e poupar muito tempo, sem ninguém ficar sabendo — ele lembrou.

— Não dessa vez, Roarke. Se eu utilizar o seu equipamento sem registro, mesmo que seja para conseguir dados difíceis, não vou ter como justificar isso para mim mesma nem saberei explicar ao resto da equipe como consegui as informações. Vamos seguir as regras.

— Você é a chefe. — Dizendo isso, ele saiu levando o cálice, em direção ao seu escritório, no aposento ao lado.

Vários quarteirões ao sul dali, em seu apartamento no centro da cidade, entulhado de objetos e muito desarrumado, McNab trabalhava no computador. Ao lado dele Peabody, vestindo só a camiseta e a calça da farda, também fazia pesquisas em um dos vários notebooks disponíveis no apartamento.

McNab, Peabody sempre pensava, *coleciona computadores como outros homens fazem com hologramas de lances esportivos.*

Pesquisar nomes em incontáveis sites pornográficos começava a lhe provocar uma terrível dor de cabeça, mas ela seguia em frente, implacável, concentrando-se nos títulos dos filmes e nos nomes dos clientes que habitualmente assistiam às prévias grátis dos filmes que os sites ofereciam, cada uma delas levando trinta segundos.

A teoria de McNab era a de que Yost navegava pelo labirinto de sites de sexo e escolhia os filmes baseado nas prévias gratuitas. Talvez ele fizesse compras on-line, e isso seria uma tremenda sorte, pois haveria registros da sua identidade e de seu cartão de crédito. Mesmo que ele simplesmente assistisse às cenas grátis, haveria registro de sua passagem pelo site.

A maioria dos nomes dos usuários era engraçada e óbvia: Picão, Tarado, Tesudo. Só que Peabody não acreditava que Sylvester Yost seria capaz de escolher um nome de usuário tão grosseiro ou tolo.

Ela se recostou na cadeira, esfregou os olhos, que ardiam, e começou a procurar um analgésico na bolsa.

Com ar distraído, McNab esticou o braço e massageou-lhe o pescoço de forma carinhosa.

— Que tal fazer um intervalo? — perguntou ele.

— Quero só acabar com essa dor de cabeça. Talvez eu precise esticar as pernas.

Ela se levantou e flexionou os ombros enquanto seguia em direção à cozinha para pegar um pouco d'água.

McNab sabia que Peabody tinha desmarcado um encontro com Charles Monroe para trabalhar com ele naquela noite. Ele estava adorando o fato de o simpático acompanhante licenciado ter levado um pé na bunda, mesmo que fosse apenas por motivos de trabalho. O que ele queria de verdade era plantar o pé na carinha bonita de Monroe, e qualquer dia era bem capaz de fazer isso.

A ação que se desenrolava na tela acabou chamando sua atenção. Ele arregalou os olhos ao ver dois homens e duas mulheres começarem a rolar no chão e se contorcerem em uma massa disforme de corpos nus com pernas e braços espantosamente flexíveis.

— Caraca!

— Que foi? Que foi? — acorreu Peabody. — Descobriu alguma coisa? — Ela se debruçou em direção à tela e deu um tapa na orelha de McNab ao ver do que se tratava. — Deixe de ser indecente! Eu achei que você tivesse encontrado alguma... — Ela parou de falar, estupefata. — Uau! — Foi tudo o que conseguiu dizer.

Para melhor acompanhar a ação, ambos viraram a cabeça meio de lado.

— Ela deve ter ossos de borracha.

— Acho que ela não tem ossos — decidiu McNab. — Aliás, ninguém nesse grupinho animado tem coluna vertebral, pois é impossível colocar o corpo nessas posições.

Eles viraram a cabeça de lado mais uma vez, mas dessa vez olharam um para o outro logo em seguida, e seus olhos se encontraram com o mesmo brilho de desejo e desafio.

— Não podemos permitir que um bando de atores pornôs nos deixe para trás nesses quesitos. — McNab já estava abrindo a fivela do cinto de Peabody.

— Claro que não — ela concordou. — Só que provavelmente essa posição vai machucar você.

— Tiras não sentem dor.

— Ah, não? Vamos ver! — Ela já estava rindo ao empurrá-lo para o chão.

Em outra parte da cidade, Sylvester Yost terminara de tomar o seu conhaque, depois de jantar, e apreciava um bom charuto. Ativara o androide de serviços domésticos por exatos doze minutos, tempo suficiente para o robô arrumar a cozinha e tirar a mesa do jantar.

É claro que depois ele iria conferir se o serviço fora executado a contento. Nem mesmo os androides mais bem programados conseguiam cumprir suas tarefas com a perfeição que Yost exigia.

Ele preparara pessoalmente um delicioso rosbife de vitela para o jantar. Muitas vezes, depois do trabalho, ele gostava de relaxar trabalhando um pouco na cozinha, curtindo as fragrâncias e texturas dos alimentos, tomando um bom vinho enquanto o molho engrossava.

Só que esse tipo de atividade sujava panelas e frigideiras. O androide vinha a calhar na hora da limpeza e Yost preferia relaxar em companhia de um conhaque e um charuto do que programar a lavadora de louça.

Com os olhos semicerrados e o corpo imenso e muito musculoso envolto por um robe comprido de seda preta, ele ouvia os enlevantes acordes de Beethoven.

Tais momentos, segundo sua crença, eram um direito sagrado depois de um pesado dia de trabalho.

Em breve, muito em breve, tais momentos iriam se transformar em dias, e os dias em semanas de sossegada aposentadoria. Talvez ele sentisse falta do trabalho, de vez em quando. Claro que, se a saudade fosse muito grande, ele poderia, ocasionalmente, aceitar um contrato.

Só os interessantes, e isso mesmo para afastar os dragões do tédio.

Na maior parte do tempo, porém, ele certamente estaria muito satisfeito com sua música, suas obras de arte, seu lazer e sua solidão.

Quando esse contrato mais recente lhe foi oferecido, Yost enxergara nele um sinal. Era o fim perfeito para a sua carreira. Nunca antes ele tivera a oportunidade de chegar tão perto de um homem como Roarke, com sua importância e poder. Graças a isso ele pôde se dar ao luxo de cobrar o triplo do preço normal para eliminar os três alvos.

O quarto seria definido de acordo com a sua conveniência. Se ele conseguisse assassinar o próprio Roarke no período de dois meses contados a partir do cumprimento do contrato, receberia um maravilhoso bônus de vinte e cinco milhões de dólares.

Um lindo pé-de-meia que garantiria a sua aposentadoria, pensou Yost.

Ele não tinha dúvidas de que conseguiria, e dentro do prazo.

Esse seria o ato mais brilhante de sua carreira. Um momento pelo qual ele mal conseguia esperar.

Capítulo Onze

Eve palmilhou com todo o cuidado os primeiros obstáculos nos caminhos da burocracia a fim de acessar os dados pessoais do juiz Thomas Werner. De acordo com os dados oficiais, Werner sofrera um infarto fulminante dentro de casa, em um bairro elegante de Washington.

Ela levara algum tempo para identificar o juiz a partir dos poucos dados que conseguira, mas pesquisara em todos os arquivos dos canais de notícias do inverno anterior e finalmente encontrara a notícia da morte do juiz Werner.

Agora o problema seguinte era se desvencilhar das garras da Lei da Privacidade que protegia um homem da importância de Werner da curiosidade alheia. Em seguida o problema seria conseguir um mandado, mesmo que ela se identificasse devidamente, conforme o regulamento.

— Sistema idiota, filho da mãe! — resmungou ela. — Sou tira, já lhe informei o número do meu distintivo, a pasta do meu caso, já passei pela identificação de voz. O que mais você quer agora?

— Algum problema, tenente?

Ela nem se deu ao trabalho de olhar para Roarke, que se posicionara atrás dela.

— A maldita burocracia de Washington — reclamou ela. — Eles querem que eu submeta a minha requisição novamente amanhã, no horário de trabalho. Ora bolas, eu estou em horário de trabalho, não estou?

— Talvez eu pudesse...

— Argh! — grunhiu para ele e cobriu o monitor com o corpo.

— Você só quer se exibir.

— Você me acha uma pessoa pequena a esse ponto?

— Para me ajudar, você teria que encolher ainda mais até ficar microscópico.

— Só para provar o quanto eu sou magnânimo, vou relevar este insulto. Por que não dá uma olhada na lista de compras que eu imprimi para você enquanto tento agilizar um pouco esses trâmites burocráticos?

O computador anunciou com um tom de voz açucarado:

A sua requisição dos dados pessoais e médicos do juiz Thomas Werner não poderá ser atendida neste momento. Por favor, submeta o seu pedido novamente através desta agência nos horários compreendidos entre as oito da manhã e as três da tarde, de segunda a sexta-feira. As requisições dessa natureza deverão ser submetidas pessoalmente, em três vias, acompanhadas de um formulário especial devidamente preenchido e com todas as perguntas respondidas. Formulários incompletos ou com informações parciais farão com que o processo sofra atrasos. Nenhuma requisição será atendida a não ser que seja feita por pessoas devidamente autorizadas. As informações completas do requerente deverão ser anexadas ao processo e verificadas. O tempo esperado para processamento das informações requeridas é de três dias úteis.

Atenção!!! Quaisquer tentativas de acessar registros sem a devida requisição, adequada identificação e confirmação serão conside-

radas crime federal e resultarão em sanções disciplinares e multa não inferior a cinco mil dólares, além de possível prisão.

— Esse sistema não é nada amigável, hein? — murmurou Roarke.

Eve não disse nada, simplesmente se pôs em pé, caminhou em torno da mesa e pegou a lista impressa que ele trouxera. Quando Roarke se sentou diante do monitor, ela levou o papel com ela propositadamente para a cozinha sob o pretexto de que ia pegar café.

Não se permitiria vê-lo contornar com facilidade toda aquela burocracia eletrônica.

Ficou em pé por mais algum tempo analisando a lista até a xícara de café preparada pelo AutoChef ficar pronta. Roarke já adiantara o serviço, destacando várias compras pagas à vista feitas em um único dia de fevereiro.

Isso combinava com o estilo de Yost, pensou. Mais um dia de frenesi consumista. Pasta nova, sapatos novos — seis pares —, carteira nova, quatro cintos de couro, vários pares de meias — em seda e caxemira. Ele mandara fazer duas camisas sob medida na sofisticada loja que Roarke citara na gravação da casa de Talbot.

Em duas lojas apenas, duas paradas rápidas, ele gastara trinta mil euros.

Roarke acrescentara os dados do joalheiro londrino. O prestativo primo do balconista nova-iorquino confirmou que Yost havia comprado, em dinheiro, dois cordões rígidos de prata com sessenta centímetros cada.

Nenhum fio extra, observou Eve. Isso era arrogância, mais uma vez. Ele tinha confiança nas suas habilidades.

De acordo com as estimativas quanto à hora da morte dos contrabandistas britânicos, ele fizera as compras dois dias, três, no máximo, antes de rumar para a Cornualha e matar o casal.

Ele seguira para lá de algum modo, pensou. Será que mantinha um carro em Londres? Uma casa? Será que ele se hospedou em algum hotel cinco estrelas e alugou um carro, pegou um trem ou foi de avião?

Como ele certamente não foi até lá a pé, seria possível rastrear seus movimentos.

— Uma pergunta: — disse Eve ao voltar para o escritório: — você possui uma casa em Londres?

— Sim, embora raramente a use. Geralmente prefiro a minha suíte no New Savoy. O serviço é impecável.

— Você tem carro lá?

— Dois. Na garagem.

— Quanto tempo leva para ir de carro até a Cornualha?

— Nunca fiz essa viagem, mas posso pesquisar. — Ele mal olhou para Eve, tornando a se virar para o monitor, tão à vontade na mesa dela como se estivesse na dele. — Se eu fosse para tão longe, provavelmente economizaria tempo e pegaria o helicóptero a jato de um dos meus escritórios. A não ser que estivesse no clima de passear pelo campo.

— E se quisesse passar despercebido?

— Provavelmente alugaria um veículo discreto e resistente.

— Foi o que eu pensei, porque se você pegar um trem ou um voo comercial vai precisar de transporte para a volta, o que seria um passo desnecessário. Ele não gosta de passos desnecessários. O New Savoy deve ser um hotelzinho bem sofisticado, acertei?

— Gosto de imaginá-lo assim.

— E você é o dono dele.

— Ummm... — ele confirmou com a cabeça. — Você vai querer ver esses dados?

— Vamos ser presos, multados e condenados?

— Podemos pedir celas vizinhas.

— Puxa, piadinhas desse tipo me matam de rir. — Ela foi até a mesa, debruçou-se sobre o ombro dele e analisou os dados. — Aqui está confirmado que ele teve um infarto. Se os federais estavam certos, deve haver alguma coisa oculta por trás disso.

— Acessar registros privados do hospital — ordenou ele ao sistema, empurrando a bochecha com a língua e, aproveitando a proximidade, virou a cabeça para mordiscar o maxilar dela. — Tenho quase certeza de que deve haver alguma lei contra fazer isso.

— Se essa lei existe para os federais, existe para mim também. Pode prosseguir.

— Adoro quando você fala isso. — Ele simplesmente apertou uma tecla, e os arquivos já acessados apareceram na tela.

— Você entrou no sistema deles antes de eu dar sinal verde.

— Não sei do que você está falando. Simplesmente segui com rapidez a ordem da investigadora principal do caso, na qualidade de consultor civil. Mas se você estiver com vontade de me castigar...

Ela se inclinou mais um pouco e mordeu-lhe a ponta da orelha.

— Ai! Obrigado pela lição, tenente.

Ela prendeu o riso, mas permaneceu onde estava.

— Nariz quebrado, fratura de maxilar, deslocamento do globo ocular, quatro costelas e dois dedos quebrados. Um trauma na membrana aracnóide aqui, uma hemorragia ali. Muito estrago para um infarto.

— E ele também foi sodomizado.

— Mas sobreviveu a tudo. A *causa mortis* foi o estrangulamento. Os federais me deram a dica certa. Já que viemos até aqui, vamos ver se eles levaram a menina para exames e tratamento. Procure no mesmo dia e na mesma hora, paciente do sexo feminino menor de idade. Provavelmente deu entrada por abuso sexual, em estado de choque. Talvez marcas roxas não tão grandes, lacerações e, quem sabe, consumo de drogas ilegais.

Ele deu início à busca automática e tomou um gole do café dela.

— Eve, qual a importância de encontrá-la? Você sabe quem matou Werner.

— Essa menina é uma ponta solta. E pode ser que ela tenha servido de isca para o ataque.

— Aqui está ela — murmurou Roarke, quando os dados apareceram. — Mollie Newman, sexo feminino, dezesseis anos. Você acertou na mosca até mesmo quanto aos traços de drogas. Exotica e Zoner foram encontrados em seu organismo.

— Ela é a única pessoa que viu Yost em ação e ainda está viva.

Zoner, pensou Eve, em seguida. *Isso não deve ter sido fornecido por Werner. Por que transar com uma garota doidona?* Talvez drogá-la tenha sido obra de Yost.

— Quero achar Mollie. Essa menina deve ter pais ou tutores registrados... Freda Newman, mãe. Vamos pesquisá-la para ver o que aparece.

— Tenente, seus amigos federais já têm todos esses dados e provavelmente já descobriram onde ela está. Eles atiraram essa isca só para fazer você perder tempo.

— Eu sei, mas quero pesquisá-la mesmo assim. E quero também descobrir onde foi que ele comprou o fio de prata em Washington. Normalmente ele adquire o fio perto do local do crime. Vamos ver onde é que ele pode ter... — Ela parou de falar para atender ao *tele-link* que piscava. — Aqui é Dallas.

— Tenente, acho que encontramos uma pista nos sites pornôs.

— Peabody, que diabo é isso que você está vestindo?

A auxiliar de Eve ficou vermelha de vergonha e olhou para o casaco florido que usava e lhe descia até o tornozelo. Ela o pegara no closet de McNab para ficar mais à vontade.

— Ahn... é uma espécie de roupão.

— Bem chamativo — comentou Roarke.

O rubor de Peabody se acentuou e ela começou a brincar com as lapelas rosa-choque.

— Pois é... Obrigada. Vesti isso só para ficar mais à vontade, porque...

— Poupe-me dos detalhes — ordenou Eve. — O que vocês encontraram?

— Vasculhei os sites buscando nomes de usuários e acessos até meus olhos quase caírem. Você não vai acreditar nos codinomes que esses malucos inventam... Pois é. Pelo perfil dele, saquei que o nosso homem usaria algo com mais classe. Comecei a pesquisar o nome Silver. Só Silver. É que essa palavra...

— Sim, eu sei, significa "prata" em inglês. Acharam alguém?

— Pois é, nós...

Ela foi empurrada de lado por McNab, que entrou diante da tela. Ele não estava de roupão. Aliás, Eve percebeu, não usava nem camisa.

— Foi aí que a coisa começou a esquentar — afirmou ele. — Alguns desses pervertidos usam disfarces eletrônicos, especialmente os que têm famílias ou ocupam cargos importantes. Não querem que as pessoas descubram que eles compram filmes pornôs. Mas quando eu comecei a pesquisar um dos caras com codinome Silver, os registros começaram a pipocar por todo lado. Ninguém se dá a tanto trabalho, muito menos em sites legalizados. Eu o flagrei baixando arquivos em Hong Kong e transferindo para Praga, depois de Praga para Chicago, dali para o satélite Vegas II e assim por diante.

— Vá direto ao ponto, McNab.

— Não cheguei nem perto da fonte verdadeira, ainda mais trabalhando de casa. Vou levar tudo para a DDE. Temos brinquedinhos mais sofisticados lá e talvez eu consiga desentocá-lo. Não sei quanto tempo vou levar para conseguir, mas vou começar agora mesmo.

— Nada disso, vocês já estão trabalhando direto há quinze ou dezesseis horas — disse Eve, embora imaginasse que algumas das atividades não tenham sido de natureza profissional. — Pode deixar que eu pesquiso daqui.

— Ahn, sem querer ofender, tenente, mas precisamos de alguém altamente qualificado, um *superhacker*, para conseguir ultrapassar as camadas iniciais, e depois disso ainda vai ser preciso usar alguns truques de mágica.

Roarke se inclinou de lado para poder aparecer na tela.

— Oi, McNab! — Foi tudo o que disse.

— Uau. Bem, se vocês vão pesquisar por aí, melhor ainda. Vou enviar o que descobri até agora. Como eu disse, as atividades desse tal de Silver são todas em sites legalizados. Algumas delas têm a ver com material pirata, mas até agora não apareceu nada realmente ilegal, mortes reais, estupros de verdade, nem nada disso, mas temos um longo caminho pela frente.

— Bom trabalho. Descansem um pouco.

— Já fizemos isso. — Ele não resistiu e exibiu um sorriso. — Estamos recuperados, novinhos em folha.

— Obrigada por compartilharem a sua alegria — Eve disse, com um tom seco. — Envie os dados para o escritório de Roarke.

Ela desligou e começou a andar de um lado para outro a fim de acalmar a mente.

— Vou deixar você rastreando esse material. Quando amanhecer, repasse o que você conseguir para Feeney e McNab, não importa o quanto tenha avançado na busca. Sei que você tem um monte de assuntos de trabalho para resolver.

— Consigo lidar com tudo ao mesmo tempo.

— Esqueci de contar: vou dar uma entrevista coletiva amanhã à tarde. Seria bom você marcar uma também.

— Já marquei. Não se preocupe comigo, Eve.

— Quem disse que eu estou preocupada? — Ela ouviu o bipe vindo da sala dele. — Seus dados chegaram.

Ela rastreou os fios de prata. Agora que ela sabia onde e como olhar, foi espantosamente simples. Um fio de sessenta centímetros, pago em dinheiro, comprado na véspera do "infarto" de Werner. O site da loja Silverworks listava uma filial em Georgetown, junto de Washington. O site se orgulhava de estar há setenta e cinco anos na praça, servindo os clientes exigentes.

Eve sabia que iria descobrir que Yost passara em várias outras lojas exclusivas naquele dia, comprando alguns presentinhos para si mesmo.

Ela também fez uma busca nas viagens, separando os cinco hotéis mais caros na área de Washington, depois foi verificar os transportes e escolheu empresas que alugavam veículos caros.

Mandou o computador fazer referências cruzadas entre os dados de todos os clientes que aparecessem nas duas listas.

Enquanto o sistema trabalhava, ela pegou mais um pouco de café e resolveu dar um repouso aos olhos. Não sabia como o pessoal da DDE conseguia trabalhar direto. Recostou-se na poltrona reclinável do escritório, fechou os olhos e repassou mentalmente as prioridades para a manhã seguinte:

Entrar em contato com as lojas que vendem prata de lei, hotéis e locadoras de carros de Washington e Londres. Solicitar mandado para falar com Freda e Mollie Newman. Não conseguiria esse último, mas tinha de tentar. Preparar declarações para a droga da entrevista coletiva. Verificar o progresso da dra. Mira na confecção do perfil de Yost e de Feeney nas pesquisas sobre o fio.

Verificar imobiliárias e corretores de imóveis para aposentados. Perguntaria a Roarke a respeito disso.

Ir ao laboratório. Pressionar Cabeção. Passar no necrotério para ver se os restos mortais de Jonah Talbot já estavam liberados para a família.

Pronto, agora é melhor ir lá ver o que Roarke conseguiu. Só mais um minutinho aqui, ela decidiu. E esse foi seu último pensamento antes de cair em sono profundo.

Estava muito escuro.

Ela tremia muito em meio à escuridão, mas não de frio. O medo era como uma roupa colante que congelava a pele de seu corpo frágil, fazendo-o chacoalhar tanto, que quase dava para ouvir o som abafado e indefeso dos ossos batendo uns nos outros.

Não havia onde se esconder. Nunca houve lugar para onde escapar. Não dele. E ele estava vindo. Dava para ouvir os passos se aproximando pelo lado de fora da porta. Ela olhou na direção da janela e se perguntou como seria se ela tomasse impulso da cama, se atirasse pela vidraça e se deixasse cair até a calçada, nos braços da liberdade.

Uma libertação através da morte.

Mas a menina tinha muito medo disso. Mesmo sabendo o que estava prestes a entrar no quarto, o medo de pular pela janela era maior.

Tinha só oito anos.

A porta se abriu, um pesadelo dentro do pesadelo, uma nova sombra engolindo outra escuridão ainda maior de onde saíam fracos raios de luz em torno dele, dando-lhe uma forma sem lhe exibir o rosto.

Papai chegou e sabe onde você se escondeu, garotinha.

Por favor... Não, por favor.

O clamor sempre aparecia sob a forma de gritos em sua cabeça, mas ela não dizia uma única palavra. Gritar não iria impedi-lo e ainda tornaria tudo pior. Se é que poderia ser pior.

As mãos dele estavam sobre ela agora e seus dedos se arrastavam vagarosamente sob o cobertor como aranhas que rastejavam sobre sua pele gélida. Era pior, sim. Era muito pior quando ele a acariciava antes de atacar.

Ela fechou os olhos com força, tentando escapar para algum outro lugar, pelo menos mentalmente. Qualquer outro lugar que ela achasse dentro da mente serviria para se esconder. Isso, porém, ele não permitiria. Não era o bastante violar, não bastava apenas desrespeitar.

Então ele a machucava, pois sabia como. Seus dedos a apertavam, invadindo-a, até ela começar a chorar. E quando ela chorava, a respiração dele acelerava e a excitação nojenta que ele sentia com tudo aquilo parecia obstruir tudo e sugar o ar do quarto.

Menininha safada.

Ela tentava empurrá-lo para trás, tentava fazer seu corpo encolher e ficar tão pequeno que ele não conseguiria entrar. De repente ela implorava, desesperada e aterrorizada demais para se manter calada. E soltava um grito rouco e longo de desespero no momento em que ele se empurrava com fúria para dentro dela e começava a bufar.

Os olhos dela, inchados de tanto chorar, se abriram. Ela não conseguiu mantê-los fechados. E observou, paralisada de terror, o rosto do pai se deformando aos poucos, com feições que pareciam derreter e se rearrumar.

Era Yost que a estuprava agora. Era Yost que envolvia o seu pequeno pescoço com um fio. E embora ela já não fosse uma criança e sim uma mulher, uma policial, não conseguiria impedi-lo.

Não havia ar. Não havia como respirar. Um filete de sangue gelado lhe escorreu pelo pescoço quando o fio brilhante rasgou sua pele frágil. Sentiu um rugido na cabeça, uma torrente de sons, como se o mundo inteiro estivesse gritando.

Ela esperneou. Usou os punhos, as unhas, os dentes, mas estava presa.

— Eve! Acorde, Eve!

Era Roarke que a segurava agora, mas Eve continuava presa no sonho. Ele via os olhos dela arregalados e cegos de terror, sentia-lhe o batucar frenético e descompassado do coração. E sua pele estava gelada, absurdamente gelada.

Ele pronunciou o nome dela inúmeras vezes, sem desistir. Abraçou-a como se apenas com isso conseguisse transferir o calor do seu corpo para o dela. O pavor dela parecia agarrar a garganta dele como um cão louco que se recusa a largar a presa.

Ela lutava contra ele, tentava sugar o ar como quem se afoga, até que ele, desesperado, pressionou a própria boca contra a dela, como se tentasse lhe transferir o ar dos pulmões.

Então ela sentiu o corpo amolecer.

— Você está bem, está segura. — Ele a embalou, para confortar a ambos. — Você está em casa. Querida, você está tão fria. — Ele não se atrevia a deixá-la sozinha nem por um minuto, nem mesmo para pegar um cobertor. — Me abrace com força.

— Eu estou bem, estou legal. — Mas ela não estava. Ainda não.

— Me abrace com força mesmo assim. Eu preciso.

Ela o enlaçou com os braços ainda trêmulos e enterrou o rosto no ombro dele.

— Eu senti o seu cheiro. Depois ouvi sua voz, mas não conseguia achar você.

— Estou bem aqui. — Isso cortava o coração dele. Roarke mal conseguiria descrever o quanto ficava arrasado cada vez que ela revivia os horrores da infância em seus pesadelos. — Estou bem aqui — murmurou ele, pressionando os lábios nos cabelos dela. — Esse foi um dos pesados.

— Sim, muito pesado, mas já acabou. — Ela se afastou um pouco, o máximo que os braços dele permitiram, e levantou o rosto até tocar no dele. Os olhos de Roarke estavam sombrios, cheios de emoções flamejantes. — Isso é pesado para você também.

— Sim, muito pesado. Eve... — Ele a puxou mais para junto dele, coração contra coração, até que o pior momento começou a se dissolver.

— Vou lhe trazer um pouco d'água.

— Obrigada.

Quando ele foi para a cozinha, ela se inclinou para a frente e colocou a cabeça entre as mãos. Conseguiria superar isso, disse a si mesma. Ela sempre conseguiria superar. Engoliria os resquícios amargos do medo e tocaria a vida em frente. Ela se forçaria a lembrar apenas o que era agora e não o que já fora.

Uma vítima. Sempre uma vítima.

Trabalho. Ela respirou fundo e ergueu a cabeça. Mergulharia no trabalho, onde tinha controle das coisas. E poder. E propósito.

Ela já se sentia mais firme quando ele voltou com um copo d'água e se agachou ao seu lado.

Sentia-se firme o bastante para perceber uma sombra de dúvida penetrando através do alívio e da gratidão.

— Você colocou algum tranquilizante nessa água?

— Beba logo.

— Droga, Roarke.

— Droga, Eve — rebateu ele, com a voz suave, bebendo metade do copo. — Agora, beba o resto.

Ela franziu o cenho e bebeu muito lentamente, observando-o por sobre a borda do copo. Ele lhe pareceu um pouco cansado, o que era raro de acontecer. Na verdade, olhando melhor, ele parecia exausto, o que era ainda mais raro.

Não era de trabalho o que ele precisava e sim descanso. Mas ele não descansaria, mesmo que ela encerrasse todas as atividades naquele instante. Ele iria esperar até ela ficar relaxada, até ela dormir, e continuaria trabalhando noite adentro.

Só que ele não era o único que sabia apertar os botões certos. Colocando o copo de lado, ela disse:

— Pronto, bebi tudo. Está satisfeito?

— Mais ou menos. Você devia parar tudo e dormir um pouco, até amanhã cedo.

Seria perfeito, ela pensou, mas fez questão de concordar com certa relutância.

— Acho que sim, porque eu não consigo mesmo manter a minha mente focada. Só que...

— Só que... o quê?

— Você fica aqui comigo? — Ela esticou o braço e tomou-o pela mão. — Sei que é tolice, mas...

— Não, claro que não é tolice. — Ele se deitou na poltrona reclinável junto dela, acariciando-lhe os cabelos enquanto os braços dela o apertaram com força. — Esqueça tudo até amanhã de manhã.

— Tudo bem. — Desde que ela mantivesse os braços em torno dele para se certificar de que ele faria o mesmo. — Não vá embora, está bem?

— Não, eu não vou.

Sabendo que ele não a abandonaria sozinha e acabaria descansando também, ela fechou os olhos e se deixou embarcar em um sono pesado, sem sonhos.

Depois de um bom tempo, ele fez o mesmo.

Eve acordou primeiro, ainda enroscada nele, no instante em que a escuridão da noite começava a se dissipar. Ficou quietinha para não perder a rara oportunidade de vê-lo dormindo.

O amor a inundou, sem avisar, como muitas vezes acontecia. Não era aquele sentimento constante, diário, ao qual ela se acostumara, mas uma espécie de calor, como um gêiser que acabara de entrar em erupção dentro dela, enchendo-a com muitas sensações não identificáveis individualmente.

Deleite, confusão, possessividade, desejo e uma espécie de convencimento que lutava lado a lado com a perplexidade.

Roarke era tão absurdamente lindo que Eve nunca conseguiria compreender por completo como foi que ele acabou sendo dela.

E ele a desejara. Com tantas mulheres que existiam pelo mundo, ele a desejara. Desejara era modo de dizer, pensou, sorrindo consigo mesma. Ele a perseguiu, exigiu. E conseguiu. E, quando ela se convenceu de que tudo aquilo era empolgante, ele deu um passo adiante.

Ele cuidava dela.

Eve nunca acreditou que um dia alguém soubesse cuidar dela, nem que fosse capaz disso. E nunca acreditou que pudesse haver o bastante dentro dela para devolver a esse alguém todas essas coisas.

E ali estavam eles, a tira e o bilionário, espremidos em uma poltrona reclinável como dois viciados em trabalho que dormiam no escritório.

Era quase engraçado.

Ela ainda sorria quando os olhos fabulosos que lhe pertenciam se abriram. Claros como cristal, azuis, alertas e com um ar levemente divertido.

— Bom-dia, tenente.

— Nunca descobri como é que você consegue acordar assim. Está totalmente apagado e de repente está superligado, sem precisar de café.

— Irritante, não é?

— E como! — O corpo dele estava quentinho, ele era lindo e era todo dela. Dava vontade de lambê-lo por inteiro, como se ele fosse um sorvete de creme. *E por que não?*, pensou ela. *Por que não?*

— Bem, já que você está acordado... — Ela deslizou a mão ao longo do corpo dele e o sentiu excitado, duro e pronto. — E bem acordado, por sinal, eu tenho um trabalhinho para você.

— Ah, tem? — A boca de Eve já vagava pelo rosto dele, passando junto dos lábios, sem tocá-los, apenas os mordiscando de leve. Para sua surpresa, e também imenso prazer, as mãos dela se puseram a trabalhar com muita determinação. Seus dedos se fecharam em torno dele, quentes como nunca, e a língua dela lhe escorreu com sofreguidão ao longo da garganta. — Vamos trabalhar, então — ele conseguiu sussurrar, com dificuldade. — Fazemos qualquer coisa pelo Departamento de Polícia de Nova York. Uau! — gemeu ele de repente, sentindo que os olhos ficaram quase vesgos. — Já estou em horário de trabalho?

Algum tempo mais tarde, sentindo-se completamente relaxada e desperta, ela surgiu da cozinha trazendo duas canecas de café. Ficou surpresa ao ver que Roarke continuava sentado na semiescuridão. O gato estava no seu colo e Roarke o acariciava com um leve sorriso nos lábios.

— Acho que para um consultor da polícia, civil ainda por cima, você já curtiu muita moleza por um dia.

— Hummm-hummm... — concordou ele, aceitando o café que ela oferecia. — Você encerrou o expediente mais cedo para ir dormir, quis transar logo depois de acordar, me trouxe café na cama... Você anda bancando a esposa amorosa desde ontem. Está cuidando de mim, Eve?

— Qual é?! Se não estiver a fim de café, pode deixar que eu tomo as duas canecas. E daí se eu estiver cuidando de você? E *não* me chame de esposa, que isso me revolta.

— Eu aceito o café, sim, muito obrigado. Estou comovido e grato por você cuidar de mim. E deixar você revoltada chamando-a de esposa é um dos meus pequenos prazeres secretos.

— Ótimo. Agora que já esclarecemos todos esses pontos, levante a bunda daí para podermos trabalhar um pouco.

Capítulo Doze

Eve fez as primeiras ligações e conversou com o sargento responsável pela investigação dos homicídios na Cornualha. Durante a conversa, de quinze minutos, os fatos lhe foram relatados com um sotaque carregado. Os nomes das duas vítimas tinham sido descobertos pelas impressões digitais e amostras de DNA, graças ao CPIAC, a menina dos olhos de Feeny.

O sargento Fortique estava empolgado e se mostrou disposto a colaborar. Contou a Eve que depois de muitas buscas e investigações eles finalmente haviam conseguido identificar o adepto de caminhadas que afirmou ter encontrado os corpos e ligou para a polícia.

Fortique estava disposto a economizar o tempo e o trabalho de Eve convocando a testemunha e pressionando-a a devolver os dois fios de prata com sessenta centímetros cada.

Eve decidiu que a polícia britânica era muito mais prestativa que os agentes federais americanos e retribuiu-lhe a gentileza repassando ao sargento o circuito das peripécias de Yost e de suas agitadas compras nas lojas mais sofisticadas de Londres. Encerraram o papo com simpáticas despedidas.

Sua ligação para a loja que vendia prata lhe valeu uma descrição detalhada de Sylvester Yost, que marcara presença no local por se mostrar muito exigente, embora exibisse comportamento e maneiras impecáveis, sem falar nas grandes compras feitas em dinheiro.

Amarramos mais uma das pontas soltas, pensou Eve, voltando a atenção para os hotéis.

O New Savoy não se mostrou tão cooperativo quanto a polícia ou os comerciantes de Londres. A ligação de Eve foi transferida da recepção para o supervisor, e depois dele para a gerente do hotel. Pelo jeito, a coisa ia empacar por ali.

A gerente era uma mulher com pouco menos de sessenta anos, cabelos com a cor de prata polida puxados implacavelmente para trás e presos em um coque, exibindo um rosto magérrimo que terminava em um queixo pontudo. Seus olhos tinham um surpreendente tom de azul-bebê, e a sua voz, apesar de permanecer cuidadosamente educada, parecia um disco quebrado repetindo as mesmas notas.

— Receio não poder atendê-la, tenente Dallas. A política do Hotel New Savoy é muito firme com relação a isso, a fim de garantir aos nossos hóspedes não apenas conforto, mas privacidade total.

— Quando seus hóspedes começam a estuprar e assassinar, eles automaticamente perdem o direito a essa privacidade, a senhora não concorda?

— Seja como for, eu não posso lhe fornecer nenhuma informação a respeito de um hóspede, tenente. Mesmo que seja remota, existe sempre a possibilidade de a senhora estar enganada, e eu teria quebrado o código do New Savoy, além de ter insultado um hóspede. Até que a senhora tenha em mãos a documentação apropriada, bem como a autorização internacional que exige que eu lhe disponibilize qualquer informação, minhas mãos estão atadas.

Eu bem que gostaria de atar as suas mãos, pensou Eve, *para depois dar um chute bem dado na sua bunda magra e atirá-la do último andar do seu hotel idiota.*

— Sra. Clydesboro, se eu for forçada a acordar o meu comandante e um advogado internacional associado ao Estado de Nova York às cinco e meia da manhã para liberar um pedido, eles ficarão muito irritados.

— Receio que essa seja uma dificuldade que a senhora terá que enfrentar, tenente, mas fique à vontade para entrar em contato comigo caso consiga...

— Escute aqui, minha amiga...

— Um momento — interrompeu Roarke, que estava na sala ao lado, acompanhando da porta os últimos trinta segundos do papo, atravessou a sala e se colocou diante do *tele-link.* — Como vai, sra. Clydesboro?

Pelo menos Eve teve o gostinho de ver a cara de ameixa seca da mulher ficar branca como vela e seus olhos azuis quase leitosos se arregalarem.

— Vou muito bem, senhor!

— Forneça à tenente Dallas todos os dados que ela solicitar.

— Naturalmente, senhor. Imediatamente, senhor. Desculpe, mas eu não fazia ideia de que o senhor autorizara a liberação dessas informações.

— Tudo bem, não havia como saber — afirmou ele, com voz agradável. — Mas agora que já sabe atenda a tenente.

— Farei isso pessoalmente. Tenente Dallas, se a senhora me oferecer a descrição completa do homem que acredita ter estado em nosso hotel, mandarei minha equipe confirmar ou não a sua passagem por aqui.

— Vou lhe enviar uma foto e as datas em que o indivíduo teria estado em Londres, além de uma descrição completa por escrito. Informe à sua equipe que esse homem talvez estivesse disfarçado. A cor dos seus cabelos e dos olhos talvez seja diferente. Ele deve ter reservado uma das suas melhores suítes, viajou sozinho e provavelmente chegou dirigindo o próprio carro.

— Depois que a senhora enviar os dados, eu terei todas as suas respostas em menos de uma hora.

— Ótimo.

Eve desligou e resmungou, de cara feia:

— Perua travada.

— Ela está apenas desempenhando a sua função. Aliás, você vai esbarrar no mesmo problema ao contatar qualquer dos hotéis cinco estrelas de Londres. Quer que eu facilite as coisas?

Eve encolheu os ombros, contrariada, e se levantou.

— Pode ser, por que não? Chegou a alguma conclusão quanto à localização dele?

— Sim, creio que sim. Todos os sites de conteúdo sexual foram acessados aqui mesmo de Nova York. O resto são sombras ou ecos.

— E você pode descobrir a localização mais ou menos exata?

— Com um pouco mais de tempo, posso colocar você na porta da frente da casa dele.

— Quanto tempo?

— Até eu acabar a pesquisa.

— Sei, mas quanto tempo vai levar até...

— Tenente, impaciência não vai acelerar o processo. — Ele olhou para um ponto atrás dela e viu Mick entrando pela porta.

— Desculpem. Interrompo alguma coisa?

— Em absoluto — respondeu Roarke. Mas Eve notou que ele salvou todos os dados e apagou a tela manualmente. — Os seus negócios devem ter dado certo para você estar chegando em casa só agora.

Mick sorriu.

— Posso afirmar com sinceridade que tudo correu melhor do que qualquer um poderia esperar. Esse cheirinho é de café?

— É café sim. — Embora quase desse para ouvir o ranger de dentes de Eve, provocado por pura insatisfação, Roarke se pôs em pé. — Quer um pouco?

— Aceito, sim, especialmente se for servido com algumas gotinhas de uísque escocês.

— Poderemos providenciar isso.

Mick sorriu na direção de Eve ao ver Roarke voltar para a pequena cozinha do escritório acompanhado pelo gato, que o seguiu aos pulos quando percebeu a possibilidade de um breakfast.

— Esse cara dorme menos do que qualquer ser humano. Deve estar feliz por ter encontrado uma mulher madrugadora como ele.

— Você me parece muito bem disposto para alguém que passou a noite acordado, Mick.

— Certas atividades energizam um homem. Quer dizer que vocês dois trabalham aqui, de vez em quando?

— De vez em quando.

Ele assentiu com a cabeça.

— Imagino que vocês devem estar loucos para me ver fora daqui e voltar ao que estavam fazendo. Vou deixá-los em paz em mais alguns instantes. Peço que me perdoe por dizer isso, mas é muito estranho ver Roarke trabalhando lado a lado com uma tira.

— Bota estranho nisso! — confirmou Eve ao olhar para trás e ver Roarke chegando com uma imensa caneca fumegante cheia de café e uísque.

— Nossa, a resposta às minhas preces. Agora eu vou para o meu quarto, esperar que isto aqui me ajude a pegar no sono.

— Antes, espere um instantinho — pediu Roarke. — Eve, você já conseguiu os nomes do casal da Cornualha?

— O que eu descobri ou não é assunto da polícia.

— Talvez Mick os conheça. — Ele olhou direto para Eve. — E também os seus concorrentes.

Era uma boa tacada. Um informante em potencial era sempre útil, mesmo sendo um hóspede.

— Eles se chamavam Britt e Joseph Hague.

— Hummm... Bem... — Mick olhou com ar reflexivo para o seu café turbinado. — Pode ser, é claro, que eu possa ter ouvido falar desses nomes durante as minhas viagens. Não tenho certeza. — Olhou para Roarke com uma expressão dura, fria, e repetiu: — Não tenho certeza.

— Não tem certeza porque já fez negócios com eles, é isso? — atacou Eve. — Negócios daquele tipo que a alfândega não aprecia?

— Faço negócios com muitas pessoas — respondeu ele em um tom frio e firme. — E não costumo discutir assuntos pessoais nem dos meus clientes com tiras. Estou surpreso por você me pedir uma coisa dessas — continuou, virando-se para Roarke. — Estou surpreso e desapontado por você achar que eu seria capaz de entregar à polícia informações sobre amigos e sócios.

— Seus amigos e sócios estão mortos — disse Eve, sem expressão. — Foram assassinados.

— Britt e Joe? — Os olhos verdes dele se arregalaram, pareceram se embaçar e ele se viu obrigado a sentar em uma cadeira, bem devagar. — Eu não fui informado. Não soube disso.

— Seus corpos foram achados na Cornualha — confirmou Roarke. — Levou algum tempo para eles serem encontrados e mais tempo ainda para serem identificados.

— Meu bom Cristo. Que Deus cuide de suas almas. Formavam um casal maravilhoso. Como isso aconteceu?

— Quem teria interesse em vê-los mortos? — quis saber Eve. — Quem pagaria uma bolada considerável para tirá-los de circulação?

— Não sei ao certo. Eles andavam com muita sorte transportando bebida de primeira linha e outras substâncias ilegais de alta qualidade para Londres e, em seguida, distribuindo-as em Paris, Atenas e Roma. Pisaram em alguns calos ao longo do caminho, eu imagino. Eles entraram no negócio mesmo, para valer, há menos de dois anos. Por Deus, agora eu senti até enjoo com essa notícia.

Ele bebeu da caneca, fazendo um esforço enorme para se recompor.

— Você não os conhecia — informou ele a Roarke. — Como eu disse, estavam exportando essas mercadorias havia poucos anos e só atuavam na Europa. Tinham um pequeno chalé em Moors. Gostavam da vida no campo, só Deus sabe por quê.

— A quem os negócios dele estavam sendo prejudiciais? — perguntou Roarke.

— Hummm... Um contraventor aqui, outro ali, eu acho. Há sempre um lugar ao sol para mais um contrabandista, não é verdade? Ainda mais com tantas mercadorias pelo mundo que precisam ser movidas de um lado para outro. Francolini, talvez. É um canalha cruel, e eles roubaram um pouco do mercado dele. É o tipo de sujeito que não pensaria duas vezes em mandar um dos seus homens tirá-los de campo para sempre.

— Mas ele não usa assassinos de aluguel. — Roarke lembrava bem de Francolini. — Tem afilhados suficientes para derramar sangue por ele, se necessário. Não procuraria alguém fora da família.

— Assassino de aluguel? Não, então não é Francolini. Pode ser Lafarge. Ou Hornbecker. Aliás, Hornbecker faz mais esse estilo de pagar alguém de fora para trabalhos sangrentos. Só que ele precisaria de bons motivos para isso, motivos fortes o bastante para garantir o equilíbrio do seu caixa.

— Franz Hornbecker, de Frankfurt — Roarke informou a Eve. — Ele ainda era um contraventor fichinha no tempo em que eu trabalhava com exportação.

— Mas tem tido muita sorte nos últimos anos. — Mick suspirou. — Não sei mais o que dizer. Britt e Joe. Não consigo acreditar. Será que eu posso saber o porquê de uma tira de Nova York estar interessada no destino desses dois contrabandistas em ascensão na Inglaterra?

— Eles podem ter ligação com um caso que estou investigando aqui.

— Se for o caso, espero que você pegue o canalha assassino que os matou. — Ele se levantou. — Não sei em que tipo de transação eles andavam envolvidos, mas posso fazer algumas perguntas por aí. Por baixo dos panos.

— Eu agradeceria qualquer informação que você possa me trazer.

— Tudo bem, vamos ver o que eu consigo. — Ele se agachou e pegou no colo o gato que esfregava o corpo nas suas pernas. — Vou dormir. Ah, Roarke! — lembrou ele, ao chegar à porta. — Se você tiver um tempinho, mais tarde eu gostaria de discutir o negócio sobre o qual já conversamos.

— Vou mandar meu consultor administrativo dar uma olhada.

— Caraca, você ouviu o que o sujeito disse? — perguntou Mick ao gato, enquanto se afastava dali carregando-o no colo junto com o café. — "Vou mandar meu consultor administrativo dar uma olhada." Você já tinha ouvido essa frase?

— Ele quer discutir sobre que "negócio"?

— Perfume — explicou Roarke. — Atividade legalizada. Em qualquer outra coisa na qual ele possa ter interesses eu já avisei que não estou interessado, pois isso não agradaria à minha tira. Agora eu vou fazer aquelas ligações para você.

— Por que o seu computador começou a apitar?

— Começou? — Roarke deixou os pensamentos de lado, ouviu o bipe e sorriu. — Acho que vou colocar você na porta de entrada de Yost.

Eve entrou no escritório de Roarke logo atrás dele e se debruçou sobre o seu ombro enquanto ele analisava os dados que apareciam no monitor.

— Hummm... Apresentar dados no telão! — ordenou ele e mudou um pouco de posição para analisar os números e a grade de linhas horizontais e verticais que apareceram.

— O que são essas linhas? Coordenadas?

— Sim, exatamente. Isso é muito interessante. Computador, apresentar o mapa da cidade de Nova York na tela dois. Ele andou pulando daqui para ali bem debaixo do nosso nariz, na nossa cidade. Cobriu seus rastros com movimentos espertos, pois isso faz com que as pesquisas eletrônicas direcionais se misturem quando o espaço fica limitado.

— Como assim? Ele passou um tempo no East Side, depois foi para o West Side, esse tipo de coisa? — Eve tentou decifrar os números, mas acabou frustrada.

— Mais ou menos isso. Ele ficou pulando de galho em galho, para a frente e para trás, para cima e para baixo, deu uma passada por Long Island e depois voltou para Manhattan. Isso resulta em algumas possibilidades, mas o mais provável é que ele tenha... Computador, ampliar a grade na região do Upper West Side. Sim, isso mesmo. Agora, decodificar a fórmula direcional por cima do mapa de localização de ruas, encontrar o ponto central e marcá-lo. Viu só? — Roarke perguntou a Eve, pousando a mão sobre o pescoço dela enquanto as telas piscavam rapidamente e mudavam. — Parece que Yost é nosso vizinho.

— Ele mora a quatro quarteirões daqui! Só quatro quarteirões?

— Sim. Pelo visto, nós dois não circulamos muito a pé pelas redondezas.

— Ele também nunca circula pelas redondezas a pé. O quanto de certeza você tem?

— Noventa por cento.

— É o suficiente. Muito bem, preciso de uma descrição do prédio, da planta, da lista de inquilinos e do esquema de segurança.

— Isso vai ser moleza. Para falar a verdade, acho que eu sou o dono desse prédio.

— Você *acha*?

— Ora... Às vezes eu perco a noção de tudo o que possuo. Computador, quem é o dono da propriedade exibida na tela dois?

Processando... A propriedade pertence e é mantida pelas Indústrias Roarke.

— Ah, isso mesmo! Deixe-me só dar uma olhada nos arquivos dos meus imóveis. Vou conseguir todos os dados para você em um minuto.

— Às vezes eu perco a noção...? — repetiu ela, olhando para Roarke. — De um prédio inteiro?

— É que eu vivo comprando e vendendo imóveis, especialmente na área aqui perto de casa. — Ele sorriu para ela. — Todo mundo precisa de um hobby.

Ele se sentou, acomodou-se e puxou do sistema a lista dos inquilinos.

— Olhe só que maravilha. O prédio está todo ocupado. Detesto ver bons apartamentos sem ninguém morando.

— Tire da lista as famílias, os casais, os que moram acompanhados e todas as mulheres solteiras.

O computador aceitou as instruções de Eve e começou a trabalhar, o que a deixou atônita, pois só nesse instante ela compreendeu que Roarke programara a máquina para aceitar comandos de voz dela.

A lista diminuiu para dez nomes.

— Mostre os cadastros dos locatários.

Ela analisou as novas informações e descartou mentalmente os homens acima de sessenta anos ou abaixo de quarenta. Sobraram apenas dois.

— Jacob Hawthorne, analista de computadores, cinquenta e três anos, solteiro. Renda anual estimada em 2,6 milhões de dólares. Ele ocupa a cobertura, certo? Yost escolheria o melhor apartamento do prédio.

— Concordo — disse Roarke.

— Ele aparenta ter vários anos a menos, pela foto, mas gosto de Hawthorne. Faça uma pesquisa nos dois homens solteiros. Precisamos ter certeza, o máximo de certeza. Vou dar o alarme.

Em menos de duas horas, Eve já estava com toda a equipe reunida em seu escritório doméstico. Além do pessoal que participava das investigações, eles teriam o acréscimo de vinte membros da Força

Tática Especial e mais dez policiais escolhidos a dedo. Alguns poderiam achar exagero, mas Eve não queria se arriscar a Yost lhe escapar por entre os dedos.

Enquanto esperava pelo mandado para busca e apreensão, ela apresentou o plano mais uma vez.

— Há cinquenta e seis apartamentos no edifício. Todos estão ocupados. A segurança dos civis é prioridade máxima.

As plantas do prédio apareceram na tela. Eve usou um bastão a laser para ressaltar cada área enquanto falava.

— Nossas informações indicam que o suspeito ocupa o último andar do prédio. Não há outros apartamentos nesse andar. Todos os elevadores e passarelas aéreas estarão desligados. O acesso pelas escadas será bloqueado. Não queremos que ele desça para um apartamento abaixo do dele e faça reféns. O apartamento possui quatro saídas. Dois homens da equipe B ficarão em cada saída. A equipe A vai lidar com as saídas do prédio. Ao meu comando, várias patrulhinhas virão para cá e fecharão as ruas por completo para o tráfego. O suspeito não deverá ser morto. Todas as armas deverão estar em modo de atordoar, nível médio.

Ela desviou os olhos da tela para observar as expressões de todos à sua volta, julgando-as e analisando-as.

— Estamos diante de um assassino profissional que conseguiu enganar as autoridades e escapou de ser preso durante mais de quarenta anos. As mortes e também as suspeitas atribuídas a ele passam de quarenta durante o mesmo período. Ele é inteligente, rápido e perigoso. Mantê-lo nas dependências do prédio e prendê-lo são os nossos principais objetivos. Se nossos esforços falharem, a equipe secundária vai eliminá-lo. Colete protetor completo será obrigatório para todos os membros da equipe.

Ela se virou e usou o controle remoto para dividir a tela em duas e mostrar o rosto de Yost.

— Esse é o nosso homem. Todos receberão cópias desta foto. Prestem atenção, porque ele usa disfarces. O capitão Feeney explicará para todos vocês as funções da DDE nesta operação.

Feeney fungou, coçou o nariz e se levantou.

— As câmeras de segurança de todo o último andar serão ajustadas para transmitir diretamente para a Base Um. Confirmamos que o suspeito chegou ao apartamento, a nossa área-alvo, há trinta minutos. Vamos verificar tudo mais uma vez antes de invadir.

"Tudo o que o suspeito verá, se olhar o seu monitor de segurança externa, será um corredor vazio. Não podemos impedi-lo de coçar a bunda nem de olhar para a rua pela janela; portanto, todos os membros da equipe e os reforços uniformizados manterão suas posições designadas até ordem em contrário. Vou cuidar da Base Um e coordenarei, junto com a tenente Dallas, todos os movimentos da operação. Os comunicadores deverão estar sintonizados no Canal Três para assegurar a troca de informações entre as equipes. Não deverá haver conversa fiada durante a operação. Vamos acabar logo com a história e prender esse cara.

Eve concordou e tomou a palavra.

— O detetive McNab e a policial Peabody, juntamente com o tenente Marks e eu mesma, invadiremos o local através desta entrada. Todos os movimentos serão transmitidos à Base Um e também a cada líder de equipe. Alguma pergunta?

Ela esperou, novamente observando cada rosto com atenção. Viu diante de si homens e mulheres bem treinados, corajosos, que conheciam o seu trabalho.

— Voltem para as suas unidades e preparem-se. Vamos dar início à operação assim que o mandado chegar.

Aliás, por que diabos está demorando tanto?, especulou Eve consigo mesma enquanto a sala se esvaziava. Ela transmitira os dados, e a requisição fazia quase duas horas. Talvez fosse melhor ligar novamente para o juiz e lhe dar uma pressionada.

Então olhou para Feeney. Ele possuía uma patente superior à dela e tinha muito mais tato. Provavelmente o juiz responderia com mais rapidez a uma pressão feita por ele.

— Feeney, eles estão fazendo o maior jogo duro para liberar esse mandado. Você pode ver o que dá para fazer e agitar isso?

— Um bando de políticos. — Ele pareceu grunhir alguma coisa, mas foi até a mesa de Eve e pegou o *tele-link*. Enquanto ele fazia isso, Eve foi até onde Roarke estava.

— Obrigada pela sua ajuda com as câmeras de segurança e as plantas do prédio. Essa deverá ser uma operação rápida e certeira.

Deverá ser, pensou ele, *é uma expressão preocupante.*

— Sou o dono do prédio e posso insistir em subir com vocês até a cobertura.

— Nada a ver, você sabe disso. Mantenha o ritmo e talvez eu mude de ideia e deixe você acompanhar tudo ao lado de Feeney, na Base Um. Sei como abordar e prender um suspeito, Roarke, não me distraia.

— Onde está o seu colete protetor?

— Com Peabody. Aquele troço é quente e pesado, então eu só vou vesti-lo na hora da ação. — Ela olhou para trás ao ver Feeney soltar um urro de raiva no *tele-link*. — Aconteceu alguma coisa — murmurou ela, e se preparava para ir até onde Feeney estava quando o comandante Whitney entrou.

— Tenente. Sua operação foi cancelada.

— Cancelada? Como assim? Encontramos o esconderijo dele, podemos estar com o suspeito na carceragem em menos de uma hora.

Feeney estava em pé nesse instante, xingando alguém depois de desligar o *tele-link*.

— Traidores safados. Esses políticos são uns traidores filhos da puta.

— É verdade. — A voz de Whitney estava entrecortada e fria, mas seus olhos queimavam de fúria. — Exatamente. — O nível de seu ultraje e frustração era o motivo de ele ter ido até ali pessoalmente em vez de informar a Eve sobre a ordem de cancelamento pelo comunicador. — Os federais ouviram falar da operação.

— Não quero saber se eles ouviram falar que o Apocalipse está para acontecer — reagiu Eve, girando o corpo com raiva na direção de Whitney. — Esta operação é o resultado da minha investigação, comandante, de dados que eu levantei. O suspeito matou duas pessoas na minha jurisdição. Sou a principal investigadora desses crimes.

— Acha que eu não argumentei exatamente isso, tenente? Passei a última meia hora trocando insultos com Sooner, um diretor assistente do FBI, enchendo o saco de dois juízes e ameaçando todo mundo que apareceu na minha frente. Os federais conseguiram atrasar a emissão do seu mandado e conseguiram encaixar a requisição de um mandado deles para ser avaliada antes da sua. Quando encontrar o filho da mãe que vazou para eles a informação sobre a sua requisição, eu vou fritar o rabo dele com muita alegria. O fato é que nós ficamos de fora e eles estão dentro.

As mãos de Eve se transformaram em punhos, ao lado do corpo, mas logo ela as relaxou de forma deliberada. *Mais tarde*, pensou. Mais tarde ela ia descontar a raiva em alguma coisa.

— Senhor, eles não cancelaram a nossa operação seguindo a linha de comando nem utilizando os canais oficiais. Quando essa história acabar, quero apresentar um protesto oficial.

— Entre na fila — disse Whitney. — Política é um negócio podre, Dallas, mas é a *minha* área de atuação. Pode acreditar que eu vou tomar providências. Os agentes Jacoby e Stowe talvez achem que estão impulsionando suas carreiras, mas vão ter uma tremenda surpresa.

— Com todo o respeito, senhor, estou cagando e andando para Jacoby e Stowe, contanto que eles prendam Yost. Quero interrogá-lo sobre os assassinatos de Darlene French e Jonah Talbot, e quero pegá-lo antes que os federais lhe ofereçam algum tipo de acordo.

— Já estou agitando isso. Tenho ligações poderosas e o secretário Tibble tem ainda mais. Você conseguirá seu interrogatório, Dallas.

Ela não se garantia para argumentar qualquer coisa de forma razoável. Então se limitou a concordar com a cabeça e foi até a janela. Havia um monte de tiras lá embaixo esperando para realizar sua missão. E agora eles não tinham missão alguma.

— Deixe que eu comunico isso à equipe — ofereceu Feeney.

— Não. Fui eu que formei a equipe tática. Eu conto.

— Feeney — disse Whitney quando Eve saiu da sala. — Quero que você coloque o melhor homem que tiver para descobrir quem deixou a informação vazar. Alguém da área de comunicação, do nosso lado, ou alguém do gabinete do juiz Beesley, do lado de lá, contou a Jacoby sobre o pedido do mandado. Quero saber quem foi.

— Vou tratar disso agora mesmo. — Ele desviou os olhos para Roarke e ergueu as sobrancelhas com um ar questionador. Roarke assentiu com a cabeça.

Claro, pensou. *Eu adoraria dar assistência à DDE para descobrir o responsável pelo vazamento dessas informações.*

— Roarke. — Se Whitney notou a troca de sinais, não demonstrou. — Apesar de essa operação ter sido cancelada, o Departamento de Polícia de Nova York gostaria de agradecer oficialmente por sua cooperação e ajuda nesta investigação.

— Também oficialmente eu lhe garanto que não há nada a agradecer. Posso perguntar o quanto a polícia sabe a respeito desses dois agentes?

— Não tanto quanto saberemos muito em breve. Eles não têm noção, não fazem a mínima ideia da onça que eles cutucaram com essa vara curta.

— Sim, eu me lembro que você sabe ser implacável quando fica revoltado, Jack.

Whitney virou-se de frente para Roarke com um sorriso fino e feroz.

— É verdade, sou exatamente assim, mas eu falava de Dallas. Ela vai arrancar o couro deles e eu pretendo fazer o que estiver ao meu alcance e lhe dar carta branca para o que for preciso nesse sentido.

Quando seu comunicador tocou, o comandante saiu da sala antes de pegá-lo no bolso.

— Esse pódio era dela! — Feeney andava de um lado para outro pela sala como um leão de pelos encrespados defendendo a sua protegida. — O FBI sabia disso. Dallas desentocou Yost em menos de uma semana. Uma semaninha, apenas, e ela já estava na porta dele. Eles o investigaram durante anos e nunca chegaram nem perto. Aposto que foi isso que os incomodou e provocou a maior coceira na bunda deles. Por isso armaram um circo e nos deram essa rasteira.

— Com certeza! Feeney, seria útil para você se alguns dados confidenciais sobre os agentes Jacoby e Stowe aterrissassem sobre a sua mesa de forma inesperada, enviados por uma fonte anônima?

Feeney parou de andar e olhou para Roarke com ar de curiosidade.

— Seria útil, sim, mas vasculhar dados confidenciais sobre agentes do FBI é um troço arriscado. Crime federal.

— Sério? Puxa, na qualidade de cidadão cumpridor das leis eu fico feliz por saber que esses assuntos são tratados com seriedade.

Caminhando até a janela, Roarke olhou para baixo e murmurou, em voz baixa:

— Isso é duro para ela. Encarar os membros da equipe e lhes dizer, de forma nua e crua, que todo o trabalho coletivo foi em vão. Que tiras dedicados como eles foram chutados de lado para que os federais tivessem a glória.

— Logo ela, que nunca usou o distintivo por glória.

Roarke olhou para trás por sobre o ombro.

Ali está o capitão que a treinou, refletiu. *O homem que ajudou a moldá-la e a transformou no tipo de tira que ela é.*

— Você tem razão, Feeney. A satisfação dela vem de saber que fez um trabalho bom e meticuloso, que levou justiça aos que morreram. Você sabe o quanto investigar homicídios sexuais desse tipo é difícil para ela?

— Sim. — Feeney olhou para os sapatos. — Acho que sei sim.

— Tive de sacudi-la muito para arrancá-la de um pesadelo esta madrugada, provocado por isto. Foi um pesadelo cruel e violento

— completou Roarke, e Feeney tornou a erguer a cabeça. — Mesmo assim, nós dois a vimos com força total, agora de manhã, comandando a si mesma e à equipe. Preparada para fazer o que precisava ser feito. Você compreende o que é necessário para isso, e eu aprendi a compreender também. Existe uma coisa que aqueles agentes babacas nunca compreenderão: a coragem dela.

Ele olhou novamente para fora da janela e viu quando ela voltou a entrar no prédio.

— A sua coragem absoluta e inabalável — continuou. — Os mortos não interessam nem um pouco para os agentes federais. São apenas nomes e dados, estatísticas que aparecem em discos. Para ela, as vítimas têm rostos. São pessoas. Eles jamais compreenderão a coragem e a compaixão que a fazem ser o que ela é.

— Tem razão. — Feeney expirou com força. — Você está certo, e isso é algo para se pensar. E tem mais uma coisa que deve ser dita, e eu vou falar bem alto na frente de quem precisa ouvir. Os federais podem até estar trazendo o preso, mas quem o agarrou foi ela.

— Ninguém vai trazê-lo preso. — Com o rosto duro como uma rocha, Whitney tornou a entrar na sala. — Ele fugiu.

Capítulo Treze

Feeney explodiu. Foi uma reação instintiva e trepidante, peculiarmente irlandesa. Uma enxurrada de palavrões tão expressivos que Eve os ouviu de longe ao chegar de volta, ao vir pelo corredor e entrar na sala.

E soube na mesma hora que dera tudo errado.

— Não bastava eles serem canalhas — continuou Feeney. — São canalhas com cérebro de minhoca. Eles deram a dica. Alguém deu a dica ao assassino filho da puta. Esse circo arrogante que eles armaram em busca de glória fez com que o safado fugisse como um coelho assustado e agora todo mundo acabou de mãos vazias.

— Não temos certeza de que ele soube da operação — afirmou Whitney, mas Feeney, esquecendo a hierarquia, lançou um olhar fulminante para o seu comandante.

— Porra nenhuma! Isso é papo furado, Jack, e você sabe disso. Houve um vazamento! Ao desmontar nossa operação, os imbecis lhe deram a chance de escapar. Nós deveríamos estar com ele no xadrez e, por Deus, é o que teríamos feito se os burocratas não cantassem de galo federal por aí.

— Ele fugiu. — Eve não estava furiosa. Era curioso, mas a explosão de Feeney mantinha a raiva dela sob controle. Ela se sentia simplesmente oca.

— O ataque do governo foi um vexame. — Por mais que a raiva lhe borbulhasse por dentro, Whitney não a demonstrou. — Eles invadiram o apartamento de Yost há poucos minutos. Ele não estava lá.

— Eles verificaram as câmeras dos corredores? — quis saber Eve. — Confirmaram com o porteiro ou os seguranças se ele estava em casa?

— Não sei dos detalhes. Só sei que o suspeito escapou. A operação foi um fracasso.

Ela simplesmente assentiu com a cabeça.

— Gostaria de confirmar esse fato pessoalmente, senhor.

— Eu também. — Whitney olhou para Eve longamente e depois para Feeney. — Vamos até lá.

Os agentes federais não se mostraram nada amigáveis. Havia uma atmosfera de decepção e ressentimento que parecia escorrer através do saguão elegante e pelos corredores muito limpos do prédio-alvo. Os olhares lançados pelos federais para os tiras locais transbordavam dos dois sentimentos.

Eve imaginou que tivesse de enfrentar algumas irritantes objeções à sua entrada no local, mas a patente de Whitney, seu corpanzil e seu controle frio foram limpando o caminho.

Sabendo que Feeney continuava soltando fumaça pelas orelhas, Eve chamou McNab a um canto.

— Veja se consegue usar o seu charme juvenil para arrancar informações dos federais responsáveis pelos sistemas de computação. Eles vão verificar ou já estão verificando os discos de segurança. Quero saber quando Yost deixou as dependências do prédio, que saída usou e o que levou com ele.

— Tá falado! — Ele saiu com toda a calma do mundo, as mãos nos bolsos da calça cor de morangos maduros.

— Peabody, veja se você consegue falar com alguns dos vizinhos sem alertar os federais. Vamos ver o que eles têm a dizer. Se conseguir um papo com alguém da manutenção do prédio ou um androide de guarda, melhor ainda.

Eve entrou no elevador com Whitney e Feeney. Ninguém deu uma palavra. Eve queria pensar. Yost escapara minutos antes, por pouco teria sido pego. Certamente ele tinha contatos importantes no FBI ou na Polícia de Nova York. Talvez nos dois locais.

Ele caíra fora depressa e com movimentos acertados. Só que ainda não terminara o serviço em Nova York. Fugira depressa e com sucesso, mas não fora para longe. Um hotel, talvez? Possivelmente. Eve estava mais inclinada a acreditar que Yost ou o seu cliente atual tinha um esconderijo particular para emergências como aquela, até ele terminar o resto do serviço.

Com essa pressão toda, quanto tempo mais ele poderia esperar antes de atacar o próximo alvo?

Como estava focada em Yost e no seu padrão de atuação, Eve se distraiu e saiu do elevador na frente do comandante. E se viu cara a cara com Jacoby.

Os olhos dele se acenderam na mesma hora e ele abriu um pouco as pernas, como se fosse um boxeador se preparando para o primeiro round.

— Esta é uma operação federal! — gritou ele.

— Esta — adiantou-se Whitney, falando antes que Eve tivesse a chance de fazê-lo — ... é uma cagada federal de proporções épicas. Poderia me explicar, agente, como foi que você e a sua equipe conseguiram deixar escapar o suspeito que os meus oficiais haviam localizado?

Jacoby sabia exatamente onde a lâmina da guilhotina ia cair, mas pretendia fazer tudo o que estivesse ao seu alcance, a fim de direcionar o golpe para o pescoço dos tiras locais e salvar o próprio.

— Esta operação, uma operação *federal*, está em curso há muito tempo. Não tenho de dar explicações sobre...

— Exatamente! — interrompeu Whitney. — Há muito tempo mesmo. Vocês não conseguem detectar nem a sombra de Yost há muitos anos. A minha tenente conseguiu localizá-lo em poucos dias. Vocês é que tiraram vantagem da investigação cuidadosa e *bem-sucedida* da minha equipe para em seguida implodi-la. Agente Jacoby, se acha que não precisa me explicar com detalhes o que houve, ao secretário de Segurança, à minha tenente e aos seus superiores, está pateticamente enganado. Portanto... — Ele se virou um pouco de lado e ordenou que Eve entrasse. — ... Por que não começa comigo?

Havia meia dúzia de homens e mulheres espalhados pelo lugar, todos com roupa especial e as letras FBI bordadas nas costas em amarelo. Eve passou no meio deles e entrou na cobertura.

O lugar já estava sendo desmontado pelos peritos e outros agentes. Mesmo assim, ainda sobrara o bastante para ela conseguir o que queria. Uma chance de ver, por si mesma, como Yost vivia.

Luxuosamente, pensou, avaliando os tapetes felpudos e as numerosas almofadas. Uma janela de vidro do chão ao teto se abria para a cidade e mostrava também um largo terraço com piso em pedra no qual plantas exuberantes transbordavam de vasos grandes e reluzentes em profusão.

Muito bom gosto, ela reparou, observando os tons pastéis que tranquilizavam a vista, bem como os quadros cuidadosamente emoldurados em dourado. A mobília era toda em madeira e muito antiga. Eve aprendera a reconhecer a calma extravagância das antiguidades, agora.

Yost vivia de forma eficiente. A desarrumação era mínima na sala de estar e a pouca bagunça no local era resultado, certamente, dos peritos e técnicos do laboratório. O polimento dos móveis ainda era visível sob a camada de pó que fora espalhado para ressaltar impressões digitais.

Em uma mesinha de madeira baixa com pés curvos entalhados havia um vaso de cristal trabalhado com flores frescas. Sobre um pedestal repousava um nu esculpido em mármore branco, com linhas longas e cabelos soltos.

Havia vários equipamentos de comunicação e entretenimento instalados em gabinetes revestidos em madeira e que já estavam sendo desmantelados.

Ele não trabalhava aqui, pensou Eve. Não, ele não trabalharia na sala de estar. Aqui ele se divertia, talvez, nada de trabalho sério. Mesmo assim, ela girou o corpo lentamente, gravando tudo com a minicâmera da lapela.

Provavelmente Roarke seria capaz de notar algo nos quadros ou talvez nas esculturas e na mobília.

A ocupada equipe designada para examinar o local nem deu importância à presença de Eve ali. Um portal em arco levava a uma sala de jantar formal de onde pendia do teto um pesado lustre feito de cristais multifacetados que contrastavam com a mobília, muito masculina.

Havia mais flores ali, em um arranjo colorido que servia como centro de mesa. Dos dois lados do arranjo, candelabros de prata empunhavam compridas velas brancas.

A cozinha ficava logo depois, à direita, e brilhava de tão limpa. Eve apertou os lábios ao verificar o refrigerador de tamanho industrial e encontrá-lo totalmente abastecido, bem como o AutoChef. Em ambos havia muita comida cara, principalmente carne vermelha.

Vários utensílios culinários eram exibidos nos armários em ranhuras feitas sob medida para eles ou em gavetas especiais. Havia potes e frascos com óleos vegetais diversos, temperos e muitos ingredientes necessários a alguém que tinha o hábito de cozinhar de verdade.

Interessante, avaliou Eve, imaginando Yost diante do fogão gigantesco, preparando um delicado molho *sauté*. Ouvindo música clássica ou ópera enquanto trabalhava. Usando um avental de açougueiro imaculadamente branco e bem passado que ela viu pendurado em um armário estreito.

Ele preparava a própria comida. Era um homem eficiente e autossuficiente. Ou talvez programasse alguma coisa no AutoChef. Punha a mesa com o lindo aparelho de porcelana fina que estava no armário, acendia as velas e saboreava uma refeição solitária.

Um homem de gosto refinado que gostava de matar.

Ela voltou para o corredor e seguiu para a sala que ele transformara em uma academia caseira de alta tecnologia. Todas as paredes eram espelhadas e o teto alto era revestido com madeira sólida.

Uma esteira eletrônica com equipamentos de realidade virtual estava instalada ali, junto com uma pequena banheira para hidroginástica, um conjunto de aparelhos para trabalhar os músculos, bancos longos muito austeros e uma parede também espelhada com um telão e equipamento para gravação de sessões de malhação. A academia doméstica de Roarke era bem mais equipada do que essa, mas sem dúvida o que havia ali era topo de linha.

Yost se mantinha em forma e gostava de observar a si mesmo no telão, enquanto se exercitava.

Logo depois estava o quarto de dormir, e ali ele cedera por completo à autoindulgência. Materiais sofisticados, cores sensuais, uma cama de gel quase tão grande quanto uma piscina, sob um dossel de seda azul igualmente espelhado. *Mais espelhos*, pensou Eve.

Yost gostava de se olhar fazendo outras coisas além de malhar.

O banheiro da suíte seguia o esquema de eficiente indulgência e ali ela encontrou um estoque imenso de sabonetes, loções e óleos tonificantes que ele trouxera de lembrança de hotéis de todo o mundo e até fora dele. *Tudo em tamanho pequeno, adequado para viagem*, percebeu Eve. *Bastava colocar alguns desses em sua pasta de trabalho, não é, Yost, para sair limpinho depois de cada missão?*

Estupro seguido de assassinato sempre deixava tudo na maior sujeira, mas com a ajuda daqueles cômodos, produtos das melhores marcas conhecidas, ele conseguia sair do local fresco e limpinho como um lírio e bem depressa.

As embalagens estavam arrumadas em um armário alto, de acordo com o tipo de produto. Havia alguns espaços, o que mostrou a Eve que ele levara alguns com ele.

Não se deve desperdiçar nada, não é mesmo?

O cômodo que funcionava como closet, se é que um aposento daquele tamanho poderia se chamar de closet, era coisa de gênio.

Eve sabia que ele devia ter deixado o local às pressas. Mesmo assim, nada estava desarrumado. Vários espaços do cabideiro giratório estavam vazios e algumas cabeças de resina para colocar perucas estavam carecas, mas, tirando isso, o espaço estava impressionantemente organizado.

E espaço era o que mais tinha.

Ela viu um exército de ternos pendurados, vindos do azul, passando pelo cinza e indo até o preto; uma grande quantidade de camisas sociais do branco às cores pastéis estava pendurada a milímetros umas das outras em barras compridas, instaladas em dois níveis, como em uma parada militar.

Muita roupa em estilo casual, colantes, agasalhos de ginástica e roupões vinham arrumados de forma meticulosa ao longo das paredes do imenso aposento.

Cascatas de gravatas, cachecóis e cintos enfileiravam-se, pendurados em suas áreas determinadas. Sapatos, montanhas deles, haviam sido guardados em caixas transparentes, empilhados e numerados.

Eve percebeu a falta de seis pares.

Um balcão comprido, impecavelmente branco, fora instalado entre as barras das roupas e as portas de um armário embutido para servir de penteadeira. Acima dele se espalhava um largo espelho triplo rodeado de luzinhas brilhantes. Havia um espaço com uma banqueta acolchoada para sentar. Numerosas gavetas se empilhavam dos dois lados. Eve abriu algumas delas, aleatoriamente, e encontrou produtos de beleza e maquiagem que fariam o coração de sua amiga Mavis pular de alegria.

Ela estudou as marcas enquanto gravava tudo. Eve conhecia menos sobre maquiagem do que sobre obras de arte.

Saiu do closet pisando no carpete macio e achou o que procurava. O centro de toda a atividade. O escritório de Yost, onde Karen Stowe e mais dois agentes federais já rodavam programas no computador de mesa.

— Ele fugiu correndo — disse Stowe, em pé, com as mãos nos quadris enquanto olhava os dados que rolavam pela tela. — Não é possível que ele tenha carregado tudo.

— Levou tudo o que queria levar — disse Eve, da porta. A cabeça de Stowe se ergueu subitamente como se ela tivesse levado um soco no queixo. Seus lábios se apertaram.

— Me avisem caso encontrem alguma coisa — ordenou à equipe. Seguiu até a porta e lançou um olhar de "venha comigo" para Eve. Foi ignorada.

— Ele pegou as malas — continuou Eve —, colocou nelas o que achou necessário e carregou um pendrive com todos os arquivos. Não levou muito tempo para isso, pois é obsessivamente organizado. Certamente tem um notebook, um computador de mão e um monte de outros itens pequenos e úteis. Foi tudo com ele. Levando isso em conta, eu diria que ele já estava na porta da rua trinta minutos depois de a sua fonte lhe contar sobre a operação para agarrá-lo.

— Não quero discutir isso aqui, Dallas.

— É uma pena. Minha equipe acertou na mosca enquanto a sua vagava em círculos, agente Stowe. Vocês não chegariam tão perto dele se não fosse pelo trabalho suado da minha equipe.

— E se vocês cooperassem...

— Como vocês cooperaram? — rebateu Eve. — É verdade, vocês são mestres na arte de cooperar. A quem vocês pagaram para conseguir informações sobre a minha requisição de mandado? Quantos favores prometeram para conseguir que o pedido de vocês saísse na frente para depois estragarem tudo?

— Os federais têm prioridade.
— Conversa fiada, Stowe. A justiça é que tem prioridade. E, se eu tivesse conseguido o meu mandado em tempo, Sylvester Yost estaria em uma cela agora e não fazendo compras em alguma loja sofisticada.

Stowe sabia disso. Droga, ela sabia que Eve tinha razão.

— Você não pode ter certeza disso, tenente.

— Mas posso ter certeza de uma coisa, pelo menos, e você também: ele fugiu. Vocês estragaram tudo e ele fugiu. Como é que você vai se sentir quando estivermos debruçados sobre o corpo da próxima vítima?

Stowe fechou os olhos por um instante e respirou fundo.

— Será que poderíamos ir a algum lugar mais calmo para discutir isso?

— Não.

— Então muito bem. — Em um acesso de cólera, Stowe fechou a porta com força para que os agentes do lado de fora do escritório não pudessem participar do barraco. — Escute, tenente, você está revoltada, e com razão. Mas eu fiz o meu trabalho. Jacoby chegou com os dados prontos e a requisição de um mandado. Ele já estava com tudo arranjado. Eu tinha nas mãos a oportunidade de prender Yost, agarrá-lo de vez, e aproveitei essa chance. Você teria feito o mesmo.

— Você não me conhece, colega. Não armo jogos nem tento ganhar pontos faturando em cima do trabalho dos outros. Vocês queriam invadir a casa do suspeito em grande estilo e não se importaram com os meios para conseguir isso. Agora estamos todos de mãos abanando e há grandes chances de mais alguém morrer.

Eve fez uma pausa e reparou quando Stowe se encolheu toda só de pensar.

— Pois é... Você também já sacou isso, não foi, minha cara agente? Tanto quanto eu saquei que você e o seu parceiro ficarão queimados e não vão mais conseguir outro mandado depois desse mico. Vou adorar isso.

— Certo — concordou Stowe, quando Eve se virou. Ela esticou a mão e agarrou a tenente pelo braço. — Você tem razão. Você está certa até a última vírgula.

— O fato de eu ter razão não vale merda nenhuma a essa altura, certo? Fique longe de mim, Stowe. Quero que você e aquele idiota do seu parceiro fiquem longe de mim, da minha equipe e da minha investigação. Do contrário não vai sobrar muita coisa para cremar depois de eu acabar com os dois.

Eve seguiu a passos firmes em direção à porta, mas, antes de passar para o corredor, Jacoby apareceu diante dela.

— Essa filmadora na sua lapela está ligada? — quis saber ele.

— Saia da minha frente.

— Você não tem autorização para fazer gravações neste local, tenente — ele afirmou e esticou o braço para pegar a filmadora presa à lapela de Eve. Rápida e cruel como uma serpente, ela agarrou o braço dele no ar, pressionou o polegar em seu pulso e começou a torcê-lo.

— Tire a sua pata de cima de mim — avisou ela. — Se não fizer isso, eu vou quebrá-la na altura do pulso e obrigar você a comer os próprios dedos.

A dor irradiou pelo seu braço acima, paralisando-o. Mas a outra mão formou um punho e se ergueu.

— Você está agredindo um agente federal, tenente.

— Engraçado, eu pensei que estivesse agredindo um babaca federal. Quer me dar um soco, Jacoby? — Ela virou o queixo meio de lado, convidando-o. — Bate! Pode bater. Bem aqui, diante de todos os seus amigos e colegas. Vamos ver qual de nós dois sai dessa sala andando.

— Tenente — chamou Whitney.

— Sim, comandante — ela respondeu, mas manteve os olhos grudados em Jacoby. Os olhos dele estavam cheios d'água por causa da dor.

— Sua presença é necessária na Central para podermos formalizar a queixa contra os agentes Jacoby e Stowe. Solte esse idiota — pediu Whitney, com a voz mansa. — Ele não vale o desgaste.

— Positivo, senhor — murmurou Eve, liberando o pulso de Jacoby e virando-se para ir embora.

Talvez por se sentir humilhado diante dos colegas ou por ser simplesmente um boçal, ele voou sobre Eve. Ela não pensou, nem hesitou. Girou o corpo para ganhar impulso, ergueu o cotovelo e o pegou em cheio no queixo. Ouviu os dentes dele trincarem uns contra os outros antes de seu corpo desabar no chão.

Eve torceu, por um centésimo de segundo, para que ele tivesse arrancado um pedaço da língua com os próprios dentes quando o viu cambaleando para se colocar de pé, com os olhos estupefatos. Acabou de girar o corpo, que ficou ereto. Provavelmente achou bom o comandante Whitney se colocar entre eles.

— Vou abrir um processo contra você. — Com um filete de sangue lhe escorrendo pelo canto da boca, Jacoby apalpou o bolso em busca do comunicador.

— Aconselho-o a não fazer isso, agente Jacoby. Você atacou minha oficial quando ela estava de costas. Ela se defendeu. Tenho tudo gravado. — Com um sorriso cruel o comandante apontou para a filmadora que trazia presa à lapela. — Abra esse processo e você vai se ver diante de um comitê disciplinar todo seu antes mesmo de a sua língua parar de sangrar. Agora a sua briga não é só com a minha oficial. É comigo e com todo o meu departamento. Recue antes que eu atire o que sobrou de sua carreira privada abaixo.

Ele manteve os olhos fixos em Jacoby mais um pouco, em desafio, antes de sair fazendo um sinal para Eve, que o seguiu.

Enquanto caminhavam rumo ao elevador, Feeney examinou as unhas e comentou, como quem não quer nada:

— Você devia ter completado o golpe com um belo chute nos colhões dele.

— Bem que eu queria, mas ele não tem colhões. — Ela acabou de dizer isso, caiu em si e endireitou o corpo. — Comandante, eu peço desculpas por...

— Não estrague este momento, tenente. — Ele entrou no elevador e flexionou os ombros. — Preciso entrar em campo mais vezes. Esqueci o quanto isso pode ser divertido. Quero as suas observações e análise completa das gravações do apartamento assim que for possível, tenente. Rode o programa de probabilidades para saber se o suspeito pode estar ainda na cidade ou perto daqui e, se for o caso, tente descobrir onde ele poderia se esconder. Entre em contato comigo assim que...

Ele parou de falar de repente e olhou para Eve.

— Você demonstra um controle admirável, Dallas. A prova disso é estar me ouvindo sem dizer que eu não preciso ensinar o painosso ao vigário.

— Nem pensei nisso, senhor. — Como derrubar Jacoby a deixara de bom humor, ela sorriu de leve. — Só um pouco.

— Pois muito bem. Já que você conhece o seu trabalho, vou deixar tudo por sua conta. — Ele saiu do elevador. — Agora tenho um monte de ligações para fazer e um monte de orelhas para queimar.

— Ele se empolgou — murmurou Feeney quando o comandante foi embora.

— Você acha?

— Claro. Você não o conheceu no tempo em que ele patrulhava as ruas. Tem sangue quente o velho Jack. Cabeças vão rolar antes do fim do turno e ele não vai nem se despentear para conseguir isso.

— Feeney pegou o saquinho de amêndoas no bolso. — Vou me encontrar com McNab. Você vai para a Central?

— Vou. — Eve pegou o comunicador pensando em ligar para Peabody, mas sua ajudante saltou do elevador do outro lado do saguão nesse instante. — Venha comigo.

Eve esperou até elas saírem do prédio. Assim que entraram na viatura, ela cobrou:

— Relatório?

— É um cara discreto. Muito educado e meio arredio. Ele se veste de maneira impecável. Está sempre sozinho. Conversei com um monte de vizinhos e dois guardas. Nunca o viram na companhia de alguém. Ele tem um androide para serviços de casa. Um dos seguranças me contou que os federais levaram o que sobrou do robô doméstico para o laboratório. Comentou que a máquina parecia ter se autodestruído.

— Ele cobriu bem todos os rastros.

— A mulher do décimo quinto andar, uma socialite gorda, disse que de vez em quando conversava com ele no saguão do prédio e o encontrou várias vezes no balé e na ópera. Nisso você acertou. Ela contou que ele compra ingressos para as temporadas completas, primeiro camarote à direita do palco. Sempre vai aos espetáculos desacompanhado.

— Vamos colocar alguns homens para correr atrás disso, mas ele não vai se arriscar a dar as caras agora, por mais que curta balé e ópera. Sabe que invadimos o apartamento, conversamos com os vizinhos. Vai mudar de rotina, pelo menos por algum tempo.

— Já fui à ópera com Charles algumas vezes. Tentei lembrar do teatro e formar uma imagem desse camarote, mas não rolou. Posso perguntar a Charles. Ele vai muito lá e pode ter percebido alguma coisa a respeito do espectador solitário.

Eve tamborilou um pouco no volante, pesou os prós e os contras e, ao mesmo tempo, cortou sem dó um táxi da Companhia Rápido.

— Pergunte a ele, mas não conte detalhes. Já temos dedos demais futucando essa torta e não precisamos de mais um civil.

— Por falar em torta... — disse Peabody, com olho comprido na direção de uma carrocinha de lanches.

— Não é nem meio-dia, você não pode estar com fome.

— Posso sim. Aposto que você nem tomou o café da manhã. Esquecer de fazer a principal refeição do dia pode deixar a pessoa mal-humorada e letárgica, além de afetar seriamente o seu bem-estar mental e emocional. Vários estudos...

— Para de falar, por Deus! — Eve virou em uma rua, cortou outro táxi, parou ao lado do meio-fio e lançou um olhar cortante como uma lâmina em direção a Peabody. — Você tem sessenta segundos.

— Pode acionar o cronômetro.

Ela saiu do carro com a velocidade de uma rajada de laser e exibiu o distintivo para abrir caminho entre a multidão, rumo ao pacote de salgadinhos de soja pelo qual sua barriga implorava.

Voltou ao carro com muitos segundos de sobra e ofereceu a Eve um sorriso largo e um pacote de salgadinhos. O sorriso se desmontou um pouco quando Eve aceitou o pacote e o colocou entre as coxas.

— Pensei que você não estivesse com fome.

— Então por que me comprou um pacote de salgadinhos de soja?

— Só pra ser gentil — disse Peabody, com ar digno, ao ver frustradas as esperanças de ficar com os dois pacotes só para si. Afinal de contas, não era certo desperdiçar comida. — Acho que você vai querer um refri também.

— Quero sim, obrigada. — Eve pegou a latinha de Pepsi, experimentou alguns salgadinhos e voltou ao tráfego. — Pegue a gravação da minha filmadora de lapela. — Eve apontou com o queixo. — Passe os arquivos para o computador e para o sistema. Apresente o relatório das suas entrevistas de porta em porta daqui a uma hora e entre em contato com Charles Monroe.

— Sim, senhora. — Peabody soltou a filmadora da lapela de Eve e a prendeu na sua própria.

— Você sabe mais a respeito de frescuras femininas do que eu. Procure na gravação o segmento que mostra o quarto de vestir de Yost. Fale-me sobre os produtos de beleza que estavam lá. Se achar que não entende muito do assunto, me avise que eu pergunto a Mavis. Ela conhece tudo sobre essas coisas.

— Qualquer produto que não seja barato está muito longe do meu território, ainda mais no caso de produtos de beleza. O máximo que eu posso reconhecer é uma marca ou outra.

— Faça mais uma cópia desse segmento, então. Vou ligar para Mavis.

Eve matou o pacote de salgadinhos enquanto caminhava pelo corredor, jogou a embalagem vazia no reciclador e se trancou em sua sala. Ainda havia um passo a dar antes de ela mergulhar na papelada, mas era preciso fazer isso em particular.

Por precaução, usou o *tele-link* pessoal.

Roarke atendeu no segundo toque.

— Olá, tenente! Como foram as coisas?

— Nada mal. Consegui nocautear Jacoby sem ninguém pegar no meu pé. Isso é algo a comemorar.

— Espero que você tenha gravado a cena. Eu adoraria assistir.

— Rá-rá. Na verdade eu estava gravando sim. Foi por isso que eu o derrubei, e também é por isso que estou ligando. Preciso... — Ela parou de falar ao olhar para a parede atrás de Roarke e reconhecer a sala secreta.

— O que está fazendo aí? — quis saber. — Já lhe disse que não quero nenhum dado conseguido através do seu equipamento sem registro.

— Quem disse que estou pesquisando alguma coisa para você?

— Escute...

— Tenho outros negócios. Não pretendo lhe repassar dados acessados por meios extraoficiais ou ilegais. — Ele os repassaria direto para Feeney, é claro. — A propósito, eu recebi o registro do New Savoy. Está confirmado: Yost se hospedou lá. Vou lhe mandar os dados. Deseja mais alguma coisa?

Ela o analisou bem, estreitando os olhos.

— Você está mentindo para mim?

— A respeito de Yost ter se hospedado em Londres?

— Não dê ma de engraçadinho. A respeito do que você está fazendo aí.

— Se eu estivesse mentindo, poderia simplesmente responder a essa pergunta com outra mentira. Sendo assim, acho que você vai ter que confiar em mim, certo? — Ele sorriu. — Agora, por mais que eu prefira ficar o dia inteiro papeando com você, querida, tenho que trabalhar. O que você quer?

— Tudo bem — resignou-se ela, com um suspiro. — Gravei tudo no apartamento de Yost. Só vi troços caros e sofisticados. Você gostaria de quase tudo. Eu poderia analisar peça por peça, mas sei que se você der uma olhada poderá sacar tudo muito mais depressa. Pinturas, esculturas, antiguidades. Você saberia reconhecer se tudo é verdadeiro só assistindo à gravação?

— Provavelmente saberia sim. Só não posso dar cem por cento de certeza, porque réplicas de boa qualidade precisam ser examinadas ao vivo.

— Acho que ele não é o tipo de cara que se contenta com réplicas. Ele é vaidoso com essas coisas, igualzinho a um cara que eu conheço.

— Você está insultando o seu consultor, tenente.

— Preciso descontar em quem eu posso. De qualquer modo, talvez você consiga descobrir onde as obras de arte e a mobília exclusiva foram compradas.

— Mande a gravação. Vou dar uma olhada.

— Agradeço muito.

— Quero ver a sua gratidão mais tarde. Até logo, tenente.

Ele desligou, recostou-se na cadeira e examinou os dados que apareceram na tela.

Agente especial James Jacoby.

A data, o local de nascimento e os dados familiares não pareciam atrair qualquer interesse em particular. Mas Roarke notou que Jacoby não era exatamente um bom aluno. Ele passava raspando, mantendo-se dentro da média sempre com pouca folga, entre picos e vales nos gráficos de avaliação. Seus pontos mais fracos eram as habilidades sociais, enquanto os pontos fortes eram os talentos analíticos.

Por pouco ele não conseguiu alcançar os requisitos básicos para fazer o treinamento do FBI, mas acabou se destacando nas áreas de treinamento com armas, eletrônica e manobras táticas.

Seu perfil lacrado indicava dificuldades em aceitar autoridade e também no contato com os colegas, com tendências claras para descumprir regras, além de pouca habilidade para trabalho de equipe.

Fora citado três vezes por insubordinação e enfrentara uma investigação interna por suspeitas de adulteração de provas em um caso.

Era solteiro, heterossexual e preferia a companhia e os serviços de acompanhantes licenciadas em vez de manter uma relação estável com uma única mulher.

Não tinha ficha criminal de nenhuma espécie, nem do tempo de adolescência, e também não possuía vício algum. Isso fez Roarke balançar a cabeça em sinal de lamento. Ele não duvidava do arquivo do FBI. Normalmente eles eram tão minuciosos e abrangentes quanto o próprio Roarke. O problema é que um homem sem vício de nenhuma espécie é muito perigoso ou então não passa de um chato de galochas, capa e guarda-chuva.

Ele comprava suas roupas em lojas populares, morava em um apartamento pequeno e modestamente decorado. Não tinha amigos.

Não é de estranhar, refletiu Roarke. Já que tinha ido tão longe, resolveu dar uma olhada nos casos em que Jacoby atuara.

Enquanto o sistema fazia o levantamento dos dados, ele se debruçou sobre a vida de Karen Stowe.

Ela era o ponto forte da dupla, verificou Roarke, e a mais esperta também. Graduara-se *cum laude* pela American University, onde fez bonito em dois cursos, Justiça Criminal e Eletrônica. Foi recrutada assim que saiu da faculdade, completou seu treinamento no menor tempo possível e ficou entre as cinco primeiras da sua turma.

Seu perfil indicava uma mulher determinada, focada, intensa, com tendência para trabalhar demais e assumir riscos pessoais e físicos. Ela seguia as normas, mas sempre encontrava um jeitinho de adaptar tais normas às suas necessidades. Sua fraqueza era a falta de objetividade. Muitas vezes ela se envolvia demais em um caso e projetava nele seus problemas pessoais em vez de dar prioridade à lei.

Ela era, Roarke notou, tão parecida com Eve nessa área que ele estava surpreso pelo fato de as duas ainda não terem saído no tapa.

Sua ambição, suas habilidades e sua tenacidade lhe garantiam promoções frequentes na carreira. Um dado bem interessante que Roarke notou foi que ela preenchera requisições e pedira a alguns superiores para ser designada especificamente para o caso Yost.

No nível pessoal, ela namorou em quatro ocasiões, em épocas diferentes. Todos eram homens. O primeiro namorado foi ainda no tempo do ensino médio. O segundo, no terceiro ano de faculdade. Ela os espaçava meticulosamente e apenas um dos seus relacionamentos, durante seu primeiro ano de treinamento, durara mais de seis meses.

Tinha um bom círculo de amigos, gostava de pintar nas horas vagas e não tinha censuras nem reprimendas anotadas em sua ficha.

Ele determinou uma busca completa nos casos em que ela trabalhara e, enquanto esperava, voltou aos casos de Jacoby.

Uma hora depois ele parou para tomar café e reparou que a luzinha indicativa de chegada de dados piscava. *As gravações de Eve para ele*, pensou, *haviam sido enviadas*. Roarke quase adiou o exame dos casos de Stowe para trocar de tarefa por algum tempo, mas, no momento em que ia mandar o sistema salvar e arquivar os dados, algo chamou sua atenção.

Não um dos casos em si, mas o pedido de revisão de um fato antigo feito por Stowe. Era uma solicitação de seis meses antes de ela ser designada para o caso Yost.

Por que será, perguntou-se, *que a agente especial Karen Stowe pedira para rever e analisar os detalhes de um assassinato em Paris?*

Yost era o principal suspeito, mas nada fora provado. Ninguém descobriu o motivo do estupro e do estrangulamento de uma tal de Winifred C. Cates, de vinte e seis anos, empregada como redatora de discursos e assistente especial do embaixador americano em Paris. A única coisa que fizera a polícia colocar Yost na lista de suspeitos foi o método utilizado, não o motivo nem as suas possíveis ligações com a vítima.

— Talvez a polícia não estivesse focada nele — murmurou — e se concentrou na morta. Computador, mostrar os dados pessoais de Winifred C. Cates.

Processando...

Ele tomou café e ouviu o murmúrio da máquina.

Winifred Carole Cates, sexo feminino, mulata, nasceu a 5 de fevereiro de 2029, em Savannah, Estado da Geórgia. Pais: Marlo Barrons e John Cates, divorciados. Não possui irmãos. Foto na tela. Deseja descrições físicas?

— Não, vá em frente.

Afirmativo. Registros na área de educação: ensino fundamental completado através do Programa de Estudos Domésticos. *Recebeu bolsa de estudos para cursar o ensino médio na Escola Moss-Riley e seguiu a área de idiomas e ciências políticas. Recebeu bolsa de estudos integral para cursar a American University...*

— Parar! Fazer referência cruzada entre os dados educacionais de Cates e Stowe. Apresentar dados na tela.

Processando... Sistema trocando de função... As pessoas pesquisadas, Cates e Stowe, cursaram a American University na mesma turma.

Cates obteve graduação magna cum laude. *Stowe conseguiu* sigma cum laude. *As duas se formaram juntas, em primeiro e segundo lugar da turma, respectivamente.*

— Interromper! Você a conhecia, não é? — murmurou Roarke.
— Não se trata apenas de um caso. O assunto é pessoal.

Capítulo Quatorze

Peabody saltou da passarela aérea, virou a curva do corredor rumo à sala do seu esquadrão e esbarrou em McNab.

— Ah! Achei você! — Ele sorriu para ela como um menino que acaba de reencontrar o cãozinho perdido depois de assobiar muito, chamando por ele.

— Não, fui eu que achei você — rebateu ela. — Estou à sua procura há um tempão. Acabei de saber que o FBI marcou uma entrevista coletiva. Estão forçando a barra, pedindo a Dallas que ela compareça, só para colocá-la na berlinda.

— É, até parece que isso vai acontecer. Aposto que eles também acreditam em coelhinho da Páscoa. — Havia uma porta atrás dele. Como nunca desperdiçava uma oportunidade, McNab testou a maçaneta.

— Até agora eu não sei se o comandante Whitney vai atirar a tenente aos lobos, mas, caso isso aconteça, acho que devíamos estar lá para lhe dar apoio. Acho que a nossa entrevista coletiva desta tarde foi cancelada.

— Me avise se ela acabar acontecendo. — Empurrando Peabody para dentro do estreito armário embutido de produtos de limpeza do corredor, ele assentiu com a cabeça. — Enquanto isso... — Ele já a colocara de costas contra a parede para poder morder melhor seu lindo pescoço.

— Puxa, McNab! — Mas ela não ofereceu muita resistência. — Controle-se!

— Vou tentar. — Com uma das mãos ele trancou a porta do armário, enquanto com a outra já desabotoava o paletó da farda de Peabody. — Hummm, coisinha linda, você é tão *feminina*. O que um pobre cara como eu pode fazer?

Ele foi descendo, mordiscando-lhe a pele, descendo mais, até chegar... Ah, que delícia.

— Estou percebendo o seu controle — gemeu Peabody.

Ela abriu a calça dele. Afinal, se ela não pudesse oferecer alguns minutos de atenção a um colega de farda, que tipo de tira seria?

Ele já estava duro como uma rocha.

— Como é que vocês, homens, conseguem andar com esse troço pendurado, balançando e batendo entre as coxas?

— Prática. — O cheiro dela e a *sensação* de tê-la ali o deixavam louco. Quando a mão dela, firme e hábil, o envolveu com força, ele decidiu que era o louco mais feliz do planeta ou até fora dele. — Uau, Peabody... — Sua boca encontrou a dela e só faltou engoli-la. — Eu preciso...

O *tele-link* pessoal tocou no bolso dela com insistência e um som muito estridente.

— Não atenda! — Ele lhe arriou as calças, louco para se sentir dentro dela. — Não atenda!

— Tenho de atender. — Ela mal conseguia respirar e seus joelhos tremiam, mas trabalho era coisa séria. — Espere só um instantinho. — Ela se contorceu para se libertar dele, respirou fundo e soltou todo o ar com força. Suas bochechas estavam vermelhas e seus seios expostos quase doíam. Pelo menos ela teve a presença de espírito de bloquear o sinal de vídeo ao atender a ligação.

— Peabody falando.

— Delia. Puxa, você me parece atarefada e sem fôlego. Muito sexy.

— Oi, Charles. — Ela se forçou a dissipar a névoa no cérebro. Nem reparou que McNab ficou rígido como uma estátua ao seu lado e estreitou os olhos de raiva. — Obrigada por me ligar de volta.

— Uma das minhas coisas favoritas é ligar para você.

Isso a fez sorrir, de forma meio tola. Ele sempre dizia coisas doces como essa.

— Sei que você andou ocupado, mas achei que talvez pudesse me ajudar nos detalhes de uma investigação.

— Eu sempre tenho tempo para você. O que quer saber?

Furioso, McNab se virou de costas e ficou olhando para um monte de embalagens industriais de limpadores e desinfetantes. Será que ela não conseguia *perceber* o jeito de cobra escorregadia na voz dele? Será que ela não *lembrava* que se ele andou ocupado é porque tinha faturado alto depois de passar a manhã de sacanagem com alguma socialite rica e entediada?

— Estou tentando confirmar a identificação de uma pessoa — continuou Peabody. — É um homem de cinquenta e poucos anos, mulato, que adora ópera. Ele fica sempre no primeiro camarote à direita do palco, no Metropolitan.

— Primeiro camarote à direita do palco... Claro, sei quem é. Ele nunca perde uma estreia e vai sempre sozinho.

— Esse mesmo. Você conseguiria descrevê-lo?

— Além das coisas que você já citou, ele é um cara grande e corpulento. Parece mais um jogador de basquete do que um fã de ópera. Está sempre barbeado e com a cabeça raspada. Só usa black-tie e é muito elegante. Não se mistura com o povo durante o intervalo. Uma vez uma cliente minha o reconheceu, durante uma ópera.

— Ela o reconheceu?

— Isso mesmo. Apontou discretamente e comentou que ele era um empresário, o que pode significar qualquer coisa.

— Ela lhe disse o nome dele?

— Acho que sim. Deixe-me pensar. Roles. Martin K. Roles. Tenho quase certeza.

— Posso saber o nome dessa cliente?

— Puxa, Delia... — reagiu ele, com voz triste. — Você sabe como é esquisito para mim fornecer nomes de clientes.

— Tudo bem, vamos combinar outra coisa. Você poderia entrar em contato com ela e perguntar, como quem não quer nada, como ela conheceu esse homem? Isso já ajudaria muito.

— Tudo bem. Aí sim dá pra fazer. Posso lhe repassar todas as informações enquanto tomamos um drinque, mais tarde. Tenho um compromisso às dez da noite, mas isso nos deixa muito tempo livre. Podíamos ir ao Palace Hotel para um encontro no Royal Bar às oito.

O Royal Bar, pensou ela, empolgada. O lugar era lindo e muito luxuoso. Eles serviam azeitonas quase do tamanho de ovos, em bandejas de prata, quando alguém se sentava para tomar um drinque.

Ainda havia um bônus: sempre aparecia alguma celebridade por lá para tomar uma taça de champanhe.

Ela poderia usar o vestido longo azul, aquele que lhe moldava os quadris, ou quem sabe...

— Eu queria muito ir, Charles. Só que ainda não sei se estarei trabalhando ou não.

— Vida de tira é assim mesmo. Estou com saudades de você.

— Sério? — Uma onda de alegria a inundou e a fez sorrir novamente. — Eu também.

— Podemos combinar o seguinte: eu deixo o horário livre para o início da noite. Se você conseguir um tempinho para um drinque comigo entre seis e nove horas, nós nos vemos. Se não der, fica para outra vez e eu ligo contando o que descobri.

— Ótimo! Eu lhe aviso assim que souber. Obrigada, Charles.

— É sempre um prazer. A gente se vê mais tarde, lindona.

Ela desligou, com o rosto iluminado. Lindona era um termo pouco usado pelas pessoas quando se referiam a ela.

— Isso pode resultar em uma nova pista — disse ela, muito agitada, guardando o *tele-link*, fechando o sutiã e já começando a abotoar a blusa. — Se ele conseguir...

— Você acha que eu sou palhaço?

Ela piscou. Esse tom rude e perigoso na voz de McNab era uma coisa que raramente se ouvia. Quando ela focou a vista nele, viu seus olhos brilhando muito e penetrantes como cacos de vidro verde.

— Hein? — Foi a reação dela.

— Que papel é esse? Você não se respeita? — Ele atirou as palavras com raiva. — Você me deixa me esfregar e alisá-la toda em menos de um minuto, e eu já estaria dentro de você em mais alguns segundos quando, do nada, você começa a flertar pelo *tele-link* e marca um encontro com um sem-vergonha de um acompanhante licenciado. Que cara de pau!

Ela quase repetiu o "Hein?", porque sua mente não estava processando as palavras direito. Mas o tom delas e o significado básico e nojento do que ele dizia eram fortes e claros.

— Eu não estava flertando com ninguém, seu idiota. — *Só um pouco*, pensou ela, em meio a um terrível ataque de culpa. — Estava investigando um detalhe, a pedido da tenente. O resto não é da sua conta.

— Ah, não é?! — Ele a segurou com força pelos ombros e a empurrou de encontro à parede mais uma vez. Só que agora não era nada sensual nem brincalhão.

O nervoso se misturou com a culpa dentro dela.

— Qual é o seu problema, McNab? Me larga, senão vou lhe dar um soco que vai colocá-lo a nocaute. — Normalmente ela teria quase certeza de conseguir derrubá-lo, mas aquele momento não era normal e a barriga dela parecia geleia.

— Qual é o meu problema? Você quer saber qual é o meu problema? — A fúria explodia dentro dele. — Estou de saco cheio, cansado de ver você sair da minha cama e ir toda alegrinha, aos pulos, para a cama de Monroe. Esse é o meu problema.

— Como é? — Ela arregalou os olhos. — O que foi que você disse?

— Se você acha que eu vou continuar a bancar o pau de plantão para quando você não conseguir trepar com o gostosão de aluguel, está enganada, Peabody. Muito enganada!

Ela ficou vermelha, mas logo em seguida empalideceu. A coisa não era daquele jeito, *nem um pouco*. O relacionamento de Peabody com Charles era puramente platônico, mas é claro que ela não confessaria isso a McNab nem sob tortura.

— O que você está dizendo de mim é uma coisa nojenta e horrível. Tira a mão de mim, seu safado, descarado!

Ela o empurrou, mas sentiu tanto raiva quanto desconforto ao notar que não tinha forças para se desvencilhar dele.

— Ah, é? Pois é disso mesmo que eu estou falando. Como é que você se sentiria se eu recebesse a ligação de uma gata bem na hora em que estivesse passando as mãos em você? Como reagiria a isso?

Ela não sabia. Tal possibilidade nunca lhe ocorrera. Então resolveu voltar à raiva com mais força.

— Escute aqui, McNab, você pode receber ligações de quem quiser, inclusive de *gatas*, na hora que bem entender. E é melhor sair da minha cola com essa história de reclamar sobre com quem eu converso. Nós trabalhamos juntos e transamos, mas não somos exclusividade um do outro, e você não tem o direito de vir com onda para cima de mim só por eu conversar com uma fonte. E, se eu quiser dançar completamente nua em cima da mesa de Charles enquanto converso com ele, isso não é da sua conta.

Não que ela tivesse feito isso. Charles *nunca* a vira nua, mas esse detalhe não vinha ao caso.

— Então é assim que você quer? — A mágoa dele tentava penetrar através da raiva. Ele não podia permitir isso. Simplesmente concordou com a cabeça e deu um passo para trás. — Por mim, está tudo bem.

— Excelente, então.

— Sim, excelente. — Ele puxou a porta com força para abri-la e se xingou por ter se esquecido de destrancá-la, o que estragou a sua saída dramática. Lançou um último olhar fulminante para Peabody e saiu, batendo a porta com força.

Ela rosnou, abotoou a farda muito depressa e alisou o resto da roupa. Fungou. *Ah, não*, pensou endireitando os ombros. Ela não ia chorar dentro do armário de vassouras. Muito menos desperdiçar lágrimas sinceras por causa de um idiota como Ian McNab.

Eve estava acrescentando ao relatório os novos resultados que o programa de probabilidades lhe oferecera quando Nadine Furst entrou em sua sala.

A primeira coisa que Eve fez foi xingar. A segunda foi salvar os dados e desligar o computador antes que a esperta repórter conseguisse ler alguma coisa por cima do seu ombro.

— Que foi? — perguntou Eve, à guisa de cumprimento.

— Eu também fico feliz em rever você, querida. Obrigada por me achar com uma cara ótima. Ah, sim, eu adoraria um pouco de café. — Sentindo-se em casa, Nadine foi até o AutoChef e programou duas xícaras.

Ela era uma mulher linda, com cabelos louro-escuros muito bem tratados que lhe emolduravam o rosto de pantera. Seu tailleur era vermelho berrante, cortado sob medida para lhe valorizar as curvas generosas e as pernas longas e bem torneadas.

Tudo isso era essencial para fazer dela uma das mais importantes repórteres ao vivo da cidade. Além dessas, Nadine ainda tinha outras vantagens: o cérebro alerta, esperto, e um faro sensível, capaz de sentir a presença de uma boa história mesmo que ela estivesse enterrada sob duas toneladas de papo furado.

— Tô ocupada, Nadine. Te vejo depois.

— Sim, claro que sim. — Sem se mover nem se ofender, Nadine colocou uma xícara de café quentinho sobre a mesa de Eve e se acomodou na cadeira rangente e desconfortável ao lado. — A entrevista coletiva com o FBI sobre a invasão que deu errado no Upper West Side começa em uma hora.

— Por que não está se preparando para ela?

— Ora... — Com um olhar felino, Nadine tomou um pouco de café. — Quem disse que não estou? Soube da coletiva e logo depois descobri que você estava envolvida nessa história. Quando começava a me perguntar por quê, soube que você não ia mais participar. Agora me avisaram que a entrevista coletiva da Polícia de Nova York que estava agendada para mais tarde foi cancelada. Então... Quais são seus comentários a respeito, tenente Dallas?

— Não tenho comentário nenhum. — Eve passara vinte minutos discutindo com Whitney estratégias para isso. — Foi uma operação federal, não minha e nem do meu departamento.

— Mas você foi à cobertura do suspeito depois do fracasso. Um passarinho me contou. Por que você passou lá?

— Estava nas redondezas.

— Qual é, Dallas? — Nadine se inclinou para a frente. — Só entre nós duas. Sem câmeras nem gravadores. Me dê uma dica.

— Você já está cheia de dicas. Estou atolada em serviço, Nadine.

— Sei... Atolada em mortes. Duas. Mesmo método, o que aponta para o mesmo assassino. Se você está tão atolada nelas e cheia de deveres sociais, com o leilão de Magda Lane se aproximando, por que foi xeretar uma batida de agentes federais que não deu certo?

— Não xereto nada.

— Exatamente, Dallas, você não é xereta. — Satisfeita, Nadine se recostou. — Qual é a ligação entre os seus homicídios e a operação do FBI?

Dessa vez foi Eve quem sorriu, recostou-se na cadeira e tomou um gole de café, bem devagar.

— Nadine, por que não faz essa mesma pergunta ao agente Jacoby, do FBI? Por que não pergunta a ele e à agente Stowe o porquê de eles terem levado uma equipe completa, às custas do contribuinte, para invadir um prédio de apartamentos sem antes confirmar se o suspeito estava em casa? Aproveite e pergunte como eles se sentem por entrar no prédio ao som de mil trombetas federais sem cercar o local, o que deu ao alvo a oportunidade de escapar?

— Ora, ora. Talvez eu não esteja obtendo respostas, mas já consegui várias perguntas interessantes. Eles estragaram a sua festa?

— Quer saber extraoficialmente? Eles sabotaram a minha investigação, impediram a minha operação e meteram os pés pelas mãos.

— E continuam vivos? Estou desapontada com você, Dallas.

Eve simplesmente arreganhou os dentes.

— Pois eu aposto, Nadine, que eles vão sair da entrevista coletiva sangrando muito. Sei que você não vai me desapontar.

— Que maravilha, agora você está me usando. E eu estou achando ótimo. — Nadine terminou o café e brincou com a xícara vazia. — Já que estou sendo tão cordata, cooperando com tudo, que tal você me fazer um favor?

— Já lhe disse tudo o que podia.

— Em outro assunto. Estou falando do leilão. O crachá de jornalista garante a minha entrada, mas se eu o usar para entrar não me deixarão oferecer lances, e eu estou doida para comprar alguns itens. Dallas, sou a maior fã de Magda Lane. Que tal me conseguir um ingresso extra?

— Só isso? — Eve encolheu os ombros. — Tudo bem, acho que dá para conseguir unzinho.

Virando a cabeça meio de lado e fazendo beicinho, Nadine ergueu lentamente dois dedos.

— Você quer dois ingressos?

— Vai ser muito mais divertido se eu levar um acompanhante. Seja camarada.

— Ser camarada é um pé no saco, mas vou ver o que posso fazer.

— Obrigada. — Ela se levantou. — Agora eu preciso ir para a sala da entrevista coletiva, senão não consigo um bom lugar. Ligue o telão e assista ao sangramento.

— Pode ser que eu faça isso.

— Oi, Peabody. — Distraída, Nadine deu um adeusinho à auxiliar de Eve, que entrava, e foi embora.

— Peabody, talvez eu não consiga parar de trabalhar para assistir à entrevista coletiva. Deixe gravando.

— Sim, senhora. Pensei que a sua presença lá fosse uma exigência deles.

— Nada disso. Os federais estão por conta própria. — Ela colocou os dados novamente na tela. — Quero uma reunião com a equipe. Vamos marcar para as quatro da tarde, se o horário estiver bom para Feeney e McNab. Reserve uma das salas de conferência.

Peabody se encolheu toda por dentro, mas simplesmente concordou.

— Sim, senhora. Falei com Charles Monroe.

Embora Eve estivesse com a cabeça longe, a frieza da voz de Peabody chamou sua atenção.

— Algum problema? — Eve olhou para trás.

— Não, senhora. Ele se lembra de Yost e confirmou que sempre o vê na ópera. O suspeito comparece a todas as estreias. Uma cliente de Charles apontou para Yost, no camarote, e informou que ele é um empresário chamado Martin K. Roles.

— Esse codinome é novo. Ótimo, vamos pesquisar. Qual o nome da cliente?

— Charles não quer me dar essa informação. Concordou em entrar em contato com ela para perguntar como foi que conheceu Roles. Caso... — Ela pigarreou para limpar a garganta, porque sentiu algo queimando no fundo. — Caso as informações se mostrem incompletas ou insatisfatórias, eu posso pressioná-lo.

— Por ora, isso está bom. — O estômago de Eve começou a apertar e tremer ao notar que sua auxiliar estava com os olhos rasos d'água e os lábios trêmulos. — O que aconteceu? — quis saber.

— Nada, senhora.

— Então por que você está quase chorando? Você *sabe* que eu não gosto de choramingos no horário de trabalho.

— Não estou choramingando. — Peabody ficou pasma ao perceber que estava prestes a fazer exatamente isso. — Não estou me sentindo muito bem, apenas isso. Será que eu poderia ser dispensada dessa reunião às quatro da tarde?

— Você exagerou nos salgadinhos de soja! — exclamou Eve, aliviada. — Se está passando mal, vá até a enfermaria e tome algum remédio. Descanse por meia hora. — Eve olhou para o relógio de pulso para verificar que horas eram e ouviu um soluço abafado.

Ergueu a cabeça na mesma hora. A sensação de alívio desapareceu, substituída pela percepção do que acontecera.

— Droga, droga, droga, Peabody! Você brigou com McNab?

— Agradeceria se a senhora não mencionasse esse nome na minha presença — pediu Peabody, com dignidade.

— Eu sabia que isso ia acontecer. Sabia, sim. *Eu sabia!* — Ela se levantou e chutou a mesa.

— Ele disse que eu era uma...

— Não! — Eve levantou os braços como se tentasse se proteger de um meteorito incandescente. — Nada disso, hã-hã, nem pensar. Você não vai desabafar comigo. Não quero ouvir o que houve, não quero saber o que houve e muito menos pensar no que houve. Isso aqui é uma central de polícia e você é uma policial. — Ela disse isso depressa para deixar tudo bem claro, e já estava aterrorizada ao ver as lágrimas brilhando nos olhos de Peabody.

— Sim, senhora.

— Ai, cacete! — Eve pressionou a base das mãos sobre as têmporas para manter o cérebro no lugar. — Vamos lá, faça o seguinte: vá até a enfermaria, tome um calmante e deite para descansar um pouco. Depois, levante a bunda da maca, recomponha-se e apareça aqui para a reunião. Eu cuido de tudo. Trate de se comportar como uma policial. Guarde os assuntos pessoais para depois do turno.

— Sim, senhora. — Com uma fungada de despedida, Peabody se virou.

— Policial? Você quer que ele veja essa cara vermelha e inchada?

Isso fez Peabody parar na mesma hora.

— Não. — Ela passou a mão sob o nariz. — Não — repetiu, saindo da sala com determinação.

— Isso não é perfeito? — murmurou Eve, sentando-se para fazer o trabalho de sua auxiliar.

Em um outro andar da Central de Polícia os corredores eram mais largos e os pisos imaculadamente limpos. As estações de trabalho, triangulares, estavam lotadas dos melhores equipamentos que o orçamento alcançava, pilotados por tiras usando ternos da moda ou roupas em estilo casual chique.

Os chiados, zumbidos e bipes eram constantes, como música. Monitores e telões cintilavam com imagens, gráficos e dados que rolavam sem parar.

Havia três salas holográficas para simulações e reencenações. Eram usadas não só para isso, mas também, com muita frequência, para fantasias pessoais, interlúdios românticos e sonecas.

O movimento na Divisão de Detecção Eletrônica era sempre constante e ela vivia cheia de gente que passava ao longo das paredes pintadas em vermelho berrante para estimular o cérebro.

Quando Roarke entrou, olhou em volta e percebeu com seus olhos de especialista que o equipamento em uso ali era razoavelmente bom, mas iria ficar obsoleto em seis meses. Por acaso ele sabia disso porque uma das suas empresas de pesquisa e desenvolvimento acabara de montar um protótipo de computador a laser que iria deixar na poeira tudo o que existia no mercado em termos de velocidade.

Lembrou a si mesmo de pedir a um de seus diretores de marketing para entrar em contato com o responsável pela requisição de novos equipamentos para a Polícia de Nova York. Afinal, ele poderia transformar o segundo lar de sua esposa em um bom negócio.

Roarke avistou McNab em uma das estações de trabalho e foi para lá, passando direto por muitas baias parecidas. Muitos detetives eletrônicos andavam de um lado para outro, como abelhas ocupadas, usando *headsets* enquanto pediam dados e digitavam códigos de acesso em computadores de mão. McNab, porém, estava meio largado em sua mesa, com ar de poucos amigos.

— Olá, Ian.

McNab deu um pulo e bateu com o joelho na parte de baixo da mesa. Depois do xingamento obrigatório, olhou para Roarke.

— Oi! O que faz aqui?

— Preciso falar com Feeney um instantinho.

— Tudo bem, a sala dele fica lá no fundo. A entrada é por ali — informou ele, apontando para uma porta —, virando à direita. A porta está sempre aberta.

— Obrigado. Há algo errado com você?

McNab encolheu os ombros ossudos.

— Mulheres!

— Ah. O quanto podemos conversar a respeito desse assunto...

— Elas não valem a pena. Isso eu posso dizer a respeito desse assunto.

— Problemas com Peabody?

— Agora eles acabaram. Está na hora de eu expandir meus talentos. Já marquei um encontro com uma ruiva para hoje à noite. Ela tem os peitos siliconados mais lindos que o dinheiro pode comprar e adora roupas de couro preto.

— Entendo. — Como entendia mesmo, e muito bem, Roarke deu um tapinha de solidariedade no ombro de McNab. — Sinto muito.

— Tudo bem. — McNab tentou minimizar o caso e disfarçou a sensação de peso na barriga. — Vou superar o lance. A ruiva tem uma irmã. Quem sabe a gente monta um trio? — O *tele-link* tocou. — Preciso trabalhar.

— Então vou deixar você em paz.

Roarke passou pelos cubículos e por mais pessoas, até entrar por um corredor mais estreito que ia dar na sala de Feeney. A porta realmente estava aberta e Feeney estava à sua mesa, com os cabelos arrepiados e os olhos cansados enquanto acompanhava a chegada de dados que piscavam como relâmpagos em três telões.

Ergueu a mão assim que percebeu que havia alguém na porta e continuou a olhar os dados. Por fim, piscou e ordenou:

— Salvar, reunir todos os dados e fazer referências cruzadas com as informações da pasta AB-286. Não divulgar os resultados até ordem posterior.

Recostando-se na cadeira, virou para Roarke.

— Não esperava ver você por aqui.

— Desculpe interromper.

— Vai levar uns minutinhos para processar tudo mesmo.

— Você ou o equipamento? — Roarke sorriu.

— Ambos. Estou averiguando probabilidades e escaneando dados sobre os possíveis contratantes de Yost em vários dos ataques. Talvez consigamos alguma coisa que nos leve ao seu novo esconderijo para podermos voltar à caça.

Ele pegou o pacotinho de amêndoas e comentou:

— Faz mal para os olhos passar tanto tempo aqui diante dessas telas. Daqui a pouco vou precisar trocar de lentes novamente.

Roarke virou a cabeça meio de lado a fim de analisar melhor o equipamento.

— É uma máquina excelente a sua.

— Passei seis semanas chorando uma verba extra para poder comprá-la. Sou o capitão da DDE e preciso implorar para conseguir um equipamento topo de linha. É patético.

— O pior é que a sua máquina topo de linha vai cair para segundo lugar em poucos meses.

— É, eu sei — fungou Feeney. — Já soube do seu computador 60 TM e do upgrade que vai sair para ele, com velocidade de 75.000 TMS. Não que eu já tenha visto algum por aí, a não ser na sua casa, no seu escritório e no de Dallas. Acho que se você está demorando tanto para lançá-lo é porque apareceram alguns bugs.

— Não são bugs exatamente. O que acha de um computador de processamento e monitoramento rodando a uma velocidade de 100.000 TMS e que realiza quinhentas funções simultâneas?

— Não existe nenhuma máquina que possa chegar a 100.000 TMS. Não existe um chip nem combo de chips capaz de sustentar tantas funções, muito menos um laser que alcance essa velocidade.

— Agora existe. — Roarke apenas sorriu.

Feeney ficou pálido e colocou a mão no coração.

— Não brinque comigo, garoto. Piadinhas assim fazem um homem crescido chorar de emoção.

— Você gostaria de testar um dos protótipos dessa máquina para mim? Você poderia colocá-la para trabalhar redondinho e me dar a sua opinião?

— Tenho um filho da sua idade; então não adianta me enrolar. O que quer em troca?

— O seu apoio quando chegar o momento de negociar com as Indústrias Roarke um contrato para fornecimento de equipamento eletrônico, incluindo o novo modelo, para o Departamento de Polícia de Nova York, e, depois, para todas as Secretarias de Segurança pública em todo o país, à medida que elas forem precisando de novas máquinas.

— Pois pode contar com todo o meu apoio, caso essa máquina faça mesmo o que você diz. Quando posso vê-la?

— Em uma semana. Eu lhe aviso. — Roarke foi para a porta.

— Foi só para isso que você veio até aqui?

— Sim, e também para ver a minha esposa antes de ir embora. Temos uns compromissos para agendar. — Ele se virou para trás e olhou fixamente para o capitão. — Boa caçada, Feeney.

Balançando a cabeça e soltando um suspiro de desejo só de pensar em uma máquina que trabalhasse a 100.000 TMS, Feeney se voltou para a própria mesa.

Viu o disco ao lado do teclado. *O disco*, refletiu, pegando-o, *que não estava ali antes de Roarke chegar para visitá-lo.*

Seus olhos certamente andavam cansados, admitiu Feeney para si mesmo, mas ainda enxergavam longe e viviam ligados. Mesmo assim eles não perceberam o momento em que aquele garotão irlandês colocara o disco sobre a mesa.

Muito esperto.

Ele girou o disco na mão e então, rindo baixinho, colocou-o no sistema. Eles iam ver só aquilo que dois irlandeses espertos sabiam aprontar por trás das cortinas.

Em uma linda casa de três andares totalmente mobiliada, Sylvester Yost apreciava a enternecedora ária final de *Aída*, ao mesmo tempo que terminava uma refeição rápida composta de massa ao vinagrete de estragão acompanhada por um excelente Fume Blanc.

Ele raramente se permitia tomar vinho no almoço, mas achava que merecia uma extravagância. Passara pela equipe tática do FBI no momento em que já estavam a caminho de sua casa. Chegara a sorrir para eles por trás dos vidros escuros de sua limusine preta pouco antes, literalmente *minutos* antes de eles invadirem o prédio.

Ele não gostava de passar por tais apuros, embora eles acrescentassem um pouco de estímulo à sua rotina.

Mesmo assim, não ficara satisfeito. O vinho ajudara um pouco a melhorar o seu humor.

Ordenou que o sistema diminuísse o som quase à metade da altura e fez a sua ligação. Tanto ele quanto a pessoa que atendeu mantiveram o vídeo desligado e as vozes alteradas eletronicamente, conforme o combinado.

Mesmo os *tele-links* pessoais mais seguros e codificados podiam sofrer a ação de hackers se a origem fosse identificada.

— Já me instalei — disse Yost.

— Ótimo. Espero que você tenha tudo que precisa.

— Estou bem confortável, por enquanto. Perdi muito esta manhã. Só as obras de arte valiam milhões, e ainda vou ter que comprar de volta todas as minhas roupas e produtos pessoais.

— Sei disso. Acredito que possamos recuperar a maioria das suas coisas, e no devido tempo. Se isso não acontecer, proponho cobrir metade das suas perdas. Só não posso e nem quero assumir toda a responsabilidade.

Yost poderia ter insistido, mas se considerava um homem justo no tocante a negócios. A sua localização e as perdas que decorreram dali foram, em parte, culpa sua. Só faltava descobrir em que ponto, exatamente, ele havia errado.

— Concordo — disse ele. — Afinal, o seu alerta de hoje de manhã chegou a tempo e sua casinha é adequada para minhas necessidades temporárias. Devo prosseguir conforme o planejado?

— Certamente. Ataque o próximo alvo amanhã.

— A decisão é sua. — Yost tomava seu café pós-almoço. — Neste momento, entretanto, devo lhe comunicar a minha intenção de eliminar a tenente Dallas no momento que melhor me aprouver. Ela se tornou muito inconveniente e quase me pegou.

— Não vou pagar pela morte de Dallas.

— Sim, eu sei. Vou lhe dar esse bônus.

— Eu lhe expliquei desde o início o porquê de ela não ter sido escolhida para este projeto. Se você a matar, Roarke nunca desistirá de pegá-lo. Mantenha-a simplesmente ocupada, pelo menos até o fim do nosso contrato.

— Como eu disse, matar Dallas é por minha conta, acontecerá no momento que eu determinar e ao meu modo. Você não a colocou na lista e não tem voz ativa no assunto. De qualquer modo, vou cumprir o contrato. — Sobre a mesa, em cima de uma impecável toalha de linho, Yost cerrou os punhos e começou a bater de forma suave e ritmada. — Ela me deve uma e vai pagar com a sua vida. Considere essa ideia. Com a morte da esposa, Roarke ficará muito mais distraído e isso facilitará o seu trabalho.

— Ela *não é* o seu alvo.

— Eu sei quem é o meu alvo. — O barulho aumentou até que ele percebeu que socava a mesa, segurou-se e flexionou a mão imensa. Não, ele não era tão calmo quanto acreditava, percebeu com certa irritação. Havia muita raiva dentro dele. E também algo que ele não sentia havia tanto tempo que esqueceu como era.

Medo.

— O alvo morrerá amanhã, conforme combinado. E não há razão para você se preocupar com Roarke nos caçando depois que eu acabar com a tira dele, pois pretendo eliminá-lo também, e esse serviço será cobrado.

— Se você conseguir acabar com Roarke dentro do prazo acertado no anexo do contrato, receberá os seus honorários, é claro. Alguma vez eu já deixei de lhe pagar por um serviço?

— Pois então, se eu fosse você, começaria a tomar providências para a transferência do dinheiro.

Ele desligou de repente, afastou-se da mesa e começou a andar pela sala. Quando sentiu que o pior da raiva já tinha passado, subiu para o segundo andar e foi para o escritório onde instalara os seus equipamentos portáteis.

Sentando-se à mesa, ordenou à mente que clareasse e baixou pelo notebook os dados sobre Eve que estavam disponíveis para o público. Por algum tempo ficou ali, analisando fotos e informações sobre ela.

Capítulo Quinze

Roarke nem chegou à sala de Eve. Encontrou-a no corredor, diante de uma máquina automática para venda de lanches. Ela e a máquina pareciam estar no meio de uma briga violenta.

— Já enfiei um monte de fichas de crédito pela sua ranhura, sua filha da mãe, sanguessuga de dinheiro! — Para reforçar o argumento, deu um soco no lugar onde o coração do equipamento estaria, se ele tivesse um.

Qualquer tentativa de vandalizar, destruir ou danificar esta unidade é crime contra propriedade pública.

A máquina informou isso com uma voz afetada e cantarolante que Roarke sabia que só serviria para fazer a pressão sanguínea de Eve subir às alturas.

Nossas máquinas são equipadas com o sistema Scaneye. O número do seu distintivo foi registrado, tenente Dallas. Por favor, insira as fichas de crédito ou as moedas exigidas para completar a sua compra e não tente vandalizar, destruir ou danificar esta unidade.

— Tudo bem, não vou mais *tentar* vandalizar, destruir ou danificar você, sua ladrazinha barata. Vou partir direto para a ação.

Ela ergueu o pé direito, que Roarke sabia ser capaz de dar chutes terríveis, especialmente quando Eve estava parada. Antes, porém, de ela conseguir ir em frente, ele a segurou com força e ela perdeu o equilíbrio.

— Por favor, permita-me ajudá-la, tenente.

— Não coloque mais nenhuma ficha de crédito nessa máquina safada — avisou ela, e bufou de raiva quando Roarke fez exatamente isso.

— Você quer uma barra de chocolate, eu suponho. Já saiu para almoçar?

— Vá em frente, continue assim. Essa máquina só continua a roubar todo mundo porque pessoas como você passam a mão na cabeça dela.

— Eve, querida, ela é uma máquina, não tem raciocínio.

— Nunca ouviu falar de inteligência artificial, meu chapa?

— Não em uma máquina de vender barras de chocolate.

Ele fez a escolha e apertou o botão.

Você escolheu uma barra de Royal Chocolate Dream com duzentos e trinta gramas. Este alimento contém sessenta e oito calorias e dois vírgula oito gramas de gordura. Seus ingredientes são: soja e subprodutos de soja, leite artificial sem lactose, adoçante químico da marca Sweet-T e um substituto de chocolate da marca Choc-o-like.

— Parece delicioso — elogiou Roarke, pegando a barra.

Este produto não possui nenhum valor nutricional e poderá provocar irritabilidade ou insônia em alguns indivíduos. Aproveite o seu produto e tenha um bom dia.

— E você vá à merda. — Foi a sugestão de Eve para a máquina, enquanto desembrulhava o doce. — Alguém roubou minhas barras de cereais mais uma vez. Eu as colei com fita adesiva na parte de trás do AutoChef para ninguém achar. Duas barras de cereal de verdade, e não aquela bosta prensada e cheia de produtos químicos. Mesmo escondidas, alguém achou. Vou descobrir quem foi mais cedo ou mais tarde, e pretendo arrancar a pele do rosto da criatura. Lentamente.

Apesar de tudo, a primeira dentada a deixou mais animada.

— O que faz aqui? — quis saber ela.

— Estou adorando você. De forma absoluta. — Sem conseguir se controlar, ele pegou o rosto dela entre as mãos e beijou-a com vontade. — Puxa, como é que eu consegui viver antes de você aparecer?

— Qual é? Corta essa! — Apesar do calafrio excitante que a percorreu por dentro, ela olhou para os dois lados do corredor com medo de alguém ouvir ou pegá-los em flagrante. Todos iriam zoar dela por uma semana se alguém os visse ali. — Vamos para a minha sala.

— Com prazer.

Eles caminharam juntos pelo corredor. Ele passou pela porta logo atrás dela e então a puxou para junto dele, envolvendo-a em um beijo mais ardente e prolongado.

— Estou de serviço — murmurou ela de encontro à boca dele, enquanto seu cérebro começava a se enevoar.

— Eu sei. Só um minutinho. — Um dia, ele pensou, talvez conseguisse se acostumar à forma como o amor por Eve e a necessidade que sentia dela podiam surgir do nada e agarrá-lo pela garganta. Mas por enquanto ele ia apenas curtir o passeio.

— Tudo bem. — Ele se afastou um pouco, acariciou os braços dela dos ombros até os pulsos. — Isso basta, por enquanto.

— Você me deixa tonta. — Ela sacudiu a cabeça para os lados.

— Bum! Você é melhor que chocolate falso.

— Querida Eve, estou comovido com essa declaração.

— Sim, isso está divertido, mas tenho uma reunião daqui a pouco. O que faz aqui?

— Me deu vontade de lhe comprar uma barra de chocolate. Por falar nisso, você sabia que Peabody e McNab tiveram um arranca-rabo?

— Odeio essa expressão. Sei que aconteceu alguma coisa, exatamente como eu previ, e a culpa é sua por dar conselhos a McNab. Mandei Peabody à enfermaria para tomar um calmante qualquer e descansar um pouco.

— Você conversou com ela a respeito do problema?

— Não. Não conversei nem vou conversar.

— Eve.

A forma como ele disse isso, com uma leve insinuação de censura, a deixou alerta.

— Estamos trabalhando. Sabe como é... Assassinatos e violência, lei e ordem, detalhes insignificantes. O que é que eu posso fazer quando ela chega aqui toda chorosa e com o rabo entre as pernas?

— Pode ouvir — disse ele, simplesmente. Isso foi como uma ducha fria para Eve.

— Ai, caraca!

— De qualquer modo — ele continuou, com ar descontraído —, passei aqui para avisar você sobre o jantar de negócios com Magda e sua equipe. Ela queria a sua presença, mas expliquei que você anda atolada. Não devo voltar tarde para casa.

Eve engoliu um suspiro.

— Diga-me onde vai ser o jantar e a que horas. Vou tentar aparecer, se conseguir acabar aqui.

— Não quero que mude seus planos.

— Eu sei, é por isso mesmo que vou tentar aparecer.

— Restaurante Top of New York, oito e meia. Obrigado.

— Se eu não chegar até as nove e quinze, é porque não vou mais.

— Combinado. Há algum progresso no caso sobre o qual eu deva ser informado na condição de consultor?

— Não muito, mas você poderá assistir à reunião.

— Não vai rolar. Preciso estar no centro daqui a pouco. Podemos ter uma reunião particular hoje à noite e você me coloca a par de tudo. — Ele ergueu a mão de Eve e beijou os nós dos dedos que ela arranhara ao golpear a máquina. — Tente passar o resto do dia sem brigar com outro objeto inanimado.

— Rá-rá — debochou ela, quando ele saiu pela porta.

Eve deu um passo e o observou caminhando pelo corredor. *Ele tem uma bunda linda*, pensou, mordiscando a barra de chocolate. *Realmente fantástica.*

Ela se recompôs, pegou as pastas e arquivos que usaria na reunião e se dirigiu à sala reservada para a equipe.

Mal começara a preparar tudo quando Peabody entrou.

— Pode deixar que eu cuido disso, tenente.

Os olhos dela estavam secos, percebeu Eve, com alívio. Sua voz estava firme e a coluna, reta.

Eve abriu a boca e quase perguntou a Peabody se ela estava melhor, mas percebeu o perigo disso a tempo. Como uma espécie de areia movediça, uma pergunta ou comentário dessa natureza poderia sugá-la de volta ao diálogo pegajoso a respeito de um assunto que ela preferia que nem existisse, para começo de conversa.

Eve deu um passo atrás e ficou de boca fechada com firmeza, enquanto Peabody colocava os discos no sistema e espalhava cópias impressas das atualizações sobre o assento das cadeiras.

— Estou com a gravação da entrevista coletiva do FBI, tenente. Quer que eu a exiba?

— Não, vou levá-la para casa. Mal posso esperar para curtir esse momento. Você assistiu?

— Sim, os carinhas do FBI dançaram e sapatearam com muita habilidade, até que Nadine os pegou com uma pergunta sobre procedimentos operacionais tipo... Dã, vocês invadiram o prédio sem confirmar se o suspeito estava em casa? Jacoby veio com um papo de "a coisa não foi bem assim", afirmou que não podia comentar sobre detalhes da operação e blablablá, mas então ela o pegou de jeito com o fato de que um assassino profissional conhecido lhes escapara por entre os dedos e está à solta, mesmo depois de uma operação complexa e cara ter sido montada. Em seguida lhe perguntou como isso pôde acontecer.

— Ah, a velha Nadine.

— Sim, e ela perguntou isso com ar de solidariedade e tudo o mais. Antes de ele ter tempo de se recuperar, outros repórteres já estavam martelando o pobre sujeito. O massacre continuou e o tirou do eixo por completo, e depois de ele perder o rebolado não conseguiu mais retomar o ritmo. A entrevista foi encerrada dez minutos antes do programado.

— Nadine, um; FBI, zero.

— Subzero, mas acho que não é justo culpar todo o FBI pela burrice de dois agentes.

— Talvez não, mas está funcionando muito bem para mim neste momento.

Eve olhou para trás e viu que Feeney entrava na sala. Exibia os dentes no que poderia ser descrito como um sorriso e balançava um disco.

— Consegui alguns dados novos. — Ele só faltava flutuar de alegria. — Filé-mignon. Quero ver os federais virem cantar de galo no nosso galinheiro agora. Temos munição pesada. A agente especial Stowe conhecia uma das vítimas pessoalmente.

— Como?

— Frequentaram a faculdade na mesma época, cursaram vários créditos ao mesmo tempo, pertenciam aos mesmos clubes e, para coroar, moraram juntas durante três meses antes de a vítima ir para o outro lado do Atlântico.

— Elas eram amigas? Como foi que eu perdi esse detalhe ao analisar os perfis?

— Porque Stowe não mencionou essa ligação nos papéis que preencheu. Ela escondeu tudo.

Eve sentiu o calor confortável de uma arma nova na mão, mas logo parou. De repente, deu um passo atrás e olhou para o disco que o capitão balançava.

— Onde conseguiu esses dados, Feeney?

Ele sabia que Eve ia querer saber e já copiara os arquivos para o seu banco de dados.

— Fonte anônima.

Os olhos dela se estreitaram. Roarke.

— Da noite para o dia você conheceu um informante que consegue acessar as pastas do FBI e os dados pessoais de seus agentes?

— Pelo visto, sim — disse ele, com ar alegre. — É um mistério para mim. O disco simplesmente apareceu em cima da minha mesa. Não há nada que nos impeça de usar dados acessados por uma fonte anônima. Ao que me consta, isso veio de um informante do próprio FBI.

Ela podia ter brigado com ele e pressionado. O fato, porém, é que, mesmo que os dados tivessem sido garimpados por Roarke, Feeney jamais admitiria isso.

— Vamos dar uma olhada — aceitou ela. — Você está atrasado — reclamou, no instante em que McNab entrou.

— Desculpe, tenente, eu me atrasei devido a um problema incontornável. — Ele chegou muito à vontade, sentou-se em uma cadeira e deixou bem claro para todos na sala que não pretendia olhar para Peabody nem de relance.

Ela também fez questão de mostrar que não ia olhar na direção dele.

O resultado disso é que a temperatura da sala despencou e o ar ficou gélido. Feeney e Eve trocaram olhares pesarosos.

— Vocês já têm em mãos uma cópia impressa do meu relatório atualizado. Descobrimos um novo codinome para Sylvester Yost.

— Ela apontou para o quadro, onde várias fotos e nomes de Yost estavam pregados, ao lado dos de suas vítimas, a localização de cada assassinato e as provas encontradas em cada local.

— Fiz uma pesquisa — continuou ela. — Computador, informar na tela dados sobre Martin K. Roles. Vocês devem notar que ele desenvolveu este *alter ego* com muito cuidado. Este homem possui identidade, cartão de crédito e residência fixa, embora o endereço seja falso. Ele pagou impostos sob este nome, mantinha um plano de saúde e até um passaporte. Vários outros codinomes usados por ele tinham alguns desses itens, mas nenhum deles até agora exibiu e manteve tantas atividades diferentes. Esta, na minha opinião, é a identidade que ele escolheu para quando se aposentar. Um nome que ele mantém limpo e atuante em atividades normais, para não levantar suspeitas, via CompuGuard, em nenhuma agência de segurança.

— Se ele é um hacker habilidoso, pode até ter ajustado os dados aqui e ali para se encaixarem melhor — opinou McNab.

— Concordo. Ele não sabe que estamos sabendo disso. Esta é a identidade para a qual voltaremos os focos da investigação, mas devemos ter cuidado para não dar bandeira. Todas as buscas e varreduras eletrônicas feitas neste indivíduo terão Nível Três de segurança. Ele deve ter imóveis em seu nome. Descubram-nos.

— Vou começar a procurar logo depois da reunião — informou McNab. — Venho dando alguns disparos a esmo sobre os dados das vítimas, buscando probabilidades sobre quem poderia ter contratado as suas mortes. Consegui algumas possibilidades, mas nenhum terreno sólido onde eu possa cavar mais.

— Precisamos lembrar as regras ignoradas pelos colegas do FBI. Não faremos nenhum movimento até termos certeza. Um homem tão experiente quanto este possui controle rígido sobre a sua identidade legal. Se o assustarmos, ele poderá abandonar o nome Roles e ir em frente com outra identidade que não teremos como rastrear. Vamos manter a confiança dele. Agora, precisamos correr atrás da grande surpresa que o capitão Feeney nos trouxe.

Ela fez um gesto com a mão e passou a bola para Feeney. Ele esfregou as mãos de contentamento, levantou-se da cadeira e descreveu todos os detalhes sobre os dados que Roarke lhe repassara.

— Esse material é quentíssimo! — McNab quase pulou da cadeira.

— Até parece que você entende de calor. — Peabody lançou um olhar contundente para McNab.

— Eu já nasci quente. — Ele gostou tanto de ela ter sido a primeira a quebrar o gelo que o insulto nem o atingiu. — Como conseguiu esses dados, capitão?

Feeney baixou a cabeça.

— Acessar dados federais ou tentar acessá-los é uma atividade ilegal. Esse disco chegou até mim através de uma fonte anônima. Como a pesquisa é completa e não deixou rastros no sistema de vigilância, só posso presumir que veio do próprio FBI.

— E Papai Noel existe — resmungou Eve, baixinho. — Não importa a forma como o disco chegou, o fato é que o temos. É uma ferramenta, não uma arma — explicou ela, olhando para os rostos e sentindo o desapontamento que surgia neles. — É um pé de cabra que nos permitirá abrir algumas portas. Feeney, eu gostaria de marcar um encontro com Stowe, e usar isso. A ficha dela é impecável e, se ficar provado que ela mentiu e/ou falsificou documentos oficiais para pegar este caso, ganhará uma mancha feia em seu histórico, além de uma advertência. Será tirada do caso e enviada para fazer trabalhos burocráticos onde Judas perdeu as botas. Ela não deseja isso. Acho que não deseja o bastante para fazer uma barganha.

— Contanto que você force a barra com ela até machucar, por mim está ótimo. Como você vai ver, o nosso querido amigo, o agente especial Jacoby, não tem exatamente um cérebro de minhoca, mas também não se destacou entre os melhores da turma. Seu perfil mostra uma inteligência mediana temperada com arrogância, ambição e problemas para aceitar autoridade. Misture tudo isso, cuspa fora e você terá um indivíduo perigoso. Se alguém vai entornar este caldo de vez, será ele. Sugiro pedir a Mira que dê uma olhada em seu histórico e nos faça uma avaliação.

— Os dados foram colocados na sua mesa — disse Eve. — A bola está com você. Agora, vamos aos cálculos do sistema. — Ela ordenou para que eles fossem mostrados na tela. — Vemos que existe uma probabilidade de 98,8 por cento de que ele tentará terminar o trabalho. Ele possui uma reputação, um nome a zelar, não vai querer manchá-lo. Vai passar para o alvo seguinte dentro do cronograma. Os dois primeiros assassinatos foram cometidos em datas muito juntas uma da outra. Acredito que o próximo ocorrerá em menos de vinte e quatro horas. A probabilidade de que o suspeito ainda esteja aqui na cidade ou nas redondezas, com transporte público na porta, é de 93,6 por cento, segundo o sistema, mas isso é baseado na suposição de que o alvo também esteja nessa região. Não há como termos certeza absoluta, e, devido a isso, não temos condição de proteger a próxima vítima.

Ela olhou mais uma vez para a tela.

— Vamos trabalhar. E esperar.

Eve deu por encerrada a reunião, distribuiu tarefas e marcou novo encontro para as oito da manhã do dia seguinte.

— Ainda temos uma hora antes do fim do expediente. Se nenhuma novidade surgir, estão todos dispensados. Descansem bem e voltem para rever as estratégias amanhã.

— Para mim está ótimo, mas talvez eu tenha que dispensar o sono. Tenho um encontro. — Desde o início da reunião, McNab estava louco por uma chance de informar isso. E teve de usar toda a sua força de vontade para não ver a reação de Peabody.

Mas Eve reparou. O choque inicial da mágoa virou fúria controlada e em seguida se tornou gélido desdém. *Gélido*, pensou Eve, *para quem não conhecia Peabody bem o bastante para ver o quanto ela se magoara.*

Droga!

— Estamos todos empolgados por você, McNab — disse Eve, com frieza —, mas eu o quero nesta sala às oito em ponto. Dispensados. — Ela manteve os olhos fixos nele enquanto falava e teve a cruel satisfação de vê-lo se encolher um pouco.

Logo em seguida, porém, ele já estava em pé, voando em direção à porta. Feeney girou os olhos com impaciência e o seguiu. Quando chegou perto dele, deu-lhe um tapa na orelha.

— Ai! Que diabo foi isso?

— Você sabe muito bem.

— Ah, tá legal! Ótimo! Ela pode dançar a rumba do roça-roça com um prostituto safado que cobra por hora e ninguém diz nada. Eu marco um encontro com uma gata e levo um tabefe.

Mesmo reconhecendo a dor em McNab, Feeney franziu o cenho, cutucou o peito magro do detetive e disse:

— Não tem nada a ver.

— Também acho. — McNab encolheu os ombros e fechou a cara.

— Peabody! — chamou Eve, antes que sua auxiliar tivesse a chance de falar alguma coisa. — Transfira todos os arquivos e atualizações para o sistema e reserve esta sala para amanhã de manhã.

— Sim, senhora. — Ela engoliu em seco e odiou o barulho doloroso que fez ao fazer isso.

— Ligue para Monroe e veja se ele descobriu mais alguma coisa sobre Roles. Depois permaneça em seu posto até eu contatá-la.

— Sim, senhora.

Eve esperou até Peabody acabar de juntar as coisas de que precisava e sair da sala como se fosse uma androide.

— Isso vai ser duro de encarar — decidiu, falando sozinha. — Simplesmente ouça, ele me disse. Até parece que ele sabe muito a respeito dessas coisas.

Fazendo o possível para afastar Peabody da mente, Eve se sentou e ligou para o prédio do FBI.

— Stowe falando.

— Aqui é Dallas. Preciso me encontrar com você. Só nós duas. Hoje à noite.

— Estou ocupada e não tenho o menor interesse em ver você, tenente, nem à noite nem em hora nenhuma. Acha que sou idiota? Pensa que não saquei quem deu as dicas para aquela repórter?

— Ela cava as próprias dicas sem precisar de ajuda. — Eve esperou um segundo antes de continuar: — Winifred C. Cates. — Foi tudo o que ela disse, e viu Stowe empalidecer na tela.

— O que tem ela? — rebateu a agente, com admirável compostura. — Foi uma das vítimas de Yost.

— Hoje à noite, Stowe, a não ser que você queira que eu entre em mais detalhes pelo *tele-link*.

— Não posso sair antes das sete.

— Sete e meia então, no Esquilo Azul. Tenho certeza de que uma agente federal conseguirá achar o endereço.

— Só você? — Stowe baixou a voz e aproximou o rosto da tela.

— Isso mesmo. Por enquanto. Sete e meia, agente Stowe. Não me deixe esperando.

Ela desligou, olhou para o relógio e calculou o tempo disponível antes das sete e meia. Sentindo-se pouco menos receosa do que se estivesse diante de um bando de drogados armados com estiletes a laser, ela passou pelo setor de registro de ocorrências, fez uma parada em sua sala para pegar a jaqueta e seguiu para a baia onde Peabody trabalhava.

— Você tornou a falar com Charles?

— Sim, senhora. A cliente dele conheceu o homem que se apresentou como Roles em um leilão da Sotheby's no inverno passado. Ele a derrotou na disputa por um quadro. Uma paisagem de Masterfield datada de 2021. O preço final chegou a 2,4 milhões.

— Sotheby's. Passa das cinco, eles já devem ter fechado. Tudo bem, venha comigo. — Ela saiu na frente e esperou que Peabody acompanhasse a velocidade dos seus passos. — Quais as impressões da cliente de Charles a respeito de Roles?

— Charles disse que, segundo ela, Roles se comportou de forma impecável, parecia conhecer muito sobre arte e tinha um ar elegante e meio *blasé*. Admitiu que tentou arrancar um convite dele para ver a pintura depois de instalada em sua casa, mas ele não mordeu a isca. Charles me garantiu que a mulher é estonteante, uma supergata, de trinta e poucos anos e podre de rica. Muitos homens agarrariam na hora uma chance dessas, e ela teve a impressão de que ele era gay. Quando ela tentou levar a conversa adiante e especulou quem eles conheciam em comum, que clubes frequentavam e tudo o mais, ele saiu de fininho e caiu fora.

— Se ela é uma supergata, por que precisa contratar um acompanhante licenciado?

— Acho que é porque Charles também é um supergato, além de não haver perigo de envolvimento. E ele topa fazer o que ela quiser durante o tempo combinado. — Peabody suspirou quando elas saltaram na garagem do prédio. — As pessoas saem com acompanhantes licenciados por um monte de razões. Nem sempre é pelo sexo.

— Tá legal, tá legal. Vamos ver o que conseguimos descobrir sobre a Sotheby's amanhã. — *Isso, ela pensou, era algo que ela podia pedir a Roarke.*

— Sim, senhora. Para onde vamos agora?

— Você é quem sabe. — Eve abriu a porta do carro e olhou para Peabody por cima do veículo. — Quer tomar um porre?

— Como, senhora?

— Eu tive uma tremenda briga com Roarke há algumas semanas. Minha escolha foi essa. Achei uma excelente cura temporária.

Os olhos de Peabody quase transbordaram com lágrimas de gratidão.

— Eu prefiro sorvete.

— Bem, na maioria das vezes, se eu tiver escolha, também prefiro sorvete. Vamos nessa.

* * *

Eve olhou para o gigantesco sorvete de creme com cobertura de chocolate que estava diante dela e sentiu uma mistura de enjoo e voracidade. Sem dúvida comeria tudo e certamente passaria mal depois.

Ah, as coisas que se faz por uma amiga.

— Muito bem, desembucha — ordenou Eve, enfiando a colher no sorvete.

— Como assim?

— Vamos ver qual foi o lance.

Peabody olhou para ela fixamente, mais espantada com Eve do que com o tamanho da sua banana split.

— Você *quer* que eu conte tudo a respeito do que houve?

— Não, eu não quero ouvir nada, só estou pedindo para você contar porque é assim que as amigas devem proceder. Então eu sento aqui e ouço. E então? — Ela pegou mais uma colherada de sorvete com uma das mãos e fez um sinal de "vá em frente" com a outra.

— Puxa, isso é tão legal de sua parte. — Peabody ficou novamente comovida e se acalmou com uma colherada da cobertura de creme de leite batido e sem lactose. — Nós estávamos numa boa dentro de um dos armários para objetos de limpeza da Central, sabe como é... tipo assim...

Com a boca cheia, Eve levantou a mão e engoliu tudo de uma vez, perguntando:

— Me deixe ver se entendi direito... Você e o detetive McNab estavam envolvidos em algum tipo de atividade sexual dentro de um armário do Departamento de Polícia? E no horário de serviço?

Peabody se encrespou:

— Não vou contar mais nada se você começar a cagar regras. De qualquer modo, nós nem tínhamos chegado à parte da transa propriamente dita. Estávamos só... sabe como é... tipo assim...

— Ah, bom! Isso é completamente diferente. Tiras passam o tempo todo sabe como é... tipo assim, dentro dos armários de vassouras. Por Deus, Peabody. — Ela fechou os olhos com força, engoliu mais um pouco de cobertura de chocolate e expirou fundo. — Tudo bem, não vou falar mais nada. Continue.

— Não sei o que acontece... Acho que é uma espécie de instinto primitivo, ou algo assim.

— Oh. Blargh!

Talvez fosse o fato de ver a durona tenente Dallas usar um termo de nojo como "blargh" ou talvez fosse o ar de pesar com que ela foi dita, o fato é que isso fez Peabody sorrir e não a magoou nem de leve.

— Pois é, Dallas. Eu também me sentia exatamente assim quando imaginava uma baixaria dessas, até que rolou comigo. A primeira vez foi dentro de um elevador.

— Peabody... Eu estou tentando, juro que estou. Mas é mesmo necessário voltarmos ao passado e discutir como McNab faz essas coisas? Isso me traz à mente quadros estranhíssimos.

— Bem, uma coisa combina com a outra. Mas, veja bem, eu não penso em sexo o tempo todo quando estou com ele, nem fico... sabe como é, tipo assim, mas de repente acontece um lance qualquer e lá estamos nós, agarrados um no outro. Tudo bem... Lá estávamos nós, tipo assim... — continuou ela, falando depressa, com medo de perder a plateia.

— Dentro do armário das vassouras.

— Isso. Charles ligou para o meu *tele-link*. Para falar do caso. Eu peguei algumas informações dele e coisa e tal. Depois que desliguei, McNab ficou puto mesmo. — Ela encheu a boca com banana, sorvete de creme e cobertura de caramelo. — Começou a gritar comigo e veio com um papo de "Você acha que eu sou palhaço?". Disse coisas horríveis sobre Charles, que estava apenas me fazendo um favor em um assunto oficial, ainda por cima. Então ele me agarrou com força.

— Ele agrediu você?

— Sim. Bem, não agrediu, na verdade. Mas parecia estar com vontade de me dar um soco na cara. E sabe o que ele disse? — Ela balançou a colher novamente, indignada. — Você sabe o que ele me disse?

— Eu não me encontrava no local, lembra?

— Ele me disse que estava de saco cheio de bancar o pau de plantão para quando eu não conseguia transar com o gostosão de aluguel. — Ela enfiou a colher de volta, com força, sobre a banana split que diminuía de tamanho rapidamente. — Ele disse isso na minha cara, tá sabendo? Falou que não ia mais permitir que eu saísse da cama dele e fosse toda alegrinha, aos pulos, para a cama de Charles.

— Mas eu pensei que você e Charles não fizessem sexo.

— Nunca fizemos, mas isso não é o importante.

Na verdade, Eve achou que esse era exatamente o ponto mais importante, mas se lembrou do seu papel e seguiu o script, afirmando:

— McNab é um babaca.

— Exatamente!

— Então você acabou não contando a ele que você e Charles não transam?

— Claro que não!

— Acho que eu também não contaria — assentiu Eve com a cabeça. — Ficaria pau da vida. — O que você disse?

— Disse que nós não éramos exclusividade um do outro, que eu poderia ver quem bem quisesse e ele também. Então... *Então* o canalha marcou um encontro com uma piranha.

Já que isso lhe pareceu perfeitamente razoável, Eve procurou com muita vontade algo para dizer que servisse de apoio.

— Porco safado! — escolheu, por fim.

— Nunca mais vou falar com ele.

— Vocês trabalham juntos.

— Tudo bem, mas eu nunca mais vou falar com ele, a não ser para assuntos de trabalho. Tomara que ele pegue uma coceira suspeita no saco.

— Esse é um pensamento feliz.

Elas refletiram sobre isso e comeram mais sorvete.

— Peabody... — Eve sentiu que chegara a parte que ela mais ia odiar nessa história de ser amiga e dar apoio. — Eu não sou boa nessa coisa de relacionamentos.

— Como é que você pode dizer uma coisa dessas, Dallas? Você e Roarke são... São perfeitos.

— Não, ninguém é perfeito. Nós só estamos fazendo a coisa funcionar. Para ser franca, ele é quem faz a maior parte do trabalho nessa área, mas eu corro atrás. Ele é o único homem com quem eu tive um relacionamento de verdade em toda a minha vida.

— Sério? — Os olhos de Peabody se arregalaram.

Epa!, reagiu Eve. *Areia movediça*.

— Olhe, não vamos entrar em detalhes, só estou dizendo que eu não sou especialista nessas coisas. Mas, analisando de fora, como se isso fosse um caso, vejo que existem três elementos nessa história. Você, McNab e Charles. — Eve desenhou um triângulo meio derretido no que sobrara do seu sundae. — Você é o ponto de ligação. Então a reação de cada um dos outros dois surge da ligação dele mesmo com você. McNab está com ciúme.

— Nana-nina-não, ele está apenas sendo um porco.

— Já ficou determinado lá atrás que ele é um porco. Entretanto... Peabody, você está se encontrando com Charles, certo?

— Pode-se dizer que sim.

— Mas está transando com McNab.

— Estava.

— McNab acha que você transa com Charles. — Ela ergueu o dedo antes de Peabody ter a chance de falar. — Está enganado, e provavelmente é idiotice dele não perguntar a você o que está rolando. Mesmo que estivesse dormindo com Charles, você é uma mulher livre, mas essa é a visão dele. Você. — Ela tocou um dos vértices do triângulo com a colher. — Sexo. Dois caras. Lá estão vocês, brincando de esconder a linguiça dentro do armário de vassouras e de repente você interrompe o lance com um dos caras para conversar com o outro pelo *tele-link*.

— Era assunto da polícia.

— Aposto que você não estava com o uniforme completo, mas deixa pra lá. McNab está ali, todo empolgado, com a arma carregada, e você, sem mais nem menos, começa a dar atenção ao concorrente. Como eu conheço Charles, sei que ele não se limitou a lhe fornecer os dados. Flertou um pouco. Então, enquanto você falava com Charles, McNab começou a se encrespar. Veja bem, não estou dizendo que ele não é um idiota. É claro que é. Mas a verdade é que mesmo os porcos idiotas têm sentimentos. Provavelmente.

— Você acha que a culpa é minha. — Peabody se recostou.

— Não, acho que a culpa é de Roarke. — Ao ver o rosto sem expressão de Peabody, Eve balançou a cabeça. — Deixa pra lá, não se trata de culpa. Escuta, quando uma pessoa deixa pintar um clima com um colega de trabalho, pode crer que ela vai ter problemas. Não acho que ele tenha o direito de decidir quem você pode ver ou com quem deve dormir, nem nada desse tipo. Mas não acho que seja justo você colocar a culpa toda nele. Acho que os dois fizeram merda.

— Mas a dele foi maior — refletiu Peabody.

— Sem dúvida.

— Certo, certo — ela disse, após pensar por alguns instantes. — Acho que você tem razão a respeito do triângulo e o lance da reação. Mas foi ele que pegou a primeira ruiva que apareceu. Se McNab acha que eu vou ficar arrasada só porque ele convenceu uma baranga qualquer a sair com ele, é mais burro do que parece.

— É assim que se fala!

— Obrigada, Dallas, já estou muito melhor.

Eve olhou para a sua taça vazia, sentiu uma leve indisposição e passou a mão na barriga cheia demais.

— Que bom que uma de nós se sente melhor.

Capítulo Dezesseis

A vantagem em marcar um encontro no Esquilo Azul depois de uma farra turbinada com sorvete era que Eve não teria a mínima vontade de comer nem beber no clube noturno.

Clube, na verdade, era um eufemismo para uma espelunca como o Esquilo Azul, onde a melhor coisa que se podia dizer a respeito da música é que ela existia e era alta. Quanto ao menu, o único comentário positivo que Eve podia fazer é que, até onde ela sabia, ninguém morrera por comer ali.

Quanto aos atendimentos em hospitais por intoxicação, os dados não eram confiáveis.

Mesmo assim, apesar de a noite ainda ser uma criança, o lugar já estava lotado. As mesas com um cilindro central como base estavam cheias de pedidos de pessoas que tinham acabado de sair do trabalho e gostavam de viver perigosamente. A banda consistia em dois sujeitos de corpo pintado com tinta néon e cabelos azuis em forma de torre. Os dois berravam a respeito de sangrar até morrer por amor, ao mesmo tempo que batiam com varetas de borracha sobre seus teclados, formando um dueto.

A multidão urrava de volta.

Isso era uma das coisas que Eve adorava no Esquilo Azul.

Como queria uma mesa no fundo do salão, forçou passagem através da multidão, olhando em volta para o caso de Stowe ter chegado ali antes dela. A mesa que queria estava ocupada por um casal que se dedicava a descobrir quem conseguiria enfiar a língua mais fundo dentro da boca do outro. Eve acabou com a competição ao colocar o distintivo sobre a mesa, com um estalo forte, e ergueu o polegar para trás.

Com o canto dos olhos, viu um grupo em uma mesa que saía apressadamente enfiando pacotinhos de drogas ilegais em qualquer bolso disponível. Todos desapareceram em segundos.

O poder do distintivo, pensou Eve, sentando-se à mesa e ficando à vontade.

No seu tempo de solteira ela passava nesse clube de vez em quando, geralmente nos dias em que Mavis se apresentava. Sua amiga, porém, passara a frequentar outros palcos, maiores e melhores, e atualmente era uma das mais badaladas cantoras em ascensão no cenário musical.

— Oi, boca gostosa, quer dar um rolé?

Eve ergueu a cabeça. Viu um sujeito alto e magro, típico pegador com sorriso afetado e um volume exagerado entre as pernas. Ao perceber onde o olhar dela pousou, ele acariciou seu motivo de orgulho e alegria.

— Big Sammy quer sair para brincar.

Big Sammy era, provavelmente, cinquenta por cento enchimento para cobrir um pinto microscópico mantido em estado de alerta à base de imensas doses de Stay-Up. Eve simplesmente tirou novamente o distintivo e disse:

— Se manda, cara!

Ele se mandou, e Eve, com o distintivo exposto sobre a mesa, conseguiu ficar em paz para curtir os urros tribais e as cores do lugar, até que Stowe apareceu.

— Está atrasada.

— Não pude evitar. — Stowe se apertou para conseguir entrar na mesa, sentou-se no banco e apontou com os olhos para o distintivo. — Precisa colocar um cartaz?

— Aqui precisa, sim. Ajuda a manter a escória submersa.

Stowe olhou ao redor. Ela tirara a gravata, notou Eve. Aliás, soltara a franja de vez e abrira o último botão da blusa. Essa era a versão do FBI para o conceito de roupa casual.

— Você escolhe locais de encontro realmente interessantes, tenente. É seguro beber alguma coisa aqui?

— Álcool mata os germes. O Zoner que eles servem até que não é muito ruim.

Stowe pediu um pelo cardápio eletrônico que ficava ao lado da mesa.

— Como foi que você descobriu sobre Winifred?

— Não vim aqui para responder a perguntas, Stowe. Você é que veio. Pode começar me dando um bom motivo para eu não delatar aos seus superiores as suas ligações pessoais com o caso, a fim de tirar você, e possivelmente Jacoby, da minha cola.

— Por que já não fez isso, tenente?

— Você está fazendo perguntas de novo.

Stowe conseguiu segurar o que Eve imaginou ser um comentário sarcástico. Seu controle era admirável.

— Imagino que você esteja em busca de um acordo.

— Pode imaginar o que quiser. Nesse jogo nós não passaremos da casa um até você me convencer que eu não devo ligar diretamente para o diretor do FBI em Washington.

Stowe não disse nada e pegou o copo com líquido azul-claro que surgiu pela ranhura ao lado da mesa. Ela o analisou com cuidado, mas não bebeu.

— Gosto de ser sempre a melhor, tenente. Uma compulsiva-obsessiva. Quando entrei na faculdade, tinha um objetivo em mente: ser a primeira da turma. Winifred Cates era o meu obstáculo.

Eu a analisei com cuidado, como fazia com tudo em minha vida. Procurei por falhas nela, pontos fracos e vulnerabilidades. Ela era linda, simpática, muito popular e brilhante. Eu a odiava.

Ela fez uma pausa, tomou um gole do drinque e tossiu com força.

— Meu santo Cristo! — Chocada, olhou para a bebida em sua mão. — A venda disso aqui é permitida por lei?

— Sim, mas por muito pouco foi proibida.

Cautelosa, ela colocou o drinque novamente sobre a mesa.

— Winifred tentou fazer amizade comigo, mas eu ficava sempre na minha. Não queria confraternizar com o inimigo. Disputamos o primeiro lugar durante o primeiro semestre, e depois o segundo, cabeça com cabeça. Eu passei o verão todo com a cara enterrada nos livros, como se minha vida dependesse disso. Mais tarde, soube que ela passou as férias relaxando na praia e trabalhando em meio expediente como intérprete para um senador do seu Estado de origem. Ela era fantástica como tradutora e intérprete. É claro que isso me incomodou demais. Fomos em frente, passamos por mais um semestre assim, até que um dos professores nos colocou no mesmo projeto. Trabalho de equipe. Agora eu já não ia mais competir com ela, tinha que trabalhar ao seu lado. Isso me irritou profundamente.

Alguma coisa quebrou na mesa ao lado, que tombou. Stowe não olhou em torno e começou a deslizar seu drinque pela mesa seguindo padrões geométricos.

— Não sei como explicar. Ela era irresistível, tudo o que eu não era. Calorosa, aberta, divertida. Ó Deus!...

A dor, ainda terrivelmente presente, a invadiu. Stowe fechou os olhos com força e tentou retomar o controle. Levou algum tempo e bebeu mais um pouco do poderoso drinque em sua mão.

— Ela me fez ser sua amiga. Eu nem tive escolha. Ela era... o máximo! Isso me modificou por dentro. Eu mudei. Passei a me abrir mais para o mundo. Curtia coisas divertidas ou tolas. Podia conversar com ela sobre qualquer assunto ou simplesmente não falar nada. Ela provocou uma virada na minha vida, talvez muito mais que isso. Era minha melhor amiga.

Por fim, Stowe ergueu a cabeça e olhou fixamente para Eve.

— Minha melhor amiga. Você compreende o que isso significa?

— Sim, compreendo perfeitamente.

Stowe concordou com a cabeça, tornou a fechar os olhos e esperou se acalmar.

— Depois da formatura, ela foi morar em Paris, a trabalho. Queria crescer profissionalmente e ter experiências novas enquanto estava lá. Eu a visitei algumas vezes. Ela comprou um lindo apartamento na cidade e conhecia todo mundo no prédio. Tinha um cão com olhar doce, chamado Jacques, e muitos homens apaixonados à sua volta. Ela curtia a vida e ralava muito. Adorava seu trabalho e o glamour da política. Sempre que ia a Washington, também a trabalho, nos encontrávamos. Às vezes, passávamos meses, sem nos ver, mas, quando nos encontrávamos, era como se nunca tivéssemos passado um dia sequer longe uma da outra. Era simples assim. Ambas trabalhávamos no que curtíamos e crescíamos na carreira. Tudo estava perfeito.

"Uma semana antes de... antes de tudo acontecer, ela me ligou. Eu estava fora, em missão, e só recebi a mensagem dias depois. Ela não explicou muita coisa, só que estava rolando um lance estranho e precisava conversar comigo. Ela me pareceu zangada, talvez um pouco ansiosa. Pediu para eu não ligar para o seu trabalho, nem para o *tele-link* de casa. Me deu o número de um *tele-link* pessoal, um número novo, que eu não tinha. Achei tudo meio estranho, mas não posso dizer que fiquei preocupada. Já era tarde quando eu cheguei em casa. Então resolvi ligar para ela no dia seguinte e fui para a cama. Fui para a cama e dormi como um bebê. Droga!"

Ela ergueu o copo e bebeu quase tudo de uma vez.

— Logo cedo fui chamada para resolver um problema, uma complicação no caso que investigava. Tive de ir para o trabalho, e não houve tempo de ligar para Winnie antes de sair. Só no dia seguinte foi que eu me lembrei dela. Reservei um tempinho e liguei para o número que ela me dera, mas ninguém atendeu. Eu não insisti, estava atolada de trabalho e deixei aquilo de lado, dizendo a mim mesma que mais tarde eu voltaria a tentar. Nunca tive essa chance.

— Ela já estava morta — compreendeu Eve.

— Sim, já estava morta. Encontraram-na estuprada e estrangulada no acostamento de uma estrada nos arredores da cidade. Ela morreu dois dias depois de eu receber sua mensagem. Dois dias durante os quais eu poderia tê-la ajudado. E eu nem liguei de volta. Ela teria me dado retorno, não importa o quanto estivesse atolada de trabalho. Nunca se sentiria ocupada demais para me ajudar.

— Então você acessou a pasta dela sem mencionar a ligação entre vocês duas.

— O FBI não gosta de envolvimentos pessoais dos agentes com os casos. Nunca me designariam para o caso Yost se soubessem o motivo de eu querer agarrá-lo.

— Seu parceiro sabe dessa história?

— Jacoby seria a última pessoa do mundo a quem eu contaria isso. E agora, tenente, o que vai fazer?

Eve analisou o rosto de Stowe, com cuidado.

— Eu tenho uma amiga. Nós nos conhecemos quando eu a prendi por pequenos golpes. Eu nunca tinha tido uma amiga antes. Se alguém a ferisse, eu o perseguiria pelo resto da minha vida.

Stowe respirou de forma entrecortada e teve de desviar os olhos.

— Certo — conseguiu dizer. — Certo.

— Mas compreender seus motivos não significa que você vá escapar ilesa. Seu parceiro é um babaca sem noção, mas aposto que você não é. Sei que é esperta o bastante para refletir com cuidado sobre tudo o que aconteceu e admitir que, se vocês não tivessem me atrapalhado, aquele filho da puta do Yost estaria enjaulado agora.

Era duro, quase doloroso, olhar para trás e reconhecer o erro.

— Eu sei — confessou ela. — E a culpa disso é tão minha quanto de Jacoby. Eu queria ser a pessoa a agarrá-lo, e queria tanto isso que me arrisquei a perdê-lo. Não cometerei o mesmo erro duas vezes.

— Então me mostre as suas cartas. Sua amiga trabalhava na embaixada americana em Paris. O que você descobriu lá?

— Quase nada. Se já é difícil e complicado atravessar as muralhas políticas e burocráticas do seu próprio país, imagine um país estrangeiro. No início, as autoridades francesas alegaram que a morte dela fora causada por uma briga entre amantes. Como eu disse, Winnie tinha muitos namorados. Mas isso foi pretexto. Fui verificar pessoalmente. Sempre que aparece um crime dessa natureza, eles culpam Yost, mas, depois de investigarem o dela, chegaram à conclusão de que o assassino era outro cara.

— Por quê?

— Em primeiro lugar, ela era uma cidadã honesta. Limpíssima. Não tinha ligações com nada nem ninguém que pudesse contratar alguém para matá-la. Nenhum dos homens com quem ela se envolvera teria condições de pagar a grana cobrada por Yost, e, mesmo que tivesse, nenhum deles era desse tipo. Winnie nunca deixou ex-namorados sofrendo loucamente, não era o seu estilo. Ela parecia preocupada quando me ligou e não queria que eu a procurasse no trabalho. Então tentei investigar por lá.

— E?

— A melhor pista foi descobrir que Winnie fora designada para trabalhar como intérprete para o filho do embaixador em um acordo diplomático com os alemães e americanos sobre a abertura de uma empresa multinacional fora do planeta. Uma nova rede de notícias. Isso envolvia um monte de reuniões, muitas viagens, e foi praticamente só isso que ela fez durante as três semanas que antecederam a sua morte. Peguei os nomes dos principais envolvidos no acordo, mas, quando tentei pesquisar mais fundo, chamei a atenção deles. São pessoas importantes, ricas e muito bem protegidas. Tive que tirar o time de campo. Forcei a barra e acabei perdendo a chance de trabalhar nas minhas suspeitas sobre Yost.

— Passe os nomes dessas pessoas para mim.

— Já lhe disse, não dá para cavar nada lá.

— Simplesmente me dê os nomes e deixe que eu me preocupo com quando e como cavar.

Encolhendo os ombros, Stowe pegou uma agenda eletrônica na bolsa e digitou alguns nomes.

— Jacoby tem fixação por você, tenente — informou ela ao transferir os nomes eletronicamente para a agenda de Eve. — Ele já se mostrava assim antes mesmo de chegarmos a Nova York. Se Jacoby conseguir derrotá-la no campo profissional e deixar manchas na sua folha enquanto prende Yost, a festa dele vai estar completa.

— Puxa, agora você me assustou de verdade — reagiu Eve com um sorriso largo enquanto guardava a agenda.

— Ele tem contatos e muitas fontes. Fontes da pesada. Você deveria levá-lo a sério.

— Eu levo os parasitas muito a sério. Agora eu vou lhe dizer como é que a banda vai tocar. Todos os dados que você tem, todas as pistas que conseguiu, todas as possibilidades que lhe passaram pela cabeça, mande tudo para o computador da minha casa. Hoje à noite.

— Ah, qual é?!...

— Tudo! — confirmou Eve, inclinando-se para a frente. — Tente me deixar de fora e eu enterro a sua carreira antes de o caso acabar. Quero ficar a par de todos os movimentos do seu trabalho, toda pista encontrada e toda ponta atada.

— Sabe de uma coisa, tenente? Eu já começava a acreditar que você simplesmente queria que ele parasse de cometer essas atrocidades, mas está interessada mesmo é no barato de tudo isso, não é? Na glória que vai obter no momento em que agarrá-lo.

— Ainda não terminei — disse Eve, com toda a calma. — Se você jogar limpo comigo e eu chegar nele antes de você, eu a aviso. Vou fazer tudo para colocar você no momento da prisão, e quero que seja *você* a responsável oficial pela sua captura.

Os lábios de Stowe tremeram um pouco, mas em seguida se firmaram.

— Winnie gostaria muito de você, tenente. — Ela estendeu a mão por sobre a mesa. — Combinado!

Eve voltou para o carro e olhou o relógio. Eram quase nove horas e isso significava que ela não teria tempo para passar em casa, vestir roupas apropriadas a um jantar formal e voltar ao centro para se juntar ao grupo de Roarke antes da hora marcada.

Havia duas escolhas. Ela poderia fazer o que realmente tinha vontade: esquecer o jantar, ir para casa, tomar um banho quente e esperar pelos dados que Stowe ia lhe repassar.

A outra opção era encarar o restaurante Top of New York, suas mesas prateadas e a estonteante vista da cidade vestindo sua roupa de trabalho mesmo. Ela se sentaria em companhia de um bando de gente com quem não tinha nada em comum, voltaria para casa tarde da noite absolutamente exausta e trabalharia até os olhos despencarem das órbitas.

Viu-se dividida entre o desejo e a culpa, soltou um suspiro longo e seguiu para o centro.

Já que ia levar algum tempo para chegar lá, resolveu aproveitá-lo. Fez uma chamada para Mavis pelo *tele-link* pessoal.

Uma barulhada infernal irrompeu, uma inundação de sons e ruídos estridentes que invadiu os ouvidos de Eve antes mesmo de ela ver o rosto de Mavis na tela. Havia uma nova tatuagem temporária decorando a sua bochecha esquerda. Parecia uma barata verde.

— Oi, Dallas! Espere um instantinho... Você está no carro? Olhe só, veja que coisa legal!

— Mavis, eu...

Mas a tela do painel apagou. Alguns segundos depois a sua amiga apareceu em cima do banco do carona do carro, quase sobreposta a ele.

— Caraca! — Eve levou um susto.

— Mais que demais, não é? Estou na sala holográfica do estúdio. Nós a usamos para fazer efeitos especiais e coisas assim. — Mavis baixou os olhos, viu o próprio corpo e notou que a imagem do seu traseiro estava misturada com a do banco. Quase rolou de rir. — Uauauá! Perdi metade da minha bunda!

— E quase toda a roupa, pelo visto.

Mavis Freestone tinha um corpo miúdo e o seu namorado estilista havia economizado muito material ao desenhar o modelo que ela usava, que se resumia a três tiras de pano rosa-choque em forma de estrela que cobriam unicamente os pontos que a lei determinava e eram conectadas por correntinhas prateadas.

— Legal essa roupa, né? Tem mais uma estrela na minha bunda, mas não dá para ver, já que estou sentada nela. Você me pegou entre duas gravações no estúdio. Qual é o lance? Para onde você está indo?

— Para um daqueles jantares elegantes de Roarke em um restaurante no centro. Preciso de um favor seu.

— Claro.

— Tenho a gravação de uma prateleira cheia de produtos de beleza e maquiagem. Pertencem a um suspeito. É tudo topo de linha, lixo sofisticado. Será que você podia dar uma olhada e dizer qual a loja boa para comprar produtos desse tipo, especialmente por atacado? O cara fugiu, mas certamente vai comprar tudo de novo.

— É para ajudar a resolver um caso? Eu adoro bancar a detetive.

— Eu preciso só dos nomes das lojas.

— Tudo bem, mas acho que você devia perguntar a Trina. Ela conhece tudo sobre produtos de beleza, pois é do ramo. Aposto que vai identificar as marcas e lojas exclusivas logo de cara.

Eve franziu o cenho. Ela pensara em Trina, mas...

— Escute, Mavis, é duro admitir... Quero que isso fique só entre nós duas, pois se alguém mais souber do que eu vou dizer serei obrigada a matar você. Trina me apavora.

— Ah, fala sério, Dallas!

— Se eu ligar para ela, tenho certeza de que vai jogar aquele papo de que eu preciso cortar o cabelo, depois vai querer espalhar aquela gosma pela minha cara, sem falar no creme para os seios que ela vive me forçando a usar.

— Agora lançaram o sabor kiwi.

— Oba!

— E você precisa mesmo dar uma ajeitada nesse cabelo. Ele está começando a ficar todo eriçado novamente. E aposto que você não fez as unhas desde a última vez que nós a amarramos na cadeira.

— Ah, me dá um tempo! Você não é minha amiga?

Mavis soltou um longo suspiro.

— Vamos fazer o seguinte, Dallas... Mande o vídeo para mim e eu dou uma olhada. Vou pedir a Trina para passar lá em casa a fim de... Como é que se diz?... Colaborar. Ou corroborar.

— Os dois servem. Obrigada, Mavis.

— Combinado, então. — Ela olhou por trás do ombro, na direção do banco traseiro vazio. — Tá legal, estou indo em dois minutos. — Virou-se para Eve. — Preciso ir, porque eles já estão prontos para a próxima tomada.

— Vou lhe enviar as imagens ainda hoje. Quanto mais depressa você me der retorno, melhor.

— A gente se fala amanhã e nem precisa agradecer. Os amigos são para isso.

Eve pensou em Stowe e Winnie, e sentiu vontade de esticar o braço para tocar Mavis, mas em um contato físico, verdadeiro.

— Mavis...

— Que foi?

— Ahn... Eu amo você.

Os olhos de Mavis se arregalaram, se acenderam e pareceram sorrir.

— Uau, que legal! Eu também te amo. A gente se vê.

E desapareceu.

Roarke decidiu dispensar a sala de jantar íntima do Top of New York. Preferiu a atmosfera menos formal do salão principal do restaurante. A mesa que escolhera ficava ao lado da proteção de vidro que envolvia todo o salão circular. Como a noite estava quente e clara, o teto foi removido para promover a sensação de estar ao ar livre.

De vez em quando dirigíveis cheios de turistas passavam mais perto do restaurante do que a lei permitia. Tão perto, na verdade, que dava para ver as filmadoras e câmeras em ação, registrando a cena de glamour e mordomia. Quando o assédio começava a incomodar, a segurança aérea sempre mandava um mini-helicóptero para afastar os intrusos.

Fora isso, tais assuntos eram rapidamente ignorados.

O restaurante girava lentamente, oferecendo uma visão panorâmica da cidade a setenta andares do chão, enquanto um *duo* tocava música ambiente em um palco estacionário que ficava bem no centro.

Roarke escolhera esse lugar aberto para receber seus convidados porque não imaginou que Eve fosse aparecer.

Ela não gostava de lugares altos.

Aquele era o mesmo grupo que jantara na casa de Roarke algumas noites antes, inclusive Mick. O velho amigo de Roarke se divertia ao mesmo tempo que mantinha o resto do grupo animado com suas histórias e lorotas. Ele já bebera bem mais do que Roarke considerava aconselhável, mas ninguém poderia acusar Michael Connelly de não ser um sujeito espirituoso.

— Ora, mas eu não consigo acreditar que você pulou da amurada do navio e nadou o restante do caminho através do canal. —

Rindo muito, Magda balançou um dedo brincalhão para Mick. — Você disse que era fevereiro, ficaria congelado.

— Isso é verdade, caríssima. Porém, o medo de que meus sócios percebessem que eu escapara e tentassem me acertar o traseiro com um arpão me manteve tão aquecido que cheguei a salvo à outra margem, ainda que ensopado. Você se lembra, Roarke, quando nós mal tínhamos idade para fazer a barba e aliviamos um navio a caminho de Dublin de sua pesada carga de uísque ilegal?

— Sua memória é muito mais flexível que a minha. — Mas Roarke se lembrava sim, muito bem.

— Ah, vivo esquecendo que você é um cidadão respeitável hoje em dia. — Ele piscou para Magda com ar de cumplicidade. — Por falar nisso, vejam só! Está entrando no restaurante uma das razões de sua transformação em um novo homem.

Eve entrou no salão circular vestindo suas botas de trabalho, jaqueta de couro e distintivo pregado no bolso. O maître vinha correndo atrás dela, retorcendo as mãos.

— Madame — insistia ele. — Por favor, madame...

— Madame, não... Tenente! — reagiu Eve, tentando ignorar a altura estonteante do lugar e o movimento quase imperceptível do piso. As ruas lá embaixo pareciam longe demais para ela sentir paz de espírito. Ela parou para girar o corpo e cutucar com o dedo o peito do maître. — Agora, por favor, saia da minha cola antes que eu o prenda por perturbar as pessoas.

— Por Deus, Roarke. — Magda observava tudo estupefata. — Ela é magnífica.

— É mesmo, não acha? — Ele se levantou. — Anton — disse, baixinho, e sua voz atraiu de imediato a atenção do maître. — Veja se consegue arrumar mais uma cadeira e um lugar à mesa para acomodar minha esposa.

— Esposa? — Anton ficou branco como uma vela, o que não foi fácil, devido à sua pele azeitonada. — Sim, senhor. Imediatamente.

Ele começou a estalar os dedos enquanto Eve esperava junto da mesa. Propositadamente, ela ficou olhando para os rostos, quaisquer rostos, ignorando a altura e a vista da cidade.

— Desculpem o meu atraso.

Os convivas se ajeitaram um pouco para os lados a fim de lhe dar lugar. Eve se sentou e dispensou o garçom depois de pedir o mesmo prato de Roarke. Estava à vontade por conseguir se sentar o mais longe possível da proteção de vidro. Isso a deixou entre o filho de Magda, Vince e Carlton Mince, e ela se resignou a ficar entediada de forma irremediável pelo resto da noite.

— Imagino que a senhora esteja resolvendo um caso policial — comentou Vince, tomando um aperitivo enquanto falava. — Sempre tive fascinação pela mente criminosa. O que poderia nos contar sobre o seu atual rival, tenente?

— Ele é bom no que faz.

— Mas a senhora também é ou não teria chegado aonde chegou. Já apareceram algumas... — Ele balançou os dedos como se tentasse colher a palavra no ar. — Algumas pistas?

— Vince — Magda sorriu, do outro lado da mesa —, certamente Eve não quer falar de trabalho durante o jantar.

— Desculpe. É que eu sempre me interessei por crimes. De uma distância segura, é claro. Desde que comecei a me envolver com os sistemas de segurança para a nossa exposição e o leilão, estou mais curioso sobre como essas coisas funcionam.

Eve pegou o cálice de vinho que um dos garçons colocara, com muita cerimônia, diante dela.

— Você persegue o criminoso até pegá-lo, joga-o no fundo de uma cela e torce para o tribunal deixá-lo lá dentro.

— Ah. — Serviam a Carlton um prato com alguma coisa cremosa à base de frutos do mar e ele assentiu. — Isso seria frustrante para a senhora, eu imagino. Depois de realizar o seu trabalho, alguém conseguir desfazer tudo na etapa seguinte do processo. Seria uma espécie de fracasso, não é verdade? — Ele a olhou de forma gentil. — Isso acontece muito?

— Sim, algumas vezes. — Outro garçom passou com um prato debaixo do seu nariz. Dentro dele havia uma elaborada apresentação de camarões grelhados, um dos seus pratos favoritos. Ela olhou para Roarke e percebeu seu sorriso.

Ele sempre fazia pequenos milagres como esse acontecerem.

— Vocês têm um sistema de segurança muito bem montado — afirmou ela. — Tão forte quanto possível, considerando-se as circunstâncias. Eu teria escolhido um lugar menos público e com acesso mais restrito.

— Bem que tentei argumentar isso, tenente — concordou Carlton, com entusiasmo. — Foi como pregar no deserto. — Ele lançou para Magda um olhar afetuoso. — Só de pensar nos custos altíssimos do seguro e do sistema de segurança já perco o apetite.

— Não seja antiquado. — Magda piscou para ele. — O lugar público faz parte do pacote. O elegante Palace Hotel e o simples fato da exposição estar aberta ao público antes do leilão só fazem avivar o interesse. Conseguimos obter da mídia um nível de atenção de valor incalculável, não apenas para o leilão em si, mas também para a fundação.

— E é uma mostra impressionante — comentou Mick. — Dei uma passada pelo hotel hoje à tarde só para apreciá-la.

— Ora, quisera ter sido avisada de que você desejava vê-la, sr. Connelly. Eu teria lhe servido de guia pessoalmente.

— Eu não ousaria tomar um único minuto do seu tempo para isso.

— Tolice. — Magda abanou a mão no instante em que o primeiro prato foi recolhido. — Espero que o senhor permaneça na cidade para assistir ao leilão.

— Para ser franco, não tinha planejado isso, mas, depois de conhecê-la pessoalmente e ver a mostra, decidi não apenas ficar, mas também participar dos lances.

Enquanto os convidados conversavam, Roarke fez um sinal para o *sommelier*. Quando o rapaz se apresentou para o pedido de outra garrafa de vinho, Roarke sentiu um pé descalço — pequeno e estreito — subir de forma sugestiva por sua canela. Sem sequer piscar, ele terminou o pedido e voltou à posição normal.

Ele conhecia o pé de Eve, igualmente estreito, só que mais comprido. Além do mais, ela estava muito longe para conseguir brincar com ele sob a mesa. Um olhar casual lhe mostrou o ângulo de onde vinha a carícia, e sua sobrancelha erguida foi sua única reação ao notar o sorrisinho felino de Liza Trent, que já mordiscava o segundo prato da noite.

Roarke tentou decidir sobre ignorar a ousadia ou se divertir com ela. Antes de decidir, ergueu um pouco a cabeça. O brilho nos olhos dela não era destinado a ele e sim a Mick. Ela simplesmente errara o alvo.

Interessante, pensou ele, enquanto os dedos dela continuavam a tentar subir por dentro da bainha de sua calça. E também complicado.

— Liza — disse ele, com um leve prazer ao sentir o espasmo involuntário no pé da convidada. Ao olhar para ela, com frieza, percebeu um pequeno embaraço em seu rosto. Ela afastou o pé. — Como vão as coisas? — perguntou ele, com um tom gentil.

— Vão bem, obrigada.

O jantar acabou, a sobremesa e o champanhe foram consumidos e Roarke voltava de carro para casa em companhia de Mick.

Ele pegou um cigarro e ofereceu outro ao amigo. Por um instante, fumaram em um silêncio cúmplice.

— Você se lembra de quando faturamos aquele caminhão cheio de maços de cigarros? Nossa, que idade tínhamos? Dez anos? — Divertido com a lembrança, Mick esticou um pouco mais as pernas. — Nós quatro fumamos quase um maço inteiro na mesma tarde... você, eu, Brian Kelly e Jack Bodine. Jack ficou enjoado e colocou os bofes para fora a noite toda. Vendemos o resto da mercadoria para o Logan Seis Dedos por uma grana fantástica.

— Lembr-me bm disso, como também que alguns anos depois Logan foi achado flutuando no Rio Liffey sem os dedos da mão direita, inclusive o sexto.

— Pois é.

— Mick, onde é que você estava com a cabeça para trepar com a mulher de Vince Lane?

Mick fez cara de chocado.

— Sobre o que você está falando? Eu mal a conheço e não... — Ele parou de falar, balançou a cabeça e riu. — Puxa, tentar mentir para você é perda de tempo. Nunca ninguém conseguiu enganar você em toda a sua vida. Como descobriu?

— Ela me fez uma massagem com o pé, achando que a minha perna era a sua. Tem um pé hábil, mas uma mira péssima.

— Essas mulheres não têm um pingo de discrição em seus corpinhos lindos. Bem, o fato é que eu a encontrei por acaso, quando fui ver a exposição, hoje à tarde. Conversa vai, conversa vem e acabamos na suíte dela. Como um homem pode resistir em uma situação como essa?

— Você pescou em águas proibidas.

Mick simplesmente sorriu.

— O que quer que eu faça, meu amigo?

— Tente ficar pianinho até meus negócios com eles estarem resolvidos.

— Essa é a primeira vez que eu vejo você se mostrar incomodado por causa de uma transa casual. Mas, tudo bem, vou me segurar, em nome dos velhos tempos.

— Obrigado.

— Também não foi nada de mais isso que acontecer. Uma mulher é apenas uma mulher. Fico surpreso por você também não ter tirado uma casquinha de Liza. Ela é uma gata apetitosa.

— Já tenho mulher. A minha esposa.

Mick soltou uma gargalhada incontrolável.

— Ora, meu amigo, e desde quando isso impediu um homem de dar uma ciscada aqui e outra ali? Não machuca ninguém.

Roarke viu os suntuosos portões de sua casa se abrindo com um movimento silencioso.

— Eu me lembro uma vez que o nosso grupo de amigos... eu, você, Bri, Jack, Tommy e Shawn também, ficamos bêbados como gambás com uísque caseiro — recordou Roarke. — Enquanto estávamos ali, meio largados, uma pergunta surgiu. Era algo do tipo "qual a coisa que mais gostaríamos de possuir no mundo?" ou "qual a única coisa pela qual desistiríamos de todas as outras?". Você se lembra disso, Mick?

— Claro. Aquele uísque nos deixou com um estado de espírito muito filosófico. Eu disse que ficaria mais que satisfeito com um oceano de grana, pois com isso eu poderia comprar todo o resto, certo? Shawn, como era meio tarado, disse que queria ter um pau grande como o de um elefante, mas estava mais mamado que o resto da turma e não considerou a logística da coisa.

Ele virou a cabeça, olhou para o amigo e continuou:

— Agora que você falou, eu não me lembro de você ter dito o que queria, nem de ter escolhido uma única coisa.

— Eu não escolhi. Não consegui descobrir que coisa seria essa. Liberdade, dinheiro, poder, passar pelo menos uma semana sem levar porrada do meu velho. Não consegui decidir e fiquei calado. Mas agora eu sei... Eve. Ela é a minha única resposta.

Capítulo Dezessete

Como Eve chegou em casa antes, correu atrás para recuperar o tempo perdido, foi direto para o escritório e enviou o vídeo para Mavis.

A luzinha de mensagens recebidas piscava. Ela ligou o sistema e começou a analisar os arquivos em pé mesmo, com as mãos espalmadas no tampo da mesa.

Stowe combina com seu perfil, refletiu Eve. *É tão minuciosa quanto eficiente; os dados oficiais traziam menos novidades do que ela esperava, mas as anotações da agente sobre os fatos eram muito elucidativas.*

Você andou copiando um monte de dados para uso pessoal desde o princípio, não foi?, reparou Eve. *Eu teria feito a mesma coisa.*

Pelo visto, Stowe começara a usar a tática de Feeney de fazer referências cruzadas entre as vítimas e seus amigos, familiares e colegas de trabalho. Todas aquelas pessoas haviam sido questionadas e algumas chegaram a ser oficialmente convocadas para interrogatório como suspeitas.

Ninguém se encaixou.

Eve trocou os documentos na tela, continuou a ler e então sorriu de leve. Parece que o FBI tivera algum tipo de desacordo semelhante ao que teve com ela, só que contra a Interpol. Ninguém queria compartilhar os louros.

— Essa é uma das muitas razões de Yost ter sempre conseguido se safar.

Ela se recostou, considerando esse pensamento. *Ele deve saber muita coisa a respeito do cumprimento da lei*, pensou. *Conhece a respeito dos buracos e calombos provocados pela burocracia e pela política, sem falar no hábito de jogar para a torcida, por parte dos tiras e agentes.*

Sempre contou com isso.

Era só fazer um serviço em um lugar, pular para outro e trabalhar um pouco lá, depois tirar belas férias até a poeira baixar. Um ataque em Paris, depois voar para Nova York, assistir a um pouco de ópera, fazer umas compras e apreciar a vista do terraço da cobertura enquanto os tiras franceses corriam atrás das próprias caudas.

Uma rápida viagem ao satélite Vegas II, um pouco de jogo para distrair, mais uma vítima e o voo de volta no ônibus espacial antes que a polícia interplanetária consiga reunir dados importantes.

— Talvez ele saiba pilotar — especulou ela, erguendo a cabeça assim que Roarke entrou.

— Hein?

— Não dá para depender eternamente de transportes públicos, mesmo viajando na primeira classe. Existem atrasos, falhas nas aeronaves, cancelamentos, mudanças de rotas. Por que se arriscar? Avião ou nave espacial particular. Talvez ambos. É... Acho que vou mandar McNab pesquisar isso. Vai ser como procurar uma agulha em um... Em um monte de agulhas, mas quem sabe temos sorte? Por que o gato não veio para o quarto com você?

— Galahad me abandonou por causa de Mick. Já parecem velhos amigos.

Ele a enlaçou por trás e cheirou seu pescoço.

— Quer que eu descreva como foi a sua entrada triunfal, desfilando pelo restaurante hoje à noite, querida?

— Devia estar parecendo uma tira. Desculpe. Não tive tempo de trocar de roupa.

— Uma tira muito sexy. Pernas longas e muita atitude. Obrigado por arranjar tempo e dar uma passadinha lá.

— Pois é. — Ela se virou. — Você me deve uma.

— Uma no mínimo...

— Acho que conheço um jeito de você me pagar isso.

— Querida... — As mãos dele começaram a vagar pelo corpo dela. — Ficarei feliz em pagar.

— Não desse jeito. É para pagar com trabalho. Sexo é lazer.

— Puxa... Obrigado.

— Muito bem... — Ela o empurrou de leve, antes que suas mãos ficassem empolgadas demais, e então se sentou à mesa. — Bati alguns papos em particular depois da reunião. O primeiro foi com Peabody.

— Foi um belo gesto seu.

— Não, não foi por bondade. Não poderei contar com Peabody focada no trabalho se ela ficar choramingando pelos cantos. Tire esse sorrisinho da boca, que isso me deixa pau da vida. — Ela expirou com força. — McNab pegou pesado com aquela história de marcar um encontro quente para hoje à noite.

— Um golpe clássico, mas pouco criativo.

— Não entendo nada de golpes desse tipo, só sei que ele atingiu o alvo. Ela ficou triste e abalada. Então eu a levei para tomar sorvete e deixei que descarregasse tudo em mim. Agora você vai ter que ouvir também.

— Vou ganhar sorvete?

— Não quero ver nada relacionado com sorvete por pelo menos duas semanas.

Ela contou tudo, basicamente porque queria ter certeza de que fizera e dissera as coisas certas. Roarke sabia mais sobre a arte de emprestar um ombro amigo do que ela.

— Ele está com ciúme de Monroe. É compreensível.

— Ciúme é um sentimento mesquinho e feio.

— E humano também. Neste momento eu diria que os sentimentos dele por ela são mais fortes, ou pelo menos mais claros, do que os dela por ele. Isso poderia se tornar frustrante. É frustrante, na verdade — corrigiu-se, passando os dedos pela parte de baixo do rosto de Eve —, como eu me lembro muito bem.

— Você conseguiu que tudo acabasse do seu jeito, não foi? De qualquer modo, tomara que isso termine logo e eles voltem a implicar um com o outro, como costumavam fazer, em vez de ficar se agarrando nos armários para produtos de limpeza.

— Querida, você devia tentar controlar suas tendências loucamente românticas.

— Não vou falar "eu não disse?".

— Vai sim — disse ele, rindo por ela e por eles dois.

— Tudo bem, eu acabei dizendo. Estamos no meio de uma investigação complicada e eles ficam alfinetando um ao outro e fazendo beicinho. Os dois são tiras, droga.

— É verdade. Mas não são androides.

— Certo, certo. — Ela ergueu as mãos, derrotada. — Mas é melhor eles adiarem a briga até encerrarmos o caso. Continuando a história, Whitney usou sua influência e me conseguiu dados adicionais sobre Mollie Newman.

— Ah, a menina... O pequeno passatempo do juiz.

— Passatempo para você, talvez. O pior é que a garota era sobrinha da mulher dele. Uma jovem gentil e facilmente influenciável que se saía muito bem na escola e queria ser advogada. O juiz ia cuidar dela com essa finalidade, mas, pelo visto, cuidou apenas de si mesmo. Vou deixá-la de fora da investigação, ao menos por agora.

— Você poderá chegar mais perto do assassino se tiver uma conversa rápida com ela.

— Talvez, mas não vale a pena. — Eve pensara na hipótese por todos os ângulos e em como aquilo poderia ser útil, mas acabou por se convencer de que não era adequado. — Yost não se preocupa em esconder a identidade. Então, o fato de ela tê-lo visto não significa nada. Não creio que ele tenha tocado nela, não faz o seu estilo.

— Ele não estava sendo pago para isso.

— Exato. Seus exames médicos indicaram abuso sexual e consumo de substâncias ilegais. Eu diria que o juiz lhe ofereceu Exotica, e Yost lhe deu Zoner para apagá-la enquanto ele executava o trabalho. Não preciso dela para montar o meu caso; portanto, a não ser que surja alguma ligação com Yost por parte dela ou por parte da mãe, vou deixá-la em paz. Ela já passou por muita coisa.

Ninguém entendia disso melhor do que Eve, pensou Roarke.

— Então você já resolveu deixá-la de lado.

— Sim. E, nesse meio-tempo, Feeney surgiu na reunião com uns dados muito interessantes retirados diretamente dos arquivos de Jacoby e Stowe no FBI. Arquivos lacrados, diga-se de passagem.

Se eles estivessem jogando pôquer, a expressão levemente interessada de Roarke trairia o fato de que ele não tinha nenhuma carta boa nas mãos.

— Não me venha com essa. Suas digitais estão em toda parte.

— Tenente, como eu já lhe disse, eu nunca deixo impressões digitais.

— E eu já lhe disse que não quero você se desviando de normas para me repassar informações.

— Eu não lhe repassei nada.

— Não, simplesmente usou Feeney como ponte.

— Ele disse isso? — Quando ela bufou, ele sorriu. — Pelo visto, não. Só posso supor que tais dados, recebidos de uma fonte não identificada, se mostraram úteis.

Ela fez cara feia, afastou-se da mesa, caminhou um pouco pelo cômodo e voltou ao lugar onde estava. Por fim, desistiu e lhe contou sobre o encontro com Karen Stowe.

— Perder uma amiga nunca é fácil — murmurou ele. — Perder uma amiga quando você acha que podia ter feito algo para salvá-la abre um buraco na alma.

Como ela sabia que Roarke vivia com esse pesadelo, colocou as mãos em seus ombros e o consolou.

— Voltar ao que poderia ter sido feito e não foi. Isso não ajuda ninguém.

— Mas você poderá ajudá-la a descobrir o assassino da amiga, da mesma forma que fez comigo.* O que você quer que eu faça?

— Ela me deu os nomes de três homens. Quero saber a respeito deles sem levantar suspeitas. Não é ilegal fazer pesquisas, mas vasculhar dados de uma forma que não coloque em alerta o pessoal da segurança é mais complicado. Mesmo assim não é ilegal, a não ser que você rompa algum lacre eletrônico. Não quero fazer isso, prefiro uma busca discreta. Se você fizer isso, os federais não vão desconfiar, mas, se acontecer por meu intermédio, eles saberão.

— E se você fizer uma busca mais profunda do que a varredura padrão, oficialmente, sobre o caso de Winifred, Jacoby perceberia algo estranho, ele mesmo procuraria e isso poderia expor Stowe.

— Exato. Você conseguiria fazer isso sem burlar a lei?

— Sim, mas talvez tenha de arranhá-la um pouco. Nada que resultasse em mais do que uma bronca ou pequena multa, se eu fosse do tipo desastrado e me deixasse ser pego.

— Não posso me arriscar a requisitar outro mandado sem entregar o ouro. Ainda não descobrimos quem vazou as informações.

— Quais são os nomes?

Ela pegou a agenda e a entregou a ele.

— Bem, por acaso eu conheço esses homens, e talvez possamos evitar invasões importantes nos sistemas deles.

— Você os conhece?

— Conheço Hinrick, o alemão, e já ouvi falar de Naples, o americano. Acho que ele mora quase o ano todo em Londres. Gerade, o filho do embaixador, é dono de conhecida reputação. Na superfície ele é um diplomata, marido e pai devotado, um funcio-

---

* Ver *Vingança Mortal*. (N. T.)

nário perfeito. Seu pai paga uma quantia considerável para manter esse verniz.

— E o que existe por baixo?

— Um sujeito mimado e desagradável, pelo que soube, que exibe um temperamento explosivo, gosta de sexo grupal e tem uma preocupante obsessão pelo consumo de substâncias ilegais. Já esteve em várias clínicas para recuperação de drogados, por imposição do pai, mas nunca toma jeito.

— Como você soube de tudo isso?

— Ele vive como um marajá quando consegue; seus vícios e necessidades sexuais são caros. Sempre foi famoso por fazer com que artigos valiosos de determinadas residências às quais ele tem acesso troquem de mãos, digamos assim.

— Ele tinha contatos com você para repassar objetos roubados?

— Na verdade, não. Eu sempre cuidava disso pessoalmente no tempo em que andava envolvido em tais atividades lamentáveis. Eu simplesmente ajudava outro sócio com o transporte da carga. Isso já faz muito tempo, tenente. Esses crimes já devem até estar prescritos.

— Puxa, então eu vou dormir melhor. Antes de ser morta, Winifred Cates trabalhou como intérprete para esses homens em um contrato para uma estação multinacional de telecomunicações.

— Não. — Ele franziu o cenho, avaliando a possibilidade. — Eu teria sabido se algo desse tipo fosse implementado, ainda mais se tais figuras estivessem envolvidas no negócio. Estou fora de campo em várias áreas, mas telecomunicações não é uma delas.

— Isso é ego ou fato?

— Querida Eve, meu ego é um fato. — Roarke deu uma batidinha no braço dela ao vê-la rir de deboche. — Pode acreditar. Esse negócio foi apenas um disfarce. Naples é um empresário bem-sucedido na área de telecomunicações, mas basicamente ele é um contrabandista. De substâncias ilegais, produtos e especialmente pessoas. Hinrick diversifica suas atividades, mas contrabando também é um dos seus passatempos prediletos.

— E você disse que Naples mora na Inglaterra agora. Aquele ataque aos contrabandistas na região rural, os Hagues, poderia ter sido ele.

— Sim — murmurou, depois de pensar em silêncio por alguns momentos. — É bem possível.

— Então não é muita forçação de barra criar uma situação em que Winifred tenha ouvido ou testemunhado algo que não devia. Algo que a alertou e a fez ligar para a amiga do FBI, pedindo ajuda. Na visão de quem mandou matá-la, ela tinha de ser tirada de campo e Yost foi contratado. Quando um casal de contrabandistas independentes começa a pegar mercado demais dos poderosos, Yost é novamente contratado. Se conseguirmos ligar cada um ou todos dessa lista aos ataques, estarei um passo mais perto de Yost.

Ela parou de falar e franziu o cenho.

— Como foi que nenhuma das atividades criminais desses caras chamou a atenção dos federais?

— Alguns de nós, tenente — garantiu Roarke, quase sorrindo —, sabem ser cuidadosos.

— E eles são tão bons quanto você? Apague da mente essa pergunta — disse ela, antes de ele ter tempo de reagir. — Ninguém é tão bom, eu sei. Vamos lá... Qual desses três teria mais probabilidades de contratar Yost para apagar um civil?

— Não sei o bastante sobre Gerade. Se for para escolher entre Naples e Hinrick, escolho Naples. Hinrick é um cavalheiro e teria achado outro meio de lidar com ela. Matá-la? Bem, ele certamente iria considerar isso uma falta de educação.

— É bom saber que talvez eu esteja lidando com um criminoso bem-educado.

Enquanto Roarke usava seu escritório para cavar mais dados, Eve ficou trabalhando por conta própria. Correlacionou os arquivos de Stowe com os seus próprios, rodou programas de probabilidades e avaliou tudo o que batia.

Yost não ia esperar muito tempo antes de voltar a atacar. Ela não fazia ideia de quem poderia ser o próximo alvo e estava muito longe de descobrir a sua localização.

Alguém vai morrer, pensou, *provavelmente dentro de algumas horas*. E ela não conseguiria impedir isso.

Ela puxou os arquivos das vítimas. Darlene French. Uma mulher comum, com uma vida simples, que provavelmente teria um futuro feliz e sem complicações.

Local do assassinato: o Palace Hotel.

Ponto de ligação: Roarke.

Jonah Talbot. Um homem brilhante e bem-sucedido. Em ascensão na carreira, e deveria subir ainda mais.

Local do assassinato: uma casa alugada.

Ponto de ligação: Roarke.

Ambos haviam trabalhado para ele. Ambos tinham morrido em locais cujo dono era ele.

French era uma completa estranha para Roarke. Uma funcionária sem rosto. Mas Talbot era quase um amigo.

A terceira vítima seria alguém ainda mais próximo.

Será que ele tentaria pegá-la, já que ela era mulher dele? Bem que Eve preferiria isso, mas seria forçar um pouco a situação. O mais provável é que fosse outro empregado, para manter o padrão. Só que teria de ser alguém com quem ele trabalhasse mais diretamente. Uma pessoa que ele conhecesse bem.

Caro, sua assistente administrativa? Era uma possibilidade, mas Eve já mexera alguns pauzinhos e colocara a competente funcionária sob forte proteção.

O problema é que ela não poderia proteger individualmente cada membro das principais equipes comandadas por Roarke em toda a cidade.

E se Yost fosse para outro lugar, o número de alvos em potencial se tornaria astronômico, pois Roarke possuía incontáveis escritórios, fábricas e organizações em todo o planeta e também por todo o sistema solar.

Não daria para controlar tudo.

Mesmo assim ela tentou isolar uma área e ligar os pontinhos em meio à montanha de dados que Roarke lhe fornecera. O primeiro resultado foi uma dor de cabeça chata e persistente. Como é que aquele homem podia ser *dono* de tanta coisa? Por que motivo alguém iria querer isso? E como ele conseguia dar conta de tudo?

Ela deixou isso de lado. Não era por aí. Se o próprio Roarke não se arriscava a dar um palpite certeiro, como ela conseguiria?

Ela foi buscar café e tentou clarear a mente enquanto ia até a pequena cozinha e voltava.

Uma vendeta pessoal. Se esse era o motivo, por que não ir atrás do próprio Roarke? Ou pelo menos alguém do seu círculo fechado?

Negócios. O ponto-chave eram os negócios. Quais os projetos mais urgentes de Roarke?

Ela voltou aos dados e apertou as têmporas, que latejavam. Pelo visto, havia vários projetos para os quais ele já dera sinal verde. Só isso já faria qualquer um ficar tonto.

Olympus. *Essa era a sua menina dos olhos.* Uma espécie de Ilha da Fantasia extremamente complicada. Ele estava construindo um mundo completo nesse satélite: hotéis, cassinos, casas, resorts, parques temáticos. Todos muito opulentos.

Residências, pensou ela. *Casas para veraneio e aposentadoria. Palacetes, mansões, coberturas estilosas, suítes presidenciais. Algo para os homens que tinham tudo e podiam comprar qualquer coisa.*

Pessoas exatamente como Yost.

Ela se virou na direção do escritório de Roarke, mas parou na porta, antes de entrar.

Ele trabalhava em seu console, como um capitão na ponte de comando de sua embarcação. Ele prendera os cabelos atrás da cabeça e eles lhe escorriam pelo pescoço como uma cauda preta brilhante. Seus olhos estavam frios, azul-claros, o tom de quando ele ficava muito concentrado.

Ele tirara o paletó. Sua camisa estava solta no colarinho, a gravata fora afrouxada e as mangas tinham sido arregaçadas. Havia algo, *alguma coisa* naquele jeito dele que sempre a atraía visceralmente.

Eve poderia ficar olhando para ele durante horas e, no fim, continuaria maravilhada com o fato de ele lhe pertencer.

Alguém quer ferir você, pensou, *mas eu não vou deixá-lo fazer isso.*

Ele ergueu a cabeça. Sentiu o cheiro dela ou simplesmente a sua presença. Ele sempre sentia. Seus olhos se encontraram e, por um instante, se mantiveram fixos um no outro. Mil mensagens foram trocadas sem nenhum dos dois dizer uma única palavra.

— Ficar preocupada comigo não vai ajudá-la a realizar seu trabalho.

— Quem disse que estou preocupada?

Ele permaneceu onde estava e simplesmente estendeu o braço.

Ela atravessou o escritório, tomou a mão dele e a apertou com força.

— Quando eu conheci você — disse ela, bem devagar —, não o queria na minha vida. Você só me traria complicação. Toda vez que eu olhava para você, ouvia a sua voz ou simplesmente pensava em você, a complicação aumentava.

— E agora?

— Agora? Você é a minha vida. — Ela deu mais um apertão carinhoso na mão dele e, por fim, liberou-a. — Pronto, chega de sentimentalismo barato. Olympus.

— O que tem ele?

— Você está vendendo imóveis lá. Casas faraônicas, apartamentos metidos a besta e coisas do tipo.

— Meu departamento de marketing os descreve com um pouco mais de exuberância, mas... sim. Ah... — Ele percebeu antes mesmo de ela falar. — Sylvester Yost apreciaria muito os confortos de uma casa fora do planeta em um condomínio fechado.

— Você poderia verificar isso. O número de contratos dele nos últimos dois anos aumentou em doze por cento. Isso pode muito bem significar um pé-de-meia gordo com olho na aposentadoria. Meu melhor palpite seria algo comprado no nome de Roles. Não é uma resposta, mas pode ser mais um elo. Em breve teremos o bastante para fazer uma corrente. Agora, vamos pensar...

Ela caminhou em volta da mesa e sentou na ponta do móvel, de frente para ele.

— Você tem sócios de vários países no projeto Olympus. Investidores. Alguém poderia estar insatisfeito ou chateado por você ficar com a maior fatia do bolo?

— Surgem problemas com o Olympus de vez em quando, mas não creio nisso. O projeto está correndo muito bem, dentro do prazo. Eu assumi o risco financeiro mais elevado e é natural que também obtenha os maiores lucros. Os participantes do consórcio estão satisfeitos. O retorno dos investimentos ultrapassará as projeções iniciais.

— Tudo bem. — Ela assentiu com a cabeça. — Vou dizer o que está me parecendo. Se ele vai atacar alguém ligado aos seus negócios, essa pessoa deve estar em Nova York. Acho que se fosse algum projeto na Austrália, por exemplo, as mortes ocorreriam lá, a fim de atrair você para o local.

— Sim, também já cheguei a essa conclusão.

— O primeiro ataque aconteceu no seu hotel, justamente no dia em que todos sabiam que você estaria lá. O segundo crime foi em uma casa alugada que pertencia a você, que estava na cidade e a poucos minutos de distância. Que ligação pode haver entre Darlene French e Jonah Talbot?

— Não sei de nenhuma.

— Você sabe sim, só que não está conseguindo enxergar. Nem eu. — Instintivamente, ela assumiu uma postura especial, como se interrogasse alguém ou Roarke fosse uma testemunha. — Darlene French era camareira do seu hotel. Você teve algum contato pessoal com ela?

— Nenhum.

— Quem a contratou?

— Ela deve ter preenchido um formulário através do meu Departamento de Recursos Humanos, mas quem a contratou foi Hilo, a chefe das camareiras.

— Você não supervisiona as contratações e demissões?

— Não, pois não faria outra coisa na vida.

— Mas o hotel é seu, a organização é sua.

— Tenho departamentos que cuidam disso — explicou ele, com certa impaciência. — Cada departamento tem um chefe. Eles possuem autonomia. Minha organização, tenente, foi projetada para funcionar sem interferência minha nas engrenagens internas, portanto...

— Talbot exercia alguma função que envolvesse o Palace?

— Nenhuma. — A frustração apareceu nos olhos de Roarke. Ele percebeu o que ela tentava conseguir. Era como se o colocasse no banco das testemunhas daquela forma para que ele respondesse por instinto. E ela fazia isso muito bem. — Talbot nem mesmo se hospedava lá. Já verifiquei. Certamente havia autores editados por ele que se hospedavam no hotel, e é claro que ele participou de vários almoços e eventos de negócios com autores e gente do ramo, mas nada disso serve como ligação.

— Se ele recebia pessoas lá e promovia eventos profissionais, talvez estivesse com algum deles planejado.

— Não, embora ele possa ter ido como convidado a algum desses eventos. Quem organiza esse tipo de festa ou coquetel é o departamento de divulgação da editora. Não há nada desse tipo marcado no hotel. A exposição de Magda e o leilão são os únicos eventos do mês.

— Certo. Talbot tinha alguma coisa a ver com isso?

— Não. A editora não tem nada a ver com o leilão. Jonah simplesmente comprava os direitos, editava e publicava originais. O hotel e suas funções eram completamente separados do...

Ela quase ouviu o clique na cabeça dele.

— Separados do quê?

— Sou um idiota — murmurou ele, pondo-se de pé. — Originais. Vamos publicar um livro eletrônico no mês que vem. Uma nova biografia de Magda. Temos também um catálogo com detalhes sobre o leilão... Cada peça, sua história e importância. Jonah devia estar envolvido nesses projetos. Acho que foi um dos seus autores que escreveu a biografia. Ele editaria todo o material.

— Magda. — Ligações e possibilidades começaram a correr pelo cérebro de Eve. — Ela é a ligação, uma ligação forte. Talvez você não seja o alvo. Pode ser que o alvo seja ela.

— Talvez nós dois sejamos. Ou o leilão.

Ela ergueu a mão, desencostando-se do console para poder pensar melhor enquanto caminhava.

— Magda Lane está morando no Palace, o seu hotel. Vai participar também de um dos maiores eventos de sua carreira. O leilão não vai acontecer em uma das propriedades dela nem em uma casa de leilões, e sim no seu hotel. De quem foi essa ideia?

— Dela. Pelo menos foi ela quem entrou em contato comigo. Isso tudo é para ajudar na divulgação do evento — explicou ele. — E está funcionando.

— Há quanto tempo esse leilão vem sendo planejado?

— Ela entrou em contato comigo há pouco mais de um ano, trazendo a ideia. Não dá para organizar algo dessa magnitude em pouco tempo.

— Isso é tempo suficiente para alguém planejar tudo. Alguém que queira prejudicar um de vocês dois, ou ambos. — Winifred morrera em Paris oito meses antes. Os contrabandistas na Cornualha foram eliminados dois meses depois.

— Então uma editora que pertence a você vai publicar esse material. O que mais temos no pacote? Segurança. Com quem você é mais ligado na equipe de segurança do hotel e do leilão? Pense com cuidado, eu quero nomes. Do Departamento de Divulgação também, e... Nossa, quem mais planeja esse tipo de coisa?

— Do meu lado quem cuida de tudo é o Departamento de Eventos.

— Do lado dela temos o filho, o agente dela e sua mulher, mas deve haver outros.

— Do meu lado também.

— Vamos começar por aqui, fazendo o que estiver ao nosso alcance para proteger essas pessoas. — Ela parou e se virou. — O alvo são pessoas que trabalham diretamente com você. Então, eles têm prioridade.

Ele concordou com a cabeça e começou a baixar os arquivos de todas as pessoas envolvidas no leilão.

— Roarke, o que aconteceria a você, especificamente, se esse leilão fosse um fracasso ou se algum tipo de escândalo surgisse por causa dele?

— Depende da extensão do fracasso e do escândalo. Se for um desastre financeiro, eu perco algum dinheiro.

— Quanto dinheiro?

— Hummm... As projeções mais tímidas estimam o montante das vendas em mais de quinhentos milhões de dólares. Se acrescentarmos o valor sentimental dos objetos e a avidez dos fãs mais vorazes, além da atenção da mídia, esse valor pode facilmente dobrar. Descontando os custos com o hotel e a segurança, eu vou ganhar dez por cento do valor bruto. Mas vou doar tudo à fundação dela. Então eu creio que o dinheiro não tem importância.

— Não tem importância para você — resmungou ela.

Ele fingiu que não ouviu.

— Vou transferir todos os nomes e dados para o seu computador. Pretendo proteger os meus funcionários e o pessoal de Magda também.

— Por mim, tudo bem. — Os olhos dela se estreitaram, mas ela não via os dados que surgiam no monitor do seu sistema.

— Roarke, você tem mercadorias no valor de mais ou menos um bilhão de dólares expostas ao público em um hotel. Quanto isso tudo valeria se fosse vendido em um único lote?

Ele já estava adiante dela no raciocínio. Sua mente mudou de ritmo e ele se transportou de volta no tempo. Um roubo dessa envergadura seria memorável e empolgante. O maior golpe de toda uma vida.

— Um pouco menos da metade do valor que eu citei.

— Quinhentos milhões é um tremendo pagamento.

— Esse valor ainda poderia ser aumentado se você fisgasse alguns colecionadores particulares. Mesmo assim, a segurança é fortíssima. Você mesmo constatou.

— Sim, eu mesma constatei. Como você aplicaria um golpe desses?

Ele ordenou que o resto dos dados fosse transferido para o computador de Eve e voltou ao seu, a fim de vasculhar alguns nomes de pessoas envolvidas com o projeto Olympus.

— Eu colocaria um homem em cada área, de preferência dois. O melhor seria um plantado na minha equipe e outro na de Magda. Você precisaria de todos os dados, senhas de segurança, um plano B, além dos cronogramas. Eu não tentaria isso com menos de seis auxiliares. Dez pessoas seria ainda melhor. Deixaria alguns no hotel, como funcionários ou guardas.

Ele se virou para confirmar a chegada dos dados sobre os três nomes que Eve lhe informara.

— Você precisaria de um veículo de transporte terrestre. Eu usaria um caminhão de entregas do próprio hotel. Não iria querer carregar tudo, já que a operação deveria levar, no máximo, trinta minutos. Vinte seria o ideal. Sendo assim, teria preferência pelas peças mais valiosas. As que eu tivesse pesquisado bem e para as quais já tivesse comprador certo.

Ele se afastou e se serviu de um pouco de conhaque.

— Armaria algo para distrair a atenção, mas não dentro do hotel. Qualquer coisa diferente no prédio iria automaticamente aumentar a segurança. Teria de ser algo nas imediações do edifício ou no parque. Uma pequena explosão, um acidente espetacular entre dois veículos, algo que atraísse as pessoas para fora e talvez alguns policiais também. Quando há tiras em volta do prédio fazendo seu trabalho, as pessoas se sentem mais seguras e a salvo. Sim, eu certamente iria querer tiras espalhados pela área.

Por Deus, espantou-se Eve, em silêncio. *Ouça só as coisas que ele está dizendo.*

— Em que momento você atacaria?

— Na véspera do leilão, certamente. Eu iria aproveitar o clima de "Tudo está correndo bem, não está?" e "Amanhã será um dia empolgante". O evento vai estar pronto, tudo conforme o planejado, as celebridades e os VIPs já terão chegado ao hotel e os funcionários estarão muito atarefados recebendo as pessoas, pedindo autógrafos, conversando sobre quem é quem e coisas desse tipo. Esse seria o momento perfeito para atacar.

— Você conseguiria armar um esquema com essa complexidade?

— Se eu conseguiria? — Roarke olhou para Eve com olhos mais azuis do que nunca. — Se as circunstâncias fossem outras, eu ficaria extremamente motivado a tentar. E certamente conseguiria, se estivesse focado no objetivo. Mas não acredito que outra pessoa no mundo conseguisse, devido a todos os obstáculos que eu já citei.

— Talvez algum desses caras conheça você bem o bastante, e também os seus padrões, a ponto de prever tudo isso. E se você estiver distraído? O que vem fazendo e em que anda pensando nos últimos dias? É claro que você não passa a noite toda verificando o sistema de segurança, repassando tudo e supervisionando as equipes no hotel.

— Bem pensado — concordou ele, baixinho. — Não estou com a minha atenção focada em tudo, como de hábito, mas o sistema é confiável.

— Quem você conhece que poderia armar um golpe desses, sem ser você?

— Não muitos. Eu era o melhor.

— Clap-clap-clap — aplaudiu ela. — Quem?

— Por que não vem para cá, juntinho de mim? — Ele se sentou e deu uma palmadinha no joelho. — Vou conseguir pensar melhor com você no meu colo.

— E eu tenho cara de secretária especial para transas rapidinhas?

— Não, no momento não, mas bem que seria divertido. Eu faço o papel do executivo cheio de tesão que vive traindo a esposa sofrida. Você chega e me diz, quase aos sussurros: "Oh, sr. Montegue, eu não posso fazer uma coisa dessas!"

— E com isso, senhoras e senhores, encerramos a parte cômica da nossa apresentação — afirmou Eve, com determinação. — Quem?

— Os dois únicos que poderiam chegar perto de conseguir planejar um golpe desses estão mortos, o que prova a minha teoria inicial, pois eu continuo vivo. Pode ser que haja mais um ou dois. Vou dar uma verificada.

— Quero nomes.

Os olhos dele se tornaram mais frios.

— Não sou informante, tenente. Não faria isso nem por você. Vou investigar. Se existir alguma chance de um dos nomes que eu lembrar estar envolvido nisso, eu lhe contarei. Mas só depois de confirmar pessoalmente.

Ela caminhou até onde ele estava.

— Há vidas em jogo aqui. Você devia abrir mão do seu código de honra entre ladrões.

— Sei muito bem que há vidas em jogo. Houve um tempo em que tudo o que eu tinha como garantia do meu nome era o código de honra, por mais batida que essa afirmação pareça. Vou vasculhar tudo e lhe direi o que descobrir assim que encontrar algo. Por enquanto, tudo o que posso lhe garantir é que Gerade não seria capaz de planejar uma operação complexa e intrincada como essa. Ele não é ladrão, nem mesmo um ladrãozinho barato. Naples, sim, tem muito talento para coisas desse tipo. É um contrabandista talentoso, com excelentes contatos, nenhum código de honra e um sistema de transportes muito bom, estruturado para exportações e importações ilegais. Se você quer palpites sobre alguém ligado a Yost, eu apostaria nele.

— Tudo bem, vou pesquisar sobre Naples — disse Eve, mordendo os lábios com impaciência ao lembrar que o seu objetivo original não era pegar um ladrão e sim um assassino.

— Faça isso de manhã. Você precisa de um descanso, está com dor de cabeça.

— Não estou com dor de cabeça. — Ela fez um biquinho de teimosia. — Só um pouco.

Com um movimento rápido, como um relâmpago, ele deu uma pequena rasteira nela, agarrou-a pela cintura antes que ela caísse e a pegou no colo.

— Conheço o remédio certo para um pouco de dor de cabeça.

Eve tentou dar-lhe uma cotovelada na barriga, mas Roarke já imobilizara as mãos dela. O pior é que ele estava com um cheirinho fabuloso.

— Não vou chamar você de sr. Montegue — avisou Eve.

— Estraga-prazeres. — Ele mordeu a orelha dela. — Só por causa disso eu vou tirar você do colo.

— Ótimo, então vamos...

No instante seguinte ela se viu deitada de costas no chão, por baixo dele.

— Você sabe quantas camas existem nesta casa? — perguntou Eve, assim que conseguiu voltar a respirar.

— Não sei de cabeça, mas posso mandar contar.

— Deixa pra lá — disse ela, puxando devagar a tira de couro que prendia os cabelos dele.

Capítulo Dezoito

— Dominic J. Naples — começou Eve, assim que a equipe se encontrou para a reunião da manhã. — Cinquenta e seis anos, casado, dois filhos. Atualmente mora em Londres, mas tem casas de veraneio em Roma, na Sardenha, em Nova Los Angeles, Washington, Rio de Janeiro e Caspian Bay, no satélite Delta Colony.

Todos estudaram atentamente a foto de um homem de pele morena, traços marcantes e uma cabeleira castanha abundante e muito bem cuidada.

— As Organizações Naples, das quais ele é o presidente, lidam basicamente com sistemas de telecomunicações, e a maior parte dos seus negócios é feita fora do planeta. Ele é famoso por seu trabalho filantrópico, especialmente na área da educação, e possui fortes contatos políticos.

Ela parou de falar, dividiu a tela em duas e colocou uma segunda foto.

— O filho dele, Dominic II, é o representante dos Estados Unidos em Delta Colony e sabe-se que possui aspirações a cargos mais elevados. Dominic II também é velho amigo de Michel Gerade, o filho do embaixador francês.

Eve colocou na tela a foto de um homem com cabelos louros muito brilhantes, lábios grossos e, em sua opinião, um ar de pouca determinação.

— Só para constar — continuou ela —, Naples tem um ar sombrio, mas possui ficha limpa. Houve no passado algumas especulações, dúvidas e investigações a respeito das atividades de algumas das divisões das Organizações Naples, mas nada ficou provado e a imagem da empresa permaneceu limpa. Minha fonte, porém, relata que Naples está e sempre esteve envolvido em várias atividades criminosas. Substâncias ilegais, contrabando, fraudes eletrônicas, roubo, extorsão e, provavelmente, assassinato. Ele também é a nossa mais forte ligação com Yost.

Ela tocou as fotos e colocou três imagens na tela.

— Esses três homens, Naples, Hinrick e Gerade, encontraram-se em Paris há cerca de oito meses, oficialmente para discutir planos visando à implantação de um sistema multinacional de telecomunicações. Hinrick é um contrabandista bem-sucedido e, embora sua ficha criminal não seja tão limpa quanto a de Naples, ela não exibe nada pesado. Winifred Cates trabalhou como tradutora e intérprete para esses três homens durante suas reuniões em Paris. O tal projeto da área de telecomunicações nunca saiu do papel e Winifred Cates foi assassinada. Seu caso permanece em aberto e ela está na lista oficial das vítimas de Sylvester Yost.

Eve trocou novamente as fotos.

— Britt e Joseph Hague. Estão mortos. Foram assassinados há seis meses e também aparecem como vítimas oficiais de Yost. Isso foi confirmado graças a dois fios de prata que foram encontrados ontem pelas autoridades locais.

"Os corpos foram achados na Cornualha. Yost passou vários dias na cidade de Londres antes das mortes. A principal base de operações de Naples fica lá. Os dois contrabandistas mortos, segundo dizem, invadiram a área de atuação de uma organização maior e mais poderosa. Suspeita-se que eles foram eliminados para remover os competidores pela raiz e impressionar outros que tentem infringir a determinação dos territórios atuais."

Ela pegou um pouco de café. Dormira só três horas e precisava ficar alerta.

— Três anos atrás, uma artista francesa foi espancada, estuprada e estrangulada por um fio de prata. Monique Rue era o seu nome — informou Eve, colocando a foto da vítima na tela. — Vinte e cinco anos, solteira, mulata, foi encontrada em um beco escuro a alguns quarteirões da boate onde trabalhava. Segundo declarações de amigos e colegas, ela tinha um caso com Michel Gerade e estava insatisfeita com sua condição de amante. Gerade, um bom amigo de Dominic II, refugiou-se na sua condição de diplomata e limitou-se a divulgar uma declaração através do seu advogado.

Eve pegou a cópia impressa da declaração e leu os pontos principais:

— Ele e a srta. Rue eram bons amigos. Ele admirava o seu talento. Nunca houve envolvimento sexual etc. — Eve largou o papel sobre a mesa.

— Os policiais franceses sabiam que isso tudo era papo furado, não importa o nome que deem em francês, mas suas mãos estavam atadas. Para piorar as coisas, Gerade tinha um álibi consistente e inatacável, pois viajava em companhia da esposa pela Riviera Francesa quando Rue foi morta. Nenhuma ligação direta entre Yost e Gerade foi estabelecida.

— Até agora — murmurou Feeney, baixinho.

— Por último, temos Nigel Luca, com uma ficha criminal mais comprida que a minha perna. Transporte de armamentos é a acusação mais comum. Oito anos atrás ele foi surrado, estuprado e encontrado com um fio de prata em volta do pescoço do lado de fora de uma boate de baixo nível em Seul. Minha fonte me informou que Luca, nessa época, trabalhava para um tal de Dominic J.

Naples e andava, como de hábito, fazendo alguns trabalhinhos autônomos por fora.

— Pelo visto, Yost é um dos brinquedinhos de matar favoritos de Dominic — concluiu Feeney. — Como fazemos para agarrá-lo?

— Precisamos muito mais do que isso antes de tentar extraditá-lo. Ele está bem protegido. Vou passar os meus dados para a Interpol e para a Global.

— E você acha que eles já não têm muitas dessas informações? — perguntou Feeney.

— Eu acho que eles têm algumas delas, sim, mas não estão dividindo as pistas com ninguém. Também acho que eles ainda não juntaram todas as peças. Nós faremos isso. Enquanto isso, cavamos mais. Preciso que a DDE xerete mais fundo, a fim de encontrar qualquer fiapo que surja para ligar Naples ao nosso homem. Meu instinto diz que Gerade é o elo mais fraco dessa corrente, mas não podemos nem ao menos tocar no canalha escorregadio. O mesmo vale para Dominic II, só que a segunda geração não me parece tão esperta ou tão cuidadosa quanto a primeira. Mais cedo ou mais tarde eles vão cometer o primeiro erro. O objetivo é estarmos prontos quando eles pisarem na bola. Só que, a não ser que eles façam isso dentro de nossa jurisdição, o caso será da Interpol ou da Global.

— Vamos colocar pontos de rastreamento na DDE. Qualquer coisa que pintar poderá ser detectada e passada para nós.

— Ótimo. Todos esses fatos têm a ver com o nosso trabalho, pois são motivos em potencial para os dois assassinatos que estamos investigando, como mostrarei em seguida. — Eve exibiu o quadro que havia preparado durante a noite.

— O Palace Hotel. Darlene French. Roarke. Magda Lane. A casa de tijolinhos na parte norte da cidade. Jonah Talbot. Roarke. Magda Lane. A vítima estava envolvida na publicação de livros e discos sobre Magda Lane. As peças atualmente em exposição no Palace Hotel e que serão leiloadas têm um valor próximo a um bilhão de dólares. Naples é um ladrão com uma rede de telecomunicações muito bem estruturada à sua volta. Hinrick é um contrabandista que possui o que se supõe seja a melhor organização de transporte e transferência de mercadorias. Gerade me parece apenas ganancioso.

— São os gananciosos que precisamos vigiar de perto — comentou Feeney.

— Concordo. Agora, uma especulação minha: e se o negócio discutido em Paris por esses três homens tivesse a ver com planos para roubar as peças que vão a leilão? Winifred vê ou ouve alguma coisa. Era uma mulher esperta. Tentou entrar em contato com sua amiga do FBI, mas foi assassinada antes de conseguir falar com ela.

— Qual o motivo de matar duas pessoas que moram em Nova York e não têm nada a ver com a história? — quis saber McNab, cruzando as pernas. Aquelas eram as primeiras palavras que ele dizia desde o início da reunião. Do outro lado da sala, Peabody continuou calada. — Se você apronta alguma no hotel que pretende atacar, isso só servirá para reforçar a segurança do local.

— Mas nós estaríamos em busca de um assassino e não de um ladrão. A ideia é abalar os funcionários matando um deles de forma brutal, dentro de uma suíte. Frustrar os responsáveis pela segurança desfilando diante dos seus narizes. Em seguida, tirar a atenção e a energia do leilão e direcioná-la para outro lugar. E então tornar a atacar. Onde se concentra a investigação? E quem poderia ter algum desejo de vingança contra Roarke? E foi exatamente onde nos focamos. Mas e se não se tratar de uma vendeta, pelo menos a princípio? E se o motivo de tudo for apenas o lucro?

— Essa ideia tem um bom potencial. — Feeney apertou os lábios. — Mas por que colocar Gerade nessa mistura? Não vejo nada que ele possa oferecer à operação.

O sorriso de Eve foi fino, mas vivo, e ela exibiu uma das transparências nas quais trabalhara até as três da manhã.

— Adivinhem quem é um dos maiores amigos de Dominic II e Gerade?... Vincent Lane, filho de Magda. Eles circulam por aí juntos desde os vinte e poucos anos.

— Filho da mãe. — Feeney deu um soco de leve no ombro de McNab, que se mantinha estranhamente calado. — Filho da mãe!

— Sim, eu também me empolguei muito com isso — disse Eve, fazendo de tudo para não reparar a forma deliberada com que o jovem detetive eletrônico e a sua auxiliar ignoravam um ao outro. — Magda Lane contribuiu muito para a campanha de Dominic II quando ele se tornou representante dos Estados Unidos na Delta Colony. Em contrapartida, Dominic II e Gerade investiram na produtora de Magda Lane, que teve vida curta. Elo por elo — afirmou Eve —, acho que temos uma boa corrente aqui. Para planejar um roubo desse tamanho e dessa complexidade seria necessário ter um homem lá dentro, íntimo de tudo. Mais íntimo do que Vince Lane é impossível.

— Ele vai roubar a própria mãe — reagiu Peabody, levemente indignada. — E vai matar para chegar lá?

— Ele é um desastre financeiro — afirmou Eve. — Ao longo dos anos, já tentou montar e levar em frente dezenas de projetos e esquemas. Acabou com o fundo fiduciário que recebeu ao completar vinte e um anos, torrou o dinheiro que sua mãe lhe deu para financiar negócios diversos em duas ocasiões. Pegou dinheiro emprestado com ela para pagar empréstimos e, provavelmente, cobradores violentos. Nos últimos quatorze meses, porém, vem sendo um rapaz exemplar, trabalhando para a mamãe. Ela lhe paga um salário absurdamente alto, de acordo com seus dados financeiros, mas ele vive duro. As despesas dele passam diretamente por Carlton Mince, o consultor financeiro de Magda. Pretendo conversar com ele e com Vince também. Com cautela. Não quero alertar ninguém, nem Magda, de que estou investigando essas coisas.

Ela parou e se colocou atenta quando o comandante Whitney entrou. Ela já lhe apresentara uma atualização completa logo cedo.

Ele olhou para o telão, percebeu o ponto em que ela estava na apresentação e se sentou, pedindo:

— Por favor, continue, tenente.

— Sim, senhor. Peabody e eu vamos dar uma passadinha no hotel para conversar com Carlton Mince e Vincent Lane. Feeney, acione os seus contatos no Centro de Pesquisa Internacional de Atividades Criminais. Como eu já disse, é bem provável que outras agências já tenham esses dados sobre Naples. Pode ser que tenham ainda mais. Se for o caso, tente convencê-los a nos repassar tudo, não importa que as conclusões sejam puramente especulativas. McNab, vá conversar com o chefe da segurança para o evento do Palace. Roarke já deve tê-lo alertado, mas eu quero que você fique por dentro de tudo. Você vai ser o braço direito dele até resolvermos tudo. Vai receber os dossiês de todas as pessoas envolvidas com o esquema de segurança. Enturme-se com eles e mostre que os adora. Quero que a Central de Polícia e esta equipe sejam informadas de toda e qualquer mudança, e também de todos os passos e de todas as tarefas específicas da segurança do hotel. Se um dos guardas sentir nem que seja uma coceirinha na bunda, quero ser informada imediatamente. Compreendido?

— Sim, senhora.

Eve respirou fundo e pediu:

— Comandante?

— Sim, tenente. — Ele exibiu um sorriso quase imperceptível no rosto.

— Gostaria de pedir que o senhor utilize toda a influência que julgue apropriada ao lidar com o FBI e com o pessoal de Washington. Preciso de espaço para trabalhar e Jacoby não vai me dar isso, a não ser que... — Ela não comentou que tinha vontade de enfiar a cabeça de Jacoby em uma latrina. — ... A não ser que ele receba ordens nesse sentido. Se eu conseguir esse espaço para me locomover e também alguma cooperação para agarrar Sylvester Yost, estou disposta a ceder aos federais os louros pela captura do assassino.

— O quê?! O quê?! — Feeney pulou da cadeira com o rosto vermelho de fúria, abanando os braços. — De que diabos você está falando? Você não vai ceder porra nenhuma a eles, entendeu? Você ralou pra caramba, fez todo o trabalho, chegou mais perto do que nunca desse canalha. Aliás, já o teria trancafiado se aqueles babacas não tivessem pisado na bola. Você trabalhou mais de oitenta horas só nessa semana e está com olheiras imensas.

— Feeney...

— Na-na-não, nada de "Feeney". Cale a boca! — Ele balançou o dedo indicador diante dela. — Você pode ser a investigadora principal do caso, mas a minha patente é maior do que a sua. Acha que eu vou dar um passo atrás e ficar olhando sem fazer nada enquanto você entrega a taça de bandeja para os federais, depois de ter liderado a corrida o tempo todo? Sabe a importância desse caso para a sua carreira? Todas as agências dentro e fora do planeta estão atrás desse canalha há vinte e cinco anos. Se você o encontrar e o agarrar, poderá ser promovida. *Não* fique aí me olhando nem venha me dizer que não quer ser promovida a capitã.

— Quero sim, e quero muito. — Eve não soube se devia se sentir comovida, envergonhada ou irritada com essa explosão em favor dela, mas o fato é que precisava colocar tudo em pratos limpos. — Você recebeu dicas de uma fonte anônima — lembrou ela, mantendo os olhos fixos em Feeney para mostrar que ela sabia muito bem de onde viera o disco. — Sem essas dicas eu não teria nada para pressionar Stowe nem conseguiria chegar ao trio sinistro de Paris. A agente Stowe também dedicou muitas horas de trabalho e sofrimento a essa investigação. Ela me repassou muitos dados úteis, e eu lhe prometi os louros. Foi esse o trato, Feeney. Eu propus esse acordo e vou mantê-lo.

— Pois esse trato é um absurdo, Dallas. Comandante...

Whitney ergueu a mão.

— Não adianta apelar para mim nesse caso, por mais que eu concorde com você. A tenente Dallas é quem chefia esta equipe.

Vou usar de toda a minha influência para conseguir o que pediu, tenente.

— Obrigada. Desculpe-me, senhor — disse ela, ao ouvir o comunicador tocar. Ela atendeu e saiu de lado para receber a mensagem.

— Jack — pediu Feeney, baixinho. — Ela merece esses louros.

— No momento não temos nenhuma coroa de louros para colocar sobre a cabeça de ninguém, Feeney. Vamos ver o que acontece. Não importa o resultado de tudo isso, o Departamento de Polícia está ciente do bom trabalho de Dallas e do resto da equipe em relação a...

O comandante parou de falar ao ouvir Eve xingando alguém.

— Como assim vocês o perderam? Como é que podem perder de vista um sujeito magricela e medonho que anda empinado como se tivesse um cabo de vassoura enfiado na bunda?

Era fácil responder a essa pergunta. O sujeito magricela e medonho parecia ter os olhos nas costas. Summerset sobrevivera às Guerras Urbanas, trabalhara nas ruas e aplicara todo tipo de golpe. Embora essa época tivesse terminado, ele ainda conseguia farejar um tira a cinco quarteirões de distância.

Sabia muito bem quando estava sendo seguido. Enganar as pessoas que estavam atrás dele era uma questão de princípio e lhe proporcionara bons momentos de satisfação. Apesar de ele imaginar que fora Eve quem mandara os tiras ficarem na sua cola, possivelmente com aprovação de Roarke, isso não significava que ele era obrigado a aceitar isso.

Ele podia estar fora de campo, mas certamente não estava fora de forma. Supor que ele não saberia cuidar de si mesmo nem de se defender em um lugar público era um insulto.

Como tinha meio dia de folga, planejou passar pela Madison Avenue, fazer algumas compras, quem sabe almoçar ao ar livre em um dos seus bistrôs favoritos e, dependendo da sua disposição, visitar uma galeria de arte antes de voltar para casa e retomar seus afazeres.

Algumas horas civilizadas, pensou ele, *não seriam estragadas pela desagradável presença da polícia, sempre intrometida e ineficaz.*

O fato de Summerset conseguir imaginar, com certa alegria, a fúria e a frustração de Eve ao saber que o alvo sumira não foi o fator determinante para o que ele fizera.

Mesmo assim, seu rosto magro exibia um leve ar triunfante quando ele escapou pela janela do terceiro andar de um hotel luxuoso, acionou a escada de emergência, desceu suavemente até a calçada dos fundos e entrou com passos decididos no prédio ao lado, a fim de pegar a passarela aérea rumo à Madison.

Veja só que absurdo, pensou consigo mesmo, *alguém achar que dois tiras desajeitados poderiam me seguir sem ser despistados.*

Ele parou em uma mercearia próxima, avaliou as frutas frescas expostas na calçada e, após decidir que eram de qualidade pateticamente baixa, fez uma anotação mental para solicitar pêssegos produzidos nos domos agrícolas de Roarke.

Eles teriam *peach melba* como sobremesa no jantar.

Quanto ao resto das frutas, as uvas lhe pareceram razoavelmente promissoras e Summerset sabia que Roarke gostava de apoiar os comerciantes locais. *Talvez eu leve meio quilo de uvas verdes e rosadas*, planejou, pegando uma de cada para experimentar.

O quitandeiro, um homem pequeno com compleição de barril, se levantou e veio voando lá de dentro com suas perninhas curtas, ganindo como um cão terrier. Tinha origem asiática e representava a quarta geração de uma família de quitandeiros que trabalhava naquele mesmo ponto havia quase um século.

E há vários anos ele e Summerset trocavam desaforos pelo menos uma vez por semana, para satisfação mútua.

— Comeu, tem que pagar, mermão!

— Meu bom homem, eu não sou seu irmão e não gosto de levar gato por lebre.

— Que gato? Onde é que você está vendo gato? Duas uvas. — Ele estendeu a mão. — Vinte fichas de crédito.

— Dez créditos para cada uva? — Summerset cheirou as frutas com força. — Estou surpreso pela sua desfaçatez em me cobrar isso com a cara mais lavada deste mundo.

— Quem come minhas uvas tem que pagar por elas. Vinte fichas de crédito!

Curtindo o momento, Summerset soltou um suspiro doloroso.

— Talvez eu compre meio quilo de suas uvas medíocres só para enfeitar a cozinha. Consumi-las está fora de questão, é claro. Pago em dólares. Oito dólares por meio quilo.

— Rá! Você está tentando me roubar, como sempre. — Um momento esperado ansiosamente pelo quitandeiro, todas as semanas. — Vou chamar o androide de patrulha. O preço é doze dólares por meio quilo de uvas.

— Se eu aceitasse pagar essa quantia exorbitante pelo seu produto, certamente precisaria de tratamento psiquiátrico ou então seria forçado a processá-lo por extorsão. Sua simpática esposa e seus filhos só poderiam vê-lo quando fossem visitá-lo na prisão. Como não quero tal peso na consciência, ofereço dez dólares, não mais que isso.

— Dez dólares por meio quilo de minhas uvas maravilhosas? Isso é que é um crime. Mesmo assim, eu aceito a oferta para acabar logo com isso, pois a sua cara azeda poderá prejudicar o resto das frutas.

As uvas foram embaladas, o dinheiro pago e os dois homens seguiram satisfeitos, cada um para o seu lado.

Summerset saiu com o saco de compras como se carregasse um bebê no braço e continuou a sua caminhada.

Nova York, ele pensou, *é uma tremenda cidade, com figuras maravilhosas não importa para onde se olhe.* De todos os lugares do mundo para onde ele viajara, e havia muitos, essa cidade americana cheia de energia, vida e irritabilidade era, de longe, a sua favorita.

Ao se aproximar da calçada ele viu o dono de uma carrocinha de lanches brigando com um cliente. O sotaque do vendedor de cachorros-quentes, nascido e criado no Brooklyn, era tão pesado que pareceu a Summerset que ele arrasava a língua inglesa com a mesma determinação de um boxeador suado ao derrubar o oponente.

Um maxiônibus, que vinha passando roncando junto do meio-fio, freou com um guincho agudo e uma bufada forte, descarregando um turbilhão de gente. Pessoas de todos os tipos e tamanhos, em uma cacofonia de idiomas e em uma miscelânea de destinos.

Todos, é claro, morriam de pressa para chegar a algum lugar o mais rápido possível.

Summerset deu um passo atrás para não ser empurrado e tomou conta dos bolsos. Trombadinhas costumavam andar de ônibus pelas muitas oportunidades de pescar carteiras.

Ao se virar, sentiu uma sensação estranha na nuca e um friozinho na espinha. *Um tira?*, perguntou a si mesmo. Será que eles tinham conseguido descobrir a sua pista? Ele se virou meio de lado, posicionou-se de forma a usar a vitrine de uma loja como um espelho improvisado e observou a rua e a calçada às suas costas.

Não viu nada além de gente às pressas, muito atarefada, além de alguns turistas que abriam a boca de espanto diante da maravilhosa variedade dos produtos expostos ao longo da Madison.

Mas o seu radar continuou ligado. Com toda a naturalidade ele passou o saco com as frutas para o outro braço, enfiou a mão no bolso e se misturou à multidão.

O vendedor na carrocinha de lanches da esquina continuava em luta com o idioma e o cliente. Os passageiros continuavam a entrar e sair do maxiônibus. Com o canto dos olhos ele viu o seu amigo quitandeiro apregoando os produtos para os transeuntes.

Ouviu-se um suave zumbido de hélices girando quando um helicóptero de controle de tráfego passou fazendo a ronda.

Summerset quase relaxou e já estava praticamente convencendo a si mesmo que sentir a polícia em sua cola o deixara desconfiado e tolo. Foi quando sentiu o súbito movimento do braço de alguém em sua direção.

O instinto falou mais rápido. Ele girou o corpo com rapidez. Ele tirou a mão do bolso, e o corpo se enrijeceu, pronto para qualquer coisa. De repente ele se viu face a face com Sylvester Yost.

A seringa de pressão o atingiu de raspão ao longo das costelas e errou o alvo, antes mesmo de seu corpo parar de girar. Sua mão se ergueu e o tiro da arma de atordoar atingiu o ombro de Yost.

Quando o braço de Yost pendeu, sem força, a seringa caiu na calçada e foi esmagada pelos pés de dezenas de pessoas. Os dois homens foram atirados de encontro um ao outro, olharam-se fixamente como amantes separados há muitos anos e então foram novamente separados pela multidão que se comprimia, acotovelando-se para pegar o maxiônibus antes que suas portas se fechassem.

Summerset sentiu a vista enevoada e estreitou os olhos, tentando focá-los em algo. Piscou com força para ver melhor e tentou se equilibrar, mas certamente teria caído no chão se a pressão dos muitos corpos à sua volta não o mantivesse em pé.

Com os joelhos trêmulos, tentou seguir em frente. O zumbido em seus ouvidos parecia o de um vespeiro ao longe. Seu corpo se moveu lentamente, como se ele caminhasse dentro de uma piscina de melaço. Sua mão, que ainda empunhava a arma de atordoar, conseguiu dar mais um tiro, mas não pegou em Yost e derrubou um atônito e inocente turista vindo de Utah. Sua mulher imediatamente começou a gritar, chamando a polícia.

Ainda trôpego, mas um pouco mais firme, Summerset não pôde fazer nada a não ser olhar Yost, que corria balançando o braço inerte até alcançar uma esquina e desaparecer de vista.

Summerset ainda conseguiu dar dois passos em sua direção antes de o mundo ficar completamente cinza e ele cair para a frente, de joelhos. Quando alguém o ajudou a se levantar, ele lutou, quase sem forças.

— Você está bem? Está enjoado? — O quitandeiro tirou-o dali e mais que depressa enfiou a arma novamente no bolso de Summerset. — Você precisa se sentar um pouco. Levante-se, venha comigo.

Através da enxurrada de sons em sua cabeça, Summerset percebeu que a voz lhe era familiar e concordou.

— Sim. — Sua língua parecia inchada e as palavras lhe saíam com dificuldade. — Sim, obrigado.

A primeira coisa que ele lembrava depois disso foi se ver sentado em um quarto pequeno, cheio de engradados, caixotes e um cheiro forte de bananas. A esposa do quitandeiro, uma mulher muito bonita, com bochechas douradas, segurava um copo d'água junto de seus lábios.

Ele balançou a cabeça para os lados, tentando se refazer e identificar o tipo de tranquilizante que Yost tinha conseguido aplicar nele. *Uma dose pequena*, percebeu, mas poderosa o bastante para lhe provocar tonteira, um pouco de náusea e fraqueza nos braços e pernas.

— Desculpe — disse ele, com o máximo de clareza que conseguiu. — Será que vocês poderiam me dar uma dose de Wake-Up ou outro genérico qualquer? Preciso de um estimulante.

— O senhor me parece muito mal — disse ela, com gentileza. — Vou chamar uma ambulância.

— Não, não, eu não preciso de paramédicos à minha volta. Tenho experiência nessa área. Preciso simplesmente de um estimulante.

O quitandeiro conversou baixinho com a esposa. Ela suspirou, entregou-lhe o copo d'água e saiu do cômodo.

— Ela foi buscar o que você precisa. — O quitandeiro se agachou para poder ficar com os olhos à altura dos de Summerset. — Eu vi o homem que você enfrentou. Você o atingiu, mas de leve. Ele levou a melhor, me parece.

— Eu discordo. — Em seguida, xingando baixinho, Summerset se viu forçado a baixar a cabeça e colocá-la entre os joelhos.

— Quem você atingiu em cheio foi o pedestre. Ele caiu na calçada todo torto. — Um ar divertido surgiu em sua voz. — Os tiras vão procurar você. Aliás, você arruinou as minhas lindas uvas.

— *Minhas* uvas. Eu paguei por elas.

* * *

Eve se encolheu dentro da jaqueta, chutou a mesa com raiva e tentou decidir se devia avisar Roarke que Summerset despistara a polícia, como ele previu que ia acontecer.

Ah, para o inferno com isso, pensou ela, pois precisava sair para a rua. Resolveu jogar o problema de Summerset nas costas de Roarke.

Quando ia pegar o *tele-link*, o problema apareceu em pessoa na porta de sua sala.

— Que diabos você está fazendo aqui?

— Pode acreditar, tenente, para mim, esta visita é tão difícil de aturar quanto para a senhora. — Summerset observou o escritório apertado à sua volta, passeou o olhar, desdenhoso, por sobre a janela minúscula e a cadeira de pernas bambas. Fungou. — Eu me enganei. Posso ver que nada lhe parece difícil de aturar.

Ela andou em torno dele e bateu a porta da sala com força.

— Você despistou meus homens.

— Posso ser obrigado a viver sob o mesmo teto de uma policial, mas certamente não sou obrigado a suportar tiras me seguindo em meu horário de folga. — Ele riu com desprezo, sentindo-se muito mais à vontade. — Eles foram incompetentes e óbvios. Se a senhora pretendia me insultar, não custava nada fazê-lo por meio de indivíduos adequadamente treinados.

Eve não ia discutir. Escolhera dois dos melhores homens disponíveis, e ambos tinham acabado de receber uma esculhambação em grande estilo.

— Se você veio até aqui para apresentar uma queixa formal, procure o sargento de plantão. Estou ocupada.

— Estou aqui, contra a minha vontade, para apresentar uma declaração. Devido às circunstâncias, prefiro conversar sobre isso com a senhora, pois não quero preocupar Roarke.

— Preocupá-lo? — Eve sentiu uma fisgada na barriga. — O que aconteceu?

Ele olhou para a cadeira prestes a se desmontar, suspirou e optou por fazer a sua declaração em pé mesmo.

Ele era obrigado a reconhecer o profissionalismo de Eve. Depois de rogar algumas pragas, ela se calou e ouviu tudo com muita atenção, os olhos estreitos como os de um tubarão e igualmente implacáveis.

Quando Summerset terminou o que lhe pareceu um relato admiravelmente preciso e completo do evento, Eve o inundou de perguntas e detalhes que ele não tinha considerado.

Sim, ele sempre passava naquela mercearia, naquela mesma hora, em sua manhã de folga. Quase sempre ficava ali observando o maxiônibus parar e apreciava o balé tosco, por assim dizer, dos passageiros.

Yost chegara por trás dele, um pouco à direita. Sim, ele, Summerset, era destro.

Yost usava uma peruca alourada com corte à escovinha, em estilo militar, e um sobretudo cinza-perolado, bem claro. Era um material leve, embora estivesse quente o bastante para dispensar uma roupa daquelas. O tiro da arma de atordoar pegara de raspão no ombro de Yost, fazendo-o largar a seringa de pressão antes de a dose completa ser administrada.

Pelo visto, um transeunte fora atingido no peito, mas ele estava se recuperando muito bem dos arranhões que sofreu ao cair na calçada.

— Alguém sabe que você estava portando uma arma ilegal?

— O quitandeiro. Entretanto, eu disse ao androide de patrulha que Yost era o dono da arma, tentara me atacar e atingira sem querer o pobre homem de Utah. Tive também o cuidado de entregar o meu cartão à esposa do turista atingido, para que todas as despesas médicas corram por minha conta. Isso era o mínimo que eu podia fazer.

— O mínimo que você podia fazer era deixar meus homens desempenharem sua tarefa em paz. Se você não tivesse escapado deles, talvez o tivéssemos pegado quando ele atacou.

— E talvez — completou Summerset, no mesmo tom de voz —, se a senhora tivesse tido a gentileza de discutir comigo os seus planos relacionados *com* a minha pessoa, em vez de se esgueirar pelas minhas costas, quem sabe eu não tivesse cooperado?

— Uma ova!

— Pode ser, mas nem sequer discutimos a possibilidade. O fato é que eu consegui me defender de forma muito satisfatória e ainda causei um grande desconforto ao meu agressor. O lado mau é que isso me causou um certo embaraço, além de dez dólares desperdiçados em uvas.

— Você acha que isso é alguma piada? Que é uma brincadeirinha?

— Não, tenente, não acho. — Sua mandíbula se apertou. — Se eu achasse o que aconteceu, ainda que por um instante, divertido, não estaria em uma delegacia de polícia. Mas aqui estou, voluntariamente, e já lhe fiz a minha declaração, na esperança de que ela possa ajudá-la de algum modo em sua investigação.

— Pois você pode me ajudar na investigação se sentar esse traseiro na cadeira e esperar até eu conseguir uma patrulhinha que o leve para casa.

— Eu me recuso a andar em uma viatura policial.

— Mas vai andar sim senhor! Você é uma vítima em potencial. Já tenho preocupações demais na minha cabeça sem você circulando pela cidade livre, leve, solto e com um alvo desenhado na bunda. A partir desse instante você vai fazer exatamente o que eu lhe disse para fazer, senão eu...

Ela calou a boca quando Roarke abriu a porta e entrou.

— Ah, que ótimo, vá entrando, nem se dê ao trabalho de bater antes. Aqui é a casa da mãe joana mesmo.

— Eve. — Foi tudo o que ele disse, passando a mão de leve sobre o braço dela. Mas seus olhos se fixaram diretamente em Summerset. — Você está bem?

— Sim, claro que estou ótimo. — *Eu devia ter adivinhado*, pensou Summerset, com uma súbita sensação de culpa. *Devia ter adivi-*

nhado que Roarke saberia do incidente antes mesmo de o circo acabar.

— Acabei de dar à tenente a minha versão sobre o evento. Pretendia entrar em contato com você assim que eu chegasse em casa.

— Pretendia mesmo? — murmurou Roarke. — Um dos paramédicos chamados para ir ao local do incidente o reconheceu no instante em que você deu entrada como ferido e conseguiu me repassar a informação antes mesmo de você fazê-lo.

— Sinto muito. Eu ia lhe comunicar que nada de grave me aconteceu. Como pode ver, não estou ferido.

— E acha que eu vou tolerar isso? — Roarke falava baixinho e com um tom de voz que alertou Eve para a fúria represada que estava prestes a entrar em erupção.

— Não há o que tolerar, Roarke. O caso já foi resolvido e encerrado.

As sobrancelhas de Eve se ergueram. Aquela era a voz de um pai tolerante dando bronca no filho. O olhar dela voou para Roarke e viu a raiva dele aumentando.

— Tudo bem, foi tudo resolvido e acertado. Providenciei para você tirar férias. Nas próximas duas semanas você estará de férias. Sugiro que vá para o chalé na Suíça, que é um dos seus favoritos.

— Não gosto de tirar férias nessa época do ano. De qualquer modo, muito obrigado.

— Faça as malas e leve tudo o que precisar. Seu avião partirá em duas horas.

— Eu não vou.

— Quero você fora da cidade, e quero agora! Se o chalé não lhe agrada, vá para onde quiser. Mas você vai!

— Não tenho intenção de ir a lugar algum.

— Merda. Então está despedido!

— Muito bem. — Recolherei meus pertences e farei reserva em um hotel assim que...

— Ah, cale a boca. Vocês dois, calem a boca! — reagiu Eve, agarrando os próprios cabelos com força e puxando-os. — Veja só que ironia! — Olhou para Roarke. — Justamente no dia em que você finalmente diz as palavras que eu sonho ouvir há mais de um ano, não posso rodopiar nem fazer a minha dancinha de felicidade. Você acha que ele vai colocar o rabo entre as pernas e se esconder? Acha que justamente no momento em que você está nesse sufoco ele vai se mandar para a Suíça e ficar cantando "orilê-i-ti" para as montanhas, ou sei lá o que eles fazem por lá?

— Eve, você, mais do que ninguém, devia perceber a necessidade urgente de remover Summerset do perigo imediato. Yost falhou. Deve estar zangado, pois seu orgulho profissional foi ferido. Ele vai atacar de novo e vem com tudo.

— É por isso que Summerset vai ser encaminhado para aquela fortaleza que é a nossa casa e vai ficar lá, sob custódia e bem protegido até eu decidir em contrário.

— Eu não concordo com tal...

— Eu mandei você fechar a matraca! — gritou Eve, girando o corpo e colocando-se diretamente entre os dois homens furiosos. Dava para sentir os torpedos de ira e raiva lançados pelos dois. — Você quer que Roarke fique morrendo de preocupação com você? Quer vê-lo arrasado de dor se você der mole e algo lhe acontecer? Talvez seu orgulho seja muito grande para ser engolido numa boa, meu chapa, mas não é grande o bastante que não possa ser enfiado por sua goela abaixo. Os dois vão ficar pianinho e fazer exatamente o que eu determinar, senão eu vou autuar você — espetou um dedo no peito de Summerset — por porte de arma ilegal e você — girou o corpo e fez exatamente a mesma coisa com Roarke — por interferir nos procedimentos da polícia. Enfio os dois na mesma cela e deixo que saiam na porrada enquanto eu encerro a droga do caso. O que eu não vou tolerar é ficar aqui tentando separar a briga de duas crianças que ficam se bicando.

Roarke agarrou o braço dela, e seus dedos pareciam tornos, até que conseguiu, aos poucos, retomar um pouco de calma. Sem dizer mais nada, deu as costas e saiu porta afora.

— Puxa, isso não foi divertido? — perguntou ela.

— Tenente...

— Cale a boca! Continue com a matraca fechada por mais um minuto. — Ela foi até a janela e olhou para fora com raiva. — Você é a única coisa do passado de Roarke que ele preza.

A emoção de ouvir isso inundou o rosto de Summerset. Subitamente, todos os seus ossos pareceram amolecer e ele se sentou na cadeira.

— Pode contar com toda a minha cooperação, tenente. Devo esperar em algum lugar especial enquanto a senhora me consegue transporte?

— Aqui está bom.

— Tenente... — ele disse, antes que ela passasse pela porta. Seus olhos se encontraram. — Não se trata de orgulho. Eu não posso abandoná-lo nesse momento. Ele é... É como se fosse meu filho.

— Eu sei. — Ela soltou um longo suspiro. — Vou providenciar dois seguranças à paisana e um carro comum para levá-lo até em casa. Isso vai deixar você menos indignado. — Ela abriu a porta e deu um risinho de deboche, tentando recompor ambos ao dizer: — Na próxima vez em que ele despedir você, meu chapa, vou dar cambalhotas e comemorar com champanhe.

Capítulo Dezenove

Eve lidou com o problema do transporte de Summerset e mandou dois guardas até a Madison para interrogar comerciantes da área que pudessem ter visto Yost quando ele escapou. Embora não tivesse muitas esperanças, mandou também que eles localizassem o motorista do maxiônibus para uma declaração.

Em seguida, juntou-se a Peabody e desceram para a garagem.

— Ele vai ficar em casa? Summerset?

— Vai, ele vai ficar sim. Se eu tivesse alguma dúvida, o deixaria trancafiado. No momento a minha maior preocupação é... bem. Hummm... — Ela parou de falar ao ver o foco da sua preocupação encostado na porta do seu carro. — Tenho o pressentimento de que preciso de alguns minutos a sós com ele, Peabody.

— Nossa, ele fica tão sexy quando está puto da vida. Posso assistir?

— Desde que fique a pelo menos cinco vagas de distância e de costas. — Deu um passo à frente. — E com o gravador direcional desligado — acrescentou e ouviu sua ajudante resmungar:

— Estraga-festa.

— Isso é território policial, garotão — Eve avisou a Roarke. — Vá circulando ou eu chamo os seguranças da garagem.

— Quero que ele vá para fora do país. — Sua voz parecia um chicote, cortante e forte.

— Nem mesmo você pode ter tudo o que deseja.

— Você é a última pessoa que eu imaginei que tentaria me impedir de fazer isso.

— Eu sei e não estou nem um pouco empolgada com isso. O fato é que agora Summerset é uma testemunha oficial. Ele permanece na cidade sob proteção policial. Fim de papo.

— Que se dane a sua proteção policial. Seus tiras de merda não conseguiram nem ao menos segui-lo por seis quarteirões. Acha que posso confiar neles agora?

— Você quer dizer que não pode confiar em mim.

— Pelo jeito, dá no mesmo.

Ouvir isso doeu como um soco na boca do estômago.

— Tem razão, dá no mesmo e eu decepcionei você. Sinto muito.

Emoções quentes e violentas surgiram nos olhos de Roarke. Ela se encolheu para enfrentar a explosão que viria em seguida e resolveu deixá-lo descarregar até a fúria amainar. Em vez disso, ele se virou de costas e colocou as duas mãos sobre o carro dela.

— Puxa vida! Você vai ficar aí parada, me deixando atacá-la desse jeito? Alguma vez eu já fui tão longe?

— Muitas vezes. Mas a verdade é que fui eu que escolhi os homens que deveriam segui-lo e eles o perderam. Portanto, a culpa é minha mesmo.

— Isso é papo furado.

— Nada disso, é uma questão de linha de comando. Do mesmo modo que você está remoendo por dentro que o que quase aconteceu com ele foi culpa sua. Depois que engolirmos esse sapo, poderemos ir em frente.

Ela pensou em colocar a mão no ombro dele, mas decidiu enfiá-la no bolso.

— Roarke, não espere nem exija dele algo que você mesmo não faria. Não fiquei feliz com o que aconteceu hoje de manhã, mas, analisando bem, ele soube se defender. Vamos lhe dar crédito por isso e voltar à nossa luta.

— Eles sabem o quanto ele é importante para mim. Sabem o quanto a perda dele me afetaria, especialmente desse jeito. E fazem isso pelo dinheiro e pelo prazer. Infelizmente eu não posso reclamar, pois já aprontei muita coisa errada no passado por dinheiro e por prazer.

Eve esperou um momento, tentando entender.

— Espere aí — disse, por fim. — Esse troço é tipicamente irlandês? Achar que talvez as coisas ruins aconteçam na sua vida porque você foi mau?

— É uma visão católica, eu acho — disse ele, quase rindo ao se virar para ela. — Essa sensação surge nos momentos mais inesperados, por mais que eu tente evitar. Não, não acredito de verdade que isso seja punição pelo meu passado, mas sei que tudo começou a se formar lá atrás, e isso é algo que precisa ser resolvido.

E ele ia resolver, por mais que fosse doloroso.

— O que é que você não me contou, Roarke?

— Quando tiver certeza, eu conto. Eve, você não me decepcionou e eu não tinha o direito de fazê-la pensar o contrário.

— Tudo bem. Pelo menos eu estava lá no momento exato em que você despediu Summerset. Você bem que podia esperar mais umas duas semanas e fazer isso de novo, colocá-lo no olho da rua. Dessa vez pra valer.

Ele sorriu, passou os dedos de leve pelas pontas dos cabelos dela. Então o seu olhar se ergueu quando as portas do elevador se abriram. Summerset veio caminhando entre dois tiras à paisana.

Eve suspirou baixinho no instante em que os dois homens fixaram o olhar longamente um no outro. Havia coisas entre eles que Eve nunca conseguiria entender por completo.

— Agora eu acho que está na hora de você ir até lá falar com ele, seguindo o ritual de enturmação masculina e juras de amizade.

— Tenente?
— Sim, que foi?
— Me dê um beijo.
— Por que eu faria isso?
— Porque eu preciso.

Ela revirou os olhos, para manter a tradição, mas ficou na ponta dos pés e tocou a boca dele com os lábios.

— Aqui existem câmeras de segurança, esse selinho então é tudo o que vai rolar. Agora tenho um monte de lugares aonde ir. Peabody!

Mesmo assim ela esperou até Roarke atravessar a garagem ao longo de vários veículos comuns, na direção de Summerset.

— Isso parece coisa de família, né? Pai e filho — disse Peabody, ao entrar na viatura. — Ei! Isso torna você uma espécie de nora de Summerset.

O horror de ouvir isso deixou Eve pálida e ela colocou a mão sobre o estômago.

— Credo, Peabody, agora eu senti até enjoo.

Os Mince estavam hospedados nos aposentos que o hotel denominava Suíte Executiva Nível Luxo. Isso equivalia a dizer que os aposentos eram amplos, arejados e separados em sala de estar e quartos por uma treliça sofisticada onde se enredavam flores diversas. Em um canto da sala de estar fora instalado um sistema de banco de dados e comunicações, em um console discreto, para que os executivos bem-sucedidos o bastante para pagar por isso tivessem acomodações e um local de trabalho em grande estilo.

Mince estava obviamente trabalhando no instante em que Eve o interrompeu. O console zumbia discretamente e havia uma caneca de café fumegante ao lado.

— Olá, tenente. Tinha esquecido que a senhora viria.
— Obrigada por aceitar conversar comigo.

— Ora, ora, não há o que agradecer. — Ele lançou um olhar em torno da suíte e pareceu quase surpreso ao ver tudo no lugar. — Costumo mergulhar no trabalho e esqueço o tempo. Minnie fica desesperada, pobrezinha. Acho que ela foi fazer compras ou talvez tenha ido ao salão de beleza, não lembro. A senhora também quer conversar com ela?

— Se for necessário, eu marco outra hora com sua esposa.

— Deixe-me oferecer-lhe alguma coisa. O café está fresco. Acho que Minnie o preparou pouco antes de sair.

— Obrigada. — Eve aceitou o café para manter as coisas em nível informal e se sentou em uma das lindas poltronas enquanto ele lidava com xícaras e talheres.

— A senhorita também aceitaria um café?

— Se não for trabalho — disse Peabody, muito educada.

— Trabalho nenhum. Este é um hotel maravilhoso. Tudo que um hóspede possa precisar ou querer a um simples estalar de dedos. Reconheço que quando Magda teve a ideia de fazer o evento aqui eu não fiquei satisfeito. Certamente estou convencido agora.

— Ela insistiu nisso?

— Sim. Ela queria que o leilão acontecesse em Nova York, pois foi aqui a sua estreia no palco. Embora ela tenha deixado a sua marca no mundo dos espetáculos através do cinema, nunca esqueceu que foi a Broadway que lhe deu a primeira chance.

— Você e Magda trabalham juntos há muito tempo?

— São tantos anos que nenhum de nós gosta de contá-los.

— É como se fossem uma família — comentou Eve, ao se lembrar da declaração de Peabody.

— Ah, certamente é como se fôssemos parentes. Com todos os altos e baixos e os desgastes da relação — disse ele, trazendo o café. — Estivemos lado a lado em casamentos, consolamos um ao outro em funerais e caminhamos ansiosos por corredores de maternidades. Sou padrinho do filho dela. Magda é uma mulher magnífica e tenho orgulho de ser seu amigo.

Eve não disse nada até ele se sentar.

— Amigos podem ser superprotetores em relação a uns com os outros. Até demais, muitas vezes.

— Não entendo o que quer dizer, tenente — reagiu ele, intrigado.

— Ela sabe o tamanho da encrenca financeira em que Vincent Lane se meteu dessa vez?

— Não comento a vida pessoal dos meus amigos, tenente. E, como consultor financeiro de Magda, jamais poderia conversar a respeito das finanças dela ou do seu filho com a polícia.

— Mesmo se fosse livrá-la de muita dor e sofrimento? Não sou uma repórter, sr. Mince. Não vim aqui para fazer fofocas. Estou preocupada com a segurança da sua amiga e dos objetos que lhe pertencem.

— Não vejo em que a situação financeira de Vince possa ter relação com questões de segurança.

— Vocês já o salvaram do sufoco várias vezes, não foi? Um dos dois ou ambos. Continuam tirando-o do atoleiro, mas ele torna a afundar. Agora, a fornecedora oficial de grana, a própria mãe de Vince Lane, vai abrir mão de quase um bilhão de dólares em um leilão beneficente. Como será que ele encara isso? Já pensou a respeito?

Eve percebeu um brilho no olhar de Mince antes de ele desviar o rosto.

— Tenente, não vejo de que forma tudo isso possa...

— Sr. Mince, eu posso conseguir mandados. Posso convocá-lo para interrogatório e perguntar tudo oficialmente. Não quero fazer isso por várias razões. Uma delas é que o meu marido tem muita admiração e carinho por sua amiga. Estou pensando nele, nela e no impacto que sofreriam caso um escândalo relacionado com esse leilão viesse a público.

— Certamente a senhora não acha que Vince esteja planejando criar algum problema, tenente. Ele não ousaria.

— Ela sabe da situação financeira dele?

Mince pareceu afundar na poltrona. Rugas de preocupação surgiram em sua testa quando ele pousou o café na mesinha.

— Não. Eu não contei nada a ela, dessa vez. Ela pensa que tudo são páginas viradas na vida dele. Está tão empolgada ao ver o interesse que Vince vem demonstrando na fundação e no leilão que...

— Ele parou de falar e encarou Eve, com horror. Em seguida, balançou a cabeça. — Não, não há possibilidade. Não existe nada que ele possa fazer, a essa altura, para impedir o evento de se realizar. Está tudo decidido, já é fato consumado. A papelada foi assinada. Todo o dinheiro que for levantado irá para a fundação, isso está especificado nos contratos. Ele não pode impedir nada, por mais que tenha sido contra a ideia, no princípio.

— Ele tentou dissuadi-la?

Mince se levantou e começou a caminhar de um lado para outro pela sala e esfregou as mãos de ansiedade, tentando pensar no que dizer.

— Sim. Sim, ele reclamou muito no início. Disse que ela estava distribuindo o que era dele por direito em relação à herança. Eles tiveram uma briga terrível. Magda disse que não o aguentava mais, que já era hora de ele trabalhar para se manter, que ela não iria mais salvá-lo quando precisasse de dinheiro, nem taparia os buracos que vivia abrindo na própria vida. Ela afirmou que uma das vantagens de criar a fundação era que ela *não poderia* mais passar o dinheiro para ele nem que quisesse. Disse que estava fazendo isso pelo bem dele, de si mesma e de todos os que precisassem de uma ajuda para se formar nessa área.

— O que o fez mudar de ideia?

— Não sei. — Mince ergueu as mãos e espalmou os dedos. — Ele saiu de casa furioso. Ela chorou muito, e olhe que Magda não é de chorar por qualquer coisa. Eles não se falaram por duas semanas. Nenhum de nós sabia onde Vince poderia estar. De repente ele voltou, de cabeça baixa, muito arrependido. Disse que ela estava com toda a razão, garantiu que sentia muito pelo que aconteceu, que tinha vergonha e queria fazer tudo o que pudesse para ela sentir orgulho dele.

— Você não acreditou nele, acreditou?

Ele abriu a boca antes de falar e em seguida suspirou fundo.

— Nem por um minuto. Mas ela acreditou. Magda adora Vince, mesmo quando ele a deixa em desespero. Ela ficou empolgadíssima quando ele pediu para trabalhar no projeto. Por um tempo me pareceu que ele realmente estava sendo sincero. Foi quando as contas começaram a surgir novamente. Eu as transferia para mim a fim de poupá-la do desgaste. Conversava com ele e pagava tudo. Até que um dia eu ameacei contar tudo a Magda. Ele se desmontou, me implorou para não fazer tal coisa e me garantiu que aquela seria a última vez.

— Quando foi isso?

— Pouco antes de virmos para a Costa Leste. Ele andou mais comportado do que nunca desde então, mas... — Ele olhou para o computador. — Várias contas acabaram de chegar hoje. Agora sou eu quem chegou ao limite.

— Algumas das faturas que você pagou desde que ele brigou com a mãe referiam-se a fretes de produtos para a Delta Colony ou Paris?

Mince fechou a boca com força e seus lábios formaram uma linha fina.

— Ambos. Ele conhece pessoas nesses lugares. Não aprovo essas amizades, embora alguns dos amigos de Vince pertençam a boas famílias. O problema é que eles são um pouco rebeldes, muito descontrolados. As contas de Vince são sempre muito altas quando ele sai com Dominic II, Naples ou Michel Gerade.

— Sr. Mince, será que o senhor me permitiria ver as faturas que chegaram esta manhã?

— Tenente, eu não compartilho esses problemas nem com a minha esposa. O que a senhora está me pedindo é uma quebra de confiança.

— Não pense assim. Estou ajudando-o a manter essa confiança. — Eve se levantou da poltrona. — Vince Lane seria capaz de atacar a mãe para obter ganho financeiro?

— Atacar Magda fisicamente? Não, não, claro que não. Isso está completamente fora de possibilidade.

— Mas há outras formas de atacá-la sem ser fisicamente.

— Sim, sim, é verdade. — Os lábios de Mince tremeram. — Creio que ele seria capaz disso, sim. Ele a ama. A seu modo ele a ama muito. Mesmo assim, ele... Vou fazer o levantamento dos dados para a senhora.

Eve levou menos de trinta segundos para descobrir o que procurava.

— Telecomunicações Naples. Um milhão de dólares.

— Terrível, não é? — lamentou Mince, por trás de Eve. — Vince não tem necessidade de um sistema de telecomunicações com essa complexidade. Não posso imaginar no que ele estava pensando ao comprar isso.

— Eu posso — murmurou Eve.

— Acha que ele vai se segurar e não comentará nada sobre a nossa visita com Magda ou com Vince, tenente? — perguntou Peabody quando elas entraram no elevador e subiram para a suíte de Vince Lane.

— Acho que sim, pelo menos por agora. Isso nos dará tempo para investigar tudo sobre ele e seus amiguinhos.

— Prejudicar a própria mãe. Essa é a coisa mais baixa que eu já vi.

— Acho que assassinato é mais baixo ainda.

Elas saltaram em um hall silencioso e tocaram a campainha que ficava ao lado das sofisticadas portas duplas. Vince Lane atendeu a porta pessoalmente.

Ele vestia uma roupa casual, calças e camisa leve. Estava descalço e usava um relógio esportivo muito bonito e caro. Estampava no rosto um sorriso lindo e perfeito.

— Eve, que bom tornar a vê-la. Se bem que, se está aqui para discutir assuntos de polícia, talvez eu deva chamá-la de tenente.

— Como vim aqui para conversar sobre alguns detalhes do leilão, você decide.

Ele riu e fez um gesto, convidando-as para entrar.

— Nem imagina o quanto estou satisfeito por vê-la tão interessada nessas questões de segurança. Isso deixará minha mãe mais tranquila. Por favor, sente-se e fique à vontade. Liza, temos companhia!

A suíte de Vince Lane era muito mais sofisticada do que a de Mince. A sala de estar seguia em uma ampla curva e dava para uma sala de jantar formal. Um imenso lustre de cristal brilhava sobre a mesa e um piano de cauda branco ocupava um dos cantos do aposento. Uma escadaria dourada sem corrimão levava ao segundo andar. Descendo lentamente pelos degraus, mais linda do que nunca em um vestido colante branco como o piano, Liza cintilava.

Eve sabia que os diamantes em suas orelhas, pulsos e pescoço não eram bijuteria. *Quanto será que tudo isso lhe custou, Vinnie, meu velho?*, especulou ela.

— Olá! — Liza fez beicinho, exibiu um sorriso e afofou os cabelos.

— Desculpe interrompê-los — disse Eve, com ar simpático —, mas eu preciso conferir alguns detalhes sobre o leilão com Vince. A Polícia de Nova York quer ter certeza de que o evento conduzido pela sra. Lane não terá imprevistos.

Liza disfarçou um bocejo e confessou:

— Vou ficar feliz quando essa história acabar. Ninguém quer falar sobre outra coisa por aqui.

— Deve ser aborrecido para você.

— E como! Se é sobre esse assunto que vocês vão conversar, acho que vou sair para fazer umas comprinhas.

— Desculpe importuná-los. Isso não vai levar muito tempo — disse Eve.

— Por que não nos encontramos daqui a pouco em algum lugar? — Ansioso para acalmar a jovem, Vince foi até ela e passou as mãos pelos seus braços. — Que tal ao meio-dia e meia no Rendezvous? Podemos almoçar lá.

— Talvez. — Os cantos da boca de Liza se abriram e ela tracejou uma linha com a ponta da unha ao longo do peito de Vince. — Você sabe o quanto eu adoro ficar com você, gatinho. Não se atrase.

— Pode deixar.

Ela pegou uma bolsa na mesa ao lado da porta, lançou beijos no ar na direção de Vince e foi embora.

— Essa história de segurança e divulgação do evento nos últimos dias tem sido muito maçante para ela — explicou Vince. — Liza tem sido muito paciente.

— Sim, ela me pareceu valente e resignada, aturando tanta coisa. — Eve caminhou lentamente até um dos três sofás em estilo antigo, forrado em seda, e se sentou em um dos braços. — Você me parece muito envolvido com o leilão e a fundação que sua mãe idealizou. Isso deve tomar muito do seu tempo.

— Certamente, mas tudo vale a pena.

— Não o incomoda vê-la atirar um bilhão de dólares pela janela?

— É por uma boa causa — disse ele, alegremente. — Tenho mais orgulho dela do que nunca.

— É mesmo? Apesar de você estar completamente falido e viver sugando empréstimos com os amigos dela para cobrir seus prejuízos? — Eve esperou um pouco, notou que ele ficou tenso e completou: — Puxa, Vince, você realmente possui um espírito altruísta.

— Não sei do que está falando, tenente, e acho seu comentário de péssimo gosto.

— Pois eu acho que armar esquemas para roubar a própria mãe e uma obra de caridade é de péssimo gosto. Acho que pessoas desprezíveis e preguiçosas demais para buscar o próprio sustento são de péssimo gosto. Mas, acima de tudo, acho que assassinar alguém é de extremo mau gosto. Seu assassino de aluguel errou o alvo hoje de manhã, por falar nisso. Providencie para que ele não receba o pagamento dessa parte do contrato.

— Quero que se retire imediatamente daqui. — Ele apontou o dedo para a porta no que seria um gesto dramático se o seu braço não estivesse trêmulo. — Exijo que saia daqui imediatamente, e pretendo fazer queixa aos seus superiores pelo seu comportamento inadequado, tenente. Vou consultar meu advogado. Pretendo...

— Por que não cala essa boca, seu escroto patético? Peabody, ligue a filmadora.

— Sim, senhora.

— Vincent Lane — começou Eve —, você tem o direito de permanecer em silêncio....

— Você está me prendendo? — A cor que desaparecera do seu rosto voltou de forma violenta. — Você acha que pode me prender? Você não tem motivo, não estou envolvido em nenhum crime, você não tem nada do que me acusar. Você sabe quem eu sou?

— Sim, claro que sei. Você é escória. Agora é melhor sentar para ouvir o resto dos seus deveres e obrigações. Em seguida você vai continuar sentado para responder às minhas perguntas. Porque, se não fizer isso, eu vou rebocá-lo para a Central de Polícia e jogá-lo na sala de interrogatório. Em algum momento a mídia vai perceber uma movimentação suspeita. Na hora exata em que você marcou para encontrar com a sua namorada aparecerá em todos os noticiários do país a história de como Vince Lane foi preso por suspeita de conspiração para cometer roubo em grande escala, para transporte de mercadorias roubadas, para formação de quadrilha e um monte de outras conspirações, sendo a mais importante para cometer assassinato.

— Assassinato? Você está louca. Deve ter enlouquecido. Eu nunca matei ninguém. Vou ligar para o meu advogado.

— Isso, ligue mesmo! — Eve falou com toda a calma e esticou as pernas. — Vá procurar por ele e depois tente adivinhar quanto tempo vai levar para os seus amigos Gerade e Naples descobrirem que você contratou um advogado para sua defesa em um caso de assassinato. Adivinhe quanto tempo vai levar para eles mandarem Yost atrás de você, a fim de cobrir os próprios rastros. Talvez nem precisem contratá-lo.

Ela fez uma pausa e ficou analisando as unhas enquanto Vince sentiu-se petrificado ao lado do *tele-link*.

— Pois é... Acho que essa morte ele nem vai cobrar. Vai realizar o serviço para proteger a si mesmo. Sabe o que ele faz com as vítimas, Vince? — Ela ergueu as sobrancelhas e o encarou sem um pingo de pena. — Ele arrasa com elas de tanto espancá-las, e depois se certifica de que ainda estão conscientes no momento em que as estupra. Tenho um vídeo para lhe mostrar como ele age quando lida com um cara do seu tamanho. Ele vai quebrar o seu braço como se fosse um graveto, depois vai transformar a sua cara em catchup e deixá-la de um jeito que nem a sua mãe o reconheceria. Então, quando você achar que as coisas não podem piorar, ele vai fazer de você a noiva dele. A dor de tudo isso será tão grande e tudo será tão terrível de imaginar que você não vai acreditar que possa estar acontecendo. Vai ser como um pesadelo do qual você não acorda, um inferno pessoal que vai abrir as mandíbulas e engolir você por inteiro. E não vai dar para escapar disso, nem fugir. Não até ele colocar um fio de prata em torno do seu pescoço e puxar com força até seus pés levantarem do chão e você morrer com mijo escorrendo pelas pernas.

Eve se levantou.

— Pensando bem, até que esse seria um fim perfeito para você. Vá em frente e chame logo o seu advogado. Vamos dar o pontapé inicial nessa partida.

— Ninguém ia se ferir. — Lágrimas começaram a brotar dos seus olhos, escorrendo-lhe pelo rosto. — Não foi culpa minha.

— Nunca é, com gente como você. — Eve apontou para o sofá. — Sente-se e me conte por que você não tem culpa.

— Eu precisava de grana. — Ele esfregou os olhos e bebeu em grandes goles a água que Peabody lhe trouxera. — Mamãe surgiu com essa ideia insana de leiloar todas as suas coisas, tudo o que era dela, e doar o dinheiro arrecadado. Aquela maldita ideia de abrir a fundação. Sou filho dela — argumentou ele, lançando um olhar triste em busca de pena. — Por que ela deveria doar todo o seu dinheiro para estranhos quando eu precisava tanto dele?

— Então você descobriu um jeito de manter tudo na família.

— Nós brigamos. Ela disse que iria me deserdar. Ela já tinha dito isso outras vezes, mas eu percebi que dessa vez era pra valer e fiquei furioso. Ela é minha mãe — disse ele, olhando para Eve em busca de compreensão.

— Então você foi procurar seus amigos.

— Precisava desabafar um pouco e fui ver Dom. Não dá para imaginar o pai dele entregando tanta grana a estranhos, desse jeito. Dom nunca na vida precisou se preocupar em pagar a porra de uma conta. Estávamos conversando sobre isso enquanto tomávamos alguns drinques. Eu disse algo na linha de pegar as tralhas todas, vendê-las por minha conta e ver se minha mãe gostaria disso. Começamos a falar sobre como essa ideia poderia ser posta em prática. Só falando. De repente passamos a achar que isso poderia ser feito de verdade. Centenas de milhões de dólares. Eu nunca mais precisaria me preocupar com nada na vida. Poderia viver do jeito que quisesse, sem dar satisfações a ninguém.

"Acho que ficamos de porre. Eu apaguei. Quando acordei já era de manhã e Dom tinha conversado com o seu pai. A bola começou a rolar. Lembramos de Michel, fomos procurá-lo e conversamos com ele. Até hoje tudo me parece surreal, entende? Aquilo era uma espécie de jogo. O pai de Dom garantiu que conseguiria dar um golpe desses, sabia como fazer. Cada um de nós receberia uma porcentagem do bolo, menos as despesas. Era como fechar um negócio, apenas. Ninguém falou nada de assassinatos, eram apenas negócios."

— Quando foi que Yost entrou na jogada?

— Não sei. Juro por Deus. Tínhamos tudo planejado. Eu ia voltar, fazer as pazes com a minha mãe e pedir para ajudá-la no projeto. Envolvido na organização de tudo, eu poderia repassar informações. Foi quando eu descobri que ela acertara o leilão com Roarke. Não gostei disso, porque todo mundo diz coisas a respeito dele. Naples, porém, adorou. Disse que a coisa ia ficar mais apimentada. Trouxe outro sócio, um cara alemão, e, como Dom e eu estávamos agitando alguns negócios, eles se encontraram com Michel em Paris.

Ele passou a língua sobre os lábios para umedecê-los e olhou para Eve em busca de apoio ou compreensão. Piedade, talvez. Não encontrou nada, a não ser seus olhos frios de tira.

— Eu acho que eles devem... Eu não sei... Eles devem ter planejado colocar Yost nessa história durante essas tais reuniões em Paris. Só sei que o alemão pulou fora. Naples disse que ele tinha amarelado. Com isso ia sobrar mais grana para cada um de nós e Naples ia resolver pessoalmente as questões do transporte. Ele contratou mais uns dois caras. Eu comecei a ficar nervoso com tantas despesas. Mas quando eu reclamei a coisa piorou. Dom me avisou que seria melhor eu deixar que ele lidasse com o pai pessoalmente a partir dali e me repassaria instruções. Tudo o que eu tinha a fazer era lhes informar os detalhes, as datas, explicar todo o sistema de segurança e manter minha mãe feliz. Disseram que havia um meio de manter Roarke ocupado, para ele não ficar no meu pé.

Ele passou as costas da mão pela boca, com força.

— Viu só? Eu estava atolado demais nessa história para poder cair fora. Como eu disse, a culpa não foi minha. E agora eu estou cooperando, não estou? Isso faz muita diferença.

— Ah, claro. E é melhor você continuar cooperando, Vince. É melhor ir em frente.

— Então... Eu lhe conto tudo o que sei. Algumas semanas atrás, Dom me procurou. Disse que eu precisava arranjar um milhão de dólares para uma despesa de consultoria, e essa era a minha parte na despesa. Era para eu mandar tudo para a Telecomunicações Naples e eles me enviariam uma fatura fazendo parecer que eu comprara um sistema de computadores de última geração. Eu fiquei louco. Um milhão, cacete! Não tenho essa grana toda. Nunca imaginei que a operação sairia tão cara. Que tipo de consultoria custa um milhão só a minha parte?

Ele enterrou a cabeça entre as mãos.

— Então ele me disse. Falou de Yost, me contou do contrato e dos assassinatos. E disse que agora não havia mais como recuar. Estávamos todos no mesmo barco e iríamos até o fim. Então eu tinha de correr atrás, implorar, pegar emprestado ou roubar a grana para completar a minha parte, porque, depois que o contrato fosse cumprido, Yost ia querer o seu pagamento. Eu não sabia o que fazer. Qual seria a minha saída? Foi ela que começou tudo, me tirando o que deveria ser meu por direito.

— Sim, é claro que a culpa toda foi da sua mãe, desde o início — debochou Eve. — Você quer continuar vivo, Vince? Quer ter certeza de que Yost não vai caçar você? Comece a me dar mais detalhes. Eu quero nomes.

— Não sei muita coisa. — Ele ergueu a cabeça novamente. — Achei que eles fossem me deixar fora desse rolo. Eles me usaram. São eles que deveriam pagar por todos esses crimes. Atrás deles é que a polícia devia ir.

— Ah, quanto a isso você não precisa se preocupar. Eles vão pagar.

No mesmo instante em que Eve tentava arrancar um depoimento mais preciso e completo de Vince Lane, Roarke entrava em casa. Consultou o painel de segurança e viu que Mick estava dando um mergulho na piscina.

Pegou o caminho mais longo, a fim de oferecer a si mesmo um tempo extra para pensar.

O pavilhão onde ficava a piscina cheirava a flores tropicais e água fresca. Ouvia-se o som musical de uma fonte que espalhava água e tombava sobre algumas pedras com o acompanhamento de canções tipicamente irlandesas que Mick escolhera para lhe fazer companhia enquanto dava as suas braçadas.

Roarke se aproximou, escolheu uma pesada toalha azul em uma das prateleiras e caminhou até a borda da piscina.

Mick espalmou a mão na beirada de pedra, tirou os cabelos da frente dos olhos, olhou para Roarke e perguntou:

— Você vai entrar?

— Não. Você é que vai sair.

— Tudo bem. — Mick se levantou, deixou a água escorrer pelo seu corpo por um instante e então subiu pelos degraus de pedra. — Nossa, esse é um daqueles pequenos prazeres nos quais um homem pode acabar se viciando. Obrigado — acrescentou, ao pegar a toalha e passá-la com força sobre o rosto.

Havia roupões para os hóspedes pendurados ali perto. Mick escolheu um e o vestiu.

— Eu não imaginava que um homem com horários cheios e todas as suas responsabilidades pudesse passar em casa no meio de um dia de semana — comentou Mick.

— Uma interrupção hoje de manhã mudou meus planos. Sabe de uma coisa, Mick? Em todos os momentos bons e nos sufocos que enfrentamos juntos, e às vezes separados, você era o último dos caras que eu julgaria capaz de atacar um amigo pelas costas.

— O que está insinuando? — perguntou Mick, abaixando a toalha lentamente pelo rosto.

— Será que encontrar uma boa amizade é tão mais barato hoje em dia do que no tempo em que éramos garotos?

— Nada é mais barato hoje em dia, e só Deus sabe o quanto isso é verdade. — Ele parecia perplexo. — Explique as coisas de um jeito claro, Roarke. Não faço a mínima ideia de sobre o que você está falando.

— Quer que eu seja claro?

— Quero.

— Então lá vai. — Roarke deu um soco com toda a força na cara de Mick e viu o velho amigo de infância cair de costas na piscina.

Muito lentamente, por causa do roupão encharcado, e com sangue escorrendo pelo canto da boca, a cabeça de Mick reapareceu na superfície. Havia um ar de fúria em seus olhos enquanto ele lutava para alcançar a borda.

Logo, porém, essa expressão se dissolveu e se transformou quase em um brilho de humor quando ele tomou impulso para sair novamente da piscina.

— Porra, seu punho continua duro como aço. — Ele esfregou a mandíbula e despiu o roupão ensopado. — Como foi que você descobriu? — perguntou ele, já erguendo a mão para se defender. — Espere, espere... Se você não se importar, prefiro colocar as calças e me ver com um uísque na mão na hora em que você me contar.

— Por mim, tudo bem — concordou Roarke, com muita frieza. — Vamos subir juntos. — Ele foi caminhando rumo ao elevador. — A propósito, Summerset está muito bem.

— Ora, mas por que não estaria? — perguntou Mick com descontração, caminhando ao lado de Roarke.

Capítulo Vinte

Roarke esperou ao lado da janela que dava para o sul enquanto Mick vestia as calças. Colocou as mãos nos bolsos e observou as árvores e o muro alto que circundava a mansão, atrás delas.

Ele usara as árvores, o magnífico e esplendoroso gramado, as flores e as pedras do muro para criar ali um universo próprio. O seu universo. Um local belo e seguro encravado em um mundo onde havia muita dor. Ele usara isso, como bem sabia, para provar a si mesmo que os bairros pobres e os becos de Dublin tinham ficado para trás, tão distantes que seu bafo quente nunca mais o alcançaria.

No entanto, convidara para compartilhar aquele universo especial e para aquela casa um homem que o fazia lembrar tudo o que, na verdade, nunca saíra por completo de sua cabeça. Convidara um amigo do passado que se tornara um traidor de tudo o que ele era no presente.

— Foi só pelo dinheiro, Mick? Foi só pelo lucro?

— Para você é fácil fazer essa pergunta com voz de deboche, alteza, porque está nadando em grana. É claro que foi pelo dinheiro.

Puxa, só a minha parte vai chegar a vinte e cinco milhões de dólares! Mas foi pela diversão também. Será que você se esqueceu de o quanto isso é *divertido*?

— E será que você se esqueceu, Mick, de que por mais que o código de conduta entre ladrões seja muito maleável ele é muito rígido quando se trata de trair um amigo?

— Ora, essa é boa, Roarke. Até parece que é o *seu* dinheiro que vai entrar no meu bolso — suspirou Mick, e abotoou a camisa enquanto ia em direção ao bar para se servir de uísque. Ele serviu duas doses e, ao ver que Roarke não se virou da janela nem mesmo ao ouvir o som de gelo nos copos, encolheu os ombros e bebeu um gole do drinque que preparara.

— Tudo bem, Roarke, eu admito que foi uma situação interessante e talvez eu tenha extrapolado um pouco. Para ser franco, tinha um pouco de inveja do império que você conseguiu construir desde que nos vimos pela última vez.

— Uma situação interessante? — Pensando nos assassinatos cruéis e sem sentido, Roarke se virou. — É esse o nome que você dá a isso?

— Escute... — Impaciente agora, e um pouco embaraçado por tudo, Mick gesticulou com o copo na mão. — Uma pessoa me procurou para fazer o trabalho. O filho da atriz deu o pontapé inicial e a coisa foi ganhando vida própria. Quando o plano chegou aos meus ouvidos, tudo já tinha sido planejado. A verdade é que eu nem imaginei que você fosse se importar tanto com a coisa. Ao longo dos últimos dias é que eu comecei a perceber o meu equívoco. Só que já estava enterrado demais no plano para tirar o corpo fora. É claro que... — Ele encolheu os ombros mais uma vez, lamentando os milhões que ia perder como se fossem uma bela refeição. — Como foi, diabos, que você sacou tudo? Como foi que descobriu que o herdeiro estava metido no plano e chegou até mim também?

— Liguei os pontinhos, Mick. — Analisando o rosto do amigo, Roarke começou a rever as pistas que o haviam levado até ali. —

Fui do filho de Magda para o filho de Naples, depois até Hinrick e, por fim, até Gerade. Achei estranho você não mencionar Naples como um possível suspeito quando Eve lhe perguntou sobre os Hague na Cornualha.

— O nome quase me escapou, mas ficou entalado na garganta, já que eu estava com o rabo preso. Quanto a Hinrick, ele pulou fora do barco antes mesmo de eu entrar. Naples ficou muito puto, pelo que me contaram. Quer dizer, então, que você já sabia do filho de Magda? Como é que uma mulher glamorosa e fantástica como aquela pôde colocar um verme desses no mundo? Ele teve todas as chances de se dar bem na vida e não apenas as desperdiçou, como ainda fica choramingando e pedindo mais. Não correu atrás, como você e eu.

Mick olhou em volta do aposento. Ele apreciara muito a estada, sob muitos aspectos. Pelo visto, porém, ia ser obrigado a fazer as malas mais cedo do que esperava.

— E agora, como é que a gente fica? — perguntou ele. — Você não vai me entregar à sua encantadora esposa que é tira, vai? Afinal de contas, eu ainda não fiz nada de ilegal.

— Quero Naples.

— Ah, qual é, Roarke, agora você está colocando o meu cu na reta.

— Quero Yost também.

— Mas que diabos eu tenho a ver com o paradeiro de Sylvester Yost?

— Você foi contratado por Naples e ele também. Yost já matou dois dos meus para que o resto de vocês consiga chegar mais perto da grana.

— O que você está dizendo não tem sentido. Yost não está conosco. É bem verdade que Naples pode tê-lo contratado para acabar com Britt e Joe, que Deus os tenha. Mas isso não tem nada a ver com as minhas transações com o sujeito. Eu nunca vi Yost, graças aos céus. Nunca tive assuntos com ele. Você sabe que essa não é a minha praia.

— Sei que não era, mas já se passaram muitos anos sem que nos encontrássemos, Mick. Naples quer me pegar e já usou dois dos meus como peões nesse jogo mortal. Hoje Yost tentou matar Summerset.

— Summerset? — O susto foi tão grande que um pouco do uísque do copo de Mick entornou pela borda. — Você está me dizendo que Naples mandou Yost eliminar Summerset? Só pode ser algum engano. Qual seria o propósito de...

Os olhos dele permaneceram fixos nos de Roarke e logo depois se arregalaram. Empalidecendo muito, ele tentou alcançar uma cadeira e, ligeiramente desnorteado, sentou-se nela.

— Meu Cristo. Meu santo Cristo! — Como sua mão tremia muito, ele agarrou o copo com mais força e bebeu de um gole o resto do uísque. — Você tem certeza disso? Você não tem a mínima dúvida a respeito disso?

— Não tenho dúvida. — Depois de um instante, Roarke atravessou a sala e pegou a garrafa. Trouxe-a de volta e encheu o copo de Mick novamente. — Ele já matou duas pessoas que trabalhavam para mim. A segunda vítima, além de funcionário, era um amigo. Isso certamente me abalou, me tirou do foco e despistou a polícia, a começar pela minha linda esposa. Naples não queria que ninguém desconfiasse que isso pudesse ter relação com o leilão.

— Mas é por causa disso que eu estou aqui. Para manter você ocupado e ficar mais perto do objetivo do roubo. Além disso, eu sou um dos poucos caras no mundo capaz de armar um esquema confiável para um golpe desses. Meu trabalho era atrair o seu interesse para algum negócio lucrativo. Se a sua tira não estivesse muito ocupada no trabalho, eu também deveria tentar colocar vocês dois um contra o outro, criando picuinhas pessoais. Poderia jogar um charme para cima dela, por assim dizer, só para a distração aumentar. Além do mais, estando aqui na casa eu saberia se acontecesse alguma mudança de última hora no esquema de segurança. Sem falar que eu poderia manter o filho de Magda na linha, caso ele amarelasse de repente. Liza o tinha sob controle, mas...

— Ah, bem que eu desconfiei dela. Pois a minha tira tem estado realmente muito ocupada, não é verdade, Mick? E eu também. E, se eles tivessem conseguido eliminar Summerset hoje, quanto da minha atenção você acha que estaria voltada para o leilão?

— Dessa parte eu não sei nada. — Mick ergueu os ombros, estufou o peito e se virou para Roarke, olho no olho. — Juro pela minha vida. Eu jamais faria uma coisa dessas. Era um grande golpe, muito empolgante, que me daria o bônus de finalmente ser capaz de mostrar que eu sou melhor do que você em alguma coisa. Eu nunca tive essa chance, mas sempre quis tê-la. Você nunca foi como o resto de nós. Havia algo especial em você e eu queria isso. Eu teria roubado coisas de você, Roarke, e teria curtido muito fazê-lo. Teria rido muito e tiraria a maior onda, contando vantagens disso pelo resto da vida. Mas não dessa forma. Eu jamais tomaria parte em um golpe que envolvesse assassinato.

— Essa era a peça que eu não conseguia encaixar.

— Foi Naples quem mandou matar Britt e Joe? Não há dúvida nenhuma disso?

— Nenhuma.

— E tentou eliminar Summerset também — afirmou Mick, balançando a cabeça. — Agora estou começando a sacar tudo. — Ele respirou fundo. — Existem dois homens infiltrados no esquema. Um deles faz parte da sua segurança especial e outro está no hotel. Honroe e Billick. A operação está marcada para amanhã. Duas da manhã, para ser exato. A essa hora, um maxiônibus e um carro vão sofrer um acidente na esquina leste do seu hotel. O ônibus vai capotar e atingir a vitrine da joalheria que funciona no local. Eles contrataram um tremendo motorista para isso. Você se lembra de Kilcher?

— Lembro.

— Pois é. Contrataram o filho dele, e o rapaz ainda é melhor que o velho. O que vai acontecer é um pequeno incêndio e uma enorme confusão. Os tiras, a segurança e até mesmo os bombeiros serão acionados e ficarão por lá, lidando com o acidente, evitando saques à joalheria e assim por diante. Nesse mesmo instante, uma van de entregas estará estacionando nos fundos do hotel. Seremos seis, todos usando pistolas com tranquilizantes. Vamos colocar para dormir todos os funcionários do hotel que encontrarmos. Já lidei com as questões de segurança. Combinei com eles uma janela de doze minutos para podermos trabalhar. Não consegui esticar mais esse tempo, e mesmo assim levei seis meses queimando a mufa para acertar os ponteiros com precisão. O seu sistema de segurança é uma maravilha, Roarke. Isso é um fato. Eu nunca conseguiria contorná-lo sem os homens que plantei lá dentro.

— Isso não me serve muito de consolo, no momento.

— É... Suponho que não. De qualquer modo, sou o único cara do nosso velho grupo que continua vivo e teria condições de montar esse golpe em cima de você. Então foi assim. Cada homem da equipe recebeu listas com as coisas específicas que deverão ser subtraídas da exposição. Todos eles deverão estar com tudo ensacado e fora do salão em dez minutos, com dois minutos de folga para a volta ao ponto de fuga. Quem não voltar a tempo será deixado para trás.

Mick se levantou e colocou o drinque de lado.

— Vou pegar o equipamento e os meus discos para explicar tudinho para você com detalhes. — Ele hesitou. — Eu deveria saber que era furada me envolver com gente da laia de Naples. Não tenho desculpas para esse erro, e você tem a minha palavra de honra de que vou fazer o possível para compensar no que eu puder. Depois que eu te mostrar os planos você vai me entregar aos tiras?

Roarke ergueu a cabeça para manter o olhar fixo no de Mick por alguns instantes. E viu todo o sofrimento que havia ali.

— Não.

* * *

Eve irrompeu na casa, quase sufocada de tanta raiva. Seguiu direto rumo às escadas no instante exato em que Summerset surgia no saguão.

— Onde estão eles? — perguntou ao mordomo.

— Roarke está no seu escritório secreto. Tenente...

— Mais tarde a gente conversa. Droga! — Ela subiu os degraus quase voando e seguiu, sorrateira, pelo corredor. Já estava com a arma na mão quando digitou a senha eletrônica que permitia o seu acesso ao aposento mais oculto da casa, a sala secreta de Roarke.

Ele não estava atrás do console e sim com o quadril encostado nele, analisando dados e plantas projetados nos telões. Seu equipamento sem registro zumbia suavemente.

— Onde está Connelly?

Roarke continuou a estudar as informações e a acessar os dados. Chegou à conclusão de que talvez eles tivessem conseguido aplicar o golpe. Que filho da mãe!

— Mick não está aqui — informou a Eve.

— Preciso achar o canalha agora. Ele faz parte disso.

— Sim, eu sei.

O comentário foi feito com um tom de voz tão calmo que Eve levou dois segundos para digerir a informação.

— Você sabia? Há quanto tempo você sabia? — Eve marchou com determinação na direção de Roarke e se interpôs entre ele e os esquemas mostrados no telão. — Que tipo de jogo você está fazendo aqui?

— Jogo nenhum.

Não, não estava, conforme ela percebeu de imediato. A voz dele estava muito calma, mas seus olhos não.

— Quando foi que você descobriu que o seu amigo estava envolvido?

— Suspeitei disso assim que percebi que o alvo de toda a operação eram as peças do leilão. Eu lhe disse que poucos homens no mundo conseguiriam armar um esquema dessa magnitude. Mick é um deles.

— Mas você nem se deu ao trabalho de me informar desse detalhe.

— Não. Não contei nada porque precisava ter certeza. Agora eu tenho.

— E como foi que você descobriu com tanta certeza?

— Perguntei a Mick — disse Roarke, com toda a naturalidade.

— E ele me contou tudo. Estou com as suas anotações e todos os planos do golpe. — Provavelmente ele teria conseguido — acrescentou, com um pequeno brilho de admiração nos olhos. — Se tudo corresse conforme o planejado, se não acontecessem erros de nenhuma espécie nem imprevistos, ele poderia ter conseguido.

— Você simplesmente perguntou a ele? — repetiu Eve. — Puxa, que simples. Que ótimo! E onde ele está?

— Não sei. Deixei-o ir embora.

— Você... — dessa vez ela engasgou. Não era apenas fúria, mas também choque, indignação e uma leve sensação de ter sido traída.

— Você o deixou ir embora! Ele é uma peça-chave na minha investigação, um ladrão safado que estava prestes a apunhalar você pelas costas... E você o deixou escapar?

— Sim. Tenho aqui comigo tudo o que ele sabe sobre a investigação, as coisas que já foram preparadas e o que estava planejado. Só que nada disso vai ajudá-la com relação a Yost. Mick não sabia que eles o tinham contratado.

— Anda rolando muito "eu não sabia" nessa história. Você não tinha o direito de deixá-lo escapar. Não tinha o *direito* de interferir no trabalho da polícia. É um absurdo você tê-lo deixado voltar para as ruas numa boa.

— Eve...

— Caraca, Roarke, *que merda*! Duas pessoas morreram. Summerset também poderia estar morto. Acabei de fazer Vincent Lane suar frio, pressionando-o durante duas horas para conseguir mais detalhes, chegar mais perto dos criminosos e assustá-lo o bastante, mandando-o ficar de bico calado para o resto dos comparsas não se colocar em estado de alerta. Tive que rebolar para conseguir que o promotor aceitasse autuá-lo por tentativa de golpe e oferecer proteção especial para testemunhas, além de fazê-lo aceitar fingir uma emergência médica. O babaca está no hospital, em um quarto particular caríssimo, e devidamente dopado para não poder conversar com ninguém.

— Isso foi muita esperteza de sua parte. Aquele imbecil certamente não conseguiria manter o seu papel no esquema até o fim, a não ser que estivesse dopado. E já que Liza faz parte da quadrilha, o melhor é deixá-la longe da cama dele.

Eve ergueu as mãos, cerrou ou punhos e girou o corpo com raiva antes que tivesse alguma reação violenta.

— Sim, eu fui muito esperta, e agora você deixou Mick Connelly escapar. Ele vai correndo contar tudo a Naples e eles vão cancelar a operação. Sua reputação como promotor de eventos vai continuar intacta e eu perdi mais uma chance de chegar a Yost.

— Ele não vai contar a Naples.

— Qual é?... Claro que ele...

— Não vai — repetiu Roarke. — Se eu achasse que iria ou se tivesse a mínima desconfiança de que ele estava envolvido na contratação de Yost, faria muito pior do que simplesmente entregá-lo à polícia. Só que eu não tenho dúvidas e não conseguiria entregá-lo de bandeja a você, Eve. Não espero que você compreenda a minha posição.

— Puxa, isso realmente é muita consideração de sua parte. Tomara que *você* compreenda, na próxima vez que acharmos um fio de prata no pescoço de outra pessoa morta, que o seu distorcido senso de lealdade pode ter custado a vida dessa pessoa.

Ele não disse nada, mas seus olhos azuis e furiosos se fixaram nos dela por um longo instante. Foi quando Eve percebeu que a sua flecha acertara em cheio no alvo.

Puxa, que legal, lamentou ela. *Minha mira é ótima.*

— Já tenho todas as informações sobre os planos — informou Roarke, virando-se para o console. — Mandei cópias para você. Avisada assim com tanta antecedência, a minha equipe de segurança será capaz de impedir o golpe, mas acho que é melhor você estar lá também com a sua equipe. Vou lhe entregar Naples e os outros nas próximas trinta e seis horas.

E se alguém morrer antes disso?, lamentou-se Roarke consigo mesmo. *E se eu estiver sacrificando a vida de um amigo em troca da de outro?*

— Se você tiver mais alguma pergunta... — continuou ele, mas parou antes de completar a frase. — Não posso ser diferente do que eu sou, Eve — disse, baixinho. — Não importa o quanto eu fiz para me distanciar do passado, não posso ser outra pessoa. Computador, copiar todos os dados e gravar discos com eles.

Eve esperou até o computador terminar a tarefa e pegou os discos da mão estendida de Roarke.

— Só espero que o seu amigo valha tudo isso — afirmou Eve, deixando-o sozinho.

Ela entrou em contato com a equipe e marcou uma reunião para o seu escritório de casa. Em seguida foi ao quarto de hóspedes que Mick usara na esperança de encontrar alguma pista do seu paradeiro.

Ela vasculhava a escrivaninha e arrancava as gavetas do lugar para revirá-las quando Summerset entrou no quarto e exibiu um rosto petrificado de terror.

— Tenente! Essa escrivaninha é uma legítima Chippendale, uma antiguidade valiosa que merece ser tratada com respeito.

— Muitas coisas merecem respeito e não o conseguem.

Ela largou a gaveta vazia de lado e puxou com força a colcha e os lençóis da cama.

— Pare! Pare com esse vandalismo imediatamente! — Ele agarrou a colcha e a puxou da mão dela. — Esta é uma valiosa peça irlandesa, enfeitada com rendas e confeccionada em seda pura!

— Escute aqui, meu velho, eu estou louca para dar umas porradas em alguém e a sua cara enrugada me parece perfeita para isso. — Ela puxou a colcha de um lado, ele puxou do outro e ambos começaram a rosnar de raiva em meio ao cabo de guerra.

Eve largou a sua ponta de repente e teve a satisfação de ver o mordomo dar três passos desajeitados pra trás e se estabacar de costas na parede.

— Quando ele fugiu? Connelly? O que carregou com ele ao sair? Que meio de transporte usou para ir embora?

Summerset simplesmente fungou com força e permaneceu calado.

— Escute aqui, sua múmia... Você sabe o que ele fez e o que planejava fazer. Roarke já deve ter lhe contado tudo, a essa altura. — *Contou para você*, pensou ela, com certa amargura, *mas não contou para mim.* — Você quer que ele escape numa boa?

— Não cabe a mim decidir isso.

— Que papo é esse? Eles mandaram Yost matar você.

— Mick certamente não tomou parte nisso.

Eve ergueu as mãos, atirou-as para o alto e chutou a cama com tanta violência que Summerset deu um pulo e foi inspecionar o móvel em busca de algum dano.

— Qual é o problema com vocês? Connelly está envolvido nessa trama até o pescoço. Você não devia, e Roarke não tinha o direito de deixá-lo escapar desta casa.

— Que escolha eu tinha? — Satisfeito ao ver que a base da cama antiga não sofrera danos, ele olhou para Eve com firmeza. — Como é possível a senhora conhecê-lo tão pouco depois de tanto tempo?

— Como é possível *ele* me conhecer tão pouco? — rebateu ela. — Depois de tanto tempo?

Summerset cobriu a cama com a colcha amassada. Ele devia algo a Eve, pensou, pelo que acontecera naquela manhã.

— A senhora se sente traída por ele ter protegido um amigo.

— Um amigo de verdade não trama roubar nada de outro.
Summerset sorriu.

— Mick não veria as coisas desse modo — explicou. — Nem Roarke, se analisarmos bem. Só a senhora vê por esse ângulo. Está revoltada, e com razão, mas isso logo passa. Quando Roarke sofre, porém, isso o envenena por dentro. É isso o que a senhora quer para ele?

Summerset saiu do quarto.

Cansada e frustrada, Eve se sentou na beira da cama. O gato chegou lentamente, pulou e se colocou ao lado dela. Deu três voltas com o corpo sem sair do lugar, afofou a colcha de seda e rendas com suas patas agitadas, enroscou-se todo e olhou diretamente para Eve.

— Não me venha encher o saco — avisou Eve. — Você dormiu com o cara que fugiu, espertinho. Em que isso o transforma?

Eve colocou todo mundo em estado de alerta para localizar Michael Connelly, embora soubesse que ele já estava longe dali a essa altura. Sua única esperança era que a notícia não se espalhasse de Mick para Naples e dele para Yost antes de ela encerrar o caso.

Mas mesmo que o grande roubo fosse impedido, ela sabia que Yost ia se manter focado no objetivo. Ele fora contratado para acabar com Summerset e não era o tipo de profissional que deixava um serviço pela metade. Isso daria algum tempo a ela.

E se ela tivesse sorte, muita sorte, usaria Yost para fisgar Naples. Na sua cabeça o caso não estaria encerrado enquanto ela não prendesse os dois.

— Prosseguiremos com a ideia inicial de que o hotel é o alvo — avisou ela à equipe. — Tudo está preparado para o ataque. Mesmo com Connelly sumido, Naples ainda conseguirá colocar o plano em ação. Ele tem todos os dados de que precisa e já gastou muita grana. Vai querer um retorno para o seu investimento.

— Se Connelly for procurá-lo — afirmou Feeney —, pode ser que eles levem o plano em frente, mas certamente mudarão de estratégia. Provavelmente atacarão mais cedo ou esperarão um pouco e tentarão uma abordagem por outro ângulo.

— Concordo. Vamos montar um plano B contando com essas possíveis mudanças. Precisamos estar prontos para o momento em que eles atacarem, não importa quando seja.

— Vamos precisar de Roarke e sua fantástica equipe de segurança — comentou McNab.

— Sim, sei disso. Feeney, será que você poderia discutir esse assunto com Roarke? — Ela apontou para a porta que dava para o aposento ao lado.

Ele se levantou, bateu na porta e entrou.

— Estudem os dados que Connelly nos repassou até saberem tudo de cor e salteado — ordenou Eve, e em seguida foi para a cozinha em busca de um café e de um momento sozinha.

Peabody olhou meio de lado para McNab, desviou o rosto depressa, mas, logo em seguida, tornou a olhar. Ela estava farta desse gelo que ele lhe estava dando. Afinal de contas, *ela* não tinha feito nada. Foi ele que pulou sobre a primeira piranha ruiva que apareceu. O pior é que ela soube, através de boatos, sobre a pequena orgia a dois que McNab promovera. Sacana!

— Você se divertiu muito com o seu lance?

— E como! Bombou!

— Você é fodão mesmo — debochou ela.

— Isso foi um convite?

— Não saio com babacões que trepam com putas.

— E eu não saio com babaquinhas que trepam com acompanhantes licenciados — devolveu ele.

— Pelo menos eles sabem como tratar uma mulher.

— Claro, desde que você lhes pague uma boa grana. — Ele cruzou a perna e ficou analisando detidamente a ponta de sua bota Airstream novinha em folha. — Qual é o seu problema, Peabody?

A agenda de Charles Monroe está muito cheia? Você está me parecendo uma mulher meio a perigo.

— Vá se foder!

— A qualquer hora, Peabody. Se for com você, eu nem cobro.

Ela se levantou, indignada. Ele também.

— Pois eu não permitiria que você voltasse a tocar em mim nem que me pagassem.

— Ainda bem, porque eu não tenho tempo a perder com uma policial caipira cheia de pose e de onda.

— Ei, vocês dois! Cortem essa! — ordenou Eve. — Agora! — Se ela não estava enganada, a sua auxiliar estava à beira de um ataque de choro, e McNab não estava muito atrás. Os dois estavam lhe provocando uma terrível enxaqueca. — Assuntos particulares devem ser resolvidos no horário de folga, droga! Vocês dois vão trabalhar em equipe ao longo desse caso, por cima, por baixo, contornando o que for preciso, e estou pouco me lixando sobre como vão aguentar. Só sei que no horário de ralação e na minha equipe eu quero todo mundo alerta e realizando bem o trabalho. Fui bem clara?

— Sim, senhora. — Um resmungo veio dos dois ao mesmo tempo, mas por enquanto servia.

— Peabody, vá verificar o estado de Vince Lane no hospital e veja se o cara que está seguindo Liza ainda não a perdeu de vista. Quero atualizações sobre a situação dos dois. McNab, rode uma análise profunda de todos os dados de Connelly. Quero uma lista de todas as possíveis mudanças de cenário sobre a minha mesa em duas horas.

— Tenente, acontece que Roarke...

— Eu lhe dei uma ordem, detetive, ou pedi para conversarmos sobre o assunto?

— Foi uma ordem, tenente.

— Então vá cumpri-la. — Ela seguiu quase marchando rumo à porta de Roarke e a abriu com força. Roarke e Feeney estavam atrás do console e ambos ergueram a cabeça ao mesmo tempo.

— Feeney, mandei McNab dar início a uma análise completa dos dados. Você poderia acompanhá-lo nisso?

— Claro, tudo bem.

Ela esperou que Feeney saísse e então fechou a porta atrás de si.

— Estou cansada — avisou ela. — Também estou morrendo de dor de cabeça e muito puta da vida com você.

— Bem, acho que isso resume bem a situação.

— Não, não resume. Eu não tenho tempo nem energia para ficar de briguinhas com você, como acabei de ver acontecer, infelizmente, entre Peabody e McNab. Você agiu errado ao deixar Mick Connelly escapar, mas essa é uma análise feita do meu ponto de vista. Do seu, você fez o que achou que devia fazer. Não podemos chegar a um consenso quanto a isso, mas precisamos ajudar um ao outro a encerrar o caso. Quando tudo ficar resolvido, vamos ter de enfrentar o fato de estarmos em lados opostos com relação a isso. Até lá as discussões estão adiadas.

Ela se virou, tentou abrir a porta para sair, mas a encontrou trancada.

— Destranque a porta, por favor. Não mexa comigo que hoje não estou boa não.

— Eu preferia que você gritasse e desabafasse, mas, como sei que não é a raiva que a está conduzindo, você não fará isso. Preciso de alguns minutos do seu tempo.

— Já resolvi os assuntos pessoais de que precisava, por hoje.

— Eu a magoei, Eve. Você acha que escolhi Mick em vez de você.

— Aí é que você se engana. — Ela se virou e se colocou de frente para ele, do outro lado do aposento. — Ele feriu você e agora você não quer que eu fique do seu lado. Tirou a decisão das minhas mãos e não me deu a opção de consertar tudo.

— Você o teria colocado em uma cela, minha querida Eve, e isso não serviria para mim. Você conhece um pouco do que eu fui e de onde eu vim, mas não sabe de tudo.

Não, realmente ela não sabia de tudo. Nem mesmo ele tinha certeza se compreendia tudo. Mas poderia lhe contar mais um pouco da sua história.

— O seu passado surge em pesadelos que parecem engoli-la de dentro para fora, Eve. O meu pesadelo vive aqui dentro. Ele me deixa encurralado. Você sabe quantos anos se passaram para eu conseguir voltar à Irlanda, depois que saí de lá? Eu não sei quantos. Só sei que se passou ainda mais tempo depois daquilo antes de eu colocar novamente os pés em uma rua de Dublin. Só quando voltei com você para enterrar uma amiga foi que eu visitei a parte de Dublin onde eu nasci.*

Ele olhou para as próprias mãos.

— Eu usei estes instrumentos, o meu cérebro e tudo o mais que encontrei disponível para atacar, roubar e trapacear até conseguir sair de lá. Deixei para trás os que passaram por tudo aquilo comigo e também o canalha que morreu, mas que, antes disso, fez da minha vida um tormento. Meu pai danificou a minha alma, Eve, e isso poderia ter me transformado no que ele era.

— Não. — Ela deu um passo na direção dele.

— Sim, poderia sim. Sem os amigos que eu fiz e os bons momentos que passamos juntos, ele teria conseguido. Só trilhei o meu próprio caminho porque havia amigos com os quais eu pude contar nos momentos mais difíceis. Só quando eu levei você comigo a Dublin no ano passado, a fim de velar, prantear e enterrar Jenny, foi que descobri que nunca retribuí aos meus amigos tudo o que eles fizeram por mim. Eu não conseguiria entregar Mick, Eve, nem mesmo a você, e depois viver em paz com a minha consciência.

— Eu sei — disse ela, bufando e xingando baixinho —, mas vou continuar mantendo todos no encalço dele

— Eu não esperava o contrário. Nem Mick. Prometi a ele que lhe apresentaria as suas desculpas por todo o problema que ele causou e também pelo fato de ele não ter se despedido pessoalmente.

---

* Ver *Vingança Mortal*. (N. T.)

— Ah, não venha com essa — replicou ela.

— Mick deixou um presente para você. — Ele pegou um vidrinho no bolso e o entregou a Eve.

— Que é isso? Sujeira?

— Um pouco de terra que ele pegou nas escavações de Tara, o lugar sagrado onde os antigos reis irlandeses foram enterrados. Como eu conheço Mick, sei que provavelmente essa terra veio dos jardins aqui em frente de casa, mas o que importa é o simbolismo. Ele disse que é para lhe trazer sorte. Disse também que você foi a tira mais magnífica que ele teve o prazer de conhecer na vida.

— Magnífica? Aqui, ó...

— Bem, como eu disse, o que vale é o simbolismo.

Ela guardou o vidrinho no bolso.

— Pois esta tira magnífica ainda vai ter o prazer de reencontrá-lo em breve. Enquanto isso, precisamos que o nosso especialista civil faça uma análise completa de alguns dados. Preciso que você se foque em Yost e deixe os seus androides computadorizados fazerem o trabalho técnico.

— É claro, tenente. — Ele deu a volta na mesa e a tomou pela mão. — Tem mais uma coisa que eu acho que você vai apreciar muito.

— Não tenho tempo para sexo nesse momento.

— Sempre se arranja tempo para sexo, mas não foi isso que eu quis dizer, pelo menos agora. Yost, usando o nome de Roles, tornou-se proprietário de um imóvel de frente para a praia, uma casa recém-construída no Setor Tropical do Olympus Resort.

— Que filho-da-mãe!

— Se você não o agarrar aqui, poderá agarrá-lo lá. Ele contratou um arquiteto de interiores da nossa equipe para decorar o lugar e marcou um encontro com ele para daqui a quatro dias. Reservou uma suíte no hotel-cassino para depois de amanhã. Tenho um voo exclusivo para lá, operado por uma das minhas linhas aéreas, e ele sai de Nova York. Já transferi todas as informações para o computador do seu escritório aqui de casa.

— Já fui pra lá!

Eles se separaram em duas equipes. McNab ficou trabalhando com Roarke no escritório dele, fazendo novas análises do sistema de segurança. Eve manteve Peabody consigo a fim de ambas traçarem a melhor estratégia para atacar Yost. Feeney ficou auxiliando as duas equipes.

— Pelo cronograma que montamos, ficou claro que Yost está esperando para dar o fora do planeta logo depois do grande golpe. Feeney, pergunte a Roarke se Yost teria direito a uma parte do dinheiro arrecadado no roubo, além do que já recebeu pelos assassinatos, já que um fato está ligado ao outro.

Se Feeney achou estranho o fato de Eve consultar Roarke sobre esse tipo de ética criminal, não deu a perceber.

— Talvez Yost tenha direito, por contrato, a um bônus baseado no valor da pilhagem, mas o dinheiro só seria transferido para ele depois de a mercadoria ser transportada e estocada — informou Feeney de volta.

— Mas, então, por que ele ainda está por aqui? — especulou Eve. — Provavelmente quer ter certeza de que tudo correu conforme os planos e ele não será mais necessário para nenhum trabalho extra. Além disso, Summerset ainda é uma cláusula em aberto no seu contrato. E ele provavelmente vai se ligar nos noticiários para saber mais sobre o roubo. Preciso colocar Nadine nesse esquema.

Todos trabalharam até a equipe ameaçar Eve com um motim caso eles não parassem um pouco para comer alguma coisa. Eve comeu meio sanduíche enquanto trabalhava no computador. Ela se recusou a ser levada dali até ler tudo de cabo a rabo uma última vez.

— Tenente, os seus olhos vão começar a sangrar a qualquer momento — alertou Roarke. — Computador, salvar os dados e guardar tudo nas devidas pastas. — Em seguida ele empurrou a cadeira de rodinhas pela sala antes de Eve ter chance de cancelar a ordem que fora dada. — Já passa das oito da noite, você está exausta e sua mente está quase pifando. Mande sua equipe para casa e faça uma pausa.

— Eles podem ir, se quiserem. Faltam só mais algumas coisinhas para conferir. Nadine ainda está aqui?

— Não, ela teve de ir embora para apresentar o noticiário. Vocês combinaram os detalhes e ela topou plantar a história na mídia. Depois, repassaram tudo duas ou três vezes.

—Acho que sim. Onde estão os outros?

—McNab está na cozinha lá de baixo, convencendo Summerset a lhe dar uma sobremesa extra antes dele voltar para o hotel. Peabody foi nadar um pouco na piscina para clarear a mente, por sugestão minha. Feeney está na minha sala trabalhando, porque a cabeça dele é quase tão dura quanto a sua. Não há mais nada a fazer esta noite.

— Se não há mais nada, é porque eu deixei passar algum detalhe. Quero alguns homens de prontidão na estação do Olympus, para o caso de Yost pintar por lá. Vou colocar a agente Stowe por dentro de tudo e deixarei que ela decida a posição em que vai ficar na hora H.

— O que só vai acontecer amanhã, já que você não quer entregar o ouro a ela com tanta antecedência. Feeney! — chamou ele, massageando os ombros tensos de Eve. — Vá para casa.

— Um minutinho só, Roarke. Dallas, precisamos colocar o controle de tráfego aéreo internacional em alerta, caso Yost queira passar em outro lugar antes de ir para o Olympus Resort.

— Se nós os alertarmos, mais gente vai ficar por dentro do esquema — argumentou Eve. — Você tem contatos seguros lá dentro?

— Vou correr atrás disso. Acho que eu conheço o... — Ele parou de falar ao entrar na sala de Eve e ver Roarke debruçado sobre sua mulher, massageando-lhe os ombros. — Ahn... Eu...

Acho que está na hora de cair fora. Pode deixar que dou uma carona para Peabody.

— Ela está na piscina — informou Roarke, forçando Eve a permanecer de cabeça baixa quando ela tentou se levantar.

— Tá legal. — O rosto de Feeney se iluminou. — Bem que eu gostaria de um mergulho rápido.

— Vá em frente, a casa é sua. Quanto a você — ele se virou para Eve —, está na hora do jantar.

— Eu já comi.

— Meio sanduíche não é suficiente. — Ele olhou para trás ao ouvir vozes. — Excelente, temos companhia. Tome um pouco de sopa enquanto Mavis distrai você.

— Não tenho tempo para... — Ela parou de falar e suspirou. Mavis já entrava girando pela sala adentro em suas sandálias plataforma com quinze centímetros de salto que explodiam em mil cores a cada passo saltitante que ela dava.

— Oi, Dallas! Oi, Roarke! Acabei de passar por Feeney e ele me disse que vocês encerraram os trabalhos por hoje.

— Mais ou menos. Ainda tenho umas coisas para conferir. Por que não conversa um pouco com Roarke enquanto eu termino tudo? — O prazer que Eve sentiu ao ver que ia escapar dali se esvaneceu quando surgiu na sala outra mulher com cabelos em cachos que mais pareciam molas em um tom berrante de vermelho, cada um com trinta centímetros de comprimento.

— Trina! — exclamou Eve, surpresa, e seu estômago quase deu um nó de preocupação.

— Passamos aqui para lhe trazer o relatório completo da nossa missão — anunciou Mavis. — Trina analisou os produtos de beleza e maquiagem do vídeo que você mandou. Não foi, Trina?

— É isso aí. E eu consegui ver muita coisa.

— Que bom! — *Tudo vai ficar bem*, disse Eve para si mesma. *É só um relatório.* — O que você descobriu?

— Conte logo, Trina — Mavis apressou-a. — Puxa, vamos beber vinho! Roarke, você é um cara total mesmo! — Ela encostou o traseiro miúdo mal coberto por uma microssaia na quina da mesa de Eve e sorriu para ele, que já distribuía taças de vinho.

— Vamos lá — Trina começou. — Temos potes de base da marca Juventude em tom de mel queimado e também café. Dá para comprar isso em qualquer loja de departamentos ou salão de beleza. Em seguida, temos um pó compacto unissex. Ele escolheu a marca Deloren, geralmente vendida apenas em salões sofisticados e spas, porque é um produto caro demais para o povão.

— Quantos pontos de venda em Nova York?

— Hummm... Entre trinta e quarenta, no mínimo. Ele tem muito bom gosto para produtos de beleza. O blush também é da Deloren, mas também vi outro da Juventude e um naquele tom lindo, quartzo rosa, da Salina. O rímel...

— Trina, obrigada por ter analisado tudo isso, mas deu para localizar algum produto que tenha distribuição restrita? Será que nenhum daqueles cremes é vendido só por atacado?

— Vou chegar lá. — Trina sorriu de leve, exibindo os lábios pintados em preto-vampiro. — Esse sujeito gosta de experimentar marcas diferentes e não se incomoda de pagar muita grana por eles. Admiro gente assim. Pelo que eu vi no vídeo, ele usa os produtos básicos e alguns mais sofisticados. Mantém tudo muito bem organizado, e eu deduzi o seguinte...

Ela manteve a continuação da frase no ar, saboreando o momento de suspense.

— Deduzi que ele prefere as marcas Juventude e Natural Bliss. Os cremes da Natural Bliss são hipoalergênicos, todos à base de produtos naturais, e custam os olhos da cara. Não dá para comprar em lugar nenhum. Não se consegue obtê-los, a não ser através de uma consultora licenciada, e são fornecidos apenas para salões de beleza, sendo proibida a revenda. Portanto, o seu suspeito é um consultor licenciado ou então dono de um salão de beleza, pois havia um monte de produtos exclusivos para profissionais nas gavetas.

Era o que acontecia com ela, Trina pensou, muito orgulhosa.

— Eu sempre compro os meus na Distribuidora Carnegy, sempre que aparece um cliente que pode bancar o custo.

Ela parou de falar e tomou um gole do vinho.

— E acontece que eu tive o trabalho de ligar para a minha amiga fornecedora e perguntar a ela, muito na surdina, sobre os clientes que compram especificamente os produtos que o seu rapaz usava e os que achei que faltavam nas gavetas. Ela achou graça na minha pergunta porque, por coincidência, tinha acabado de receber um pedido exatamente daqueles produtos, feito por um dos seus clientes regulares. É um cara grandão que aparece uma ou duas vezes por ano para se abastecer. Paga sempre em dinheiro e diz que tem um salão em Nova Jersey.

— Ele já foi pegar os produtos? — perguntou Eve, levantando-se lentamente da cadeira.

— Não. Vai pegá-los amanhã, pouco antes de meio-dia. Pediu a ela para deixar tudo empacotado, pois está com o tempo apertado. Ainda comprou o dobro da quantidade habitual.

— Roarke, sirva um pouco mais de vinho para a nossa amiga Trina.

— Fizemos a coisa certa? — perguntou Mavis, dando pulinhos.

— Vocês são fantásticas. Trina, quero o nome da sua amiga. Vou precisar da cooperação dela.

— Por mim, tudo bem. Eu só tenho uma pergunta. Por que você me insultou?

— Insultei? Estou a ponto de te dar um beijo.

— Por que não tomou conta do meu trabalho? Olhe só para o seu estado. — Trina apontou para Eve um dedo com a unha muito comprida, pintada em azul-safira. — Até parece que você foi arrastada pelas ruas por um maxiônibus. Sua pele parece desidratada e há duas bolsas escuras e horrendas debaixo dos seus olhos.

— É que eu ando trabalhando muito e...

— O que uma coisa tem a ver com a outra? Não dava para tirar cinco minutinhos duas vezes por dia para, pelo menos, mostrar um pouco de respeito pelo meu trabalho? Quando foi a última vez em que você usou aquele esfoliante que eu lhe dei, a loção estimulante e o creme reparador para pele estressada?

— Ahn...

— Aposto que você também não teve tempo de aplicar o creme para os seios. — Ela se virou para Roarke. — E você?... Não dava para colocar um pouco desse creme nas mãos antes de acariciar os peitos dela?

— Eu bem que tentei fazer isso — afirmou Roarke, atirando Eve aos lobos sem nenhum escrúpulo —, mas ela é uma mulher muito difícil.

— Deixe-me ver seus pés — ordenou Trina, dando a volta na mesa.

Eve Dallas, que já vira a morte cara a cara e cuspira nela, encolheu-se de medo.

— Não. Meus pés estão ótimos.

— Aposto que você não anda usando o kit de pedicure, não é? — Os olhos de Trina, com suas pálpebras arco-íris e cílios dourados, se arregalaram de choque. — Você *cortou* os cabelos?

— Não. — Eve os segurou de forma protetora e quase tropeçou na cadeira.

— Não minta para mim, espertinha. Você passou a tesoura neles, não passou?

— Não. Isto é, mais ou menos. Quase nada. Tive de cortar um pouco porque eles estavam caindo nos olhos. Eu mal toquei nos fios. Droga. — Eve decidiu que estava na hora de fazer pé firme. — O cabelo é meu, ora essa!

— Não senhora! Depois de eu colocar as minhas mãos nele o seu cabelo não é mais seu. Por acaso eu vou até a Central de Polícia e fico desfilando com um distintivo espetado no peito? Por acaso eu saio pelas ruas caçando bandidos para depois baixar o cacete neles? Não! Agora eu vou lhe dizer o que você não pode fazer. Nunca mais, nesta vida nem na próxima, esculhambe o meu trabalho.

Trina bufou, desanimada.

— Agora eu vou pegar o meu kit de serviço para consertar os desastres que você fez consigo mesma.

— Olha, Trina, é muito legal o seu oferecimento, mas estou sem tempo para... — Eve estremeceu ao ver Trina colocando as mãos nos quadris. — Tudo bem, vai ser ótimo. Obrigada.

Assim que Trina saiu, Eve se virou para Mavis com o olhar duro e tomou um pouco de vinho. Pousou a taça e avisou à amiga e ao marido:

— O primeiro que der risadinhas vai ter de mastigar esse copo e engolir os cacos.

Capítulo Vinte e Um

Ela se levantou às seis da manhã e entrou no boxe para tomar uma ducha. Pretendia reunir as tropas às oito, apresentar o relatório a Whitney e só então entrar em contato com a agente Karen Stowe.

Sua intenção era fazer Yost ouvir o trinco da cela se fechando atrás dele antes de meio-dia.

— Você me parece muito satisfeita consigo mesma, tenente — comentou Roarke, entrando debaixo do chuveiro atrás dela.

— Vou estar daqui a algumas horas.

— Posso fazê-la feliz em menos tempo. — Ele chegou mais perto e passou as mãos pelo corpo dela, começando pelos seios.

— Está a fim de brincadeirinhas, gostosão?

— Posso deixar você na marca do pênalti e em seguida fazer um gol memorável — ofereceu ele, mordiscando-lhe o ombro.

— Será que eu vou engolir esse frango? — Ela se virou, começou a acariciar a lateral do corpo dele, e então sentiu uma fisgada de prazer na boca do estômago quando os dedos dele deslizaram e apertaram seus mamilos. — Você está com aquela gosma nas mãos?

— Trina me garantiu que a água quente aumenta os benefícios do produto. Garanto que essa água está mais do que quente.

— Eu entrei primeiro, então nem pense em mandar baixar a temperatura. — Ela respirou fundo e sentiu o corpo relaxar. — Sou obrigada a reconhecer que é muito mais gostoso quando é você que passa creme em mim.

— E ele vem com sabores especiais. — Ele a virou de novo, abaixou a cabeça e a lambeu de leve. — Hummm... Damasco.

— É. — Eve deixou a cabeça tombar para trás. — Sua técnica para aplicação de cremes é muito melhor do que a de Trina. Pode continuar.

O sangue dela pareceu se acelerar e sua mente, que estava desperta e alerta, enevoou-se. O vapor os rodeava em nuvens espessas, fazendo o ar se tornar tão denso que os pulmões dela pareceram se obstruir.

De repente as mãos dele estavam em seu rosto e os lábios de ambos se chocaram, ávidos.

Ele queria saciá-la. Precisou lutar contra a urgência de tê-la rapidamente e matar o desejo que o acordara naquela manhã. Eve estava enroscada nele, com a boca levemente aberta, à espera. Os quadris dela se moveram lentamente de encontro aos dele, em um convite direto.

Sim, ele queria preenchê-la e, no entanto, deixou-a preenchê-lo.

Esbelta, magra e com o corpo escorregadio por causa da água, ela o excitou. Ele conseguiria viver ali para sempre, saboreando-a o tempo todo e sentindo o seu calor envolvente. Ao usar também os dedos para excitá-la e levá-la um pouco mais longe, ele engoliu aquele calor e o grito abafado de prazer que surgiu.

Cada centímetro do corpo dela parecia pulsar. Ele conseguia fazê-la se sentir desse jeito. Sempre lhe proporcionava aquele êxtase. Ela, por sua vez, conseguia sentir os músculos dele se retesando e sabia que fazia o mesmo efeito nele.

Ele fora ferido pela vida, foi o que dissera, e Deus era testemunha de que ela também o fora muito. No entanto, de algum modo, ambos curavam um ao outro, continuamente.

Não havia passado quando eles estavam juntos.

Embebida de amor e excitada além da razão, ela enlaçou-lhe o pescoço fortemente com os braços.

— Agora, agora, agora! — pediu.

Ele a penetrou com força, em estocadas rápidas, pois ambos precisavam disso. Ela gritou mais uma vez e se agarrou com força à seda molhada dos cabelos dele. Quando ele ergueu um pouco os quadris dela para se acomodar melhor, ela ergueu o joelho e o enlaçou com uma das pernas.

E olhou para ele. Fitou-o ao mesmo tempo em que ele a fitava. Sentiu seu hálito perfumado enquanto ele sentia o dela.

Continuaram se olhando por muito tempo, lenta e profundamente, até ela se sentir boiando no prazer daquele momento, um prazer infinito e indescritível que lhe subia pela barriga e chegava ao coração.

Com um gemido, ela procurou a boca dele com a dela e se deixou despejar sobre ele.

Tomando-a por completo e amando-a por inteiro, ele se esvaziou dentro dela.

— Eve. — Foi tudo o que ele disse e tudo o que pensou enquanto a segurava com força sob a torrente de água.

Ela acariciou-lhe as costas e torceu para que o coração dele estivesse mais tranquilo.

— Acho que acabei engolindo o frango — disse ela.

Isso o fez rir, como ela planejara.

— Da próxima vez vou chutar sem avisar. Nossa! — Ele farejou o ombro dela. — Seu cheirinho está fabuloso.

— Tem que estar mesmo, com tudo aquilo que Trina despejou, esfoliou e esfregou em mim na noite passada. Aliás, que grande apoio você me deu ontem, hein? — lembrou ela, afastando-se um pouco dele. — Onde é que você estava na hora em que Trina se ofereceu para me aplicar uma daquelas tatuagens temporárias?

— Devia estar ocupado com algo urgente. Se você separasse uma ou duas horas por mês para Trina, ela não se daria ao trabalho de armar essas emboscadas. — Roarke decidiu que era melhor abrir o jogo em vez de deixá-la descobrir por conta própria. — Ahn... Eve, com relação a essa tal tatuagem temporária, eu preciso lhe contar uma coisa.

— Que foi? — Ela saiu toda molhada do chuveiro e parou petrificada com tanto horror diante da ideia que ele teve de se segurar para não cair na risada. — Ela não ousaria. Vou matar essa mulher!

Ela correu para o espelho e, como já conhecia o ponto favorito de Trina, girou o corpo para olhar a própria bunda.

— Porra! Ela me tatuou! Que diabo é isso? Um pônei? Por que aquela maluca me tatuou um pônei na bunda?

— Acho que, se você olhar mais de perto, vai notar que é um burrico. Também conhecido em muitos lugares como "mula".

— Ah, que ótimo. Muito engraçado!

— Podemos concluir que ela quer lhe passar algum tipo de mensagem.

— Aposto que ela não deixou nenhum removedor por perto, só para a sacanagem ser completa. Se você contar para alguém...

— Meus lábios estão lacrados. Na verdade, até que eu achei bonitinha essa mula, furiosa e dando coices.

— Cale a boca, Roarke. Cale essa boca. — Para ter certeza de que não ia mais ouvi-lo, Eve entrou no tubo secador de corpo e ligou o aparelho.

Às nove da manhã em ponto, Eve já estava com a sua equipe tática colocada em pontos estratégicos ao longo da Segunda Avenida. Todos tinham ordens para observar e fazer relatórios, unicamente, sem dar a perceber que estavam ali. A amiga de Trina era uma jovem razoável e sensata que cuidava do balcão de atendimento da distribuidora. Peabody, à paisana, substituiu uma das atendentes, e McNab, vestido de um jeito que só ele conseguiria, posava de cliente.

Eve teria acreditado no disfarce dele sem dificuldade. Se existisse alguém no mundo que se parecesse menos com um tira do que McNab, com o seu macacão marrom-avermelhado e botas até o joelho em tom de amarelo-limão, Eve teria curiosidade em conhecê-lo.

Ela se instalara no almoxarifado e observava toda a loja ao lado da agente Stowe.

— Antes de encerrarmos aqui, eu gostaria de lhe agradecer por me chamar, como prometeu, Dallas.

— Tudo bem, vamos fazer nosso trabalho. — Eve olhou para a arma a laser de cano longo que Stowe trazia no coldre. — Eu preciso dele vivo, Stowe.

— Eu sei. — Stowe tirou a arma e a virou de lado para Eve, a fim de mostrar que ela estava preparada para dar tiros de média intensidade. — Bem que eu planejei acabar com ele. Pensei mesmo. Cheguei a imaginar a cena. — Ela guardou a arma novamente no coldre. — Só que isso não traria Winnie de volta. É melhor pegá-lo vivo.

No salão de atendimento ao público, Peabody avançou cheia de atitude até a ponta do balcão, onde McNab aguardava com cara de quem não quer nada.

— Queria lhe pedir desculpas por começar a briga de ontem. Fiz um comentário inadequado em um momento que não tinha nada a ver.

— Eu sei. — McNab matutara sobre aquilo a noite toda. Pensara muito em Peabody. Por que ela tinha de aparecer assim tão linda logo cedo? Ela precisava usar um vestido elegante e batom rosa-claro daquele jeito? Será que ela queria acabar com ele? — Deixa pra lá, Peabody.

— Se deixarmos isso pra lá, vamos brigar de novo qualquer hora dessas. Você é o auxiliar de Feeney e eu sou a ajudante de Dallas. Isso quer dizer que vamos trabalhar juntos muitas vezes. Talvez tenha sido um erro tentarmos ser mais que colegas, mas agora também não faz sentido nos prejudicarmos profissionalmente por causa disso.

— Você acha que foi um erro? Simples assim?

O tom de voz dele a fez ter vontade de reagir à altura, mas ela se segurou.

— Não, não acho que tenha sido um erro, mas acabou se transformando nisso. — Um erro que ela gostaria de consertar mais do que reconhecia. Como poderia imaginar que iria sentir tanto a falta daquele idiota magricelo? — Quero superar isso e voltar atrás para podermos novamente ser profissionais de verdade.

Ele gostaria de voltar atrás também. Queria voltar àquele armário de limpeza para fazer tudo diferente.

— Tudo bem, para mim está ótimo — concordou ele.

— Excelente. Isso é muito bom. — Mas ela não achava nada bom. — Escute, McNab, talvez nós pudéssemos... — Ela parou de falar ao ver um cliente entrar na loja.

McNab praguejou baixinho, esticou o corpo e começou a declamar o texto que havia ensaiado, uma reclamação sobre um soro cosmético para reconstrução capilar.

Eve conferiu o relógio. Onze e trinta e oito. Dentro da loja, corria tudo bem. Pelo visto, Peabody e McNab haviam negociado uma trégua.

Ela torceu para as coisas estarem correndo assim tão bem para Feeney e Roarke, no hotel. Ela pegou o comunicador para verificar como iam as coisas por lá e ele tocou na sua mão.

— Dallas falando.

— Tenente, o suspeito se aproxima da área da operação e está a pé. Nesse instante ele atravessa a Rua 24 e segue rumo à Segunda Avenida. Está sozinho e veste um casaco comprido marrom em tecido leve e calças escuras, também marrons.

— A identificação dele foi confirmada?

— Positivo. Está à nossa frente e já se aproxima da Rua 23. Aparecerá no seu campo visual dentro de trinta segundos.

— Todos a postos. Não se aproximem até eu mandar. Peabody, McNab, vocês estão prontos?

— Positivo.

— Todas as equipes, mantenham todos os canais de comunicação abertos. Prepare-se, Stowe — disse Eve. — Vamos pegar esse canalha. Vou sair pelos fundos, a fim de cercá-lo pela saída da Segunda Avenida. Esperem até ele entrar na loja e vamos entrar com tudo.

— Estou lhe devendo essa — agradeceu a agente Stowe, com um olho no monitor e a mão na maçaneta da porta.

Eve saiu pelos fundos da loja e correu até a outra esquina. Apareceu na calçada a meio quarteirão atrás de Yost e acelerou o passo para tentar acompanhá-lo.

No instante em que ele pousou a mão na porta da loja ela pegou a arma dentro da jaqueta.

E viu Jacoby atravessar a rua correndo com a arma na mão.

— FBI! Não se mexa! — gritou ele.

Eve nem teve tempo de xingar. Levou um susto e saiu correndo, mas mal conseguiu avançar um metro quando viu Yost girar bruscamente e trombar de frente com Jacoby.

Foi como ver uma bicicleta batendo de frente com um ônibus.

— No chão! Polícia! Jogue-se no chão! — gritou ela, movimentando-se em meio aos pedestres com a arma apontada. Viu quando Jacoby bateu com a cabeça na calçada e ouviu vozes indistintas vindo do comunicador.

Sem chance de atirar com segurança, ela saiu em perseguição a Yost, que correu para o sul, empurrando transeuntes, desviando com agilidade das pessoas e lançando-se na rua, em meio ao tráfego.

— Não atirem! Não atirem! — Uma mira malfeita e um civil poderia ser atingido.

Para um homem corpulento, até que ele se movia com rapidez e determinação. Virou à esquerda na esquina seguinte, arrastando uma carrocinha de lanches à base da força bruta. A carrocinha tombou diante de Eve, espalhando molhos e produtos diversos pela calçada e fazendo o seu dono gritar em meio a chiliques indignados.

Em vez de desviar do obstáculo, Eve pulou e quase escorregou, mas se apoiou na carrocinha tombada e fez dela um trampolim para um pulo espetacular.

O impulso a fez avançar vários metros.

— Ele está na Terceira Avenida. Quero viaturas de reforço! Reforço imediato. Estou atrás do suspeito, atravessando a Terceira Avenida e rumo à Rua 22.

Para manter a mão livre, ela enfiou o comunicador no bolso e se agachou, tomando um novo impulso para pular.

Eve atingiu Yost com o próprio corpo à altura dos rins e o desequilibrou. Foi como bater em um muro de aço reforçado. Ela podia jurar que ouviu seus ossos estalando, mas conseguiu derrubá-lo com uma joelhada final. Antes de ele conseguir tirá-la de cima dele e se reerguer para continuar a fuga, ela já estava com a arma pressionada junto à sua garganta.

Onde seria letal.

— Você quer morrer? — perguntou ela. — Quer morrer aqui na calçada como um mendigo?

Quando ele ergueu as mãos, Eve ouviu passos rápidos atrás dela. McNab, suando em bicas e mal conseguindo respirar, tomou posição com a arma apontada para a cabeça de Yost.

— Estou com o suspeito na mira, tenente.

— De cara para o chão, Sly, e com as pernas afastadas!

— Deve haver algum engano — tentou Yost. — O meu nome é Giovanni...

— Cara no chão! — Ela o pressionou com a arma. — Barriga colada na calçada antes que eu sinta uma coceirinha no dedo.

Ele então se deitou de bruços na calçada e seus braços tremeram quando Eve os puxou para trás e o algemou.

Não é possível, foi tudo o que ele conseguiu pensar. As coisas não podiam terminar desse jeito para ele, com a cara grudada na calçada como um criminoso comum.

— Quero um advogado — exigiu ele.

— Puxa, estou superpreocupada com os seus direitos e obrigações. — Ela enfiou a mão nos bolsos dele e achou uma seringa de pressão e um pedaço de fio de prata. — Ora, ora... Vejam só o que eu achei.

— Quero um advogado! — repetiu ele, com sua voz aguda. — Insisto em ser tratado com respeito.

— Ah, insiste, é? — Eve se levantou e plantou a sola da bota em seu pescoço musculoso. — Não se esqueça de avisar aos guardas e aos seus coleguinhas de prisão na Estação Espacial Ômega que você exige respeito. Eles não têm muitas chances de dar boas gargalhadas por lá. Chame o camburão, McNab. Quero esse cara completamente isolado.

— Sim, senhora. Tenente... Seu nariz está sangrando.

— Tive que dar uma narigada nele para derrubá-lo. — Ela passou as costas da mão sob o nariz e olhou para o sangue vermelho vivo com nojo. — E Jacoby?

— Não sei. Tive que pular por cima dele durante a perseguição. Acho que Stowe ficou para trás, cuidando do colega.

— Essa prisão é dela, McNab.

— Puxa vida, Dallas.

— Foi o combinado. Você está fora de forma, detetive. É melhor passar um tempinho na academia todo dia, para não ficar com a língua de fora depois de correr dois quarteirões.

Ele assentiu com a cabeça ao ver duas patrulhinhas virando a curva cantando pneus e despejando membros do grupo tático ao longo da calçada.

— Chegou sua carona, Sly.

Ele ergueu a cabeça, olhou fixamente para ela e para os curiosos que se acotovelavam para ver melhor.

— Eu devia ter matado você antes dos outros.

— É... Pensando bem, talvez você tenha razão. Segurem esse babaca para a agente especial Karen Stowe. A prisão será feita oficialmente por ela. Vou ler os direitos dele aqui, diante de todos e em nome dela. — Eve se agachou e esperou até Yost olhar novamente para ela, com fúria.

— Winifred Cates era amiga da agente Stowe, e é por isso que eu vou fazer isso em nome dela. Você está preso por agressão, espancamento, estupro e assassinato de vários indivíduos por encomenda. Os nomes das vítimas lhe serão apresentados no momento da autuação. Isso se refere apenas às pessoas deste Estado. Vou acrescentar resistência à prisão, agressão a um agente federal, destruição de propriedade alheia e fuga da cena do crime. A Interpol e a Global aparecerão em breve para trazer mais presentes para a sua festa. Você tem o direito de permanecer calado, seu filho-da-puta miserável.

Eve caminhou de volta à Segunda Avenida massageando o braço esquerdo. Ela batera com o ombro de encontro ao rim direito de Yost, e agora ele doía como um dente em mau estado. Seu nariz latejava em contraponto ao ombro e a dor parecia se espalhar por todo o rosto e os ouvidos.

Ela pagaria cem dólares por um saco de gelo.

— Senhora! — Peabody apareceu na esquina, viu o rosto de Eve e recuou, assustada. — Argh!

— Que foi? Estou muito esculhambada? — Eve ergueu os dedos um pouco hesitantes e os passou sobre o nariz. Bufou de irritação.

— Está meio inchado, mas acho que estaria pior se tivesse quebrado. Está sangrando muito.

— Ah, isso explica as criancinhas correndo e gritando de pavor quando eu passava por elas. Onde está Stowe?

— Dentro da loja. Soubemos que você derrubou Yost. Dallas, eu ia persegui-lo logo atrás de você, mas McNab ordenou que eu ficasse, e o agente Jacoby foi abatido.

— Você agiu certo e McNab também. Qual é a situação de Jacoby?

— Não sei. Stowe chamou a ambulância. Yost o atingiu com uma seringa de pressão com toda a força e bem no coração. Puxa, Dallas, ele caiu como uma sequoia cortada junto à raiz. Quando a agente Stowe e eu chegamos junto dele, o seu coração tinha parado de bater. Fizemos ressuscitação cardiorrespiratória nele e os paramédicos apareceram logo em seguida. Eles lhe aplicaram alguns choques e conseguiram os batimentos de volta, mas ele continuava apagado quando o levaram.

— Nem mesmo um cara com ambição cega e estupidez em estado bruto merece uma parada cardíaca. Fique por aqui, Peabody, e mantenha a área limpa. Nada de declarações à imprensa, por agora.

Eve entrou na loja. A prestativa amiga de Trina estava sentada no chão com a cabeça para trás e o que parecia um copo cheio de vinho. Lançou um sorriso para Eve à guisa de cumprimento e em seguida continuou bebendo lentamente.

— Você está bem? — quis saber Eve. — Precisa de auxílio médico?

— Esse aqui é todo o auxílio de que preciso, obrigada. — Ela ergueu o copo. — Pretendo beber tudo e em seguida ir para casa, a fim de dormir por oito horas seguidas.

— Vou conseguir alguém para levá-la. É importante que você não fale com ninguém sobre o que se passou aqui agora de manhã até eu liberá-la, OK?

— Sei, a senhora já me explicou tudo. — Ela olhou para o rosto de Eve. — Tenho alguns produtos que vão diminuir esse inchaço e as marcas roxas. É o melhor que existe para trabalhos de cirurgia plástica, escultura corporal e facial. Quer umas amostras?

— Estou bem, obrigada. Onde está a agente Stowe?
— Lá atrás.
— Não saia daqui — pediu Eve, já a caminho do almoxarifado.

Stowe caminhava de um lado para outro no meio das caixas, enquanto falava no *tele-link* pessoal.

— Mantenham-me a par da situação dele. Pode ligar para este número a qualquer momento. Obrigada.
— Como está Jacoby?
— Em coma. — Stowe guardou o *tele-link* no bolso. — Seu estado é crítico. Talvez eles tenham que substituir seu coração, que levou um golpe direto e o tirou do ar na mesma hora. Foi como se um interruptor o tivesse desligado. Eu devia ter ido para o hospital, ele é o meu parceiro. Só que eu queria falar com você, precisava disso. Não dei a dica para Jacoby. Ele deve ter sacado que havia algo no ar e me seguiu. Eu não contei a ele nada sobre esta operação, Dallas. Não fui desleal.

— Se eu achasse que tinha sido, eu não teria mandado Yost para o isolamento, a fim de ele ser autuado e interrogado por você antes de mais ninguém.

Stowe se virou e olhou para Eve.

— Foi você que o rastreou, quem montou toda a operação e também quem o derrubou. A prisão é sua, Dallas.

— Fizemos um acordo. Você deve cumprir a sua parte, e eu a minha. Ele está na Central agora, em regime de segurança máxima. Todos lá estão esperando por você.

Stowe concordou com a cabeça.

— Dallas, se algum dia você precisar de algum favor do FBI, é só pedir.

— Vou me lembrar disso. Agora você precisa atrasar o contato dele com o advogado e mantê-lo isolado até as duas da manhã, Stowe. Diga que você se atrasou resolvendo mais alguma coisa aqui antes de ir para a Central, invente que a papelada para transferi-lo da polícia para as suas mãos extraviou pelo caminho e teve que ser requisitada novamente.

— Se eu não conseguir atrasar alguma coisa por mais ou menos quatorze horas, eu nem deveria estar trabalhando numa agência do governo, para início de conversa. Pode deixar que ele não vai ter chance de avisar ninguém sobre a sua operação no hotel. E assim que você desejar interrogá-lo a respeito dos dois homicídios que ele cometeu na sua jurisdição é só avisar que eu o libero. Foi ele quem a machucou desse jeito? — perguntou, apontando com o queixo na direção de Eve.

— Pois é, tive de dar um encontrão nele para derrubá-lo.

— Você devia colocar um pouco de gelo nesse nariz.

— Já me disseram.

— Foi um prazer. — Stowe estendeu a mão. — Foi realmente um prazer trabalhar com você, tenente.

— Digo o mesmo, agente.

Eve ordenou a Peabody que procurasse a loja de conveniência mais próxima e pegasse um pouco de gelo. Desobedecendo diretamente às ordens de sua tenente, Peabody foi até a primeira farmácia que encontrou, comprou uma compressa fria adesiva à base de antiinflamatórios e um frasco de analgésicos.

— Cadê meu gelo?

— Isso é melhor que gelo.

— Policial Peabody, escute aqui...

— Não, escute a senhora, tenente Dallas... Usar essa compressa da forma recomendada fará com que o seu rosto fique menos inchado. O seu nariz não ficará tão vermelho quanto o de um palhaço e perderá esse brilho de luz de ambulância. Sua aparência vai estar muito mais agradável quando a senhora chegar ao hotel para se reunir com a sua equipe, a fim de definir os detalhes finais para logo mais. Tudo isso significa que Roarke não vai querer rebocá-la na mesma hora para a enfermaria, nem vai lhe administrar medicamentos à força. Já que ambas sabemos o quanto a irritam essas duas possibilidades, sugiro que a senhora siga o meu conselho e se poupe de incômodos posteriores.

— Gostei do discurso, Peabody. Foi bom. Muito bom. Odeio você, mas o discurso foi ótimo. — Eve pegou a caixa com raiva e fez cara feia ao ler as instruções de uso do produto. — Como é que esse troço funciona?

— Deixe que eu aplico. Limite-se a ficar imóvel.

Peabody abriu a caixa, ativou a substância anti-inflamatória e prendeu o adesivo sobre o nariz de Eve, que doía muito. O alívio foi considerável e imediato, mas, ao ver seu reflexo no espelho de um carro, Eve praguejou.

— Pareço uma idiota.

— É verdade — concordou Peabody, analisando o efeito do curativo branco sobre o rosto de Eve. — Mas você estava parecendo uma idiota sem ele também... *Senhora*. Trouxe seus óculos escuros?

— Não, nunca consigo achá-los.

— Pegue os meus. — Com ar generoso, Peabody tirou os próprios óculos do bolso da farda e os ofereceu a Eve. — Pronto, agora está bem melhor — elogiou, quando Eve os colocou. — Pelo menos ligeiramente melhor. Quer um pouco d'água para ajudar a engolir o analgésico?

— Não quero um analgésico.

— O analgésico vai potencializar o efeito do anti-inflamatório, fazendo-o funcionar mais depressa.

Embora suspeitasse de que isso era mentira, Eve pegou o minúsculo comprimido azul, engoliu-o e rosnou:

— Pronto! Será que agora podemos voltar ao trabalho, enfermeira Peabody?

— Sim, senhora. Creio que isso é o melhor que podemos fazer, por agora.

* * *

Eve deu uma passadinha no hospital, a caminho do hotel, para verificar o estado de Vince Lane. Ele continuava em um sono constante, suave, e sua condição era satisfatória. A simulação de reação alérgica estava se mantendo sem grandes questionamentos. Como o paciente estava em uma espécie de quarentena, não podia receber nenhuma visita.

Eve soube que a mãe dele já estivera no hospital duas vezes e o observara através do vidro. Liza Trent assinara o livro de visitas uma vez, mas ficara por menos de cinco minutos.

Se algum outro amigo ou sócio passara por ali, não assinou o livro. Eve chegou preparada, trazendo um mandado na mão, e conseguiu copiar os discos da segurança de todo o andar onde Lane estava internado quase sem reclamações.

— Michel Gerade — disse ela, assistindo ao disco de segurança em sua sala na Central. O visitante chegara e ficara junto do vidro por alguns instantes, olhando para Vince Lane com o cenho franzido. — Que simpático ele fazer uma visitinha ao amigo doente.

— Ele não me parece muito preocupado, está é pau da vida.

— Pois é... Nem para trazer um presentinho desejando melhoras, né? Isso prova a presença de Michel Gerade em Nova York. Se ele participar dessa tentativa de roubo, poderemos ligá-lo a Yost com facilidade. A imunidade diplomática não vai proteger o seu patético traseiro da acusação de conspiração para cometer assassinato.

— Nenhum dos homens de Naples apareceu no disco?

— Não. Aposto que Gerade foi quem tirou o palitinho menor para bancar o menino de recados. Veio confirmar que Vince Lane estava hospitalizado, conforme informado pela mídia. Deu uma olhada, foi até o balcão das enfermeiras e tentou arrancar algumas informações. Bancou o amigo preocupado. Jogou charme, muito charme em cima das meninas. Uma delas cedeu, foi olhar a prancheta do paciente e informou ao visitante exatamente o que queríamos que ele soubesse. Reação alérgica severa que resultou em convulsões. Prescrição: ele estava em repouso absoluto com sedação leve durante quarenta e oito horas, à espera dos resultados dos testes.

Eve olhou Gerade caminhar rumo ao elevador.

— Eles não vão gostar nem um pouco dessa história, mas não devem cancelar um plano tão cuidadoso e com tal nível de complexidade só porque um dos participantes está dormindo feliz. No que lhes diz respeito, o trabalho de Vince Lane foi devidamente completado.

Eve tirou o disco do computador e completou:

— Agora, vamos completar o nosso trabalho.

Capítulo Vinte e Dois

Eram cinco da tarde quando Eve entrou no Palace Hotel. Ela usou o saguão principal. Queria dar uma vasculhada geral usando seus olhos, ouvidos e instintos, a fim de mapear o hotel mentalmente e captar seu ritmo antes de seguir para a base de operações.

O saguão, de dois andares, era um mar de mármore e trabalhos em mosaico, todos com as cores e os desenhos magníficos que ela vira em suas viagens à Itália com Roarke.

Arranjos de flores exóticas se lançavam e se espalhavam a partir de urnas mais altas que um homem. Os funcionários estavam todos trajados em azul-rei ou púrpura, dependendo das suas funções.

Os hóspedes se vestiam com muito luxo.

Eve observou uma mulher com um metro e oitenta e cinco de altura envolta do pescoço até o joelho no que pareciam echarpes translúcidas e carregando um trio de cãezinhos minúsculos presos em uma coleira tripla.

— Augusta.

— O quê?

— Augusta — repetiu Peabody no ouvido de Eve, apontando com a cabeça, discretamente, para a mulher que parecia um graveto e passeava com suas bolinhas de pelo. — A top model do momento. Nossa, eu daria qualquer coisa por pernas como as dela. Olhe, ali está Bee-Sting, vocalista da banda Crash and Burn. Ai, meu Jesus Cristinho, olhe ali! Saindo do elevador, à esquerda... Mont Tyler. Foi eleito pela revista *Screen Queen* o homem mais sexy da década. Até que é divertido trabalhar com você, Dallas.

— Já acabou de se deslumbrar, Peabody?

— Se tivermos tempo, eu gostaria de me deslumbrar mais um pouquinho, tenente. — A cabeça de Peabody girava para todos os lados, buscando à frente e atrás, olhando para cima e para baixo enquanto seguia Eve pelo saguão.

Por sua vez, Eve também analisava algumas coisas. Calculava distâncias até as saídas e grupos de elevadores. Avistou dois policiais à paisana trabalhando como carregadores de malas. Verificou as posições das câmeras e procurou possíveis furos no esquema de segurança.

Ao subir os três lances de escada até o salão de baile, verificou também em todos os andares intermediários.

Todos os encarregados da segurança, tanto humanos quanto androides, estavam em plena função, guardando as laterais da entrada da Exposição Magda Lane, e circulavam discretamente pelo perímetro em torno do saguão. As pessoas se acotovelavam em filas para ver tudo e soltavam "ohs" e "ahs" de admiração diante dos vestidos bordados em pedrarias, das joias cintilantes, das fotografias, das apresentações holográficas, das pequenas lembranças e das elaboradas fantasias.

Cada peça exposta estava cercada unicamente por cordas aveludadas vermelhas, mas aquilo era só para constar. Um anel de sensores invisíveis rodeava cada um dos pequenos púlpitos.

Tudo estava muito bem protegido.

Catálogos do leilão em discos ou impressos em papel de luxo estavam à venda para quem quisesse desembolsar mil e duzentos dólares.

Uma amostra do catálogo podia ser acessada on-line em todos os quartos do hotel sem custo algum para os hóspedes.

— São apenas sapatos — disse Eve, depois de analisar com atenção um lindo par de sapatos prateados que estavam expostos. — Sapatos de outra pessoa, ainda por cima. Quando alguém quer usar os sapatos que outra pessoa já usou, vai a um brechó de reciclagem.

— Mas, senhora, isso é como comprar um pouco de magia.

— Isso é como comprar um par de sapatos usados — corrigiu Eve, e, satisfeita com o que viu, foi embora dali.

Nesse instante, Magda e sua pequena comitiva saíram do elevador.

— Eve, que bom ter encontrado você. — Magda correu em direção a Eve com as duas mãos estendidas. Seu volumoso cabelo ondulado estava preso em um coque elegante, na nuca, e seus olhos pareciam cansados. — Meu filho...

— Sim, eu sei. Sinto muito por Vince ter ficado doente. Como ele está?

— Os médicos me disseram que ele está bem. Parece que foi uma reação alérgica qualquer. Mas eles o estão mantendo sedado e sem receber visitas. Ele nem sabe que estou indo visitá-lo.

— Ora, Magda, é claro que sabe. — Mince deu palmadinhas no braço dela, mas seus olhos se desviaram, meio sem graça, e se encontraram com os de Eve. — Magda está morrendo de preocupação por causa daquele rapaz — disse ele, mas seus olhos claramente completaram a frase: resolva esse problema.

— Estão cuidando muito bem dele — garantiu Eve, apertando as mãos de Magda com ar de solidariedade.

— Bem, espero que sim... Eu soube que você estava em companhia de Vince no momento em que ele se sentiu mal.

— Sim, é verdade. Passei por lá para conferir alguns detalhes do esquema de segurança.
— Ele estava muito bem quando eu saí. — Liza lançou um olhar acusador para Eve. — Estava ótimo.
— Pois é, ele certamente parecia estar muito bem — concordou Eve. — Quer dizer que ele não reclamou mais cedo com você sobre se sentir com mal-estar e meio tonto, srta. Trent?
Pronto, devolvi a bola para o seu campo, belezinha, pensou Eve.
— Não, ele estava muito bem.
— Provavelmente ele não quis preocupá-la. Comigo ele comentou que andava se sentindo um pouco estranho, mas só quando ficou pálido e começou a suar frio foi que eu perguntei se ele estava bem. Ele ficou trêmulo logo depois, pediu desculpas e disse que precisava se deitar um pouco. Minha auxiliar sugeriu que chamássemos o médico de plantão no hotel.
— Foi mesmo — confirmou Peabody. — Eu não gostei da cor dele.
— Vince disse que não queria nos dar trabalho. Eu já ia mandar Peabody buscar um copo d'água quando ele entrou em convulsão. Chamamos o médico na mesma hora. Surgiu uma erupção cutânea perto do seu pescoço, e o vermelho da pele começou a se espalhar. O médico diagnosticou reação alérgica assim que o viu.
— Graças a Deus você estava lá na hora. Imagine o que poderia ter acontecido se ele estivesse sozinho ou não conseguisse pedir ajuda.
— A senhora devia ter me avisado, tenente — interrompeu Liza. — Fiquei um tempão esperando por ele no Rendezvous, superpreocupada com a sua demora.
— Desculpe, nem pensei nisso. A minha prioridade, na hora, foi buscar ajuda para ele.
— É claro. — Respirando um pouco melhor, Magda sorriu. — O mais importante é que Vince recebeu atendimento imediato. — Ela olhou para o salão de baile. — Ele vai morrer de pena por perder tudo isto, depois de trabalhar tanto por esta noite.
— Sim — concordou Eve. — Que falta de sorte!

* * *

— Nossa, Dallas, sua atuação foi o máximo. — Peabody sorriu no momento em que elas entraram no elevador particular rumo à base das operações. — Você nunca pensou em se tornar atriz?

— Pois é, o problema é que houve um grande erro na minha atuação. Magda vai levar um choque amanhã quando a verdade sobre o seu filho vier à tona, e eu vou sentir muito por isso. Vou sentir de verdade.

Elas saíram do elevador dentro da central de controle da operação. Só que era uma central de controle ao estilo de Roarke.

— U-au, Dallas! — sussurrou Peabody, atônita pelo glamour da suíte que pertencia ao proprietário do hotel.

— É feio babar, Peabody, muito feio. Tente lembrar que estamos aqui a trabalho.

A área de estar era um comprido apanhado de cores, tecidos elegantes, tapetes felpudos em padrões graciosos sobre alqueires e mais alqueires de madeira clara. Uma escultura brilhante feita em cobre parecia flutuar ao longo de uma das paredes e derramava água em um tom forte de azul em um gracioso arco que acabava em uma piscina de formato irregular enfeitada por flores e samambaias.

Pendendo do teto abobadado vinha um lustre formado por centenas de globos microscópicos no mesmo tom de azul, tom esse também repetido no piano de cauda, na base e no consolo da lareira aconchegante.

Uma escada em espiral toda revestida em cobre levava ao segundo andar. Lá em cima, vasos trabalhados exibiam um punhado de rosas de caules longos e entrelaçados como videiras.

A atmosfera parecia tão rarefeita que nem mesmo a presença dos tiras, dos equipamentos empilhados em um canto e dos vários monitores de vigilância conseguiu tirar o seu encanto.

Isso era embaraçoso. Ao ouvir uma súbita explosão de gargalhadas, Eve atravessou o ambiente luxuoso, virou à esquerda e olhou com insatisfação para a sala de jantar.

A mesa comprida estava lotada de comida. O banquete, Eve percebeu, já rolava há algum tempo pela animação das pessoas. Pratos, travessas e tigelas já haviam sido atacados pelos policiais aglomerados no local. O ar cheirava a carne grelhada, condimentos, molhos e chocolate derretido.

Acotovelando-se em torno da mesa do crime estavam McNab, dois policiais — inclusive o jovem e promissor policial Trueheart, de quem Eve esperava um comportamento mais sério —, sem falar em Feeney, o chefe da segurança de Roarke e o principal suspeito desse crime gastronômico.

— Que diabos está acontecendo aqui?

Ao ouvir a voz dela, McNab engoliu sem mastigar o bolo de comida que tinha na boca, engasgou-se de forma preocupante e seu rosto assumiu um tom de beterraba. Feeney, rapidamente, começou a lhe aplicar vigorosos tapas nas costas. Os dois policiais ficaram rígidos, em posição de alerta, e o funcionário de Roarke desviou o olhar para outro ponto qualquer. Roarke, porém, recebeu-a de forma muito calorosa.

— Olá, tenente. Quer que eu lhe prepare um prato?

— Você... E você também... — Ela cutucou o peito dos dois policiais com a ponta do dedo. — Voltem para os seus postos imediatamente. McNab, você é uma vergonha mesmo! Limpe a mostarda que está escorrendo do seu queixo.

— É molho bechamel, tenente.

— Você. — Apontou o dedo para Roarke. — Venha comigo.

— Sempre, querida.

Ele saiu caminhando com descontração atrás dela, passando por uma saleta muito bem decorada onde outro policial comia coquetéis de camarão ao mesmo tempo que monitorava várias telas. Eve lançou-lhe um olhar severo, mas foi em frente até alcançar a relativa privacidade da suíte principal.

Então girou o corpo.

— Isso não é a porra de uma festa, Roarke.

— Certamente que não.

— E que ideia foi essa de trazer metade da comida de Nova York para os meus homens?

— Estou mantendo o tanque deles cheio. A maioria das pessoas precisa de combustível em intervalos regulares.

— Alguns sanduíches e umas pizzas, tudo bem, mas você ofereceu tanta comida aos caras que vão todos ficar largadões e com o raciocínio lento.

— Tenente, ainda temos muitas horas pela frente. Sem um ocasional intervalo para aliviar o estresse, o tédio e a monotonia, todos nós ficaremos largadões e com raciocínio lento.

Ele ergueu o queixo de Eve, virou o rosto para a esquerda e para a direita e assentiu com a cabeça.

— Nada mal — decidiu —, mas é melhor tomar um analgésico e outra dose de anti-inflamatório.

— McNab já veio fofocar, né? — sibilou ela, fazendo-o rir.

— Você o deixou muito impressionado ao derrubar sozinha um sujeito do tamanho de uma montanha, e com um único empurrão. Mas era mesmo necessário usar o próprio rosto para isso? Esse rostinho que eu amo tanto?

— É... Pelo visto você já foi informado de tudo.

— Pelo visto, sim. Quando você vai interrogar Yost?

— Tenho que esperar até amanhã de manhã. Ele vai pagar por tudo o que fez, Roarke. Somando as acusações locais e federais englobando um período de mais de duas décadas, ele nunca mais vai ver a luz do dia. Vai pegar pena máxima na solitária, em uma cela de concreto. Ele sabe disso.

— Sim, já pensei no assunto — concordou Roarke. — Fico satisfeito em saber que a vida dele de agora em diante vai ser pior do que a morte, considerando que é um homem com bom gosto e hábitos refinados.

— Muito bem. — Eve respirou fundo. — Você tem que se satisfazer com isso mesmo. Agarrar Yost era a minha prioridade, e eu não podia me arriscar a adiar mais esse momento. O problema é que removê-lo de cena talvez prejudique esta operação. Não o vejo como diretamente envolvido no roubo. Ele é um assassino, não um ladrão, e um tipo como ele não ia se sujar participando de um roubo. Mas nos últimos dias nós tiramos muita gente do tabuleiro: Vince Lane, Yost e Mick Connelly. Naples não é burro. Mesmo com toda a grana que investiu na preparação desse golpe, pode ser que ele cancele tudo na última hora.

— Mick não vai contar a ele que você já sabe de tudo.

Eve não ia discutir por causa disso.

— Contando ou não, Mick está fora do jogo. Com a principal ferramenta de Naples se escondendo em algum lugar, um dos homens-chave da operação no hospital e o seu assassino na solitária, a coisa complica. Talvez nós consigamos que Yost entregue todo mundo, mas é só um talvez. Não poderemos oferecer muita coisa a ele em troca, então vai ser mais uma questão de pressão do que de negociação. Talvez tenhamos que nos contentar em ter evitado um crime e cuidar para que o leilão de Magda, amanhã, continue dentro do cronograma.

— E você ficará satisfeita com isso?

— Não. Quero o canalha. Entregar Yost nas mãos de Stowe foi... Nem mesmo sei definir. Mas Naples e o resto deles são meus. Estou consciente de que nem sempre o trabalho nos traz a satisfação que esperávamos. De um jeito ou de outro, procederemos conforme o combinado.

Quando deu meia-noite, Eve já tinha tomado uma overdose de café e analisara detidamente os monitores que exibiam cada centímetro quadrado das áreas públicas do hotel. Em companhia de Feeney e Roarke, revisara passo a passo, nos mínimos detalhes, cada possível variação no esquema de segurança que eles haviam montado.

Quando o comandante Whitney chegou ao local da operação, ela se levantou e se preparou para lhe fazer um relatório completo.

— Eu queria um minutinho do seu tempo, tenente. — Ele apontou para a parede dos fundos da sala, ao lado da cascata murmurante. Seus olhos pareciam sombrios e cansados. — Yost se matou.

— O quê?!

— Foi transferido para a custódia da Polícia Federal há duas horas. Eles estavam conferindo as condições de confinamento básico das instalações. Um dos guardas tinha uma caneca de café sobre a mesa. O filho-da-mãe conseguiu agarrar a caneca, quebrá-la na ponta da mesa e, ainda algemado, cortou a própria jugular com um dos cacos.

— Preferiu escapar do jeito mais fácil, afinal — murmurou Eve. — Isso me custou a ligação dele com Naples.

— Sinto muito, tenente.

— Sim, senhor. Obrigado por vir me contar pessoalmente.

— As condições do agente Jacoby são promissoras. A equipe médica acredita que o novo coração está respondendo bem ao transplante. Sua situação é estável.

— Isso é bom. Pelo menos ele não está por perto para estragar a operação dessa madrugada. Se é que haverá alguma coisa para ser estragada.

— Gostaria de acompanhar essa parte final com a equipe, mas é você mesma que vai permanecer no comando. — Ele olhou em volta da suíte. — Parece que há espaço suficiente aqui para mais um.

— Confira a mesa do bufê — ofereceu Eve, com certa acidez na voz. — Talvez tenha sobrado algum ovinho de codorna empanado.

Eve se acomodou na principal bateria de monitores da sala de estar. Dali ela conseguiria acompanhar e pesquisar o que quisesse em qualquer das áreas internas ou externas. Os funcionários do hotel trocaram de turno e continuaram com seus afazeres normais, seguindo o cronograma. O serviço de quarto continuava a entregar ou recolher uma ou outra bandeja ocasional nos quartos dos hóspedes. Alguns deles retornavam de seus passeios pela cidade, enquanto outros passavam pelo saguão e saíam para a balada.

Como a própria cidade de Nova York, aquele edifício nunca ficava complemente silencioso. Negócios e prazer, ali, eram atividades de horário integral, vinte e quatro horas por dia, de domingo a domingo.

Eve percebeu que uma acompanhante licenciada atravessava o saguão rumo à saída, com seu shortinho de seda vermelha. A mulher parecia satisfeita e deu um tapinha discreto na bolsinha prateada. Recebeu uma boa gorjeta, imaginou Eve, mas logo em seguida estreitou os olhos, colocando-os em estado de alerta ao ver Liza Trent passar pela acompanhante licenciada e entrar no hotel.

Liza olhou em volta, com ar distraído. Distraído demais até, decidiu Eve.

— Feeney, dê só uma olhada nisso. Acho que a nossa garota tem uma filmadora presa na lapela. Deve estar oferecendo aos seus amigos uma visão panorâmica da parte de dentro do hotel.

— Melhorar a definição e ampliar a imagem — ordenou Feeney. — Dos setores dezoito até o tinta e seis. — Ele fez grunhidos estranhos quando a imagem se ampliou e, em seguida, ordenou uma ampliação ainda maior de uma parte da tela. Eve foi brindada com um close espetacular do busto generoso de Liza.

— Puxa, isso é lindo!

— Controle-se, Feeney!

— Ué, não estou falando dela não... — Ele piscou depressa e enrubesceu. — Gostei foi do pingente com o qual ela está brincando. É uma microcâmera. Sofisticadíssima por sinal. Ela provavelmente está transmitindo imagens em trezentos e sessenta graus nesse exato momento, e com áudio da melhor qualidade. Se o porteiro soltar um pum, aquele microfone direcional vai conseguir pegar.

— Dá para interceptar o sinal que ela está enviando?

— Ah, claro. Dá para interceptar até uma transmissão feita da lua com o equipamento que Roarke disponibilizou. — Ele pareceu tão empolgado com a ideia que Eve teve que mandá-lo sair da sua cadeira.

— Agora não, deixe que ela faça o reconhecimento do terreno para eles. Quero que eles confirmem que está tudo calmo, silencioso e em ordem. Puxa, Feeney, eles resolveram levar o plano em frente, afinal. — Eve olhou para o seu relógio de pulso. — Faltam ainda quarenta e cinco minutos para eles darem a largada e partirem para o golpe. Mantenha-a monitorada — ordenou e se levantou para reunir as tropas.

Faltando quinze minutos para a hora marcada, Eve foi até a estação de controle, uma sala de reuniões exatamente embaixo do local da exposição. Liza já circulara por toda a exposição, transmitindo imagens do salão e dando aos seus comparsas uma visão clara das portas protegidas e das luzes de alerta. Agora ela havia se recolhido ao seu quarto, e Feeney estava à espera da ordem de Eve para interferir no sinal deles. Dois guardas com um cartão mestre tinham sido orientados para invadir o quarto de Liza e levá-la sob custódia na hora H.

Eve estava morrendo de pena por perder esse momento.

Ela prendeu sua filmadora na lapela e perguntou:

— Feeney, meu sinal está bom?

— Perfeito.

Eve repassou mais uma vez os planos com os líderes de equipe, verificando tudo, dos monitores ao áudio. Conferiu a sua arma. Flexionou os ombros e ficou feliz ao sentir que a dor cedera um pouco.

Então fechou a cara ao ver Roarke entrar na sala.

— Esta área é proibida a civis. Vá lá para cima.

— Como o hotel é meu, nenhum lugar é proibido. Além do mais, eu consegui autorização do seu comandante. Estou dentro, tenente.

Eve sabia que ele era capaz de cuidar de si mesmo. Apesar disso, usando suéter e calças pretos, Roarke se parecia mais com os bandidos que estavam prestes a invadir o hotel do que com um agente da lei.

— Você está armado?

Ele olhou com esperteza para a filmadora na lapela dela, mostrando-lhe que estava consciente de que o diálogo entre eles estava sendo transmitido e gravado.

— Consultores civis não têm autorização para carregar armas, tenente.

O que significava que ele estava armado. Como preferia vê-lo protegido a participar de uma operação dessas de mãos vazias, Eve deixou esse detalhe passar.

— Quando atacarmos, nós teremos de ser ágeis — disse ela aos homens e mulheres reunidos na sala. — Precisamos prendê-los de forma rápida e cuidadosa. Cada um se mantenha junto de sua equipe e protejam uns aos outros. Esses ladrões não terão para onde fugir e provavelmente vão resistir. Nosso setor de inteligência indica que eles estarão armados com tranquilizantes, mas não podemos ter certeza de que não entrarão carregando algo mais letal. A ordem é prendê-los e desarmá-los. Fiquem atentos porque a interferência nos sinais de comunicação entre eles também vai atrapalhar os nossos sinais eletrônicos na área da ação, pelo menos até termos tudo sob controle. Vamos fazer com que tudo leve o mínimo de tempo necessário. Lenick, arranje um colete à prova de balas e um gravador de lapela para este civil.

Quando faltavam cinco minutos para o momento do ataque, Eve estava grudada no monitor e ergueu a cabeça quando Roarke chegou e se colocou atrás dela.

— Onde está o seu colete? — ela perguntou.

— Onde está o seu?

— Eu tenho a opção de usá-lo ou não.

— E resolveu não usar porque ele é pesado e atrapalha os movimentos. Não vamos perder tempo discutindo isso agora, vamos?

Olhe, ali está Honroe, movendo-se para a posição marcada no ponto onde a van deles vai estacionar. Ele vai descobrir rapidinho o quanto eu desaprovo que meus funcionários trabalhem depois do expediente.

— Ele vai ser preso junto com os outros, mas pode deixar que eu lhe darei um minuto para você ter o gostinho de despedi-lo.

— Obrigado, querida.

— Lá vem o maxiônibus, bem no horário. Mudar o status da operação para sinal amarelo. Fiquem prontos!

Eve acompanhou o momento em que o maxiônibus derrapou, bateu em um carro que vinha em sentido contrário, estremeceu e capotou, ficando com suas seis rodas viradas para cima, como uma tartaruga deslizante, espalhando fagulhas e indo em direção a um prédio das redondezas.

Houve uma impressionante explosão seguida pelo barulho de vidros quebrados e uma grande quantidade de fumaça preta. Como se todos seguissem uma marcação de cena em um palco, os carros que circulavam pararam e as pessoas começaram a correr rumo ao local do acidente. O barulho agudo e irritante do alarme da joalheria se transformou em um zumbido abafado nos canais de áudio.

No monitor seguinte, Eve observou um caminhão de entregas estacionar suavemente nos fundos do hotel e Honroe sair das sombras.

Exatamente como Roarke, as seis figuras que saltaram do caminhão estavam todas de preto. Usavam bonés muito justos e luvas especiais finas que protegiam as mãos sem diminuir a agilidade dos dedos.

— Mick está com eles — murmurou Roarke. — Ele foi até o fim, afinal. Achei que não seria capaz disso.

Vamos resolver esse problema mais tarde, pensou Eve.

— Sete... Repito, sete indivíduos estão entrando no prédio pela porta oeste, na área de entregas.

— Um momento! — disse Roarke. Eve colocou a mão em seu braço sem tirar os olhos do monitor. — Há mais três homens dentro do caminhão — completou ele.

— Como é que você sabe?

— Mick está me avisando. É um antigo código entre nós. Três homens no caminhão estão equipados com câmeras e fones. Usam armas de mão a laser, como as da polícia. Mais um minitorpedo e um lança-chamas, todos carregados.

Quando Mick entrou no prédio, Roarke foi para a frente do monitor seguinte. Observou o instante em que o seu amigo se dirigiu ao primeiro painel de segurança e ouviu, meio de lado, Eve informando todas as equipes sobre os dados que ele lhe repassara.

— Os homens que entraram também estão armados. Trouxeram mais do que as armas com tranquilizantes. Dois deles têm lasers iguais aos da polícia, mas há uma mulher entre eles, a terceira da fila. A moça é especialista em luta corpo a corpo. Ela traz uma faca retrátil na bota direita. — Roarke olhou para Eve. — Você poderá usar isso a favor de Mick.

Não era uma pergunta. Roarke não duvidava do senso de justiça de Eve.

— Vamos prendê-los e depois eu vejo o que posso fazer.

— Veja, Mick já chegou ao segundo andar. Ele está em melhor forma do que antigamente.

Eve olhou quando Mick ergueu o polegar e apontou as escadas de serviço para os outros do grupo. Eles seguiram rápido e de forma ordenada, mostrando que haviam ensaiado cada passo, e ensaiado muito.

Mas Eve também ensaiara. Sua mente permaneceu fria e focada no instante em que Mick parou do lado de fora da porta de incêndio, já no andar do salão de baile, montou um rifle de mão, puxou a mira telescópica e o aconchegou junto do corpo, com o cabo próximo ao cotovelo. Seus dedos eram ágeis e firmes. Eve especulou sobre o que ele estaria pensando naquele momento. A arma em sua mão apitou três vezes e os leds na lateral ficaram verdes.

Ele foi o primeiro a entrar no corredor e seguiu rumo ao alvo, quase correndo.

— Vamos entrar em cena — ordenou Eve. — Feeney, ligue o misturador de sinais eletrônicos assim que eu mandar.

— Entendido — sussurrou Feeney no ouvido dela. — Todos estão junto das portas, trabalhando na segurança externa do salão. O penúltimo do grupo, porém, me parece muito nervoso. Está suando muito. Escute, Dallas, consegui identificá-lo. Acho que Gerade resolveu participar do ataque.

— Maravilhoso.

— E eles são bons. O responsável pela parte eletrônica está ajustando o misturador de sinais. Está monitorando tudo em vários níveis e dando uma conferida final. Agora ele está digitando uma senha manualmente. Deve tê-la conseguido com algum dos homens da equipe de segurança do hotel. Trinta por cento da varredura eletrônica do sistema já foram completados.

Eve saiu no andar do salão de baile e ergueu a mão. Na outra ponta do andar, sua equipe secundária imitou seu gesto. Ao seu sinal, todos entraram em ação, em décimos de segundo.

— Criar interferências, Feeney — ordenou, atravessando a porta e se colocando diante dos assaltantes. — Polícia! Mãos para cima, agora! — gritou ela, lançando um tiro de advertência que acertou a ponta da bota da mulher, que já se abaixava para pegar a faca.

Tiros zuniram ao lado dela. Enquanto girava o corpo, ela viu uma das figuras de preto ser jogada para trás devido ao raio de atordoar lançado por um dos membros da sua equipe.

Alguém empurrou uma imensa vitrine de vidro, que se espatifou com um estrondo tão forte quanto o de um canhão. Em meio aos gritos e à correria para os ladrões se esconderem ou fugirem, ela viu o sorriso largo que Mick lançou na direção de Roarke.

Eve estava ocupada demais para achar isso divertido ou irritante, pois a mulher de preto pegou um vaso pesado, levantou-o acima da cabeça e o atirou com força em sua direção, enquanto gritava e pulava sobre ela.

Eve teve meio segundo para decidir entre a indubitável satisfação de um bom mano a mano com a mulher enfurecida ou a outra opção. Com certo arrependimento, atordoou a oponente com uma carga de pistola e a deixou caída no chão, inconsciente e trêmula.

— Que pena — comentou Roarke. — Eu adoraria ver vocês duas saindo no braço.

Ele se virou para Mick e, como havia pouco a fazer agora, guardou de volta no bolso a arma que não deveria portar.

— Eu gostaria de dar uma olhadinha em seu misturador de sinais, Mick.

— Só que agora é tarde, porque eu tenho a leve impressão de que o aparelho vai ficar sob a custódia da polícia. Um desperdício — lamentou Mick, olhando em torno enquanto seus colegas de golpe eram cercados por muitos policiais. Em um movimento quase despercebido, ele colocou o misturador de sinais na palma da mão, entregou-o a Roarke e deu um passo atrás, levantando as mãos com ar resignado.

Por muitas vezes, incontáveis vezes mais tarde, Roarke tentou reviver esse momento. O jeito com que ele ficara ali, com ar divertido, muito animado... E com a guarda baixa.

Ele se lembrou do riso nos olhos de Mick e como esse mesmo brilho se apagou em uma fração de segundo, transformando-se em uma expressão de alarme.

Roarke girou o corpo, apoiado nos calcanhares e já com a mão enfiada no bolso para pegar a arma. Mas tudo aconteceu muito depressa. Por Deus, e ele sempre fora tão rápido.

Só que dessa vez, nessa única vez, não foi rápido o suficiente.

Gerade já estava com a faca à altura do seu coração e a lâmina refletia um brilho forte sob as luzes brilhantes. Os olhos dele se tornaram selvagens, loucos, aterrorizados. Roarke ouviu Eve gritar e ouviu o som do raio que saiu de sua arma. Mas era tarde demais.

No mesmo instante Mick pulou na frente de Gerade e recebeu a facada na barriga.

— Argh! — Mick lançou um olhar meio confuso na direção de Roarke enquanto caía no chão, pesadamente.

— Não... Não! — Roarke se colocou de joelhos, pressionando a mão sobre a ferida do amigo. Sangue grosso e escuro lhe transbordava mortalmente por entre os dedos.

— Que filho da mãe! — Mick conseguiu falar por entre terríveis ondas de dor. — Nunca pensei que ele tivesse peito para isso. Nem sabia que ele estava com uma faca. Acho que ele me pegou de jeito.

— Não, a coisa não está tão feia assim.

— Puxa, você antigamente era melhor para contar mentiras.

— Preciso de uma ambulância e paramédicos preparados para cirurgia. — Eve correu para junto de Roarke, a fim de avaliar a situação, e continuou a gritar no comunicador: — Um homem foi atingido. Ferimento a faca na barriga. Quero assistência médica imediata!

De repente ela tirou a blusa sem pensar e a entregou a Roarke, para ele tentar estancar o ferimento com ela.

— Puxa, esse foi um gesto bonito. — O rosto de Mick já mudara de branco para cinza. — Estou perdoado, Eve, minha querida?

— Fique quieto. — Ela se agachou para verificar sua pulsação. — A ajuda já está a caminho.

— Eu lhe devia essa, entende? — Mick desviou os olhos para Roarke. — Eu lhe devia, mas juro que não esperava pagar tão caro. Nossa, será que ninguém aí tem alguma droga poderosa para tirar a dor de um cara? — Ele quase desmaiou e apertou a mão de Roarke com mais força, quase em desespero. — Você vai me segurar, não vai? Bom garoto.

— Você vai ficar bem. — Roarke apertou-lhe a mão com mais força, como se com isso ele pudesse garantir a melhora do amigo. — Você vai reagir.

— Você sabe que eu já era. — Um filete de sangue começou a escorrer pelo canto dos seus lábios. — Você entendeu todos os sinais que eu fiz?

— Sim, entendi todos.

— Foi como nos velhos tempos. Você se lembra... — Ele gemeu e teve de lutar para retomar o fôlego. — Você se lembra de quando entramos na casa do prefeito de Londres e limpamos a sua sala de visitas no exato instante em que ele estava no andar de cima, comendo a amante, aproveitando que a esposa fora visitar a irmã em Bath?

Roarke não conseguia estancar o sangue. Não podia diminuir o jorro, que parecia aumentar. Sentiu a morte se aproximando, sorrateira, e rezou para que Mick não percebesse a sua chegada.

— Sim, Mick. Eu me lembro de que você subiu as escadas e gravou cenas da transa do cara usando a câmera dele mesmo. Mais tarde nós lhe vendemos a gravação, juntamente com a câmera.

— Sim, foi legal... Aqueles foram tempos bons. Os mais felizes da minha vida. Caraca, é uma tristeza saber que a minha mãe, que Deus abençoe seu coração negro, estivesse com a razão desde o princípio. Pelo menos eu fui esfaqueado no salão de baile de um hotel bacana e não num bar de quinta categoria.

— Fique quieto, Mick. Os paramédicos estão chegando.

— Ah, eles que se danem. — Ele suspirou fundo e, por um instante, seus olhos ficaram claros como dois cristais. — Você promete que vai acender uma vela para mim na Catedral de Saint Patrick?

A garganta de Roarke quase se fechou de emoção e ele rejeitou a ideia, mas assentiu com a cabeça, simplesmente.

— Prometo.

— Ah. Isso já vale muito. Roarke, você sempre foi um verdadeiro amigo para mim. Fiquei muito feliz por saber que você encontrou aquela coisa especial que desejava na vida. Cuide para nunca perdê-la. *Slan.*

Virando o rosto para o lado, ele se foi.

— Oh, Senhor. — Um pesar incontrolável baixou sobre Roarke, inundando-lhe a alma. Tudo que ele podia fazer agora era embalar o velho companheiro, apertando com firmeza a sua mão enquanto uma tristeza infinita o invadia. Seus olhos estavam cobertos de dor quando ele levantou a cabeça e olhou para Eve.

Enquanto o burburinho dos técnicos e da lei à volta deles continuava, ela se levantou e fez sinal para seus homens e para os paramédicos para que eles fossem para a sala de trás. Chegando perto do marido, ela se ajoelhou ao seu lado, colocou os braços em volta dele e o abraçou com força.

Roarke apoiou a cabeça sobre o seio de sua mulher e se entregou à dor.

Ele estava sozinho com seus pensamentos quando o dia amanheceu. Da janela do seu quarto ele viu o dia tremular timidamente enquanto ganhava vida, afastando as trevas da noite camada após camada.

Ele tentou sentir raiva, queria sentir ódio. Mas não conseguiu.

Ainda na janela, ele não se moveu quando Eve entrou no quarto, mas a pior parte da dor foi embora só por ver que ela estava de volta ao lar.

— Você está trabalhando há quase vinte e quatro horas seguidas, tenente.

— Você também. — Eve se preocupara muito ao longo das horas em que fora obrigada a deixá-lo sozinho. Abriu a boca para falar algo, mas desistiu. Não teve coragem de lhe dizer nenhuma frase feita, nem lhe dar os pêsames, nem falar o quanto sentia pela perda que ele sofrera. Não podia dizer isso a Roarke, não naquele momento.

— Michel Gerade foi acusado de crime em primeiro grau. Pode pedir a imunidade diplomática que quiser, mas nada irá salvá-lo.

Ao ver que Roarke não fez nenhum comentário, ela passou as mãos pelos cabelos e ajeitou a blusa emprestada.

— Eu posso dobrá-lo — continuou ela. — Ele vai entregar os bandidos da família Naples. Ele entregaria o próprio filho se achasse que isso poderia ajudá-lo.

— Naples está entocado em algum lugar. Vai para bem longe e permanecerá lá. — Ele se virou. — Você acha que eu não iria procurar notícias por mim mesmo? Nós o perdemos. Pelo menos dessa vez perdemos os dois, ele e o canalha do filho. Eles estão fora do nosso alcance, tal como Yost, que está ardendo no inferno.

— Sinto muito — disse ela, por fim, erguendo as mãos.

— Pelo quê? — Ele atravessou o quarto e foi até onde ela estava, à meia-luz da manhã que surgia, e colocou o queixo dela entre as suas mãos. — Pelo quê? — repetiu ele, beijando as faces dela e suas sobrancelhas. — Por fazer tudo o que podia ser feito, e até mais? Por, no fim, ainda oferecer ao meu amigo, que não era seu, a própria blusa para tentar salvá-lo? Por estar ao meu lado quando eu mais precisava da sua presença?

— Você está enganado. Qualquer um que salve a sua vida passa a ser meu amigo também, para sempre. Ele nos ajudou muito a entrar naquele hotel e cuidou para que estivéssemos bem preparados. E quando agarrarmos Naples e o seu filho canalha, ele vai receber o mérito por isso também. Você tinha razão quando o descreveu para mim. Derramamento de sangue não fazia o estilo dele. E, no fim, ele ainda salvou você.

— Mick ainda seria capaz de dizer, se tivesse chance, que salvar a minha vida não representou grande coisa. Quero levá-lo para a Irlanda e enterrá-lo entre nossos amigos, Eve.

— Então iremos até lá. Ele foi um herói e o Departamento de Polícia da Cidade de Nova York vai expedir uma citação póstuma no seu túmulo, afirmando isso.

Roarke olhou para ela e recuou um passo. Então, deixando-a quase chocada, jogou a cabeça para trás e soltou gargalhadas incontroláveis. O riso vinha solto, do fundo da sua alma.

— Por Deus, se ele já não estivesse morto, isso certamente iria matá-lo de desgosto. Uma citação elogiosa daqueles malditos tiras como epitáfio em cima do seu túmulo?

— Pois é... E acontece que eu também sou um desses malditos tiras — lembrou Eve, quase rindo.

— Não quis ofendê-la, minha maravilhosa e linda tenente. — Ele a ergueu do chão e rodopiou com ela pelo quarto. Sabendo o quanto Mick iria rir dessas história, Roarke sentiu grande parte da dor e do sofrimento se erguer do seu ombro. — Aposto que Mick vai dar boas gargalhadas com isso, onde quer que esteja.

Eve teve vontade de explicar que isso não era piada e sim uma honra. Uma das maiores e mais sérias homenagens que ela poderia ter conseguido. Mas ficou tão aliviada ao ver o brilho de volta aos olhos de Roarke que deu de ombros.

— Bem... Rá-rá, então — reagiu ela. — Agora, ponha-me no chão. Quero ver se tiro um cochilo antes de voltar à Central, daqui a pouco. Com esse leilão que vai acontecer amanhã à noite, vou ter mais um dia puxado pela frente.

— Vamos dormir depois. Ainda somos jovens.

Ele a girou uma última vez. Resolveu que começariam o dia com uma celebração da vida e não com recordações da morte.

Prendendo os lábios dela entre os dele, Roarke subiu na plataforma elevada onde ficava a imensa cama de casal e a jogou sobre o colchão.